俄罗斯文

刘文飞 ◎ 编著

人民东方出版传媒
東方出版社

出版者的话

习近平同志在就任党的总书记和国家主席后不到一年的时间里，曾三次在公开场合谈及俄罗斯文学。

2013年3月23日，他在以国家首脑身份首访俄罗斯期间前往莫斯科国际关系学院演讲，他在演讲中说道："中俄两国都具有悠久的历史、灿烂的文化，人文交流对增进两国人民友谊具有不可替代的作用。孔子、老子等中国古代思想家为俄罗斯人民所熟悉。中国老一辈革命家深受俄罗斯文化影响，我们这一代人也读了很多俄罗斯文学的经典作品。我年轻时就读过普希金、莱蒙托夫、屠格涅夫、陀思妥耶夫斯基、托尔斯泰、契诃夫等文学巨匠的作品，让我感受到俄罗斯文学的魅力。中俄两国文化交流有着深厚基础。"

同日，他在莫斯科总统饭店会见俄罗斯汉学家时如数家珍般地提起许多俄罗斯作家及其作品："普希金的诗歌，莱蒙托夫的《当代英雄》，托尔斯泰的三大名著《战争与和平》、《安娜·卡列尼娜》、《复活》，屠格涅夫、契诃夫的短篇小说，陀思妥耶夫斯基的《罪与罚》、《白痴》，果戈理的《死魂灵》，还有高尔基的三部曲，法捷耶夫的《毁灭》，肖洛霍夫的《静静的顿河》……""我年轻时读了车尔尼雪夫斯基的《怎么办》，当时给了我很大的影响。这就是优秀文化的魅力。"

2014年2月7日，习主席在出席索契冬奥会开幕式期间接受俄罗斯电视台专访时说，他对于索契这座城市的“第一印象”就是小说《钢铁是怎样炼成的》，因为这部小说就是作者奥斯特洛夫斯基在索契休养时创作的。习主席在专访中又深情地提起一长串俄罗斯作家的名字：“我读过很多俄罗斯作家的作品，如克雷洛夫、普希金、果戈理、莱蒙托夫、屠格涅夫、陀思妥耶夫斯基、涅克拉索夫、车尔尼雪夫斯基、托尔斯泰、契诃夫、肖洛霍夫，他们书中许多精彩章节和情节我都记得很清楚。”

一个国家的领导人如此熟悉另一个国家的文学，并在公开场合予以盛赞，这实属罕见，这既体现了我国新一代领导人良好的文化修养，也表明了俄罗斯文学在中国的深远影响。

习主席第一次提及6位俄罗斯作家，第二次是11位，第三次则为12位，除去被重复提及的名字，他先后提及的俄罗斯作家共有14位。为帮助各级领导干部和广大读者更好地了解习主席熟读过的俄罗斯作家及其作品，本社特邀中国俄罗斯文学研究会会长、中国社科院外文所研究员刘文飞先生撰写此书。专门介绍这14位俄罗斯作家，并附有相关作品的梗概、译文或译文节选，同时配有这些作家的肖像、作品插图及中译本推荐书目。本书所展现的乃俄罗斯文学冰山上的一个小角，希望读者朋友们能从中领略到它的魅力，并按图索骥，探寻冰山下的巨大宝藏。

东方出版社

2014年3月

目　录

克 雷 洛 夫

克雷洛夫

克雷洛夫（1769—1844）是俄罗斯最著名的寓言作家，也是俄罗斯第一个赢得世界性声望的作家，他的创作对格里鲍耶陀夫、普希金和果戈理等人产生了很直接的影响，为19世纪俄罗斯文学的兴起作出了贡献。在他去世十年后的1855年，人们在彼得堡为他建起一座纪念碑，这也是彼得堡的第一座作家纪念碑。这座纪念碑如今就矗立在彼得堡著名的前皇家公园夏园里，在这座纪念碑上，克雷洛夫手捧他那本著名的《寓言集》，在给人们朗诵他那些生动、智慧的寓言故事，纪念碑基座上那些栩栩如生的克雷洛夫寓言中的动物，似乎也在和我们一起兴致勃勃地聆听。

克雷洛夫纪念碑

克雷洛夫生在莫斯科，父亲是一位自列兵晋升的穷军官，幼年时曾随从军的父亲在奥伦堡省的雅伊茨要塞居住，其间赶上普加乔夫起义，遭遇围困，这位“大尉的儿子”后来把这段经历告诉普希金，促使后者写出了小说《大尉的女儿》。克雷洛夫接受的教育非常粗浅，16岁时就到衙门当差。后来，他跟随大贵族里沃夫来到彼得堡，爱上戏剧，被当时著名的剧作家克尼亚日宁看中，写作了多部剧作，还创办过多种杂志，但后来由于冒犯权贵而被迫离开彼得堡，在俄罗斯各地流浪了十多年，担任过家庭教师等职。1806年，克雷洛夫回到彼得堡，开始在都市的沙龙和贵族的客厅里朗诵自己编写的寓言，大受欢迎，甚至被邀请到皇宫去朗读。1809年，一本包含23篇寓言的《克雷洛夫寓言集》出版，赢得俄罗斯文学史上空前的成功，克雷洛夫自此专门写作寓言。1810年，他在圣彼得堡公共图书馆获得一个安静舒适的闲职，任职30余年，直到去世。据说，他在彼得堡社交界以慵懒、不修边幅、好胃口和机智刻薄而著称。他肥胖迟缓的身影经常出现于彼得堡的客厅，他整晚整晚坐在那里，并不开口，一双小眼睛半眯着，或盯着空处看，有时则在椅子上打瞌睡，脸上挂有一丝厌恶和对周围一切的无动于衷。他的《寓言集》每隔三四年就要再版一次，作者不断添加寓言新作，该书初版时只有寓言20余篇，到克雷洛夫生前的最后一版，所收寓言已达200多篇。

克雷洛夫的寓言既有惩恶扬善的主题，也有教谕劝诫的内容，既有同情弱者的人道精神，也有针砭现实的批评倾向。作者在《狼和小羊》中无奈地感慨：“在强者面前弱者总是有罪。”狼对可怜的小羊说：“你的罪过就在于我想吃你。”人类社会和动物界一样，也永远存在着“弱肉强食”的现象。在《大象当官》中，作者的嘲笑对象更是直接指向了当时的社会现实。

1812年卫国战争期间，克雷洛夫的寓言成了抗击拿破仑侵略的思想武器，赢得俄罗斯人的广泛喜爱，其中的《乌鸦和母鸡》、《梭鱼和猫》、《狼落狗舍》等更是脍炙人口的名篇。据说，克雷洛夫在写出《狼落狗舍》之后，没等到发表就直接寄给了在前线作战的库图佐夫。这篇寓言说的是，一只狼把狗舍当作羊圈误闯进来，不得不向猎犬和猎人求情，白发苍苍的老猎人却深知豺狼的本性，让猎犬扑向那只狼。库图佐夫当着部下的面高声朗诵了这篇寓言，当他读到："你长着灰毛，朋友，我却生有白发，/你们这豺狼的本性我早已知道；/因此，我的习惯就是：/和豺狼绝不能讲和，/而要去把它们的皮剥掉。"这时，他摘下头上的军帽，露出了自己花白的头发，顿时，俄军官兵们高呼"万岁"，士气大振。

将克雷洛夫的寓言和伊索寓言、拉封丹寓言等欧洲寓言比较一下，不难看出其中的许多主题都是相近的，克雷洛夫也的确翻译过拉封丹的寓言，无疑受到过一些启发。但是，克雷洛夫却被普希金称为"最具有民族性的诗人"，这是因为，克雷洛夫在他的寓言中融入了俄罗斯民族独特的思维习惯和价值判断，因此，他健在的时候就有人评价说，他寓言中的熊是俄罗斯的熊，母鸡是俄罗斯的母鸡，狐狸是俄罗斯的狐狸。克雷洛夫寓言的俄罗斯韵味还来自其形式，克雷洛夫的寓言用诗体写成，用俄语读起来朗朗上口，生动形象，与俄罗斯人的阅读、记忆习惯很吻合，因此，他寓言的许多句子，如"狗的友谊"（指一根骨头就会引起分裂的不牢靠的友谊）、"杰米扬的鱼汤"（指东西虽好，过量了也会让人受不了）、"弱者在强者面前总是有罪"等，在俄罗斯早已成为家喻户晓的名言。

译本推荐：

《克雷洛夫寓言选》，新军译注，商务印书馆，1981年。

《克雷洛夫寓言全集》，石国雄译，译林出版社，2009年。

《克雷洛夫寓言全集》，谷羽译，中国致公出版社，2013年。

《狼和小羊》插图

狼和小羊

弱者在强者面前总是有罪，
这样的例子我们在史上听得太多，
但我们不是在编写历史，
只是在说一段寓言故事。

小羊在热天到河边喝水，
想不到灾难由此发生，
附近有条饿狼在觅食。
见到小羊，狼要扑过来，
但办事还得有点理由，
它高喊："你这个恶棍，

怎敢用你肮脏的嘴脸
弄脏我的清水?
瞧这里泥沙翻滚,
你如此胆大妄为,
我要扯下你的脑袋。”
“尊敬的狼先生啊,
请允许我来辩解,
我在下游喝水,离你一百步,
你不用大发雷霆,
我决不会把水搅浑。”
“难道我在说谎!贱货!
世上竟有人如此大胆!
我还记得去年夏天,
你也在这里粗口伤我,
朋友,这事我可没忘!”
小羊说:“对不起,
我出生还不满一年。”
“那就是你的哥哥。”
“我也没有兄弟。”
“那就是你的亲戚,
总之是你们那里的人。
你们自己,你们的猎狗和牧人,
你们全都盯着我,
一有机会就想要我的命,
这些罪过我要与你结清。”
“唉,我有什么罪?”

“住口！我听够了。
小崽子，我没工夫谈你的罪过！
你的罪过就在于我想吃你。”
说罢，它把小羊拖进了密林。

大象当官

身居要职的人却不聪明，
心肠软弱也会害人。

一头大象被任命为林中总管。
大象似乎是种聪明的动物，
但一家人里也难免出个丑八怪：
我们这位长官啊，
和它父母一样身高体壮，
却没有父母那样的脑袋，
但它心软，连苍蝇都不忍伤害。
善良的大象这天升堂理事，
绵羊们递上一纸诉状：
“豺狼要活剥我们的皮。”
“恶棍!”大象高喊，“伤天害理！
是谁给了你们抢劫的权利?”
豺狼回答：“我们的老爷，
是您让我们向绵羊征点薄税，

做上一件过冬的皮衣。
愚蠢的绵羊们还要嚷嚷，
每个羊妹妹只剥一张皮，
就连这点东西它们也都怜惜。”
“也有道理，”大象说，“你们都听着！
我不允许任何人胡作非为：
每只羊只许你们剥一张皮，
此外连一根羊毛也不得再取。”

四重奏

淘气的长尾猴，
驴子，
山羊，
还有笨拙的狗熊，
想来演一出四重奏。
弄来乐谱和四把提琴，
坐到椴树下的草地，
要显一显他们的手艺。
拉弓拨弦，却不成调。
“停，伙计们，”小猴喊，“等一等！
这哪里是音乐？你们坐得不对。
小熊，你的贝司要面对中提琴，
我的提琴要面对第二小提琴，

这样才能奏出动人的音乐，
连森林和群山也会跟着起舞。”
大伙儿坐定，开始演奏，
可调子还是凑不到一起。
“停一停，我找到了窍门，”
驴子喊，“我们坐成一排，
这样一来肯定能行。”
大伙儿照办，坐成一排，
可四重奏还是演奏不成。
他们的分歧于是更大，
什么人该坐什么地儿，
吵闹个不停。
一只夜莺闻声飞来，
众人便请她指点迷津：
“劳驾了，请你费神，
来把我们的四重奏调理，
我们有乐谱，也有乐器，
请告诉我们怎么坐才行!”
夜莺对他们说：
“音乐家需要苦练技巧，
听觉也比你们更敏锐。
朋友们，无论怎么个坐法，
你们也成不了音乐家。”

（刘文飞译）

普希金

普希金

1837年2月8日（俄历1月27日）下午，在彼得堡郊外黑溪的雪地上，普希金被他的决斗对手丹特斯射中腹部，在持续了两天的痛苦折磨之后，这位俄罗斯最伟大的诗人那颗仅仅工作了38年的心脏停止了跳动。

普希金于1799年6月6日（俄历5月26日）生于莫斯科的涅曼街，其父是世袭贵族，爱好文学，拥有许多藏书，与当时的文化界颇多交往，这对幼小的普希金是有影响的。其母是著名的“彼得大帝的黑孩子”阿勃拉姆·汉尼拔的孙女。汉尼拔原是非洲阿比西尼亚一个酋长的孩子，后被土耳其人所掳，然后被一位俄国使臣买下，带回彼得堡献给彼得大帝，被彼得大帝收为养子，并送他赴法留学，他学成归国后屡建战功，在工程和数学等领域也有造诣，被封为贵族。普希金很为这一传奇式的家族史感到自豪，并在小说《彼得大帝的黑孩子》等作品中对此做过描绘。被称为俄罗斯民族诗人的普希金，身上却流淌着八分之一的非洲血液。像当时大多数贵族家庭的父母一样，普希金的双亲很少关心子女的成长，从普希金后来的作品中不难看出，他对外祖母、奶娘、姐姐和弟弟以及众多朋友的感情，似乎远远超出对自己父母的感情。据说，在读了父亲藏书室中的大量法文图书后，八岁的普希金就开始用法文写诗。

1811年，普希金被送进彼得堡的皇村学校。这所学校是专门招收贵族子弟、为国家培养高级人才的皇家学校，设在彼得堡郊外的皇村（现名普希金城）。虽然生性自由的普希金非常痛恨学校严格的管理制度，曾称皇村学校为“修道院”，称自己为“囚徒”和“苦僧”，但皇村学校仍是普希金自由民主思想初步形成的摇篮。正是在这所学校里，他结交了许多校内外的朋友，更为重要的是，他开始了积极、自觉的诗歌创作活动。在一次文学课升级考试中，普希金当众朗诵《皇村的回忆》一诗，引得出席考试的老诗人杰尔查文大为感动，并预言了一个新的诗歌天才的诞生。走出校园的普希金，已是一位相当成熟的诗人。

普希金自皇村学校毕业后来到彼得堡，在俄国外交部任十等文官。在彼得堡，普希金一边过着贵族青年的放浪生活，一边进行勤奋的诗歌创作。1820年，他的长诗《鲁斯兰与柳德米拉》公开发表，引起巨大轰动，当时俄国诗坛的泰斗茹科夫斯基读了长诗之后大为感动，他送一张自己的画像给普希金，并在画像下方写下了这样一行文字：“战败的老师赠给获胜的学生。”直到今天，这张照片还悬挂在彼得堡普希金故居中诗人的书房里。

在写作《鲁斯兰与柳德米拉》的同时，普希金还写了一组充满强烈反专制色彩的“自由诗作”，这引起官方不满，沙皇亚历山大一世决定将诗人流放至西伯利亚或白海的孤岛，后经卡拉姆津、茹科夫斯基等人斡旋，诗人才被“开恩”流放到俄罗斯南方。在南俄，普希金曾跟随拉耶夫斯基将军一家在高加索、克里米亚等地旅行，后至基什尼奥夫，在英佐夫将军手下任职。后来，他又转而去了奥德萨，受奥德萨总督沃隆佐夫的监管。沃隆佐夫忍受不了普希金的自由精神，同时也因普希金与其妻子的友好关系而嫉恨，便向当局告了普希金的许多状，于是，1824年7月，沙皇下令将普希金押往其父母在普斯科夫省的庄园米哈伊洛夫斯科耶，由当地长官负责监视。在南方的四年，普希金与当地的十二月党人多有交往，邻近的希腊民族解放运动也激动着他，使他写出许多富有自由激情和战斗精神的诗篇。具有异国情调的南方山水和民风，也给普希金的诗歌注入了新的题材和风格。普希金这一时期的重要作品有长诗《高加索的俘虏》等。在南方的流放转为“北方的流放”（指被囚于米哈伊洛夫斯科耶）之后，与俄罗斯乡村和自然的接近，使普希金创作中的“俄罗斯味”更浓重了。同时，孤居者的心境也深化了普希金作为一个诗人的思索和感觉。在米哈伊洛夫斯科耶的两年时间中，普希金完成了长诗《茨冈》、历史剧《鲍里斯·戈都诺夫》、诗体长篇《叶甫盖尼·奥涅金》的三至七章，以及大量抒情诗作。

1825年的十二月党人起义失败后，普希金获新沙皇尼古拉一世赦免，回到莫斯科，但他仍一直处在当局严格的监视和控制之下，他的每一部作品甚至都要经沙皇本人批准后才能发表。就是在这样的环境下，普希金在写作长诗《波尔塔瓦》、长篇小说《彼得大帝的黑孩子》等“历史”题材作品的同时，仍写下了《致西伯利亚囚徒》等对十二月党人及其事业表示同情的政治抒情诗歌。1828年，普希金在向莫斯科的美女冈察罗娃求婚未获明确回答之后，随远征土耳其的俄国军队前往高加索、土耳其等地，写作了《阿尔兹鲁姆旅行记》。

普希金的妻子娜塔莉娅·冈察罗娃

1830年回到莫斯科后，普希金的求婚终于获得冈察罗娃及其父母同意，为接受父亲作为结婚礼物赠送的位于下诺夫哥罗德的鲍尔金诺庄园，普希金去了那里，但为流行的瘟疫所困，在该庄园滞留达三个月之久。令人吃惊的是，被突如其来的瘟疫所烦扰、时刻惦记着刚订婚不久的未婚妻的诗人却能潜心写作，赢得了其创作史中著名的“鲍尔金诺的秋天”。在这个金色的秋天，普希金完成了《叶甫盖尼·奥涅金》的最后两章，《科隆纳一家人》等长诗，短篇小说集《别尔金小说集》，《莫扎特和沙莱里》等四部“小悲剧”，以及大量的抒情诗。

1830年底，普希金回到莫斯科，并于两个月后与冈察罗娃终成眷属。5月，普希金与妻子定居彼得堡，普希金仍在外交部供职。在这一时期，普希金开始将主要的创作精力放在小说上，开始了《杜勃罗夫斯基》、《大尉的女儿》、《黑桃皇后》等小说的创作，同时还于1833年去奥伦堡等地调查，为《彼得大帝史》收集材料。

回到彼得堡后不久，已经35岁的普希金却被沙皇授予“宫廷近侍”头衔，沙皇一是为了更严密地监视普希金，同时也为了能更方便地见到他所喜欢的普希金美貌的妻子，普希金为此而感觉受到侮辱，与宫廷和环境的冲突趋于尖锐。1837年

1月，为了维护自己的名誉，普希金向追求自己妻子的流亡俄国的法国人丹特斯提出决斗，他在决斗中负伤，数天后死去。在其生命动荡不安的这最后几年，普希金一直在积极地从事文学活动，他先后完成、出版了一大批重要作品，如《叶甫盖尼·奥涅金》的全本、童话诗《渔夫和金鱼的故事》、长诗《青铜骑士》、抒情诗《纪念碑》等等。他创办了《现代人》文学期刊，开展积极的文学批评活动。就在进行决斗的当天上午，他还在认真写作《彼得大帝史》。普希金那颗文学的心脏一直跳动至他生命的最后一息。

自1814年7月在《欧洲导报》上发表第一首诗，到1837年1月搁下《彼得大帝史》写作的那个上午，普希金的创作持续了23年。使后人吃惊的是，在这并不算太长的20余年时间里，在这充斥着流放和旅行、恋爱和宴饮、周旋和应酬、供职和囚居乃至赌博和决斗的20余年里，普希金居然写下如此之多的文学作品。他的作品体裁多样，有诗歌、小说和戏剧，有童话、史著和文学批评；单就诗歌而言，又有诗体长篇小说、长诗、童话诗、政治抒情诗、山水诗、颂诗、哀歌、讽刺诗、献诗、译诗等等。普希金的文学遗产就像一座琳琅满目的博物馆。与其丰富的体裁一样，普希金创作的主题也是多样的。将普希金各类体裁的作品总括起来看，普希金的创作主题主要有这么几类：

一，现实的生活。所谓的现实生活主题，有这样几个层面的含义：对社会的积极介入，对生活的多面反映，对典型人物的塑造。普希金各个时期创作的政治抒情诗都是直面社会和人生的，他在诗中抨击专制制度，歌颂自由，憧憬社会正义和公平的理想，他的诗在当时就是社会进步力量的代言人，在后来则成了俄国反专制的革命历史在艺术中的留存。普希金的作品，小到一首写乡村的诗，大到数千行的诗体长篇《叶甫盖尼·奥涅金》，大多是对现实生活的真实反映，这里有都市的舞会、宴会和赌场，有乡村和自然，婚礼和祈祷，有宫廷和驿站，远征和旅行，狩猎和幽会，复仇和起义……19世纪前期俄国社会丰富多彩的生活场景在普希金的作品中得到了全面、细致的再现。在再现生活的同时，普希金塑造出一大批不朽的文学形象，如《叶甫盖尼·奥涅金》中的“多余人”奥涅金，美丽善良的塔吉雅娜和她慈祥的奶娘，《别尔金小说集》中可怜的“小人物”驿站长，《黑桃皇后》中冷酷的赌徒赫尔曼，《杜勃罗夫斯基》中的“强盗”杜勃罗夫斯基等等。通过典型形象的塑造，可以更准确地概括一代人、一个社会和一个历史阶段，普希金对现实生活题材的诉诸因而达到一个崭新的高度。别林斯基曾称普希金的《叶甫盖尼·奥涅金》为“一部俄国社会生活的百科全书”，这个评语也同样可以用来概括作为一个整体的普希金的创作。

二，民族和家族的历史。普希金生活在一个俄罗斯民族意识开始普遍觉醒的时代，对民族历史的强烈兴趣是当时最突出的文化特征之一，普希金也不例外，他对祖国和民族的历史表现出极大的热情，很关注历史著作和历史题材的文学作品，例如，他曾对卡拉姆津的《俄国国家史》表示推崇，却对波列沃依的《俄国民族史》予以否定，他还对扎戈斯金的两部历史小说作出迅速反应，对司各特等人的西欧历史小说也进行了认真阅读。与此同时，普希金自己也以历史为题材进行大量创作，不仅写下了历史著作《普加乔夫暴动史》、《彼得大帝史》和许多历史札记，还以文学作品的形式来写历史，如长诗《青铜骑士》、《波尔塔瓦》，长篇小说《大尉的女儿》，剧本《鲍里斯·戈都诺夫》等。除此之外，普希金对自己传奇般的家族史也颇有兴趣，不仅在诗文中多次提到其外曾祖父汉尼拔，还直接以他的经历为素材写作了长篇小说《彼得大帝的黑孩子》（未完成）。历史与文学的交融，历史向文学的渗透，是普希金创作中一个较为突出的现象。

三，爱情与友谊。作为一位抒情诗人，一位多情的抒情诗人，普希金无疑要将爱情和友谊作为其最主要的诗歌主题之一，这两个主题的诗作约占普希金所有抒情诗作的二分之一。普希金的第一首诗《致娜塔莉娅》就是一首爱情诗，它表露了一个少年情窦初开时的朦胧感情，之后，他先后给不下十余位可爱的女性写过可爱的诗作，它们构成了普希金抒情诗歌中最优美悦耳的旋律，也是最受后代读者喜爱的诗作，其中的《致克恩》、《假如生活欺骗了你》和《我曾经爱过您》等早已成为不朽的情歌。普希金是生活之欢乐的歌手，从他早期的“轻诗歌”开始，直到他后期的情诗，他诗中的爱情主题一直是明朗的，虽然他也常常写到爱的愁苦和忧郁，但那却是一种近乎“透明的”哀伤，它给人更多的是美而不是悲。与此形成呼应的是普希金小说中的爱情主题，《暴风雪》、《村姑小姐》和《大尉的女儿》中男女主人公的恋情在经历一番波折之后，均是有情人终成眷属。如果说普希金的情人是经常变更的，他对友谊却非常执着，对皇村学校的几位同学和他文学、思想上志同道合的朋友，他一直保持着最纯真的感情，并给他们写下许多友谊的献诗。有趣的是，在普希金的抒情诗歌中，爱情诗一般都写得简短精致，注重细节，而友谊诗则写得铺陈自然，充满回忆性的叙述。

普希金和奶娘在一起（剪纸）

四，借自民间和异域的主题。在普希金年幼的时候，他的外祖母和他的奶娘经常给他讲俄国童话故事，在被囚于米哈伊洛夫斯科耶的两年间，陪伴普希金度过孤独夜晚的也常常是奶娘讲述的民间传说。热衷于民族传统文化的普希金，对史诗、史事歌、谚语、民歌等文学遗产也做过搜集和研究。普希金不仅直接以民间文学素材为基础写出了《鲁斯兰与柳德米拉》、《渔夫和金鱼的故事》、《金公鸡的故事》等长诗和童话诗，还在其他许多作品中采用民间文学的内容和风格。异域的风土和人情，也是普希金作品中出现较多的题材。除莫斯科和彼得堡之外，除普希金家的庄园米哈伊洛夫斯科耶和鲍尔金诺之外，普希金只在被流放和随俄军远征时两次到过俄国南部，因此，所谓的“高加索主题”便成了其创作中最突出的“异域内容”。对高加索的关注也是当时整个文学的时尚之一，在俄国古典主义文学逐渐衰落之后，俄罗斯文学受西欧文学影响开始出现浪漫主义倾向，而高加索瑰丽雄伟的自然，那里自由剽悍的山民及其生活，因征战或旅行前去那里的俄罗斯人的传奇经历，都是浪漫主义文学不可多得的素材。然而，普希金对高加索的描写已经超越浪漫主义的文学模式，在长诗《高加索的俘虏》、《巴赫奇萨赖的泉水》、《茨冈人》和游记《阿尔兹鲁姆旅行记》等作品中，普希金对自然的描写是斑斓的但也是客观的，其笔下的人物是传奇浪漫的但也已处于一定的社会关系之中。普希金一生从未到过国外（除如他自己在《阿尔兹鲁姆旅行记》中所述曾短暂地越过俄土之间的界河外），他偷渡西欧的数次尝试都未成功，要求出国的请求（包括欲来中国的申请）均未获沙皇批准，但是，普希金对异国，尤其是西欧诸国及其文化却十分了解，这一点在他的创作中也有所体现。在他的文学批评文字中，有近一半是关于同时代西欧作家创作的论述。在其抒情诗作中有许多“译诗”，即普希金以外国诗人的诗歌主题或意境为蓝本进行的再创作。被普希金“翻译”过的外国诗人，就有十几位之多。

五，诗与艺术。诗和艺术本身，也是普希金最重要的创作主题之一，在他的这一主题的抒情诗中，在他与友人的书信和文学批评文章中，甚至在他的长诗和长篇小说的某些片段中，他对诗的性质和作用、诗人的使命和地位等问题都有过深刻的思考和阐述。

至于普希金创作的基本特征，早已被研究者概括为“简朴与明晰”。这是一个准确的概括，也是一个比较抽象的概括。我们以为，这所谓的“简朴和明晰”至少应该包含这样几层意思：简朴和明晰，首先是就作者的主观创作态度而言的，在普希金进行创作的当时，无论是古典主义的“节制”还是浪漫主义的“夸张”，在面对现实时都会出现某种偏颇，而普希金却能对现实持相当客观的态度，在准确地反映生活的同时，也明确地表达了自己对现实的态度；简朴和明晰，其次是指作品结构上的特征，普希金的作品，除《叶甫盖尼·奥涅金》外大多篇幅不长，其唯一完成的长篇小说《大尉的女儿》，译成中文也不过十余万字，普希金的叙事诗歌和小说的人物通常不多，情节也不复杂，一般为两三个主人公，一两条故事线索；简朴和明晰，也可以用来指作品与接受者的距离，普希金的许多作品都与俄国民间文学有着紧密的联系，他所运用的语言也与生活中的语言非常接近，这使得普希金的作品很容易为广大读者所接受；简朴和明晰，更可能是就作品所体现出的情绪而言的，其叙事作品虽然常涉猎人的内心，却较少细腻的心理刻画，更为突出的是，在普希金的作品中几乎找不到阴暗的、幽深的东西，其中充满阳光般的健康情绪，即便是忧伤，也会被作者那能化解一切的心灵过滤得纯净而又明亮。另外，普希金作品中常常出现的淡淡的戏谑成分，也为其作品添加了些许的明朗。

普希金逝世时，当时的俄国新闻界写道：“俄国诗歌的太阳陨落了。”长期以来，关于普希金是“俄国诗歌的太阳”、“俄罗斯文学之父”的说法似乎一直是毋庸置疑的。那么，究竟是什么奠定了普希金在俄罗斯文学史中如此之高的地位呢？换句话说，普希金对于俄罗斯文学的意义究竟是什么呢？

首先，普希金奠基了俄国的民族文学，使得俄语文学得以屹立于欧洲的民族文学之林。在普希金之前，俄国已有源远流长的古代文学，已有中世纪的英雄史诗《伊戈尔远征记》，在18世纪末，俄罗斯文学与西欧文学在古典主义的潮流中开始融合，尽管如此，到普希金开始创作时，俄罗斯文学仍被视为欧洲文学中“落后的”文学，因为它还在自觉或不自觉地模仿着西欧文学的范式和风尚，它还没有推出自己的一流杰作。普希金自幼就深受法国文化和文学的熏陶，后来，法国的启蒙主义思想、德国的唯心主义哲学和英国的浪漫主义诗歌等又相继对普希金产生强烈影响，但是，普希金却通过其创作体现出一种可贵的对文学的民族意识和民族风格的自觉追求。在创作上，他有意识地贴近俄国的生活和俄罗斯人；在文学批评中，他对俄罗斯文化的价值、俄罗斯民族精神的特性以及俄语较之于欧洲各语言所具的“优越性”等等都做过大量论述。普希金以自己纯熟的文学技巧反映出的俄罗斯生活、塑造出的俄罗斯人形象，他在借鉴西欧文学的同时对俄罗斯民族文学积极的鼓吹和无保留的抬举，他在文学理论和批评方面的建树等等，都极大地扩大了俄罗斯文学的影响，使俄罗斯文学终于得以与西欧诸种文学比肩而立。

其次，普希金为俄罗斯文学的传统开了先河。普希金的创作表现出惊人的多样性，他是一位杰出的诗人，也是一个杰出的小说家、剧作家、批评家、童话作家、历史学家等等，他几乎涉猎了所有的文学体裁，并在各个体裁领域中都留下了经典之作。更为重要的是，后来构成19世纪俄罗斯文学传统之内涵的许多因素也都发端于普希金的创作，如反对专制制度和农奴制度的自由精神，对人的个性和人的尊严的捍卫，同情“小人物”、为社会不平而鸣的人道主义，对上流社会做作的举止和空虚的精神所持的批判态度，对教会之虚伪的揭露等等。这一严肃的、充满道德感的文学传统，为19世纪乃至20世纪众多的俄罗斯作家所继承，构成了俄语文学最为突出的特色。可以说，现代俄语文学内容和风格上的基本特征都是在普希金的时代固定下来的，因此，我们可以将20世纪前的整个俄罗斯文学历史划分为两个阶段，即“前普希金时期”和“普希金时期”。

最后，普希金规范了现代的俄罗斯语言。俄语的起源比较复杂，它所用的“基里尔字母”是由希腊传教士发明的，因而它与希腊语有某种亲缘关系，后来，德语和荷兰语等中北欧的语言基因大量进入俄语，直到彼得大帝改革后的18世纪，法语的语汇和表达方式又对俄语产生很大冲击，与此同时，自斯拉夫原始部族保留下来的古字、熟语等也留存在书面和口头的俄语中。这样一种庞杂的语言体系，虽然给俄语的发展提供了前提，却也给国家治理、人际交往和文学创作等带来诸多不便，它在呼吁某种整合。终于，出现了罗蒙诺索夫，他对俄罗斯语言进行一番梳理，对俄语的语法和俄语的诗歌格律等进行严谨研究，但是在文学语言的规范上，在活的语言样板的树立上，罗蒙诺索夫没能作出更大贡献，他自己用来写诗作文的语言也显得思想大于文字，严谨有余而活力不足。规范俄罗斯文学语言的历史使命落到了普希金的身上。普希金主要不是从语言学的角度，而是通过活的文学创作来完成这一使命的，在他的诗歌和小说中，教会斯拉夫语和外来词，都市上流社会的交际用语和乡下百姓的土语，书面语和口语，雅字和俗词，都有出现，并被赋予了表达情感、描绘生活的同等功能。这是一场空前的“语言民主化”运动，普希金的创作就像一座巨大的语言熔炉，俄罗斯语言中各种庞杂的成分经过他的冶炼和锻造，终于形成一种崭新的、极富表现力的文学语言。果戈理称，在普希金的作品中“有我们语言所有的丰富、力量和灵巧”。高尔基则认为，普希金在语言上最大的功绩就是“将文学语言和民间口语结合了起来”。普希金是俄罗斯语言的集大成者，他最终完成了现代俄罗斯文学语言的规范工作。懂俄语的人可以发现，如今的俄语与普希金作品中的语言几乎没有什么大的出入，这反过来也说明了普希金语言的强大生命力，说明了他对俄罗斯语言所产生的巨大而深远的影响。

译本推荐：

《普希金文集》，罗果夫、戈宝权编，时代书报出版社，1947年。
《普希金抒情诗选集》，查良铮译，江苏文艺出版社，1982年。
《普希金全集》（10卷），刘文飞主编，河北教育出版社，1997年。

皇村的回忆

　　那忧郁的夜的帷幕，
　　挂上了惺忪的天穹；
山谷和树林安睡在一片寂静中，
　　远方的森林披着白雾，
隐约听见有小溪流进林中的浓荫，
隐约闻到睡在叶片上的微风在呼吸，
静静的月亮，像一只庄重的天鹅，
　　在银色的云朵中游弋。

　　它在游弋，向周围一切
　　洒下淡淡的月光；
眼前敞开一道老椴树的林荫道，
　　它看了看山冈和牧场；
我看见，年轻的柳树和杨树
一起倒映在荡漾的水面；
原野中的女皇是高傲的百合，
　　它的繁花正在开放。

　　像一道碎珠般的河流，
　　瀑布跌下嶙峋的山冈，
在静静的湖中，女神们在嬉闹，
　　撩起湖上慵倦的波浪；
那边的寂静中是巨大的宫殿，

圆柱高耸，直插云霄，
人间诸神就在此安度宁静的时光？
　　这就是俄国密涅瓦的神庙？

　　这美丽的皇村花园
　　莫非就是北方的天堂？
强大的俄国雄鹰战胜了狮子，
　　就在这和平与欢乐中安睡？
唉！金色的时代已永远逝去，
当年，依靠伟大妻子的权杖，
幸福的俄罗斯戴上了荣耀，
　　在一片祥和中蒸蒸日上！

　　在这里每走一步，心中
　　都会涌起往昔的回忆；
环顾四周，一个俄国人会叹息：
　　“一切都消逝，女皇大帝已去！”
然后默默坐在生机勃勃的湖岸，
他陷入深思，倾听风的絮语。
逝去的岁月在他眼前浮现，
　　精神置身静静的惊喜。

　　他看见，在波涛之间，
　　在满是苔藓的坚石上，
升起一座纪念碑。一只年轻的鹰
　　立在碑顶，伸展着翅膀。
沉重的锁链和雷电的箭头，

将威严的圆柱缠绕三道；
白色的波浪在碑座四周喧嚣，
　　然后躲进闪亮的泡沫。

　　在忧郁的松树林里，
　　立起一座朴素的纪念碑。
啊，对于卡古尔湖岸它是耻辱！
　　对亲爱祖国它却是荣耀！
啊，俄罗斯巨人们，你们永垂不朽，
你们在战争的磨难中锻炼成长！
啊，你们，叶卡捷琳娜的近臣朋友，
　　你们的功绩将被世代颂扬。

　　啊，轰鸣的战争岁月，
　　俄罗斯荣光的见证人！
你看到，奥尔洛夫、鲁缅采夫和苏沃洛夫，
　　这些斯拉夫人的威严子孙，
凭借宙斯的雷霆取得了胜利；
他们勇敢的功绩让世界震惊；
杰尔查文和彼得罗夫拨动响亮的竖琴，
　　曾歌颂这些英雄伟人。

　　你这难忘的时代已逝去！
　　一个新世纪很快又看见
一场场新的搏杀，一次次可怕的战争；
　　受难，便是凡人的命运。
那个靠狡诈和大胆登基的皇帝，

用狂暴的手举起血腥的剑；
人类的灾星升空了，可怕的霞光
　　很快又映红新的战争。

　　像一股湍急的水流，
　　敌人闯进俄国的土地。
在他们面前，忧郁的草原在梦中沉睡。
　　大地腾起血腥的气息；
和平的村庄和城堡在黑暗中燃烧，
四周的天空被熊熊火光映透，
茂密的森林掩护逃难的人们，
　　闲在地里的犁正在生锈。

　　敌人在前进，没有阻挡，
　　一切都在倾塌，化为灰烬，
柏洛娜战死的子孙像苍白的幽影，
　　集结成飘忽不定的大军，
接连不断地步入阴暗的坟墓，
或是静夜时分在林中游荡……
但喊声响起！……他们走在雾的远方！……
　　盔甲和刀剑叮当作响！……

　　恐惧吧，你这异国的军队！
　　俄罗斯的子孙在向前；
老人少年挺身而起，扑向强敌，
　　他们心中燃着复仇的烈焰。
发抖吧，暴君！你的末日已近！

你会发现每个战士都是好汉，
他们发誓要么取胜，要么横卧沙场，
　　为了信仰，为了沙皇。

　　彪悍的战马等待战斗，
　　山谷中已布满士兵，
洪流般的队列，人们渴望复仇和荣光，
　　一阵狂喜掠过他们的胸膛。
他们扑向可怕的宴席，用刀剑寻找猎物，
搏战开始；雷霆在山冈震响，
紧张的空气中，流矢与刀剑共鸣，
　　鲜血溅洒在盾牌上。

　　双方在拼杀，俄国人胜利啦！
　　傲慢的高卢人向后逃跑；
但天上的主宰将最后一道光芒
　　赐给了这战争的强者。
白发的统帅没能在此把他打垮；
啊，博罗金诺那血染的原野！
你未能将敌人的狂暴和傲慢阻挡！
　　唉！高卢人爬上了克里姆林宫墙！……

　　莫斯科啊，亲爱的故乡，
　　沐浴烂漫年华的霞光，
我在这里度过无忧的金色岁月，
　　不知灾难，也没有忧伤，
你竟目睹了他们，我祖国的敌人！

你竟被鲜血浸透，被大火烧焦！
我却不能为你复仇而战死疆场；
　　徒有怒火在胸中燃烧！……

　　百顶[①]的莫斯科啊，我的故乡，
　　你的美景如今在哪里？
昔日的都城到处都是壮丽辉煌，
　　如今只剩下片片废墟；
莫斯科，你凄凉的景象让俄国人恐惧！
消失了，皇家的宫殿和贵族的府邸，
大火焚毁一切。高塔的金顶黯然失色，
　　富人的住宅被夷为平地。

　　那曾经充满豪华的处所，
　　那座座花园和浓密的树林，
在那香桃芬芳、椴树摇曳的地方，
　　如今只有焦土和灰烬。
美妙的夏夜那无声的寂静里，
再也听不到欢快的笑声，
岸边的灯火和明净的树林不再闪亮：
　　一片死亡，一片沉寂。

　　请你放心，俄罗斯诸城的母亲，
　　请你看看入侵者的灭亡。
造物主伸出他复仇的右手，

① 莫斯科有数百个东正教教堂的圆顶，故有此称。——译者注

　　扼住了他们傲慢的颈项。
你看：他们在逃，不敢回头张望，
他们的血在雪地上河一样流淌；
他们在逃，身后是俄国人的刀剑，
　　黑夜中他们将遭遇饥饿和死亡。

　　啊，你们，使欧洲各大民族
　　都感到战栗的你们，
啊，高卢强盗！你们也进了坟墓。
　　啊，恐惧！啊，可怕的岁月！
你藐视真理的声音、信仰和法律，
你妄想用刀剑颠覆各国的王位，
你这幸运和战神的宠儿如今在哪里？
　　消失了，像清晨的噩梦！

　　俄国人攻占巴黎！复仇的火炬在哪里？
　　高卢啊，快低下你的头颅。
我看见了什么？面带和解的微笑，
　　英雄把金色的橄榄枝捧出。
战斗的雷霆还在远方轰鸣，
像北方阴霾的草原，莫斯科一片凄凉，
可是他没有把死亡带给敌人，
　　而给大地送去祥和与解放。

　　叶卡捷琳娜的无愧子孙！
　　我的心里为何没有狂喜，
像天上的缪斯，像我们的歌手，

　　像斯拉夫军团的诗人？
哦，如果阿波罗能把神奇的天赋
注入我的胸膛！我将把你颂扬，
用竖琴奏响天上的和谐，
　　在时间的黑暗中发出光芒。

　　啊，充满灵感的俄国歌手，
　　你曾颂扬威武的大军，
在朋友中间，怀着火热的灵魂，
　　请再弹响金色的竖琴！
再用和谐的声音把英雄赞美，
激动的琴弦把火焰撒进心头，
年轻的军人倾听这战斗的歌手，
　　他热血沸腾，浑身颤抖。

普希金朗诵《皇村的回忆》

自由颂

去吧，快躲开我的眼睛，
西色拉岛软弱的王后！
你在哪里，诸王的雷霆，
高傲的自由的歌手？
来吧，快摘去我的桂冠，
摔碎我温柔的竖琴……
我想对世界歌唱自由，
我要痛斥王位的罪行。

请为我指明那个高卢人
崇高而辉煌的足迹，
在那光荣的灾难中，
你使他唱出勇敢的歌曲。
轻浮命运的宠儿们，
颤抖吧！世间的暴君！
而你们，匍匐的奴隶，
请倾听吧，再挺起身！

唉！无论我向哪里看去，
到处都是皮鞭和镣铐，
是法律致命的耻辱，
是奴隶们软弱的泪水；

到处是不公正的权力，
在偏见那浓密的黑暗里，
威严的奴役天才，可怕的
荣誉激情，它登了基。

统治者的脑袋上，
才不会悬着人民的苦役，
只有当神圣的自由
和强大的法律合为一体；
当法律的厚盾保护众人，
当公民们忠诚的手臂
紧握利剑，一视同仁地
在平等的脑袋上方挥过。

高出众人的罪恶，
将被正义的一击所斩首；
当他们的手不被收买，
不为贪婪和恐惧所动。
统治者！是法律而非上天，
给了你们宝座和帝号；
你们高居于人民之上，
但永恒的法律比你们更高。

那就有不幸，民族的不幸，
如果法律在粗心地瞌睡，
如果无论人民或者皇帝，

全都能够左右法律！
我要请你来作证，
哦，光荣错误的牺牲品，
因为祖先，你那皇帝的脑袋
跌落在不久前的风暴里。

在无言的后代的眼前，
路易王走向了死亡，
他把卸下王冠的头颅，
放在血腥的断头台上。
法律在沉默，人民在沉默，
罪恶的斧头落下了……
于是，凶手的紫袍
套在被缚的高卢人身上。

你这专制的恶人啊！
我憎恨你和你的王位，
我带着残忍的欢喜，
目睹你和儿女的灭亡。
人们在你的前额，
读到了人民的诅咒，
世界的恐惧，自然的耻辱，
你是对人间之神的亵渎。

当一颗夜半的星辰，
照耀着幽暗的涅瓦河，

当一场静静的梦，
重压着无忧无虑的头，
沉思的歌手正在凝视
一座被遗弃的皇宫，
那暴君荒芜的纪念碑，
正威严地沉睡在雾中。

在那可怕的宫墙后，
他听到克利俄可怕的声音，
他的眼前生动地浮现出
卡里古拉最后的时辰，
他看到，挂着绶带和勋章，
灌满了烈酒和恶意，
诡秘的凶手正在行走，
脸上是大胆，心里是恐惧。

不忠的卫兵沉默着，
高悬的吊桥静静地落下，
被收买的叛变之手，
在黑夜中把大门打开……
啊，耻辱！我们时代的暴行！
野兽般的御林兵一拥而进！
不光彩的打击降临了……
戴皇冠的凶手死于非命。

记住这个教训吧，哦，帝王们：

无论是惩罚还是奖赏，
无论是血牢还是神坛，
都不是你们忠实的屏障。
请在可靠法律的浓阴下，
首先低下你们的头颅，
人民的自由和安宁，
才是王座永远的守护。

致恰达耶夫

爱情，希望，平静的荣光，
这些欺骗并未久久把我们爱抚，
青春的欢乐也消失了，
像一场梦，像清晨的雾；
但我们心中还燃烧着愿望，
身背不祥政权的重负，
怀着一颗焦急的心灵，
我们在倾听祖国的呼求。
我们忍受期待的折磨，
在等候神圣自由的时光，
就像一个年轻的恋人
等待忠诚的约会那样。
趁我们胸中还燃烧着自由，
趁献身荣誉的心尚未死亡，

让我们把心灵的美好激情，
我的朋友，给祖国献上！
同志，请相信：那迷人的幸福，
将像星辰一样冉冉升起，
俄罗斯将从睡梦中苏醒，
那专制制度的废墟上
终将刻上我们的姓氏！

致大海

别了，自由的元素！
在我的面前，最后一次，
你翻滚起蓝色的波涛，
你闪现着高傲的美丽。

像是友人哀伤的怨诉，
像是他分手时的呼叫，
最后一次，我又听到
你忧郁的召唤的咆哮。

我的心灵向往的疆界！
静静的而又朦胧的我，
时常在你的岸边徘徊，
因隐秘的企图而愁苦！

我多么爱您的回声，
那低沉的深渊之音，
我爱你傍晚的宁静，
也爱你任性的激情！

渔人们恭顺的船帆，
为你的意志所护佑，
勇敢地在细浪上滑过；
但难以征服的你一发怒，
成群的船只就会沉没。

我没能永久地离开
这枯燥死寂的海岸，
没能用喜悦向你祝贺，
没能让我诗歌的逃亡，
走上你的波峰浪谷！

你等待，你呼唤，我却被束缚；
我心灵的挣脱也枉然：
为有力的激情所迷惑，
我于是停留在海岸……

有什么可惋惜？如今，
我无忧的路通向何方？
能使我的心灵感到震惊，
只有你荒原中的地方。

一座悬崖，荣光的坟墓……
在那儿，崇高的回忆
纷纷沉入凄冷的梦境：
在那儿，拿破仑死去。

那儿，他在痛苦中死去。
随他而去，像风暴的呼啸，
另一位天才离我们而去，
我们思想的另一位主宰。

他去了，自由在哭泣，
他把桂冠留给了世界。
咆哮吧，在风暴中汹涌：
哦，大海，他是你的歌手。

你的形象现在他身上，
他为你的精神所创造：
像你，他强大，深沉，忧郁，
像你，什么也不能将他击倒。

世界空了……海洋啊，
如今你要把我带向何方？
人间的命运到处一样：
有一星利益，就有占有，
就有教育或专制的帝王。

别了，大海！我不会
忘记你庄严的美丽，
我将久久、久久地倾听
傍晚时分你的絮语。

我的心中充满着你，
我要将你的涛声和暗影，
将你的悬崖和海湾，
带向无声的荒原和森林。

致克恩

我记得那神奇的瞬间：
在我的面前出现了你，
就像昙花一现的幻象，
就像纯洁之美的精灵。

在无望忧愁的折磨中，
在喧闹生活的纷扰里，
温柔的声久久对我回响，
可爱的脸庞浮现在梦境。

岁月飞逝。骚动的风暴，
吹散了往日的幻想，

我淡忘了你温柔的声音，
和你那天仙般的脸庞。

幽居中，置身囚禁的黑暗，
我的岁月在静静地延续，
没有神灵，没有灵感，
没有眼泪、生活和爱情。

觉醒又降临在心上：
我的面前又出现了你，
就像昙花一现的幻象，
就像纯洁之美的精灵。

心儿在狂喜中跳荡，
一切又都为它而复生：
有了神灵，有了灵感，
有了眼泪、生活和爱情。

假如生活欺骗了你

假如生活欺骗了你，
不要悲伤，不要生气！
熬过这忧伤的一天：
请相信，欢乐之日将来临。

心儿生活在未来；
现实却显得苍白：
一切皆短暂，都将过去；
过去的一切都将可爱。

致西伯利亚囚徒

在西伯利亚矿井深处，
请你们保持高傲的忍耐，
你们崇高的思想追求
和屈辱的劳役不会泯灭。

希望藏在黑暗的地下，
她是不幸的忠诚姐妹，
她将唤起振奋和欢乐，
渴望的时辰将要来临：

爱情和友谊将抵达你们，
穿过一道道阴暗的闸门，
就像我这自由的声音，
抵达你们苦役中的洞穴。

沉重的镣铐将会跌落，
牢房将倾塌，自由

在出口喜悦地迎接你们，
弟兄们把利剑递上你们的手。

纪念碑

我为自己建起非人工的纪念碑，
人民走向它的路径不会荒芜，
它高高昂起不屈的头颅，
高过亚历山大石柱。

我不会完全死去，珍藏的竖琴里
灵魂不腐，它比骨灰活得更长，
我将被颂扬，只要这世界上
还有一位诗人在歌唱。

伟大的罗斯到处都将有我的消息，
她的每种语言都将唤起我的姓名，
无论骄傲的斯拉夫人，还是芬兰人，
通古斯人和卡尔梅克人。

我将长久地受到人民的热爱，
因为我在残酷的时代将自由歌颂，
因为我用竖琴唤起善良的情感，
我呼吁对逝者的宽容。

哦，缪斯，请你听从上帝的吩咐，
不要惧怕屈辱，不要渴求桂冠，
心平气静地对待吹捧和诽谤，
不要理睬那些笨蛋。

（刘文飞译）

《叶甫盖尼·奥涅金》

梗概

《叶甫盖尼·奥涅金》是一部诗体小说，是普希金所有作品中创作时间持续最久的一部作品（1823—1831年），也是普希金用心最多的一部诗作。整部诗体小说共分十章，每一章由数十节十四行诗构成，其中的每节诗都严格地依据所谓"奥涅金诗体"写成。这部诗体长篇被别林斯基称为"俄国生活的百科全书"。

年轻的贵族青年叶甫盖尼·奥涅金为继承伯父的遗产自彼得堡前往乡村。这位24岁的青年接受过良好的家庭教育，懂法语，会跳舞，谈情说爱和舞会剧场等构成他生活的主要内容，他梳妆打扮，晚睡晚起，终日过着富足却又无所事事的生活。来到乡村后的奥涅金曾感到片刻的新奇，但很快就像在彼得堡一样感觉无聊。

邻村住着另外一位年轻贵族，名叫弗拉基米尔·连斯基，他从德国学成归来，"一位诗人和康德的信徒"，他心地纯洁，相信爱情，热爱生活。两位性格不同的贵族青年时常往来，面对连斯基的天真和热情，奥涅金不以为然，但有时也心生敬佩。连斯基对奥涅金说，他爱上了自己青梅竹马的女友、邻村地主拉林家的小女儿奥尔迦。奥尔迦年轻漂亮，热情好动，可她的姐姐塔吉雅娜却沉默忧伤，像“林野的鹿”，即便在自己家里也像是个外人，她喜欢阅读外国小说，或是长时间地坐在窗边沉思。

这一天，两位年轻朋友一起去拉林家做客。这次造访使得一个传闻在乡间传开，即奥涅金是塔吉雅娜的未婚夫。塔吉雅娜听到这个传闻感觉愤怒，但渐渐地，她的心里像是有一颗种子在慢慢地滋生，她“感觉到了爱情”。她更加入迷地阅读小说，并总是把奥涅金和自己想象成小说中的男女主人公。她夜间难以入睡，便与奶娘谈起爱情。突然，她让奶娘找来纸笔，独自一人坐在月光下的窗户边给奥涅金写下这样一封情书：

我在给您写信，还要怎样呢？
我还能对您说些什么？
此时我已明白，你可以
用轻蔑来随意地惩罚我。
可你若对我不幸的命运
哪怕存有丝毫的怜悯，
你就不会置之不理。
起初我想保持沉默；
请您相信，您也就
永远不会知道我的羞涩，
我却满怀着希望，
哪怕很少，一周一次，

在我们村里看见您，
只为听见您的话语，
与您交谈两句，然后
就只想着一件事情，
白天黑夜，直到再见您。
可是人们说您很孤傲，
在这荒僻的乡间你很无聊，
而我们……虽然喜欢您，
却没什么东西可以夸耀。

为什么您要来访我们家？
在这被遗忘的偏远乡村，
我原本永远不会认识您，
不会有这痛苦的折磨，
谁知道呢，天真心灵的激动
也许会逐渐趋于平静，
我会找到中意的男友，
成为一位忠实的妻子，
成为一位慈爱的母亲。

另一个人！……啊不，
世上无人能俘虏我的心！
这是上天的决定……
这是天意：我属于你；
我全部的生活都在等待
这一定会有的相见；

我知道你受上帝派遣，
来终生把我护佑……
我早已在梦中见过你，
无形的你多么可亲，
你奇妙的眼神让我不安，
你的声音在我心底响起，
早已……不，这不是梦！
你走进门来，我便明白，
我头晕目眩，浑身滚烫，
就是他！我在心里低语。
不是吗？我听到你的声音：
每当我去帮助穷人，
或是在默默地祈祷，
以抚慰激动的心灵，
是你在与我静静地谈心？
在这个时刻，是你吗，
在透明的暗影里，
可爱的幻影一闪而过，
轻轻地俯身于我的床头？
是你吗，充满欢乐和爱意，
对我絮叨希望的话语？
你是谁，我的护佑天使，
还是阴险的诱惑者，
请你来消除我的疑虑。
这一切或许全是虚空，
是天真心灵的梦呓！

命中的注定完全不同……
随它去吧！我如今
把我的命运交给你，
我在你的面前流泪，
祈求得到你的保护……
你想想：我在此孤身一人，
没有人能理解我，
我的理智无力支撑，
我将默默地死去。
我等着你：一道目光，
你就能复活心底的希冀，
或者用正当的谴责，
唉，驱散沉重的梦呓！

搁笔吧！不敢再读一遍……
羞愧难当，恐惧得要死……
但我信赖你的正直，
大胆地把自己托付给你……

第二天一早，塔吉雅娜让奶娘把信送给奥涅金。在不安的两天等待之后，奥涅金和连斯基一同前来。塔吉雅娜逃向花园，奥涅金也跟了过来。塔吉雅娜的信让奥涅金颇为感动，但是他在爱情方面早已没有什么激情，他对塔吉雅娜“坦白”道：如果他想过平静的家庭生活，塔吉雅娜无疑就是最合适的伴侣，可是他早已与幸福诀别，也厌恶家庭，即便是塔吉雅娜的泪水也无法打动他。塔吉雅娜眼含热泪，听完了这段告

白。在之后的日子里，塔吉雅娜终日闷闷不乐，日渐消瘦。

与此同时，连斯基和奥尔迦却谈情说爱，唱歌跳舞，过得很开心。转眼到了冬天，连斯基来到奥涅金家，两人一起饮酒聊天，谈起奥尔迦和塔吉雅娜，连斯基说他很快将与奥尔迦结婚。连斯基还转达了拉林家对奥涅金的邀请，两人决定一起去庆贺塔吉雅娜的命名日。

俄罗斯庄园的冬天像童话一般美丽，塔吉雅娜“有着俄国人的心灵”，她“偏爱俄国的冬天/和那严酷肃杀的风景”。她也相信俄罗斯的民间传说和迷信，她在睡前占卜，入睡后做了一个可怕的梦：她独自一人在雪地行走，遇见一头熊，熊帮助塔吉雅娜走过小桥，把她抱进一间木屋，屋里坐满各种妖魔和动物，它们都说塔吉雅娜属于它们，这时奥涅金现身，喝退那些妖魔，说塔吉雅娜只属于他一人。连斯基和奥尔迦出现，连斯基与奥涅金争吵起来，奥涅金用刀刺向连斯基……

命名日宴会上，大家的谈吐和行为令奥涅金厌烦，塔吉雅娜的激动神情也让奥涅金动气，他迁怒于连斯基，便在舞会上公然引诱奥尔迦，连斯基愤然离去，向奥涅金提出决斗请求，奥涅金虽然认为此事荒唐，却“平静地”接受了挑战。决斗中，奥

《叶甫盖尼·奥涅金》插图

涅金开枪杀死连斯基。

春天来临，两位少女曾一同来到“诗人”连斯基的坟前哭泣。但没过多久，奥尔迦移情别恋，与一位骑兵军官成婚，并离开家乡。塔吉雅娜独自一人，终日思念奥涅金。她常常走进人去屋空的奥涅金书房，在那里阅读奥涅金留下的图书以及他在书页上留下的批注和痕迹，试图弄清奥涅金“究竟是天使还是傲慢的魔鬼”。为了让塔吉雅娜能有机会遇到更多的求婚人，塔吉雅娜的母亲决定举家迁居“新娘的市场”莫斯科。塔吉雅娜对乡村恋恋不舍，终日徘徊于田野、森林和河边。他们一家终于在冬天告别乡村，来到繁华喧闹的都城，塔吉雅娜一边过着都市贵族小姐的生活，一边思念着乡村，思念着自己往日的爱情，直到在一次舞会上，在她面前出现一位“胖胖的将军”……

两年多之后，奥涅金又重新出现在彼得堡，在社交界中他依然我行我素，与大家格格不入，26岁的他“没有职位，没有妻子，没有事业”，也不知该做些什么。在一次舞会上，他认出已经是将军夫人的塔吉雅娜，为塔吉雅娜的高贵、优雅和纯朴所折服。第二天，奥涅金应邀前往塔吉雅娜家做客，找了一个机会与塔吉雅娜独处，奥涅金魂不守舍，塔吉雅娜却“自如而又平静”。坠入情网的奥涅金难以自拔，忍不住给塔吉雅娜写去一封又一封情书，倾诉衷肠，却始终没有等来塔吉雅娜的回信。在一个初春的早晨，备受煎熬的奥涅金偷偷闯进塔吉雅娜的房间，见她正泪流满面地读着奥涅金写来的信，那模样一如从前的塔吉雅娜，奥涅金跪倒在她面前。长久的沉默之后，塔吉雅娜终于开口，在回顾了往日的爱情之后，她最后说道：“我虽然爱你（何必说谎？），可我已经属于别人；我要永远对他忠诚。”

驿站长

十四品的文官，
就是驿站的总管。
——维亚泽姆斯基公爵

有谁不曾咒骂过驿站的站长们，不曾和他们吵过架？有谁不曾在愤怒的时候向他们索要那要命的意见本，好在上面写满指控他们蛮横、愚蠢和失职的无用的意见？有谁不曾视他们为人间的败类，将他们等同于从前那些抄抄写写的小吏，或至少也要将他们视为穆罗姆的强盗？然而，我们若能持一个公正的态度，尽量设身处地地为他们想一想，我们对他们的评价也许就能宽容得多。驿站长是何许人？就是一个十四级的真正的受难者，他的职位仅仅能使他免遭殴打，而且还不能保证他永远不挨打（我出此言，凭借的是我的读者们的良心）。维亚泽姆斯基逗趣地称之为“总管”的这种人，其职责是什么呢？难道不是真正的苦役吗？无论白天还是黑夜，都不得安宁。一个旅客在无聊的旅途中积聚起来的所有怨恨，都会发泄在驿站长的身上。天气不好，道路难行，车夫不听话，马匹跑不动，这一切都是驿站长的错。一个旅客走进他那间可怜的小屋，就像看一个敌人那样看着他；如果他能尽快地打发走这位不速之客，倒也好了；但如果恰好没有马呢？……上帝啊！各种的辱骂和恐吓就会落到他的头上啊！雨天雪地里，他不得不走村串户；暴风雪中，寒冬腊月里，他也时常走到过道里，以便暂时躲避一个发怒客人的喊叫和推搡。一位将军驾到了，颤抖的驿站长把最后两驾三套马车给了将军，其中还有一辆是供信使用的驿车。将军走了，连声谢也不对他道。五分钟后，车铃又响了！……一位机要信使又把他的驿车证往驿站长的桌子上扔了过来！……好好地体会这一切，我们的心中就会充满真挚的同情，而不是怨恨。我还要再说几句：20年间，我不停地奔波，走遍了俄国的东南西北；我几乎熟悉所有的驿道；几代车夫我都认识；我认得出绝大多数驿站长的脸，和绝大多数驿站长打过交道；我希望在近期出版我有趣的旅途见闻集锦；在此我只想指出：公众对驿站长阶层的看法是不正确的。这些遭人唾骂的驿站长，都是些谦和的人，他们天生一副热心肠，爱跟人交往，既不求名，也不太追逐钱财。从他们的谈话（可惜常被过路的先生们所忽略了）中，可以得到许多有趣的、有教益的东西。至于我自己，我得承认，我宁愿听他们的谈话，而不愿领教一位因公出差的六品官的阔论。

不难猜出，我在可敬的驿站长阶层中有一些朋友。确实，关于他们之中一位站长的记忆，对我来说是很珍贵的。环境曾使我与他相互接近，现在，我就打算对亲爱的读者们谈一谈这个人。

1816年5月，我旅行经过某某省，走的是一条如今已被毁坏的驿道。我当时职位低下，只得在每一个驿站换马，还要付两匹马的费用。因此，驿站长们对我很不客气，我常常要通过斗争才能得到我认为我有权得到的东西。我年轻气盛，看到驿站长把为我准备好的三匹马又套到一位官老爷的马车上，我便会因站长的下贱和胆怯而发火。在省长的午餐会上，势利的仆人常把我的菜漏掉不上，这件事使我很久都难以习惯。如今，这两件事我都认为是符合规矩的了。实际上，如果我们废除“小官敬大官”的普遍规则，而采用另一个比如说是“低智敬高智”的规则，那么我们这儿会出什么样的事情呢？那将会出现怎样的争斗啊！仆人们又该从谁那里开始上菜呢？但是，还是回到我的故事上来吧。

那一天很闷热。在离某某驿站还有三里路的时候下起了雨，一分钟之后，一场倾盆大雨便把我淋个透湿。到驿站后，第一件事就是赶快换衣服，第二件事是要一杯茶喝。“喂，杜尼娅!”站长喊道，“把茶炊摆上，再去拿点奶油来。”听到站长的话，一个14岁左右的女孩从隔壁房间里走出来，跑向前厅。她的美貌令我吃惊。“这是你女儿吗?”我问驿站长。“是我女儿，”他带着心满意足的神情回答，“她脑子好使，手脚麻利，活像她死去的母亲。”这时，他开始登记我的驿马证，我则看起他那简陋但整洁的住所中挂着的几幅画。画上画的是浪子回头的故事：在第一幅画上，一个戴帽着袍的可敬老人正在送别一个行色匆匆的少年，那少年在急慌慌地接受老人的祝福和钱袋。另一幅画上，年轻人放荡的行为被用鲜艳的笔触表现出来：他坐在桌旁，四周环绕着一些邪道朋友和厚颜无耻的女人。接下来的一幅画上，把钱财挥霍一空的少年身穿破衣，头戴三角帽，正在放猪，并和猪一同吃食；在他的脸上，有深刻的忧伤和悔恨。最后一幅画画他回到父亲身边；善良的老人，身着与第一幅画中同样的冠服，跑出来迎接儿子：浪子跪在地上；在画上的远景中，一个厨师正在宰杀一头肥牛，哥哥在向仆人们询问这一喜庆场面的原因。在每一幅画的下方，我都读到了几行相当不错的德文诗。所有这一切，以及那养着凤仙花的瓦盆、挂着彩色帐幔的床铺和当时出现在我身边的其他东西，至今仍都留存在我的记忆里。就是在此刻，我仍觉得那位驿站主人的形象历历在目，他50岁上下的年纪，脸色很好，精神矍铄，身穿一件长长的绿色制服，三枚勋章挂在褪了色的绶带上。

我还没来得及和我的老车夫结清账，杜尼娅就已经抱着茶炊回来了。这个小妖精只两眼便已察觉出她给我留下了很好的印象；她垂下蓝色的大眼睛；我与她交谈起来，她在回答我的问题时没有任何胆怯，像是一个见过世面的姑娘。我请她父亲喝杯果酒，又递一杯茶给杜尼娅，我们三人便聊开了，就像是老熟人似的。

马早就套好了，可我还是不愿离开驿站长和他的女儿。最后，我终于和他们道别；父亲祝我一路平安，女儿送我到车边。在前厅里我站下，请她让我吻她一下；杜尼娅同意了……我能够数得出，我在做了那事之后又有过许多次接吻，但没有一个吻能像这个吻那样，给我留下如此长久、如此愉快的回忆。

几年之后，一些事又使我走上同一条驿道，来到老地方。我忆起老站长的女儿，一想到又能见到她，便满心欢喜。但是我也想到，或许，老站长已经被别人替换了；或许，杜尼娅已经嫁人了。他和她或许死了，这个念头也曾在我的意识中闪过，就是怀着这样一种哀伤的预感，我走近了某某驿站。

马匹在驿站的小屋前站住。我走进房间，立即认出那几幅画着浪子回头故事的画，桌子和床铺摆在老地方，但是窗台上已没有了花，屋里的一切都让人觉得陈旧、凌乱。驿站长裹着皮袄睡在那里，我的到来惊醒他，他爬起来……这正是萨姆松·维林，可是他老得多厉害啊！就在他准备填写我的驿马证时，我看着他花白的头发、满是胡须的脸上那一道道深深的皱纹和他佝偻的背，我不能不惊讶，三四年的时光竟能将一个精神抖擞的男人变成这样一个瘦弱的老头。“您还认识我吗？”我问他，“我们可是老熟人啊。”“也许是吧，”他闷闷不乐地回答，“这是条大路，打我这儿路过的人很多。”“你的杜尼娅好吗？”我接着问道。老人皱起了眉头。“天晓得她好不好。”他回答。“看来，她嫁人了？”我说道。老人装作没听见我的话，继续喃喃地读着我的驿马证。我也不再问话，吩咐上茶。好奇心搅得我心神不宁，我指望着果酒能让我的老相识开口说话。

我没猜错：老人不反对喝上一杯。我发现，罗姆酒驱散了他的郁闷。喝第二杯时，他的话就多了起来；不知是真的记起来了，还是假装的，他像是认出了我，于是，我便从他那儿听到了这个当时曾强烈地吸引了我、感动着我的故事。

“这么说，您认识我的杜尼娅？”他开了头，“有谁不认识她呢？唉，杜尼娅啊，杜尼娅！是个好姑娘啊！从前，打这儿过的人，人人都夸她，没有一个人说她不好。太太们常送东西给她，有时是头巾，有时是耳环。过路的老爷们故意留下来，说是为了吃顿午饭或是晚饭，其实只是为了多看她几眼。那时，不论多么生气的老爷，一见到她就安静下来，对我说话也就客气了。先生，您信不信，那些通讯员啦，信使啦，和她一谈就是半个小时。她支撑着这个家，收拾呀，做饭呀，所有的事她都一人揽下了。而我这个老傻瓜，对她也是看不够、喜欢不够啊；难道是我不爱我的杜尼娅？难道是我不关心我的孩子？难道是她的日子过得不好吗？不是，是灾就逃不脱，命中注定的事，迟早总要发生的。”接下来，他便把他的伤心事详详细细地说给我听了。

三年前，在一个冬天的晚上，驿站长正在给一个新记事本画格子，女儿正在隔壁为自己缝衣服，这时，驶来一辆三套马车，一个头戴契尔克斯皮帽、身穿军大衣、裹着披风的人走进房间来，要求换马。所有的马都派了出去。听到这个消息，那位旅客提高嗓门，还举起了鞭子；但是，已习惯应付这种场面的杜尼娅马上从隔壁跑出来，和声细语地问来人要不要吃点东西。杜尼娅的出现照例又起了作用。来人的怒气消失了，他同意等马回来，并为自己要了一份晚餐。摘下湿漉漉的毛帽，脱下披风和大衣，来人原是一位身材匀称、蓄着黑色唇须的年轻骠骑兵。他坐到驿站长身边，与站长和他的女儿愉快地交谈起来。晚餐做好了。与此同时，马匹也返回来了，站长吩咐别给马喂食，立即给来人的马车套马；但是，当他回到屋里时却发现那位年轻人躺倒在长凳上，几乎已失去知觉；他觉

《驿站长》插图

得不舒服，脑袋很痛，走不了了……有什么办法！驿站长把自己的床铺让给他，并且打定主意：如果病人不见好转，明天早上就派人去C城请大夫。

第二天，骠骑兵的情况更糟了。他的一个跟班骑马进城去请医生。杜尼娅用一块浸了醋的毛巾包着他的头，然后就坐在他的床边缝衣服。驿站长在场时，病人哼哼着，一句话也不说，但是却喝了两杯咖啡，并且还哼哼着说要吃午餐。杜尼娅寸步不离地守着他。他不时地要水喝，杜尼娅便给他端来她调制的柠檬茶。病人湿了湿嘴唇，在每次递还杯子的时候都要用他虚弱的手捏一捏杜尼娅的手，以示感激。午饭前，医生赶到。他给病人号了脉，用德语和病人交谈一通，然后用俄语宣布道，病人只需要静养，两三天后便可上路。骠骑兵给了医生25卢布出诊费，并请他留下吃午饭，大夫同意了，他们两人胃口甚佳，喝光一瓶葡萄酒，然后彼此心满意足地分了手。

又过了一天，骠骑兵完全康复。他非常高兴，不停地和杜尼娅、和驿站长开着玩笑。他哼着歌儿，与过路的人聊天，还把旅客的驿马使用证明抄在驿站的记事本上，善良的驿站长着实喜欢上了他，在第三天早上，他已舍不得和他这位可爱的客人分手了。那天是礼拜天，杜尼娅正准备去做日祷。骠骑兵的车套好了。他大方地向驿站长付了食宿费，然后与站长道别，他又与杜尼娅道别，并提议顺路捎她去村边的教堂。杜尼娅犹豫不决地站在那里……“你怕什么?”父亲对她说，“这位大人又不是狼，他不会把你吃了的，你就坐他的车去教堂吧。”杜尼娅坐进马车，挨着骠骑兵，仆人跳上自己的座位，车夫吹了一声口哨，马儿便跑了起来。

可怜的驿站长不明白，他怎么会亲自让自己的杜尼娅和那个骠骑兵一起走掉，他为何瞎了眼，他的神经当时出了什么毛病？不出半小时，他的心就不舒服了，开始感到难受，一种不安的心情笼罩了他，使他再也耐不住，便亲自往教堂跑去。跑近教堂时，他看到人已经散了，但无论院子里还是教堂门口都不见杜尼娅。他急忙走进教堂：一位神父从祭台后走出来，一位执事在熄灭蜡烛，两位老太太还在角落里祷告，但是杜尼娅不在教堂里。可怜的父亲鼓起勇气问那执事，杜尼娅是否来做了祈祷。执事回答说，她没来。驿站长半死不活地回到家里。他只剩下一个希望了：杜尼娅出于年轻人的轻率，或许去了下一个驿站，她的教母就住在那个驿站。驿站长痛苦不安地等待着他让女儿坐上去的那辆三套车回来。车夫老也不回来。最后，直到傍晚，醉醺醺的车夫才一个人回来，他带来一个要命的消息："杜尼娅和骠骑兵一起，离开下一站又往前走了。"

老人经受不住这个不幸的消息，他躺倒在那个年轻的骗子昨天晚上躺过的床上。现在，驿站长把事情前前后后想了一遍，猜到那场病是装出来的。可怜的老人得了严重的热病，他被送到C城，找了一个人暂时代理他的事务。给他治病的，就是那个去给骠骑兵看过病的大夫。他告诉驿站长，那个年轻人根本没病，而他当时就猜透了他恶毒的主意，但是他怕挨鞭子，所以没有说出来。无论这个德国医生是在说实话还是想吹嘘自己的远见，他反正一点儿也安慰不了这位可怜的病人。病情刚有好转，驿站长便向C城的邮政支局长请了两个月的假，没有对任何人吐露自己的打算，便步行着找自己的女儿去了。他从驿马证上得知，骑兵大尉明斯基是由斯摩棱斯克去彼得堡的。拉过他的那个车夫说，杜尼娅一路上都在哭，虽说她好像是自愿跟他走的。“兴许,”驿站长想,“我能把我这只迷了路的羔羊领回家来。”带着这个念头,他到了彼得堡,住在伊兹梅洛沃团的驻地他的老战友、一个退伍士官的家中,开始寻找女儿。很快他就打听到,骑兵大尉明斯基就在彼得堡,住在德蒙特饭店。驿站长决定去找他。

一大早,驿站长就来到明斯基的接待室,让人去通报大人,说一位老兵要求见他。一个勤务兵一边擦着楦头上的靴子,一边回答说老爷正在睡觉,11点之前不会见任何人。驿站长回去了,在约定的时候再次来到这里。披着长袍、戴着一顶红色小圆帽的明斯基走出来见他。“老兄,你有什么事?”他问老人。老人的心急速地跳动,泪水涌上他的眼睛,他用颤抖的声音仅仅说出这样一句话来:“大人!……您就行行好吧!……”明斯基飞快地看了他一眼,脸一下红了,他抓住老人的手,把他带进办公室,又随手关上门。“大人!”老人继续说,“丢掉的东西是找不回来了,但求您至少把我可怜的杜尼娅还给我。您已经玩够了她,您就别再把她给白白地毁了吧。”“生米已经煮成熟饭,谁也无法挽回了。”极其狼狈的年轻人说,“在你面前我有罪,我也乐意请求你的原谅,但是你别指望我会离开杜尼娅,我向你保证,她会很幸福的。你要她干什么?她爱我,她已经不习惯从前的生活了。无论是你还是她,你们都忘不了过去的事。”然后,在往驿站长的袖口里塞了点什么之后,他打开门,连驿站长自己也不明白,他怎么就来到了大街上。

他久久地站着不动,最后,他在自己袖子的翻口里看到了一团纸。他掏出纸团,展开几张皱巴巴的五卢布和十卢布钞票。泪水又一次涌上他的眼睛,这是愤怒的泪水!他把纸币揉成一团，扔在地上，又踩了几脚，然后走开了……刚走了几步，他停下来，想了想……又转回身来……但是钞票已经不在了。一个穿着时髦的年轻人看见他后，便跑向一辆马车，急慌慌地坐上去，大喊一声："快走!"驿站长没有追赶他。他决定回自己的驿站去，但在这之前，他指望着至少能见上他可怜的杜尼娅一面。为了这一目的，两天后他又去了明斯基那儿，但是勤务兵严厉地对他说，老爷谁也不接待，那个勤务兵还用胸脯把驿站长挤出接待室，并顶着他的鼻子把门砰地关上了。驿站长站了一会，又一会，然后走开了。

就在这天傍晚，驿站长在受难者教堂做完祈祷后，正在铸造街上行走。突然，一辆漂亮的轻便马车在他面前驶过，驿站长认出了明斯基。马车在一幢三层楼前停住，正停在门前，骠骑兵向台阶跑去。一个令人兴奋的念头出现在驿站长的脑海里。他回转身，走到车夫跟前问道："老弟，这是谁的马？是明斯基的吗？""正是，"车夫回答，"你有什么事？""是这么回事：你的老爷命我送一封信给他的杜尼娅，可是我忘了他那个杜尼娅住哪儿了。""就住这儿，在二楼。老兄，你这信送迟了，现在他本人已经在她这里了。""没关系，"驿站长怀着一种难以名状的心情答道，"多谢你的指点，我还是要去办我的事。"说完这话，他便走上了楼梯。

房门锁着，他拉了门铃，心情紧张地等了几秒钟。钥匙响了一下，有人为他开门。"阿芙多季娅·萨姆松诺夫娜是住这儿吗?"他问道。"是住这儿，"一个年轻的女佣答道，"你找她有什么事?"驿站长没有答话，走进了前厅。"不行！不行!"女佣在他的身后喊道，"阿芙多季娅·萨姆松诺夫娜有客人。"但是驿站长没理她，继续往前走。前两个房间很暗，第三个房间里有灯光。他走到敞开的房门前，止住脚步。在这间装饰得很漂亮的房间里，明斯基坐在那里想事。穿着时髦、华丽的杜尼娅则坐在他那张椅子的扶手上，就像一个坐在英国马鞍上的女骑手。她温情地看着明斯基，用自己戴满戒指的手指抚弄着他黑色的鬈发。可怜的驿站长！他从未看到他的女儿如此美丽，他情不自禁地欣赏起她来。“谁在那边？”她问道，并没有抬起头。他一直没做声。杜尼娅没有听到回答，便抬起头来……她尖叫着倒在了地毯上。惊慌的明斯基忙去扶她，突然间看见了门边的老站长，他丢下杜尼娅，走到驿站长身边，他因愤怒而发抖。“你想干什么？”他咬牙切齿地对驿站长说，“你为什么像强盗一样老跟着我？你是想杀了我吗？快滚!”他用有力的手抓住老人的衣领，把他推到了楼梯上。

老人回到住处。他的朋友劝他上诉，可是驿站长想了一下，摆了摆手，决定放弃。两天后，他从彼得堡回到自己的驿站，又重操旧业了。“已经三年了，”他最后说道，“我一个人过日子，没有杜尼娅，也没有听到她的任何消息。她是死是活，只有天知道。什么样的事都可能发生。被过路的花花公子拐骗的姑娘，她不是第一个，也不会是最后一个，他把姑娘养上一阵，就扔掉了。在彼得堡这样的小傻瓜很多，今天还披着缎子和天鹅绒，一转眼，第二天就和穷光蛋一道去扫马路了。我有时想，我的杜尼娅也许已经堕落了，我就恨不得做一次孽，咒她早死……”

这就是我的朋友、一位年老的驿站长讲述的故事，一个不止一次被泪水打断的故事。驿站长用衣袖缓缓地擦着眼泪，就像德米特里耶夫那个精彩故事中勤恳的捷连季奇那样。那些泪水有一部分是由果酒引起的，在讲故事的过程中他喝了五杯酒，但是无论如何，这眼泪还是强烈地打动了我的心灵。和他分手后，我仍久久地难以忘怀这个年老的驿站长，久久地想着可怜的杜尼娅……

不久前，在又一次路过某某镇时，我记起我的朋友，我得知，由他掌管的那个驿站已经被取消。“老驿站长还活着吗?”对于我的这个问题，没人能够给出一个令我满意的回答。我决定重访故地，便租了几匹拉脚的马，向H村赶去。

这时恰逢秋季。灰色的云朵遮蔽着天空，冷冷的风儿从收割完的田野上吹来，扫过树木，带走树上红色和黄色的树叶。我在日落时分来到村里，把车停在驿站的小屋边。一个胖胖的女人走到前厅（可怜的杜尼娅曾在这里吻过我）回答我的问题说，驿站长一年前死了，这间屋里现在住着一个酿酒师傅，她就是这位师傅的老婆。我开始为这一趟白跑和白白花掉的七个卢布而感到惋惜。“他是怎么死的?”我问酿酒师傅的妻子。“是喝酒喝的，老爷。”她回答。“他葬在哪里？”“就在村边，挨着他从前的老伴。”“能领我到他的坟上去吗？”“有什么不行的？喂，万卡！你跟小猫玩够了吧。快领这位老爷到墓地去，把驿站长的坟指给他看。”听到这话，一个衣衫褴褛的红头发、一只眼的男孩跑到我面前，立即领着我向村边走去。

“你认得死者吗?”我在路上问他。

“怎么会不认得？他教过我刻笛子。从前，只要他（愿他早进天堂！）一走出酒馆，我们就追着他喊：‘老爷爷，老爷爷！给几个核桃吧！’他就把核桃分给我们。从前，他老跟我们玩。”

“过路的人有记得他的吗?”

“现在过路的人很少了，陪审员有时来，可他不问死人的事。夏天里来过一位太太，她也问起老站长，也到过他的坟上。”

“什么样的太太?”我好奇地问。

“是一位好看的太太,”男孩回答，“她是坐一辆六匹马拉的车来的，带着三个小少爷、一个奶妈和一条黑色的哈巴狗；她听说老站长已经死了，就哭起来，然后对她的孩子说：‘你们坐着别动，我到墓地去一趟。’我说我愿意领她去。可是太太说：‘我自己认得路。’她还给了我一个五戈比的银币，真是一个好太太啊！……”

我们来到墓地，这是一块光秃秃的土地，没有围栏，立了许多木头十字架，但是一棵树也没栽。我从来没见过如此凄惨的墓地。

“这就是老站长的坟。”男孩跳上一个沙堆，向我说道；沙堆上埋着一根镶有铜像的黑色十字架。

“那位太太来过这里?”我问。

“来过,”万卡回答，“我跟在她后面看着她。她躺在这里，躺了好久。后来，那位太太到了村里，找到神父，给他一些钱，就走了，她还给了我一个五戈比的银币，那太太真好!”

我也给了小男孩五个戈比，无论是这趟旅行，还是我花掉的那七个卢布，我都不再觉得有什么可惋惜的了。

（刘文飞译）

《大尉的女儿》

梗概

小说以50岁的贵族彼得·安德烈耶维奇·格里尼奥夫对自己青少年时代的回忆开始。他还在娘胎的时候便在军中注册，从小随马夫萨维里奇长大，同时接受过一位法国家庭教师的教育。17岁的时候，他被父亲送入军中，送到奥伦堡的白山要塞，因为父亲一位老战友在那里任要塞司令。告别时，父亲嘱咐他说："衣服要趁新爱惜，名誉要从小爱护。"在老仆人萨维里奇的陪同下，已经是"近卫军中士"的格里尼奥夫踏上了从军路。

在奥伦堡附近，格里尼奥夫和萨维里奇遭遇一场暴风雪，迷了路，他们在风雪中遇见一个人，那人将他们带到一家客栈。这位"向导""是一个仪表堂堂的人：他年纪约40岁，中等个头，身材较瘦，但肩膀很宽。黑色的胡须中露出几根白丝，一双生动的大眼睛来回转动。他脸上的表情很讨人喜欢，但也有点狡猾"。原来这就是遭到官兵追捕的农民起义领袖普加乔夫。为了表示感谢，格里尼奥夫把自己的一件兔皮皮袄送给这位"向导"。

白山要塞坐落在离奥伦堡40里远的地方，格里尼奥夫来到这里，见要塞就像一个破破烂烂的小村落，但要塞司令米罗诺夫大尉一家人却很可爱，要塞司令夫人就像操持家务一样管理着要塞。

格里尼奥夫与米罗诺夫一家相处得很好，同时也在阅读和写诗，他把自己写给大尉的女儿玛莎的诗拿给军官施瓦勃林看，却遭到后者嘲笑，其实也在追求玛莎的施瓦勃林还嘲笑了大尉的女儿，两人发生争吵，进行决斗，格里尼奥夫在决斗中负伤。

玛莎终日照看负伤的格里尼奥夫，两个年轻人相爱了。格里尼奥夫写信给父亲，要求父母准许他与玛莎成婚，可父亲拒绝了这桩亲事，因为玛莎家里拿不出任何嫁妆，格里尼奥夫因此陷入痛苦。

1773年10月初，米罗诺夫大尉接到一份密电，得知普加乔夫在亚伊克河流域发动叛乱，大尉着手备战，并打算把玛莎送到奥伦堡。但普加乔夫的部队来势凶猛，米罗诺夫夫妇率众英勇抵抗，但寡不敌众，要塞被攻占，被俘的官兵被押到广场上，施瓦勃林甘愿投敌，不愿投降的大尉被绞死，轮到格里尼奥夫时，普加乔夫突然赦免了他，因为普加乔夫通过萨维里奇的哀求认出了这对主仆。大尉的妻子见丈夫被吊死，愤怒地冲向普加乔夫，被哥萨克乱刀砍死。

晚上，格里尼奥夫被叫去见普加乔夫，普加乔夫对他说："我饶恕你，因为你对我有恩……你愿意忠心为我效劳吗?"格里尼奥夫表示拒绝，但普加乔夫仍说："绞刑归绞刑，饶恕归饶恕。你随便去哪儿，做你爱做的事吧。"

格里尼奥夫在前往奥伦堡之前去神甫家里见玛莎，两人依依惜别。普加乔夫派人送给格里尼奥夫一匹马和一件皮袄。

奥伦堡同样遭到普加乔夫起义军的围困。格里尼奥夫接到玛莎的一封来信，说施瓦勃林正在强迫她嫁给他，格里尼奥夫心急如焚，带着萨维里奇连夜赶回要塞。他们在途中被叛军俘虏，格里尼奥夫与普加乔夫再次见面，格里尼奥夫说玛莎是自己的未婚妻，他要前去“救她”。普加乔夫让格里尼奥夫坐上自己的马车，两人一同前往白山要塞。

这座要塞的“主人”此时已变成施瓦勃林，但普加乔夫主张“正义”，帮助格里尼奥夫从施瓦勃林处解救出玛莎。两位有情人终于相见，并在普加乔夫的准许下离开要塞。

格里尼奥夫让萨维里奇把“孤女”玛莎送往父母的庄园，自己则留在军中。普加乔夫暴动被镇压之后，格里尼奥夫由于“通敌”行为被捕，受到审判，将被终身流放西伯利亚。

为了拯救格里尼奥夫，玛莎来到皇城求情，在皇村的花园里她遇见一位端庄雍容的太太，这位太太原来就是女皇本人，听了玛莎的诉说之后，女皇下令赦免格里尼奥夫，当天，顾不得再看一眼都城，玛莎便启程返乡了……

《大尉的女儿》插图

大尉的女儿（节选）

第十四章 审判

世间的流言，
海上的波浪。
——谚语

我相信，我的罪名不过就是擅自离开了奥伦堡。我很容易为自己辩白：骑马出城打游击不仅从来没有被禁止过，而且还得到了全力的鼓励。我可能被说成是过于莽撞，却不会被指控为违抗军令。但是，我和普加乔夫之间的友好关系曾为许多证人所目睹，那种关系至少是非常可疑的。一路上，我都在想着我所面临的审判，考虑该如何回答问题，我决定在法庭上道出所有实情，我认为这是一种最简单、同时也最可靠的辩白方式。

我来到遍地废墟、满目疮痍的喀山。街道两旁原先是住房的地方，如今是一堆堆的黑炭，一堵堵被烟熏黑的、没有屋顶没有窗户的残壁断垣矗立在那里。这就是普加乔夫留下的痕迹！我被带到烧焦的城市中幸存的一座城堡里。两个骠骑兵把我交给一个看守军官。那军官叫来了铁匠。我被戴上脚镣，脚镣还被钉死了。然后，我被送进监狱，关在一间又小又黑的单身囚室里，囚室里四壁光秃秃的，只有一眼装着铁栅的小窗户。

这样的开端对于我来说可不是什么好兆头。但是，我既没有丧失勇气，也没有丧失希望。我采用了所有受委屈的人都要采用的自慰方式，并第一次感觉到，发自一颗纯洁的，但是已破碎的心灵的祈祷是那样甜蜜，我平静地入睡了，并不担心我将要遭遇什么样的事。

第二天，监狱的看守叫醒我，说委员会要提审我。两个士兵押着我走过院子，来到城堡司令的屋子里，两个士兵留在前厅，让我一个人进了里面的房间。

我走进一个相当宽敞的大厅。在一张摆满纸张的桌子后面坐着两个人：一个上了年纪的将军，模样严厉冷峻；一个年轻的近卫军大尉，年纪大约28岁，外表非常讨人喜欢，举止灵活而又随便。窗户边另摆了一张桌子，桌后坐着一个耳朵上夹着一杆鹅毛笔的书记员，他俯身面对一张纸，正准备记录我的供词。审问开始了。问了我的姓名和职务。将军问我是不是安德列·彼得罗维奇·格里尼奥夫的儿子。听了我的回答后，他严肃地说道："可惜啊，他那样一个可敬的人竟有这么一个不肖的儿子!"我镇静地回答道，无论对我的指控是什么，我都将用我对事实的问心无愧的陈述来推翻对我的指控。我的自信让他感到不高兴。"老弟，你挺能说的啊!"他皱了皱眉头，对我说，"但比你还能说的人，我们也见识过!"

这时，那个年轻人向我问道：我是在什么场合、什么时间开始为普加乔夫服务的，我都执行过普加乔夫的哪些任务。

我愤怒地回答，我是一名军官，一个贵族，我从来没有为普加乔夫服务过，也不会从他那里接受任何任务。

"那么为什么，"我的审讯者反问道，"单单你这一名军官和贵族被那个自封为帝的人赦免了，而你所有的战友却被残酷地杀害了呢？为什么只有你这一名军官和贵族与叛匪们一起友好地吃喝，还收下了匪首的皮袄、马匹和半个卢布等礼物呢？如果你没有叛变投敌，或者至少，如果你没有出现过卑鄙、有罪的懦弱，这种奇怪的友谊怎么会产生出来并被始终保持呢？”

这名近卫军军官的话让我感到深深的委屈，我情绪激烈地辩解起来。我说道，我是怎样在一场暴风雪中与普加乔夫在草原上相识的，在白山要塞陷落时他又如何认出我并赦免了我。我说道，我的确心安理得地接受了那个自封为帝的人给的皮袄和马匹，但是我曾竭尽全力地为保卫白山要塞而与那个强盗作战。最后，我提到我的将军，说他可以证明我在奥伦堡围困战时的忠诚表现。

那个严峻的老头从桌上拿起一封信，大声地念了起来：

“承蒙阁下垂询有嫌卷入此次叛乱并违背军法和誓言与匪首相勾结的格里尼奥夫准尉之情况，特奉告于此：准尉格里尼奥夫自去年（1773年）10月起在奥伦堡服役至今年2月24日，该日他出城，从此未归我之部队。据一些投诚者称，他曾到了普加乔夫的村寨并与普加乔夫一同到过他曾驻防的白山要塞；至于他的行为，我可以……”他在这里停止朗读，严厉地问我：“现在你还有什么可辩解的吗？”

我本想像开头那样继续说下去，像说其他事情一样开诚布公地说明我和玛丽娅·伊万诺夫娜的关系。但是，我突然感觉到一种难以忍受的厌恶。我想到，如果我说出她的名字，委员会肯定会传她来受询；她的名字会与恶棍们可恶的名字纠缠在一起，她自己也会被带来与那些恶棍对质，这个可怕的想法使我心头一震，于是我便打住话头，慌乱起来。

已开始带着某种关注倾听我的回答的两位法官，见我慌乱了，便又恢复了先前的敌视。近卫军军官要求让主要的告发者来与我对质。将军下令将那个前恶棍传来。我迅速地转身面对门口，等待着我那位揭发者的出现。几分钟后，响起一阵镣铐声，门开了，走进来的——原来是施瓦勃林。他的变化让我感到吃惊。他瘦得吓人，脸色煞白。他原先乌黑的头发完全花白了，长长的胡须也乱成一团。他用低沉、但坚定的声音重复了他的指控。他说：我是普加乔夫派到奥伦堡去的奸细，我每天出城去射击，是为了把城里的情况传递出去。最后，我又公然投靠那个自封为帝的人，与他一同到过多处要塞，千方百计地谋害与他同样叛变的战友，以便谋取他们的位置，博得自封为帝者的奖赏。我静静地听着他的话，使我唯一感到满意的是：这个可恶的恶棍没有提到玛丽娅·伊万诺夫娜的名字，这也许是因为，想到那个姑娘曾轻蔑地拒绝他，他的自尊心使他感到难受了；也许是因为，他的内心还残存着一星感情的火花，也就是那种使我保持了沉默的感情，无论如何，白山要塞司令女儿的名字始终没有当着委员会的面被提起。于是，我的主意更坚定了，当法官问我怎样才能反驳施瓦勃林的指控时，我回答，我坚持自己开始的解释，我没有其他什么需要辩白的了。将军下令把我们带出去。我和施瓦勃林一起走出来。我平静地看了他一眼，但是没对他说一句话。他投过一个恶毒的嘲笑，然后提起镣铐，超过我，加快脚步走了。我又被带回监狱，此后，便再也没有被提审过。

我以下要告诉给读者的一切，并不是我亲眼目睹的；但是，我多次听说过这些故事，甚至连那些最细小的细节也都被铭刻在我的记忆里，因此我觉得，那些事情似乎就是我亲身经历的。

玛丽娅·伊万诺夫娜受到我的父母热情慷慨的接待，那副热心肠是老一辈人所特有的。能有机会收留、关照一个可怜的孤女，他们认为这是上帝的恩赐。他们很快就真心喜欢上了她，因为在了解了她之后，谁都不可能不爱她。父亲已不再觉得我的爱情是一场胡闹，而母亲则一门心思地希望她的彼得鲁什卡能与这位可爱的大尉女儿成婚。

我被捕的消息使全家大吃一惊。玛丽娅·伊万诺夫娜向我父母讲述了我与普加乔夫的奇异相识，她的叙述非常坦诚，不仅没有使我的父母担心，而且还不时逗得他们开心大笑。父亲不愿相信，我会参与那场旨在推翻朝廷、消灭贵族的可鄙的暴乱。他对萨维里奇做了严厉的盘问。老仆人没有隐瞒，说少爷是在叶米里扬·普加乔夫那里做过客，那个恶棍也很照顾他；但他发誓说，他从来没有听到过什么叛变的事。两位老人安下心来，开始着急地等待好消息。玛丽娅·伊万诺夫娜十分焦虑，但是她沉默不语，因为她天生就非常谦逊谨慎。

又过了几个星期……突然，父亲接到我们的亲戚Б公爵从彼得堡发来的信。公爵对他谈了我的事。在几句通常要有的客套话之后，他通知父亲说，对于我参与叛乱阴谋的怀疑不幸被证实了，本应判我死刑，但女皇出于对其父的功绩和高龄的尊重，决定赦免这个有罪的儿子，让他免受可耻的死刑，只命将他终身流放至西伯利亚的边远地区。

这个意外的打击几乎要了我父亲的命。他丧失了他惯有的坚定，常用痛苦的抱怨去发泄忧伤（那忧伤通常是闷在心底的）。“什么?”他控制不住自己的时候，就一遍遍地说，“我的儿子竟参加普加乔夫的阴谋！正直的上帝啊，瞧我活到了什么份上！女皇赦免了他的死刑，难道这样我就能好受些吗？死刑并不可怕，我的祖父就死在红场的宣谕台上，我的父亲也是和内阁大臣沃伦斯基和他的朋友赫鲁晓夫一起遇难的。而一个贵族竟然背叛自己的誓言，去勾结强盗，勾结杀人犯，勾结逃亡的奴仆！……这真是我们家族的奇耻大辱啊！……”母亲被他的绝望之情吓坏了，不敢当着他的面哭泣，还竭力给他打气，说流言并不可信，说世人的意见靠不住。我的父亲并没有因此而感到安慰。

玛丽娅·伊万诺夫娜比任何人都更加痛苦。她深信，只要我愿意，我随时都可以证明自己无罪，于是，她便猜测实情，意识到她自己就是我的不幸之根源。她在所有人的面前掩饰起自己的眼泪和痛苦，与此同时一直在设想解救我的方法。

一天晚上，父亲正坐在沙发上翻阅《宫廷年鉴》；不过，他的思绪跑得太远，所以这次阅读没有对他产生通常的那种作用。他在用口哨吹一首古老的进行曲。母亲在默默地织一件毛衣，泪水不时滴落在她手中的毛衣上。突然，也坐在那里织衣服的玛丽娅·伊万诺夫娜开口说道，她必须到彼得堡去，她请求两位老人能给她路费。母亲非常伤心。“你为什么要去彼得堡呢?”她说，“难道连你，玛丽娅·伊万诺夫娜，也想离开我们吗?”玛丽娅·伊万诺夫娜回答，她整个未来的命运都取决于这次旅行，她要以一个忠诚殉难者的女儿的身份，去寻求保护，寻求大人物的帮助。

我的父亲垂下头：凡是能让人想到他儿子可疑罪行的话语都会使他感到难受，都会被他当成尖锐的指责。“你去吧，姑娘!”他叹息着对玛丽娅·伊万诺夫娜说，“我们不想妨碍你的幸福。愿上帝赐给你一个好人做未婚夫吧，而不是一个可耻的叛徒。”他站起身来，走出了房间。

玛丽娅·伊万诺夫娜和母亲单独留在一起，便把自己的计划部分地告诉了母亲。母亲泪流满面地拥抱她，求上帝保佑她所设想的事能有一个圆满的结局。玛丽娅·伊万诺夫娜的行装都已准备好，几天之后，她便带着忠诚的帕拉莎和忠诚的萨维里奇上路了，萨维里奇被迫和我分手之后，想到是在侍候我的未婚妻，他多少也得到了一些安慰。

玛丽娅·伊万诺夫娜顺利来到彼得堡附近的小城索菲娅，她在驿站里得知，行宫当时就在皇村，于是便决定留在那个驿站里。她在隔板后面占据一个小角落。驿站长的妻子很快就和她攀谈起来，她说她是宫中锅炉工的侄女，她对玛丽娅·伊万诺夫娜谈了许多宫中生活的秘闻。她谈到：女皇通常几点起床，几点喝咖啡，几点散步；当时侍奉在女皇身边的是哪几位大臣，昨天女皇在餐桌边说了些什么话，晚上又接见了什么人，总之，安娜·弗拉西耶夫娜的谈话顶得上好几页历史笔记，对于后代来说也是很珍贵的，玛丽娅·伊万诺夫娜认真地听着。她们走到花园里。安娜·弗拉西耶夫娜向她讲述每一条小道、每一座小桥的历史，散完步，她们回到驿站时，彼此都觉得非常满意。

第二天一早，玛丽娅·伊万诺夫娜就醒了，她穿好衣服，悄悄地来到花园里。早晨美极了，阳光照耀着椴树的树梢，那些椴树已在凉凉的秋意中换上了金黄色的衣裳。宽阔的湖面微波不兴，反射着晨光。醒来的天鹅端庄地游出岸边的草丛。玛丽娅·伊万诺夫娜走到一块漂亮的草地边，这草地上刚刚竖起一座纪念碑，它是为庆祝彼得·亚历山大罗维奇·鲁缅采夫新近的胜仗而立的。突然，一只英国种的白色小狗叫了起来，迎面向她跑来。玛丽娅·伊万诺夫娜吓着了，便止住脚步。就在这时，传来一个女人悦耳的声音："别害怕，它不咬人的。"玛丽娅·伊万诺夫娜看到一位太太，她坐在纪念碑对面的一条长椅上。玛丽娅·伊万诺夫娜坐到长椅的另一端。那位太太仔细地看着她；玛丽娅·伊万诺夫娜也向她投去几瞥，已将她从头到脚地打量了一番。那太太穿着白色的晨衣，头戴睡帽，披着一条坎肩。她大约40岁。她的脸庞红红的，很丰满，面色端庄而又安详，她那双天蓝色的眼睛和她淡淡的微笑都具有难以言传的美。那太太首先打破了沉默。

"您大概不是本地人吧?"她问。

"是的，我昨天刚刚从外省来。"

"您是和您的亲人们一起来的吗?"

"不是。我是一个人来的。"

"一个人来的！您的年纪可不大啊。"

"我没有父亲，也没有母亲。"

"您来这儿一定是有什么事吧?"

"是的。我是来求女皇一件事的。"

"您是孤女，看来，是来上诉不公平和欺负人的事吧?"

"不是。我是来请求宽恕，而不是来控告人的。"

"请问，您是什么人?"

"我是米罗诺夫大尉的女儿。"

"米罗诺夫大尉！就是奥伦堡一个要塞里的司令?"

"正是。"

太太看来被感动了。"如果我这是干涉了您的事情，"她用更温柔的嗓音说道，"那么就请您原谅，但是我常常去宫中，请您对我说，您有什么样的请求，我也许可以帮助您。”

玛丽娅·伊万诺夫娜站起身来，恭敬地向她道了谢。这位身份不明的太太身上的一切，不知不觉地就能唤起好感，博得信任。玛丽娅·伊万诺夫娜从口袋里掏出一张折起来的纸，把它递给素不相识的女保护人，那位太太默默地读了起来。

起初，她读得很认真，很专注；但是突然之间，她的脸色变了，一直在关注着太太一举一动的玛丽娅·伊万诺夫娜，见她一分钟前还那样好看、安详的脸色一下子变得严峻起来，便感到害怕了。

“您是为格里尼奥夫求情?”太太冷淡地问，“女皇是不会原谅他的。他和那个自封为帝的人相勾结，并不是由于无知和轻率，而是因为他本人就是一个不道德的害群之马。”

“啊，这不是事实!”玛丽娅·伊万诺夫娜喊了起来。

“怎么会不是事实?”太太脸色通红，反驳道。

“这不是事实，真的不是事实啊！我什么都知道，我这就来告诉您。他是为了我才承担那一切的。他没有在法庭上替自己辩护，那仅仅是因为他不想把我也牵连进来。”于是，她便激动地叙述了我的读者早已知道的一切。

太太认真地听完她的话。然后，她问道：“您住在哪里?”听说玛丽娅·伊万诺夫娜是住在安娜·弗拉西耶夫娜那里，太太便微笑着说道：“哦，我知道了。再见吧，您不要对任何人说起我们的会见。我希望，您的上诉信能很快得到回复。”

说完这话，她站起身来，走进了藤架覆盖的小道，心中充满欢乐希望的玛丽娅·伊万诺夫娜则回到了安娜·弗拉西耶夫娜那里。

女主人责怪她不该在秋天的清晨去散步，照她的话说，这对年轻姑娘的身体是有害的。她端来茶炊，倒了一杯茶，正准备长谈一通宫中的事情，就在这时，一辆宫中的马车突然停在台阶边，一位宫廷侍卫走进来说，女皇召米罗诺夫的女儿进宫。

安娜·弗拉西耶夫娜大吃一惊，忙活起来。“啊呀，上帝!”她喊了起来，“女皇召您进宫。她怎么会知道您呢？您一个小姑娘，哪里知道怎么去见女皇呢？我说，您连怎样在宫里走路都不会呢……要不要我陪您去？我至少可以给您指点指点嘛。您这身旅行穿的衣裙哪里能行？要不要派人到接生婆那里去把她那件黄礼服借来?”宫廷侍卫说，女皇要玛丽娅·伊万诺夫娜一个人去，穿什么样的衣服都行。没什么办法了，于是，玛丽娅·伊万诺夫娜便带着安娜·弗拉西耶夫娜的忠告和祝福，坐上马车，往宫中驶去。

玛丽娅·伊万诺夫娜预感到，我们的命运将被决定了；她的心猛烈地跳动着，几乎窒息。几分钟后，马车在皇宫边停下来。玛丽娅·伊万诺夫娜忐忑不安地走上台阶。宫中的门在她的面前依次打开。她走过一长串空空的大房间，宫中侍卫为她引路。最后，侍卫走到几扇紧闭的门前，他说要去通报，留玛丽娅·伊万诺夫娜一个人站在那里。

一想到就要面对面地见到女皇，她便感到害怕，两只脚几乎站不稳了。一分钟后，房门打开，她走进了女皇的梳妆间。

女皇坐在自己的梳妆台前。围在她身边的几名宫中女仆，恭敬地给玛丽娅·伊万诺夫娜让开地方。女皇亲切地向她转过身来，玛丽娅·伊万诺夫娜立即认出来，这就是几分钟前听她开怀倾诉的那位太太，女皇把她叫到跟前，微笑着说道："我很高兴能履行对您许下的诺言，满足您的请求。您的事情了结了。我相信您的未婚夫是无罪的。这里有一封信，请您交给您未来的公公。"

玛丽娅·伊万诺夫娜用颤抖的手接过信，她哭了，跪倒在女皇的脚下，女皇把她扶起来，并吻了她。女皇还和她交谈起来。"我知道，您不富裕，"女皇说道，"但是我对米罗诺夫大尉的女儿负有责任。请别担心您的未来。我要来为您建立家业。"

安抚了这个可怜的孤女，女皇便让她走了。玛丽娅·伊万诺夫娜回去的时候坐的还是那辆宫中的马车。迫不及待地等着玛丽娅·伊万诺夫娜回来的安娜·弗拉西耶夫娜向她抛去一大堆问题，玛丽娅·伊万诺夫娜也做了一些回答。安娜·弗拉西耶夫娜虽然因玛丽娅·伊万诺夫娜的健忘而感到不满，但她认为这是外省人的害羞，于是也就宽宏大量地原谅了她。当天，顾不得去看一眼彼得堡城，玛丽娅·伊万诺夫娜便启程回乡了……

彼得·安德列伊奇·格里尼奥夫的笔记至此中断。从他家族的传说中得知：由于女皇的命令，他于1774年底获释。普加乔夫被处死刑时，他也在场，普加乔夫在人群中认出他，还向他点了点脑袋，那颗脑袋一分钟后便被砍了下来，鲜血淋淋地展示给民众。后来，彼得·安德列伊奇很快就和玛丽娅·伊万诺夫娜结了婚。他们的后代在辛比尔斯克省过着幸福的生活。在离某某城30里的地方有一个村子，它属于十个地主。在其中一间老爷的住房里，还挂着一封镶在镜框里的叶卡捷琳娜二世的亲笔信。这封信是写给彼得·安德列伊奇的父亲的，信中宣布他的儿子无罪，并称赞了米罗诺夫大尉的女儿的聪颖和善心。我们是从彼得·安德列伊奇·格里尼奥夫一个孙子那里得到他的手稿的，他的孙子知道我们正在撰写关于他祖父所描写的那个时代的研究著作。在征得亲属的同意后，我们决定单独发表这部手稿，仅在每章的开头加了相应的题词，并冒昧地更换了几个姓名。

出版人

1836年10月9日

（刘文飞译）

莱蒙托夫

莱蒙托夫

普希金在决斗中负伤死去后，莱蒙托夫（1814—1841）立即写出《诗人之死》一诗，在对普希金之死表达震惊和哀悼的同时，也直接控诉、抨击了导致诗人悲剧的上流社会和宫廷。这首诗让莱蒙托夫一举成名，人们因此而感慨：“一位大诗人的死，造就了另一位大诗人的生。”

莱蒙托夫与普希金之间有太多的相似：他们都出身贵族，都生在莫斯科，都很早就开始写诗，都受到过西欧文化的熏陶，都既是大诗人又是杰出的小说家和剧作家，都对俄国的乡村和自然怀有深深的眷恋，都对专制制度持强烈批判的态度，甚至同样曾被流放到高加索，最后又都同样死在决斗中。人们常说，像普希金这样的诗歌天才，一个民族两百年才能出现一个，可莱蒙托夫却在普希金之后立即成了人民心目中的又一个诗歌天才。反过来看，莱蒙托夫的“出现”，较之于普希金就要困难得多了。在普希金夺目光辉的映照下，有多少有天赋的诗人会显得黯然失色，只好抱怨自己生不逢时。其实，普希金在世时，莱蒙托夫早已开始平肃的诗歌创作，其创作历史已长达十年；到普希金逝世时，先后在莫斯科大学和彼得堡近卫骑兵士官学校就读的大学生莱蒙托夫已陆续写下几百首抒情诗，占其抒情诗总量的三分之二，其中就包括《孤帆》等名作。然而，他还是默默无闻，普希金为当时文学界的诗友写了大量献诗，却没有一首是写给莱蒙托夫的。但是，普希金死后，在普希金的近朋好友们大都保持沉默的时候，无名的莱蒙托夫却大胆地喊出了许多人心底的话，公开点明杀害普希金的刽子手就是沙皇及其制度。《诗人之死》并非莱蒙托夫的第一首好诗，甚至也不能算作他最好的一首诗，但它却宣告了一位新的民族诗人的诞生。天赋和机遇，良心和勇气，共同造就了这一位俄国大诗人。

普希金的创作生涯持续得并不长，只有20余年，可莱蒙托夫呢，他在《诗人之死》之后只写作了短短的四年！而这又是在公务、流放、行军、战斗和囚禁等等之中度过的四年！可就在这四年之间，莱蒙托夫最终写出《童僧》、《恶魔》等多部长诗，出版一部抒情诗集，写作长篇小说《当代英雄》，完成了一个文学大师的历史使命。如此之短的时间里如此丰硕的成果，这向人们显示出了莱蒙托夫超人的天赋。此外，莱蒙托夫还是一位艺术上的多面手，他不仅擅长各种体裁的文学创作，精通英、法、德、拉丁文，还是一位杰出的画家，他在一个半世纪前描绘出的高加索风情画，至今仍焕发着丝毫不亚于其“东方抒情诗”的光彩。

莱蒙托夫的童年是不幸的，母亲在他三岁时就去世了，他由外祖母抚养成人。外祖母与女婿不和，两人长期就小莱蒙托夫的监护权等问题争执不休。外祖母很疼爱外孙，但出身名门的她却十分专断严厉。在莫斯科大学度过一段较为自由的时光后，莱蒙托夫被迫进入彼得堡士官学校，用他自己的话

莱蒙托夫油画《格鲁吉亚军用大道》

说，又度过了“恐怖的两年”。童年和少年时期的生活经历，对莱蒙托夫孤傲性格的形成不无影响。生活中的莱蒙托夫据说不苟言笑，待人冷淡，经常嘲笑各种人和事，有时甚至让人感觉他很刻薄和恶毒。他创作的著名长诗《恶魔》在一定程度上似乎就是他自己的“诗歌自画像”，这部长诗塑造出一个具有强烈叛逆精神的人物。这便是恶魔的自白：“我是个眼露绝望的人，/我是个谁也不会爱的人，/我是条挞罚众生的皮鞭，/我是认识和自由国之王，/上天的仇敌，自然的灾祸……”这是一个充满矛盾的个性，他憎恶天庭，向往自由，却又与环境格格不入，不知什么是真正的自由。他自称没有爱，却真诚地爱上少女塔玛拉，可他的毒吻最后却夺走了爱人的生命。莱蒙托夫在现实生活中的所作所为，也的确具有某种“恶魔”特性。除了十二月党人诗人奥陀耶夫斯基等个别人外，莱蒙托夫在文学界没有什么亲近的朋友；在军中，他对同事的嘲讽，多次导致决斗场面的出现；在被流放至高加索时，他与同样也被流放至当地的十二月党人接触较多，但后者却认为他属于“怀疑的、悲观的、冷漠的另一代”。他回避严肃的谈话，常以冷漠和嘲笑的态度面对社会问题，很少向人敞开自己的内心，他的这一处世态度，甚至使他在1837年与对他评价很高、一直关注他创作的别林斯基等人也逐渐疏远。除长诗《恶魔》外，“恶魔”的形象还出现在莱蒙托夫的其他作品中，如两首同题抒情诗《我的恶魔》中的抒情主人公，甚至连剧作《假面舞会》中的阿尔别宁和小说《当代英雄》中的毕巧林，也都带有某种“恶魔”气质。

弗鲁别尔作《坐着的恶魔》

提起莱蒙托夫的抒情诗，许多人都会想起他的《孤帆》和《云》，这两首名诗的确构成了他前后两个抒情诗创作阶段的代表作。总体上看，莱蒙托夫的前期抒情诗情感热烈，语调急促，对自我情感的书法更为直接一些，更多怀疑和否定，而后期的诗则相对地更凝重一些，视野更为开阔，情绪较为超脱，更多沉思和静观。与普希金不同，莱蒙托夫很少歌颂生活的欢乐和爱的幸福，就连他的情歌也大多充满深刻的疑虑和痛苦。诗歌形象的具体化，冷静的抒情情绪，以及散文化因素向诗歌的渗透，这些构成了莱蒙托夫抒情诗的主要特征，这些因素的逐渐发展，同时也勾勒出了莱蒙托夫抒情诗主题的演进轨迹。在1831年的一首致友人的诗中，莱蒙托夫写道："那颤抖的孤独的舟子，/驾着小船飞快地奔驰，/他看见，前方的海岸已近，/但更近的却是自己的末日。"诗人上下求索在生活的海洋中。在之后写给洛普辛娜的第一首诗中，诗人向她祈求："愿你成为我的天空。"诗人似乎在寻求更广阔的感受空间和更超脱的精神态度。在他晚期的诗歌中，则有了这样的诗句："像从心头卸下了重负，/疑虑已经远远地逃离。"（《祈祷》）"星星都在聆听我的话，/欢乐地拨弄着光的波纹。"（《先知》）"对人生我已无所期待，/对往事我已没什么追悔，/我在寻求自由和安宁啊！/我真愿忘怀一切地安睡！"（《我独自一人出门启程》）从头至尾翻阅莱蒙托夫的抒情诗集，我们感到，似有一叶孤帆离我们而去，渐渐消失在海天相连的远方，而在一段间隔之后，又有一朵行云蓦然从天边飘来，向我们洒下一片清冷。从地面（海面）到天空，通过寻求获得超越，莱蒙托夫在他的抒情诗创作中完成了一次孤独却圆满的精神和情感的升华。

《当代英雄》是莱蒙托夫最著名的一部长篇小说。这部长篇实际上是由五个中短篇小说组合而成的，它们各自独立，又互有关联。在俄语中，"英雄"一词又有"主人公"之含义，而"当代"即为"我们的时代"，因此，"当代英雄"又可译为"我们时代的主人公"。小说发表之后，正是这一"主人公”的形象引起很大的反响和争议，一些人认为毕巧林不是典型的俄国人，而是西方的舶来品。别林斯基则在小说发表后立即指出，小说的主人公就是“当今的奥涅金”。作者在小说的序言中这样写道：“先生们，‘当代英雄’的确是一幅肖像，但它不是某一个人的肖像。这是我们整整一代人的缺陷之充分发展的肖像。”同时，这一人物也体现着对现实的不满和抗议，这一形象的出现本身也证明了那个时代的庸俗和无为，一个健康、智慧的人在黑暗、压抑的社会环境中逐渐丧失了精神的追求和生活的目的，丧失了行动的能力，沦落为无用、多余的人，人们该谴责的，首先是造就这样一种人物的社会，而不仅仅是这样的人物本身。这大概是莱蒙托夫写作《当代英雄》、塑造出毕巧林这一形象的初衷和主旨之所在，尽管作者在同一篇序言的结尾处声称，他“绝不至于那么愚不可及”，“会心存奢望，想成为医治人类陋习的良医”。

对毕巧林这一形象的塑造，莱蒙托夫主要使用了两种方法，一是多侧面的刻画。五个故事采用了三种叙述方式（即他人的转述、作者的叙述和主人公的自述），多方地对人物进行观察，使读者能获得一个立体的人物形象。二是深刻、细腻的心理描写。在穿插进小说的主人公日记中，作者让主人公向读者敞开心扉，在对人物作描写时，侧重的也多为毕巧林的所思所想，即支配着毕巧林行动的意识和意志；此外，作者还在高加索大自然的映衬下、在激烈的冲突场景中描写主人公的心理及其微妙的变化。这样的描写，使毕巧林成了俄罗斯文学中最为丰满的人物形象之一。在此之前的俄国小说中，这样的心理描写和具有这样心理深度的文学人物是鲜见的，因此，莱蒙托夫的小说创作对于俄罗斯文学来说意义重大。古米廖夫认为莱蒙托夫“在散文中高过普希金”，“俄国散文就始自《当代英雄》”。别林斯基认为莱蒙托夫是普希金之后俄罗斯文学新阶段的“中心人物”，理由主要就在于此。这样的人物塑造手法，这样一种“心理现实主义小说”，后来对托尔斯泰、陀思妥耶夫斯基等人都有很大的影响。

译本推荐：

《莱蒙托夫：诗选》，余振译，上海译文出版社，1987年。

《莱蒙托夫全集》（5卷），顾蕴璞编，河北教育出版社，1996年。

孤帆

在大海蓝色的雾霭里，
一叶孤帆闪着白光！……
它寻找什么，在遥远的国度？
它抛弃什么，在亲爱的故乡？

波涛翻滚，海风呼啸，
吹弯的桅杆嘎嘎作响……
唉，它不在寻找幸福，
也没逃离幸福，远走他方！

下面涌动着碧蓝的激流，
上方闪耀着金色的阳光……
不安的它却在祈求风暴，
仿佛在风暴中才有安详！

诗人之死

诗人死了！这荣誉的俘虏
倒下了，为流言所辱，
胸中带着子弹和复仇的热望，

他低下了高傲的头颅！……
诗人的心灵无法忍受
闲言碎语带来的羞耻，
他挺身抗击世俗的舆论，
照旧孤身一人……被杀了！
被杀了！……有什么用，
恸哭，无用的空洞赞叹，
这喋喋不休的可怜辩解？
命运已经作出审判！
不正是你们吗，起先
驱赶他自由大胆的天赋，
然后纯粹为了开心，
又煽起他压抑的怒火？
怎么？你们开心了……
他无法忍受最后的苦难：
罕见的天才像孤灯熄灭，
庄严的桂冠也已凋残。

凶手冷血地朝着他
开枪……无可挽救：
那空虚的心脏平静跳动，
手中的枪竟没有颤抖。
奇怪？……这家伙老远地，
像成百上千的亡命徒，
被命运扔到我们这里，
来追逐幸福和厚禄；

他嬉皮笑脸地蔑视
这外国的语言和风俗；
他哪会怜惜我们的荣光，
他在那血腥的时刻哪会知道，
他向什么人举起了手枪！……

诗人被杀了，被坟墓带走，
像那位不知名的可爱诗人，
强烈嫉妒心的牺牲品，
诗人曾神奇地将他描绘，
如今也像他死于非命。

抛却宁静的生活和纯真的友谊，
他为何步入这嫉妒的世界？
这里会窒息自由的心灵和热情。
他为何和造谣的小人握手，
为何相信甜蜜的谎言？
他年轻时早已把人心看透……

人们摘去花环，给他
戴上插满月桂的荆冠：
一根根隐在的尖刺，
扎入那光荣的头颅；
他在人世的最后时光，
也被蠢人们的闲言所玷污，
他死了，空怀复仇的渴望，

和希望落空后的隐秘沮丧。
美妙的歌声从此沉寂，
再也不会重新响起：
诗人的居所阴森狭小，
嘴巴还被封印封死。

你们这些傲慢的子孙，
你们的父辈就以卑鄙著称，
你们用奴才的脚掌
践踏落魄家族的后人！
你们蜂拥在王座旁，
扼杀自由、天赋和荣光！
你们藏身于法律的庇荫，
法庭和真理对你们默不作声！……
但放浪的宠儿们，还有神的审判！
还有威严的审判：它在等待，
它不听金钱的响声，
它看透了你们的心思和行径。
你们再去中伤也是枉然：
中伤无法再帮你们，
你们倾尽你们的黑血，
也洗不净诗人正义的血痕！

云

天空中的云，永恒的浪者！
蓝天像草原，你们像珠串，
急促地奔走，像我一样，
从可爱的北国流放到南方。

是谁驱赶你们：命运的裁判？
隐在的嫉妒，还是公开的怨恨？
你们背负着沉重的罪过，
还是朋友们恶毒的中伤？

不，贫瘠的田地令你们厌倦……
激情和痛苦让你们感觉陌生；
永远地冷漠，永远地自由，
你们没有祖国，也没有流放。

（刘文飞译）

《当代英雄》

梗概

《当代英雄》插图

作者在所谓“序言”中写道：“先生们，‘当代英雄’的确是一幅肖像，但它不是某一个人的肖像。这是我们整整一代人的缺陷之充分发展的肖像。”小说由四部相对独立、却又构成呼应的中短篇故事构成。

《贝拉》采用叙事主人公的第一人称叙述。“我”乘马车离开梯弗里斯，在格鲁吉亚军用大道上路遇老上尉马克西姆·马克西梅奇，50岁的老上尉对“我”讲了毕巧林的故事。老上尉奉命驻守高加索的一座要塞时，年轻漂亮的贵族军官毕巧林来到他的要塞，他让老上尉感到有些奇怪，因为在风雨天出去打猎，别人都累坏了，他却一点事儿也没有，可坐在自己屋里他却会着凉；他会一连几个小时一言不发，可一开口又会让人笑破肚皮。他是近卫军军官，因为在上流社会中闹出丑闻被从都城发配到高加索。他既勇敢高傲，又彬彬有礼。他爱上当地王爷的女儿贝拉，设法用偷来的骏马诱惑贝拉的弟弟把姐姐拐进要塞，贝拉经过漫长的沉默和犹豫后答应了毕巧林，因为她也爱上了毕巧林。过了不久，毕巧林对贝拉的感情逐渐冷淡，因为他觉得“一个蛮女的爱情比起上流社会贵妇的爱情来也好不了多少”。只有马克西姆·马克西梅奇像对待女儿那样关照贝拉。失去骏马的契尔克斯小伙子卡兹比奇为了报复而劫走贝拉，老上尉和毕巧林把贝拉追回来，但被卡兹比奇刺伤的贝拉最终还是死了。后来，毕巧林被调离要塞。

《马克西姆·马克西梅奇》一节写道，“我”在弗拉迪高加索与马克西姆·马克西梅奇再度相遇，我们两人在这里看到毕巧林的马车。马克西姆·马克西梅奇激动万分，等了一夜却没等到毕巧林出现。第二天，“我”看到毕巧林，“我”觉得应该为诸位描绘一下他的肖像：中等个头，体格健壮，白得耀眼的衬衫显示着上等人的习惯，苍白的指头纤细得令人吃惊，他坐下来的时候像是背上没有一根骨头，皮肤像女人一样细嫩，淡黄色的鬈发勾勒出苍白而又饱满的前额，微微上翘的鼻子，洁白的牙齿，栗色的眼睛，关于眼睛还得说一句，在他笑的时候，他的眼睛并不笑！对于扑过来的马克西姆·马克西梅奇，毕巧林并未表现出任何热情，只说他得立马上路，前往波斯。失落的马克西姆·马克西梅奇唉声叹气，把毕巧林当年留在要塞的日记交给了“我”。

所谓“毕巧林的日记”构成小说的第二部分，即这部小说的主体。《塔曼》记录下毕巧林在黑海岸边小城塔曼的一段奇遇。他恰好借住在一伙走私犯的家中，夜间目睹那家人的走私场景。第二天，毕巧林借故向房东问起昨夜的事情，房东的女儿于是邀请毕巧林晚上到海上约会。这女子美丽妖艳，就像一条美人鱼，不会游泳的毕巧林深知去海上赴约的危险，但他难以抵御那“女妖”的诱惑，还是上了她的小船。女妖热烈地拥抱毕巧林，有意碰落他的手枪，然后想把毕巧林推进海中，自己反倒落水。毕巧林把船划回岸边，只见女妖已游上岸，正与昨夜独自驾船送来货物的男友杨科在一起，他们见事情败露，决定就此离开塔曼。感觉自己搅了别人的局，毕巧林不无内疚，可回到住处一看，他的钱袋、军刀和短剑均已被盗走。

《梅丽公爵小姐》一篇由毕巧林的日记组成，记录了他与梅丽公爵小姐的“爱情”经过。在高加索温泉城五峰镇，毕巧林结识了士官生格鲁什尼茨基，他告诉毕巧林，他正在追求来自莫斯科的梅丽公爵小姐。漂亮的公爵小姐身边围满了崇拜者和追求者，她“纯洁得就像一只鸽子”，无所事事的毕巧林为了解闷，决定把梅丽小姐弄到手。他施展他在彼得堡交际界学到的勾引手段，对梅丽时而傲慢时而多情，还精心设计了一些特定“场景”，终于使梅丽小姐动心。在这一追求过程中，毕巧林也时常心生疑虑，不明白自己为什么要去征服一位他并不愿意与之结婚的姑娘。被提升为军官的格鲁什尼茨穿着新制服去看梅丽，受到冷遇，他决定向情敌毕巧林提出决斗。决斗的条件很苛刻，双方站在悬崖上开枪，相距六步。格鲁什尼茨基抽中先开枪的签，但他不忍心打死毕巧林，放了空枪，毕巧林却冷酷地一枪击中对手。毕巧林因为决斗被放逐到偏僻的N要塞去，临行前他去与公爵小姐一家告别，公爵夫人告诉他，女儿正因为他而生病，要他和梅丽结婚，被他拒绝。梅丽

“苍白得像大理石一样”，她对毕巧林说：“我恨你!”毕巧林恭恭敬敬地鞠了一个躬，然后转身离去。

《宿命论者》写军官们在少校家里打牌，他们谈起人的命运问题。中尉乌里奇不相信人的命运是由上天决定的，他愿以此和别人打赌。毕巧林掏出20枚金币，赌乌里奇今天必死，乌里奇从少校房间里挂着的手枪中随意选中一把，对着自己的脑门开了一枪，枪没响。乌里奇赢了，但是当晚，乌里奇却被一名哥萨克醉鬼砍死。凶手带着武器藏进一间屋子，大家不敢去抓他，毕巧林从窗口冲进去，凶手射出的子弹从毕巧林耳边掠过，打掉他的肩章，毕巧林最终制服那位凶手。“在这一切之后，似乎不能不相信天命了吧？可是谁又能确切地知道，他对什么事情信得有道理还是没道理呢?”“我对什么都喜欢怀疑，这种性格并不影响我果断行事，而是恰恰相反，对我来说，越是不知道前方有什么在等着我，我就会越勇敢地向前冲，因为比死更糟糕的东西是不会有的。”

果 戈 理

果戈理

果戈理（1809—1852）出生在乌克兰一个地主家庭，少年时起，他就受到富有历史感的家乡环境和充满艺术感的家庭氛围的影响，中学期间，他在音乐、绘画和戏剧等诸多领域都表现出了出众的天赋，但是，他的主要追求仍在于“服务国家”，因此，中学毕业后他便来到首都彼得堡，在衙门中任职。在彼得堡小公务员的枯燥生活和果戈理“服务国家”的宏大理想之间，看来存在着不小的差距，因为果戈理很快就感到了厌倦，并尝试用文学创作来丰富自己的日常生活。1830年，他发表第一篇小说，不久结识普希金、茹科夫斯基等彼得堡文学名流，进入文学界。1831—1832年间，果戈理以他那洋溢着浪漫、神秘色彩的小说集《狄康卡近乡夜话》轰动文坛，1835年先后出版的两个集子《密尔哥罗德》和《小品集》又进一步巩固了他的声望，果戈理的小说对象也渐渐地由梦幻、甜蜜的“斯拉夫的古罗马”转向“庸俗人的庸俗”（普希金语），所谓的“彼得堡故事”，尤其是其中的《外套》、《鼻子》和《涅瓦大街》等名篇，受到空前好评，别林斯基更是依据果戈理的这些作品宣布俄罗斯文学中一个新潮流，即“自然派”的诞生，并写道：“果戈理先生具有非同寻常的、有力的和崇高的天赋。至少在今天，他是文学的首领，诗人的首领，他站在普希金留下的位置上。”

《外套》是果戈理最著名的短篇小说，写的是彼得堡公务员亚卡基·亚卡基耶维奇·巴施马奇金省吃俭用，为自己买了一件新外套，次日晚上却在大街上被人抢走，巴施马奇金前去告状，却被大人物一顿训斥，心疼外套、又受到惊吓的巴施马奇金从此一病不起。《外套》和普希金的《驿站长》一样，表达出了深刻同情“小人物”的人道主义思想，在作家立场和作品氛围等方面都为后世的俄罗斯作家树立了榜样，因此，陀思妥耶夫斯基后来曾深情地说出了这样一句名言：“我们全都来自《外套》。”《鼻子》说的是“发生在彼得堡的一件非常奇怪的事情”：八等文官科瓦廖夫一觉醒来，发现自己的鼻子丢了，更为奇特的是，这个鼻子还穿上了官服，“坐上马车满城游荡”，经过一番周折，鼻子终于回来了，“像什么事情也没有发生过一样，在他的脸上挂着微笑，一点也没有不辞而别的样子”。通过这个“自己逃亡并以五等文官的身份到处出现这件奇怪的、超乎自然的事情”，作者实际上是在展示彼得堡官场庸俗、荒诞的众生相，而这篇小说最让人称道的，还是让“鼻子”满城游荡这一魔幻的、“现代派的”手法。

1836年，果戈理的《钦差大臣》一剧在彼得堡亚历山大剧院首演，该剧的剧本也同时出版单行本。《钦差大臣》的题材是普希金提供给果戈理的，说的是赌钱输得一文不名的花花公子赫列斯达科夫来到一个小城，却被当作微服私访的钦差大臣，受到城里各位官员的逢迎和贿赂，他将计就计，还调戏了市长的妻子和女儿，最后扬长而去，正在这时有人通报，真正的钦差大臣驾到，剧中的全体人物都惊恐万状，呆若木鸡。据说在当时的演出中，这样的哑场持续达数分钟之久。此剧对俄国官场，乃至整个社会的讽刺是入木三分的。该剧上演后，也有人因为在其中看不到“俄国的正面人物”而感到遗憾，果戈理对此回应道：“我感到遗憾的，谁都没有看到我剧本中的那个正直的人物。……这个正直、高尚的人物就是‘笑’。”在后来的《作者自白》中，果戈理又写到，他在《钦差大臣》中“决定把俄国所有坏的东西都集中起来……并加以嘲笑。”从此，关于果戈理创作中“含泪的笑”的说法就流传开来。

《钦差大臣》所引起的巨大反响使其作者深受震撼，竟然觉得有些难以承受，于是便在1836年6月出国散心，游历德、法、意等国，同时继续他自1835年秋就开始写作的《死魂灵》。这部长篇小说的主要部分在罗马写就，1841年底，果戈理带着《死魂灵》手稿返回俄国，并于次年5月在俄出版《死魂灵》第一部。这部揭露俄国现实之黑暗的作品同样受到了批评界和读者的空前关注，赫尔岑在《论俄国革命思想的发展》一文中曾说：“《死魂灵》震撼了整个俄国。”

《死魂灵》以乞乞科夫为购买“死魂灵”而游历俄国、与各种各样的地主打交道的过程为线索，广阔地反映了农奴制度下的俄国现实。乞乞科夫是个投机商人，他向地主购买那些已经死去、却还没销户的“死魂灵”，为的是以此做抵押，从政府那里骗取贷款。他前后与之打交道的五个地主，个个都富有鲜明的性格特征，都成了俄罗斯文学人物画廊中的“经典”：马尼罗夫是个体面却慵懒无为的地主，他不劳而获地生活在幻想之中，没有任何行动的能力，所谓“马尼罗夫性格”已经成了无所作为的空想家、一无是处的懒汉的代名词；女地主科罗勃奇卡（意为“匣子”，“盒子”）孤陋寡闻，精于算计却又愚昧无知；诺兹德廖夫（名字来自“鼻孔”一词）蛮横无理，放荡成性，是恶霸地主的代表；索巴凯维奇（意为“野狗之子”）精打细算，从不亏待自己，是一个贪婪无耻的剥削者的典型；普柳什金虽然富裕，却吝啬到极点，是个俄国版的高老头。《死魂灵》通过对俄国地主阶级群像的成功塑造，深刻地揭露了农奴制度的反人道、非人性本质，把俄国黑暗而又可笑的现实淋漓尽致地展现在人们面前，果戈理的这部作品因而被公认为俄国批评现实主义文学的奠基之作。完成了《死魂灵》的果戈理，被视为当时俄国首屈一指的作家，别林斯基将果戈理的小说创作视为俄国现实主义文学之成熟的重要标志之一。

译本推荐：

《死魂灵》，鲁迅译，人民文学出版社，1953年。

《狄康卡近乡夜话》，满涛译，人民文学出版社，2006年。

《死魂灵》，满涛、许庆道译，人民文学出版社，1983年。

外套

在部里……但还是不要说出是哪一部好些。再没有比各种部、团、办事处，总之一句话，再没有比各种公务员更容易闹脾气的了。现在每一个个别的人，都认为侮辱他就是侮辱整个社会。据说，最近有一个县警察局长，不记得是哪一县的了，递了一张呈文，呈文里明明白白写道：国家法纪濒于危殆，他的神圣的官名随便让人糟蹋。作为证据，他把厚厚一大卷传奇稗史添附在呈文后面，每隔十页就有一个县警察局长出现，有些地方还写他喝得烂醉如泥。因此，为了避免引起不愉快，我们不如把这里所要讲到的部叫作某部。这样，在某部里，有某一官员当过差，这官员不能算是一个十分了不起的人物，矮矮的身材，有几颗麻子，头发有点发红，甚至眼睛也像有点迷糊，脑门上秃了一小块，两边腮帮子上满是皱纹，脸色使人疑心他患痔疮……有什么办法呢！这是彼得堡气候的不是。至于说到官衔（因为我们这儿开宗明义就得说明官衔），那么，他是所谓一辈子的九品文官，大家知道，有着欺凌不会咬人的人的值得赞美的习惯的各式各样作家们，对这些人是不惜尽情加以嘲弄和奚落的。

这官员姓巴施马奇金。光瞧这个字，就知道原来是从巴施马克[①]变来的；可是它在哪一年，什么时候，怎么样从巴施马克变来的，可就无从查考了。父亲，爷爷，甚至妻舅和全体巴施马奇金家的人，都穿长筒靴，每年换两三回底。他的名字

① 即俄文的“鞋”。——译者注

是：亚卡基·亚卡基耶维奇。读者也许觉得这个名字有点古怪，别出心裁，但我可以保证，绝没有人搜索枯肠把它想出来，而是自然而然演变到这一步，无论如何也不能给他起别的名字。事情的经过是这样的：如果我没有记错的话，亚卡基·亚卡基耶维奇是在3月23日深夜降生的。故世的母亲，官员的老婆，一个贤慧的妇人，已经准备妥当给孩子受洗。母亲还躺在门对面的一张床上。右首站着教父，一个出格的好人，在枢密院当股长的伊凡·伊凡诺维奇·叶罗施金；还有教母，巡长的老婆，一个具有稀有美德的妇人，亚林娜·谢苗诺芙娜·别洛勃留希科娃。人家给产妇三个名字，任她挑选一个：莫基雅，索西雅，或者用殉教者霍慈达札特的名字称呼孩子。“不行，”将死的人想，“全是这样讨厌的名字。”为了讨她喜欢，人们把日历翻到另外一个地方；又出现了三个名字：特利菲里，都拉和瓦拉哈西。“真倒霉，”老太婆说，“全是些什么样的名字，说真的，我从来没有听见过这样的名字。要是瓦拉达特或者瓦鲁赫，倒也罢了，可偏偏是什么特利菲里，瓦拉哈西。”又翻过一页——出现了巴甫西卡熙和瓦赫季西。“得，得，我明白了，”老太婆说，“这一定是他命该如此。既然这样，就叫他父亲的名字好了。父亲叫亚卡基，儿子就也叫亚卡基吧。”这样，就有了亚卡基·亚卡基耶维奇①。孩子受了洗，他在这当口哭了，扮了个鬼脸，仿佛预先知道他要当九品文官似的。这便是事情的全部经过。我们这样交代，为的是让读者可以明白，事情的趋势不得不如此，给他另外起个名字是

① 亚卡基是孩子的本名，亚卡基耶维奇是他的父称，意即亚卡基之子。——译者注

决计办不到的。他在哪一年，什么时候进部里当差，什么人举荐的，这一点谁都不记得了。不管换了多少任部长和各种长官，总看见他坐在老地方，采取同样的姿势，干同样的职务，总是一个抄写文书的官儿；因此，后来大家都相信，他准是穿了制服秃了头顶原封原样生到世上来的。部里的人对他一点也不表示敬意。当他走过的时候，看门人不但不站起来，甚至也不对他望一眼，就当是一只普通的苍蝇飞过接待室一样。长官们对待他冷淡而又横暴。有一个副股长一直把公文塞到他鼻子前面来，也不说一声："请抄一遍，"或者，"这儿有一份怪有趣味的案卷，"或者添上一些在教养有素的机关中常说的悦耳动听的话。他一手接过来，眼睛只盯住公文，也不瞧瞧谁递给他，人家有没有权利这样做。他接过来，就动手抄写。

年轻的官员们，尽量施展出他们全部公务员的机智来嘲笑他，挖苦他，当面讲述关于他，关于他的房东太太，70岁的老太婆的种种捏造出来的故事，说房东太太打他，问他们多早晚结婚，又把碎纸片撒在他头上，说是下雪。可是，亚卡基·亚卡基耶维奇一句话也不回答，好像他面前一个人也没有似的；这甚至也不影响他的工作：在一阵纠缠中，他没有抄错过一个字。除非玩笑开得太厉害，人家碰他的胳膊肘，妨碍他干活儿的时候，他才说："让我安静一下吧，你们干吗欺负我?"在这几句话和讲这几句话的声音里面，有一种不可思议的东西。在这声音里面，可以听到这样一种引人怜悯的东西，一个就职不久的年轻人，本来学别人的样子，也想取笑他，忽然竟像被刺痛了似的停住了，从此以后，仿佛一切在他面前都变了样，变得跟从前不大相同起来。一种什么神奇的力量，使他疏远了那些从前被他认作体面的上流人物而来往甚密的同事们。以后有一个很长的时期，在最快乐的时刻，他会想起那个脑门上秃了一小块的矮小的官员和他的令人痛彻心脾的话："让我安静一下吧，你们干吗欺负我?"——并且在这些痛彻心脾的话里面，可以听到另外一句话："我是你的兄弟。"于是这个可怜的年轻人就用手掩住了脸，后来在他的一生里，当他看到人身上有着多少薄情的东西，在风雅的教养有素的上流士绅中间，天啊！甚至在世人公认为高尚而正直的人们中间，隐藏着多少凶残的粗野的时候，他有许多次忍不住战栗起来。

很难再找到一个像他这样忠于职守的人。说他热心服务，还嫌说得轻了；不，他简直是怀着爱心服务。他在抄写中看到了一片变化多端和赏心悦目的世界。愉快之情流露在他的脸上；有几个字母是他特别心爱的，一写到它们，他就神魂颠倒起来；又是笑，又是眨巴眼睛，又是牵动嘴唇，因此一看他的脸，仿佛就可以猜出他笔下描出的每一个字母。如果按照他的勤奋行赏的话，连他自己都要吃惊，说不定他会当上五品文官的；可是，正像他的刻薄的同事们说的，他却挣得了两袖清风，一身毛病。然而也不能说，对他从来没有过丝毫的注意。有一个部长是个好人，想酬谢一下他长年的服务，于是吩咐给他些比普通抄写重要些的事情做；就是要他根据业已办妥的公事草拟一封公函送往另外一个衙门；事情是只需换一换上款，再把几处动词从第一人称改成第三人称就行了。这害他费了这么大的劲儿，弄得浑身是汗，他擦着额上的汗珠，终于说："不行，还是让我抄写点什么吧。"从此以后，人家就永远让他干抄写这一行了。除了抄写以外，仿佛什么东西对他都不存在似的。他压根儿没有注意过自己的衣着：他的制服不是绿的，而是一种红褐带灰色的。他的领子又窄又矮，因此他的脖颈虽然不长，却从领子里耸出来，显得特别颀长，好像是侨居俄国的外国小贩十来个一堆顶在头上的摇头晃脑的石膏小猫的颈脖一样。并且，总有些什么东西粘在他的制服上：不是一根稻草就是一个线头；再加上他有一种特殊的本领，每次走在街上，总是当人家扔垃圾的时候，他偏偏打窗口经过，因此他的帽子上永远挂着西瓜皮、香瓜皮之类乱七八糟的东西。他一辈子从来没有一次注意过每天街上发生的事情，大家知道，他的同事年轻的官员，却总是留心这些的，他们那一双灵活的眼睛的锐敏性发挥到这种程度，甚至可以看出对面人行道上某人裤子下面一根缚鞋掌的皮带[①]松开了，——这现象常常使他们脸上露出狡猾的一笑。

可是，亚卡基·亚卡基耶维奇即使瞧什么，他瞧见的也只是他自己的清晰工整的字行，并且只有当不知从什么地方跑来一匹马，把马头搁在他肩膀上，鼻孔里把一阵风吹到他面颊上的时候，他才省悟过来，知道自己不是在字行的中间，而是在街道的中间。一回到家里，他立刻在桌子边坐下来，大口喝白菜汤，吃掉一块夹葱牛肉，食而不知其味，连着苍蝇和这时老天爷送到他嘴边的不管什么东西，一股脑儿吞到肚里。觉得肚子填饱了，就从桌子旁边站起来，把墨水瓶拿出来，抄写带回家的公文。如果没有这样的活儿干，他就为了满足自己的乐趣，故意给自己抄下个副本，特别是如果公文的妙处不在于文

① 旧俄时代人们有一种习惯，在裤子下面拖一根带子，缚住鞋掌，防止走路时裤子卷上去。——译者注

体之美，而是因为写给一位什么新贵的话。

甚至在那样的时刻：当彼得堡灰色的天空完全暗下来，全体官员按照各人所得的官俸和嗜好吃饱了喝足了的时候，——当部里飕飕的笔尖声已经停止，所有的人奔波忙碌，干完了自己和别人的必不可少的事务、不安顿的人本来可以不必揽到身上的一切事务，都去安息了的时候，——当官员们忙着享受剩余的时间的时候：胆大一点的上戏院里去；有的去蹓大街，尽往帽子下面看女人；有的去赴晚会，消磨时间奉承一个姿色不恶的姑娘，小小官场里的明星；最常见的是，还有的干脆去找同事玩，同事住在四层楼或者三层楼上，有两间小房间，外带一间前厅或者厨房，陈设一些有意摆阔的时髦玩意儿，像洋灯或者别的花了省吃省喝牺牲玩乐等等代价换来的东西，——总之，甚至在那样的时刻：当全体官员散布在朋友的小屋子里打惠斯特牌，捧着杯子喝茶，啃着廉价的面包干，从长烟斗里喷出烟来，在发牌时讲着从凡是俄国人就不能不向往的上流社会传出的流言蜚语，或者要是没有什么话可说，就重复着那永远说不完的奇闻，据说有人去报告一位司令官，说是法尔康纳纪念碑①上的马尾巴被人砍掉了云云的时候，——总之，甚至当大家都竭力寻找消遣的时候，亚卡基·亚卡基耶维奇也不去寻找任何消遣。谁都说不出，多咱在哪一个晚会上碰见过他。他抄够了，就躺下睡觉，想着明天的日子，先就打心眼儿里乐开了：不知道老天爷明天又要赐给他什么东西抄。一个每年挣400卢布而能乐天知命的人的平稳无

① 这是建立在彼得堡的彼得一世纪念碑，法国雕刻家法尔康纳（1716—1791）所作。——译者注

事的生活就这样过下去了，并且也许一直会过到衰老的暮年，如果不仅仅在九品文官，并且在三品、四品、七品以及一切顾问官，甚至那些既不给任何人顾问也不受任何人顾问的顾问官们的生活道路上，不是铺满着各式各样的患难的话。

在彼得堡，对于所有每年挣400卢布官俸或将近这个数目的人，有一个强大的敌人。这个敌人不是别人，就是我们北方的严寒，虽然也有人说它对健康是有益的。早晨一过了八点钟，正是满街泛滥着上部里去的人的时候，它开始不分青红皂白，对准所有的鼻子狠命地、刺一样地钻起来，简直叫那些可怜的官员们不知道把鼻子往哪儿搁才好。在这连大人先生都冻得脑门发疼、眼泪汪汪的时候，可怜的九品文官们有时简直是毫无防御的。唯一解救的办法，就是穿着单薄的外套尽快地越过五六条街，然后在门房里使劲地跺脚，直跺到把所有的在路上冻僵了的执行职务的能力和才干融解开来为止。最近以来，亚卡基·亚卡基耶维奇开始觉得脊梁和肩膀奇冷刺骨，虽然他竭尽全力尽快地赶完那段一定的距离。他终于想到，别是他的外套出了什么毛病吧。回到家里把它仔细查看一遍，他发现果然在两三个地方，正是在脊梁和肩膀上，已经只剩下名副其实的几缕棉纱了，呢子磨得都透光了，里子也开了绽。得交代一下，亚卡基·亚卡基耶维奇的外套也早已成了官员们嘲笑的目标；甚至外套这个高贵的称号也给剥夺了，都管它叫长衫。它的确有一种奇怪的构造：领子一年比一年缩小，因为裁下缝补它的别的部分去了。这也实在显不出裁缝的手艺，补得又臃肿，又寒蠢。亚卡基·亚卡基耶维奇看出别无办法，只得把外套拿去求教彼得罗维奇，一个住在某处从后楼梯进出的四层楼上的裁缝，这人虽然只有一只眼，满脸麻子，可是缝补官员们以及其他人等的裤子和燕尾服倒是挺在行的，自然，是当他没有喝醉酒，脑子里没有在胡思乱想的时候。关于这位裁缝，当然，不应该说得太多，可是现在已经成了这样的习惯，小说里每一个人物的性格都非说得清清楚楚不可，所以没有法子，我们只得在这儿也把彼得罗维奇表述一番。起初人家干脆管他叫格利戈里，他是某一位老爷的农奴；不久他领到了释奴证，于是每逢节日就狂饮起来，起初还是逢到大节日才喝，后来只要看见日历上画着个十字，就不分大小，在任何一个教会节日都喝起酒来，从这时候起，人家就称呼他彼得罗维奇了。从这方面说来，他是忠于祖先的习惯的，他和老婆吵起嘴来，就骂她臭娘们和德国娘们。我们既然提到了他的老婆，那么，就也得对她讲上两句；可是遗憾得很，关于她，我们竟知道得不多，只知道彼得罗维奇有一个老婆，她甚至只戴便帽，不包头巾；可是论到容貌，她似乎是无法夸口的；至少，看到她时，只有一些近卫骑兵才往便帽下面望她一眼，翘翘胡子，发出一声怪叫。

通到彼得罗维奇家的楼梯，得说句公道话，沾满着水渍和污水，渗透着一种熏人眼睛的酒味儿，大家知道，这股味儿是跟所有彼得堡房屋的后楼梯不可分离地连在一起的，——走上这楼梯，亚卡基·亚卡基耶维奇就盘算着彼得罗维奇会要多大价，并且拿定了主意决不付给他超过两块卢布。门是开着的，因为主妇在烹一条什么鱼，厨房里烟雾弥漫，连蟑螂都看不见了。亚卡基·亚卡基耶维奇穿过厨房时主妇竟会没有瞧见，他终于走进屋里，看见彼得罗维奇像个土耳其总督似的盘着腿，坐在一张没有上漆的大木桌上。按照一般坐着干活儿的裁缝的习惯，赤着一双脚。首先映进眼帘的是一只怪眼熟的大拇指，油灰指甲又厚又硬，像乌龟壳一样。彼得罗维奇脖子上挂着一绞丝线和棉线，膝盖上铺着一块破布。他用棉线穿针眼已经穿了三四分钟，没有穿上，所以对黑暗生起气来，甚至对棉线也生了气，低声嘟哝道："不进去，蛮婆子；折腾得我好苦，你这鬼灵精！"亚卡基·亚卡基耶维奇后悔不该正赶上彼得罗维奇生气的时候来找他，他喜欢在彼得罗维奇有点儿醉意醺然，或者像他老婆所说的，"灌饱了黄汤，这独眼龙"的时候，来找他做点什么。在这种情形下，彼得罗维奇总是肯让点价钱，一口应承下来的，甚至还鞠躬道谢。后来，固然，老婆会哭哭啼啼地来说，丈夫喝醉了酒，所以价钱要得低了；可是，常常只须多给她十戈比，事情也就顺当了。这会儿，彼得罗维奇却像是挺清醒的，因此，他的脾气就特别别扭，不容易说话，鬼知道会要出多大的价钱。亚卡基·亚卡基耶维奇明白了这一点，像俗话所说的，就想打退堂鼓，可是已经来不及了。彼得罗维奇把一只独眼眯缝起来，盯住他瞧，于是亚卡基·亚卡基耶维奇不由自主地只得说：

"好啊，彼得罗维奇！"

"祝您好，先生，"彼得罗维奇说，把眼睛往亚卡基·亚卡基耶维奇的手上斜瞟过去，瞧瞧对方带来了一件什么样的好买卖。

"我上你这儿来，彼得罗维奇，是那个……"

得交代一下，亚卡基·亚卡基耶维奇说起话来总喜欢用上许多前置词、副词，还有一些毫无意义的小品词。如果碰到一件非常为难的事情，他甚至有不把话说完的习惯，因此常常用这样的话开场："这，简直是，那个……"往后就没有下文，连他自己也忘了个干净，以为话已经说完了。

“什么事呀?”——彼得罗维奇说，同时用独眼把他那件制服仔细打量了一下，从领子一直看到袖子、后身、下摆和扣眼，这一切都是他非常熟悉的，因为全是他亲手做的手艺。裁缝的习惯就是这样；这是他一见面时要做的第一件事。

“我是为了那个，彼得罗维奇……一件外套，呢子……你瞧，别的地方都挺厚实，就是有点灰扑扑的，看起来好像旧了，其实它还是新的，只有一个地方有点那个……脊梁上，还有肩膀上，有一个地方磨破了一点，就是这儿肩膀上有一点——你瞧，就是这么一点。费不了多大事情……”

彼得罗维奇接过长衫，先把它摊平在桌子上，看了许久，直摇头，伸手到窗台上去拿来一只圆圆的鼻烟匣，上面有一个将军像，可不知道是哪一位将军，因为脸的地方被手指戳破了，后来给贴上了一块四四方方的小纸片。彼得罗维奇闻了一撮鼻烟，双手把长衫撑开，迎着亮细瞧了一下，又是直摇头。然后把里子翻出来，又摇头，又打开贴着小纸片的匣盖，往鼻子里塞足鼻烟，关上盖，把鼻烟匣藏过一边，终于说：

“不行，不能补了，这衣服简直不成样啦!”

一听这几句话，亚卡基·亚卡基耶维奇心里扑通一跳。

“为什么不能补，彼得罗维奇?”他几乎用小孩子似的恳求的声音说，“总共只有肩膀上磨破了一点呀，你总有一些零碎料子……”

“零碎料子有倒是有，零碎料子倒是容易找到的，”彼得罗维奇说，“可是缝不上去呀，东西全糟了，针一碰，它就破啦。”

“破就让它破吧，你可以立刻给打上一块补丁。”

“补丁叫我往哪儿打？再缝上几针也不顶事了，破得太厉害了。说是呢子，也不过叫着好听罢了，风一吹，就烂了。”

“给缝上几针吧。这是怎么说的，实在那个……”

“不行，”彼得罗维奇坚决地说，“一点办法也没有。东西完全不中用了。您还不如等严冬到来的时候，把它改做裹脚布吧，因为袜子不暖和。袜子是德国人发明的，为了要多赚咱们的钱（彼得罗维奇喜欢一有机会就刺德国人几句）；可是外套，看来您只能做一件新的了。”

一听见“新的”这两个字，亚卡基·亚卡基耶维奇顿时两眼发黑，屋里的东西都在他眼前打起转来。他看得清楚的只有彼得罗维奇鼻烟匣盖上那个脸上贴着纸片的将军。

“什么做新的？”他说，仍旧好像在做梦似的，“我没有这一笔钱呀。”

“是的，做新的。”彼得罗维奇带着残酷的沉静说。

“唔，要是一定做新的，那可怎么那个……”

“您是说，要花多少钱？”

“是呀。”

“您得花上150多块卢布，”彼得罗维奇说，同时意味深长地抿紧嘴唇。他非常喜欢强烈的效果，喜欢使个什么花招儿，突然把人家难住，然后斜着眼睛去瞧那个被难住的人听了他的话会窘成什么怪模样。

“150卢布做一件外套！”可怜的亚卡基·亚卡基耶维奇喊起来，他有生以来恐怕还是第一次大声地喊，因为一向总是以低声说话出名的。

“是喽。”彼得罗维奇说，“还得看是什么样的外套。如果领子上搁貂皮，帽兜用绸里子，那就得花200卢布了。”

“彼得罗维奇，劳你的驾，”亚卡基·亚卡基耶维奇用恳求的声音说，没有听见，并且也不想听见彼得罗维奇所说的话以及它的一切效果。“你给想法子补一补，对付再穿一些时候吧。”

“没有用，结果准是：白费工夫，白糟蹋钱。”彼得罗维奇说。于是亚卡基·亚卡基耶维奇听了这些话，就垂头丧气地走了出去。彼得罗维奇在他走后，还站了好一会儿，意味深长地抿紧嘴唇，没有立刻去干活儿，很满意既没有降低身份，也没有糟蹋裁缝的手艺。

走到街上，亚卡基·亚卡基耶维奇恍恍惚惚地仿佛是在梦里。“真是打哪儿说起，”他对自个儿说，“我真没有想到事情会闹到那个……”后来，沉默了一会儿以后，又补上了一句：“瞧！到底闹了这么个结果，我真是想都没有想到。”这之后又是长时间的沉默，接着他说：“瞧！这简直，真是，出人意外，那人……这是怎么也……这步田地！”说完这几句话，他没回家，连自己也没有觉察，糊里糊涂往完全相反的方向走去。一路上，一个浑身煤灰的通烟囱的人碰了他一下，蹭了他一肩膀的黑；从一幢正在兴筑的房子顶上又劈头盖脸撒了他一大把石灰。他一点也没有注意到这些，后来，直等到他碰上一个把戟放在身旁，正从角形烟盒里往满布老茧的手掌上倒鼻烟的岗警的时候，他才有点清醒过来，并且这也是多亏岗警冲他喊了一声：“怎么往人家身上撞，你不能走人行道吗？”他这才往四下里瞧了瞧，转身走回家去。回到了家里，他才开始凝神思索，清楚而真切地看出自己所处的境遇，并非语无伦次，而是慎重、坦率地，像对一个可以倾谈知心话的明白事理的朋友谈天似的自问自答起来。“唔，不行，”亚卡基·亚卡基耶维奇说，“这会儿去跟彼得罗维奇讲，是讲不通的。他这会儿那个……准是让老婆给揍一下。我最好还是星期天早晨去找他。他过了星期六这一晚，第二天眼睛一定会斜着，睡过了头，他就会需要喝两杯解解宿醉，可是老婆不给他钱，这时候，我只要那个，把十戈比塞在他手里，他就肯通融了，于是外套就那个……”亚卡基·亚卡基耶维奇这样自言自语着，振作起精神来，一直等到下一个星期天，远远地瞅见彼得罗维奇的老婆出门上什么地方去，就赶紧找他去了。彼得罗维奇在星期六以后，果然眼睛斜得很厉害，脑袋垂倒着，一副睡过了头的样子；可是，话虽如此，他一知道对方的来意，就跟有鬼推了他一把似的。“不行，”他说，“请您定做新的吧。”亚卡基·亚卡基耶维奇立刻塞给他十戈比。“谢谢您，先生，我来喝一杯祝您健康，”彼得罗维奇说，“可是，外套的事，您不用再操心了，它简直没辙了。新外套我一定好好地给您做，准保您满意。”

亚卡基·亚卡基耶维奇还是唠叨着说要修补，可是彼得罗维奇不等他说完，就打断他：“我一定给您做新的，您把事情交托给我好了，我一定尽力。咱们做时兴样的，领钩用银的。”

这时候，亚卡基·亚卡基耶维奇看到非做新外套不可，心里凉了半截。真的，这可怎么办呢？指望什么，用什么钱来做新的呢？当然，一部分可以指望将来的节赏，可是这笔钱早就顶了别的窟窿了。得做一条新裤子，付清鞋匠给旧靴子换新靴面的一笔旧账，还得向女裁缝定做三件衬衫和两件不便形诸笔墨的内衣，总而言之，所有的钱全要花光，即使部长大发慈悲，不是给40卢布的赏金，而是给45或者50卢布，也还是剩下寥寥无几，用来做外套，那真是沧海中的一粟罢了。当然，他也知道彼得罗维奇专喜欢漫天讨价，常常连他老婆都忍不住喊起来：“你疯了，你这傻瓜！有时候一个钱不拿就把活儿留下了，这会儿可又鬼迷心窍，要这么大的价钱，把你人卖了也不值呀。”当然，他也知道，彼得罗维奇就是80卢布也肯做了；可是，打哪儿去弄这80卢布呢？他可以对付上半数：半数是可以张罗到的；甚至还能更多些；可是，另外的半数上哪儿去找呢？……可是，读者先得知道，第一个半数是打哪儿来的。亚卡基·亚卡基耶维奇有一个习惯，每花掉一块卢布，就往一只上了锁、盖上挖一个窟窿的小箱子里投进一枚半戈比铜币。每过半年，他就查看一次积蓄起来的铜币的总数，把它换成小银币。他这样继续了许久，因此在几年当中，积蓄起来的钱数已经超过40卢布。这样，半数总算有了着落；可是，上哪儿去张罗那一半呢？上哪儿去张罗另外的40卢布呢？亚卡基·亚卡基耶维奇想了又想，于是决定至少在今后一年当中，必须缩减平时的费用：取消晚间的一顿茶，夜里不点蜡烛，如果要赶点什么公事，就到房东太太的屋里去，借她的灯亮；走在街上，要尽可能在石板和扁石子上举步轻些，小心些，光让脚尖着地，这样鞋底就不至于坏得太快；尽可能少拿内衣给洗衣妇洗，为了免得穿脏，每天一回到家里，就脱下内衣，只穿一件年代悠久而还能保持不坏的棉袍。

说老实话，他起初对这种种限制也觉着怪别扭的，可是后来也就渐渐习惯，不觉得什么了；他甚至完全习惯了每晚挨饿；另一方面用精神食粮来补足，那就是老是念念不忘地想那件未来的外套。从此以后，连他的存在都仿佛变得充实起来，仿佛他结了婚，仿佛另外一个人跟他住在一起，仿佛他已经不是一个人，另外一个可爱的终身女伴愿意同他过上一辈子，——这女伴不是别人，正是那件填满厚棉花、衬着穿不破的结实的里子的外套。他变得活泼了些，甚至性格也变得坚强了些，好像是一个拿定了主意、设定了目标的人一样。怀疑，犹豫，总之，一切动摇而含糊的特征自然而然都从他的脸上和行动上消失了。有时他的眼睛冒出火光，脑子里甚至闪过最果敢而大胆的思想：要不要真的在领子上加条貂皮？想到这一点，几乎使他变得茫茫然起来。有一回，正在抄公文的时候，他差点都抄错了，几乎大声地喊起来。"哎呀!"赶快画了个十字。每一个月，他总少不了去找彼得罗维奇一趟，跟他商量商量做外套的事，最好上哪一家去买呢子，什么颜色，什么价钱，虽然不免担点心事，却总是心满意足地回家去，想着总有一天，把所有这些东西都买来，做成一件新外套。

事情发展得甚至比他预料的还要快。完全出乎意料，部长赏给亚卡基·亚卡基耶维奇的不是40或者45卢布，而是整整60卢布。不知道他是不是预感到亚卡基·亚卡基耶维奇需要一件外套呢，还是出于巧合，无论如何，这么一来，他是多出20卢布来了。这个情况加速了事态的进展。再稍微饿上两三个月，亚卡基·亚卡基耶维奇就真的能积到将近80卢布了。他一向很平静的一颗心，开始跳动起来。当天他就跟彼得罗维奇一起到铺子里去。买了质地很好的呢子——这是不足为奇的，因为他们俩早在半年以前就在筹划这件事，很少有一个月不上铺子去打听一趟价钱；所以连彼得罗维奇也说，再也没有比这更好的呢子。里子呢，他们选了一种细棉布，但质地是这样坚固耐穿，照彼得罗维奇的说法，这比绸缎还好，甚至看上去也更漂亮些，更光泽些。貂皮没有买，因为价钱的确贵，可是，却买了铺子里仅有的一张好猫皮，远远的看上去是可以冒充貂皮的。彼得罗维奇忙了两个星期才把外套做好，因为许多地方都需要绗线，否则早就完工了。彼得罗维奇要了12卢布的工钱——再少可怎么都不行了：处处都是用丝线缝的，缝成两道细针脚，彼得罗维奇后来还在每道缝上用牙齿咬了一遍，咬出各式各样的花纹。

这是在……很难说是在哪一天，但大概总是在亚卡基·亚卡基耶维奇一生中最隆重的一天，彼得罗维奇终于把外套送来了。他是一清早在正要上部里去办公的时候把它送来的。在任何别的时候外套来的都不会像这样恰逢其时，因为严寒已经开始，并且似乎还有加剧之势。彼得罗维奇像一个好裁缝应做的那样把外套送了来。他的脸上现出一种意味深长的表情，那是亚卡基·亚卡基耶维奇从来没有见过的。他仿佛充分感觉到自己完成了一件了不起的大事情，忽然在那些只做缝缝补补零碎活儿的裁缝和那些专门裁制新衣服的裁缝之间划出了一道分明的界限。他从一路用来包外套的手帕里把它取出来；手帕是刚从洗衣店拿来的；然后他把手帕叠好，放进口袋里留着使用。取出外套之后，他十分自傲地对它望了一眼，双手提起来，很灵巧地往亚卡基·亚卡基耶维奇的肩膀上一披；然后把它摩挲平整，再把后襟往下扯扯；然后只扣上一两颗钮子，使它在亚卡基·亚卡基耶维奇身上显得服服帖帖的。亚卡基·亚卡基耶维奇像个上了年纪的人似的，想试试袖子；彼得罗维奇帮他把胳膊伸进袖子——结果袖子做得也不差。总之，外套似乎是尽善尽美的，刚好合身。彼得罗维奇不忘记趁这个机会表白一番，说他不过是因为不挂招牌，店开在小街上，再加上早就认识亚卡基·亚卡基耶维奇，所以价钱才要得这么便宜；要是在涅瓦大街上，这样一件外套，光是手工恐怕就得要75卢布。亚卡基·亚卡基耶维奇不想跟彼得罗维奇争论这件事情，并且他也怕听彼得罗维奇吹得那么耸人听闻的巨额数目。他跟他算清账目，谢过了他，立刻就穿新外套上部里去。彼得罗维奇跟着他走出来，站在街上，远远的还对着外套出神了好一会儿，然后故意闪在一旁，抄过弯曲的小巷，又跑到大街上来，从另外一个角度，就是从正面，再把自己缝的外套看上一遍。这当口，亚卡基·亚卡基耶维奇怀着过节般的心情向前走去。他一分一秒都感觉到他的肩膀上有一件新外套，有几次甚至由于内心的愉快笑了起来。这实在有两种好处：一来暖和，二来好看。他没觉着怎么走，就已经来到了部里。他在门房里脱下外套，前前后后把它看了个够，拜托看门的费神特别照看一下。

不知怎么一来，部里忽然大家都知道亚卡基·亚卡基耶维奇有了一件新外套，长衫已经不复存在。大家立刻跑到门房里来看亚卡基·亚卡基耶维奇的新外套。大家恭喜他，祝贺他，起先他只是笑，后来甚至害起臊来。当大家拥到他跟前，对他说穿新外套得请大伙儿喝酒，至少也得招待一次晚会的时候，亚卡基·亚卡基耶维奇完全茫无所措了，不知道他该怎么办，回答什么，该怎样推托。过了几分钟，他才涨红着脸，十分天真地辩解说这完全不是什么新外套，实在只是一件旧外套罢了。终于有一个官员，并且还是一个什么副股长，大概为了表示他决不傲慢，甚至不惜跟下属交往，就说：“这么着吧，我来替亚卡基·亚卡基耶维奇招待一次晚会，请大伙儿今天晚上到舍间去喝茶，今天可巧是我的命名日。”官员们自然立刻祝贺副股长，欣然接受了他的邀请。亚卡基·亚卡基耶维奇原想推辞不去，可是架不住大家七嘴八舌地劝说，说这太不礼貌，简直是不识抬举，于是他怎么也不好再拒绝了。不过，他后来想到，这么着他可以有机会晚上穿了新外套到外边走走，心里倒也着实很高兴。这一整天，对于亚卡基·亚卡基耶维奇真是一个最大的庄严的节日。他怀着十分幸福的心情回到家里，脱下外套，再把呢子和里子欣赏了个够，小心翼翼地挂在墙上。然后特地把从前的那一件脱了线的长衫找出来，比较一下。他对它望了一眼，连自己也笑了起来：这样大的差别啊！后来过了许久，在吃饭的时候，他只要一想起那件长衫所处的境遇，还一直笑个不停。他高高兴兴吃完了饭，饭后什么公文也不抄了，趁天还没黑尽，随便躺在床上舒坦了一下。然后，不多耽搁，穿上衣服，把外套披在肩上，就上街去了。请客的官员究竟住在哪儿，遗憾得很，我们可说不上来：记性坏得厉害，彼得堡所有的房屋和街道，在我们的记忆里都混杂、纠缠在一起，很难理出个头绪。可是无论如何，有一点至少是确实的，那位官员住在城里最好的地区，因此离亚卡基·亚卡基耶维奇是很不近的。

亚卡基·亚卡基耶维奇起初得走过几条灯光暗淡的荒凉的街道，可是越走近官员的住宅，街道就变得越热闹，人烟越稠密，灯光越亮。行人越来越多，衣服华丽的淑女开始出现，男人们也有穿海狸领子外套的了，赶着有木栏杆钉有铜钉的雪橇的寒酸的车夫越来越少，——相反，看到的尽是一些戴红天鹅绒帽子，赶着漆过的铺着熊皮毯子的雪橇的漂亮车夫，驭者台装潢一新的轿车在街上疾驰而过，车轮在雪地上吱吱直响。亚卡基·亚卡基耶维奇瞧着这一切，就仿佛看到什么稀奇的东西一样。他已经有好几年晚间不上街了。他好奇地在一家商店灯火辉煌的窗户前面停下来，眺望一幅画，上面画着一个美丽的妇人，她脱掉鞋子，这样就露出了一只挺不难看的光脚；在她背后，一个长着络腮胡、嘴唇下面蓄有一撮美丽短髭的男人从另外一间房间里探出头来。亚卡基·亚卡基耶维奇摇了摇头，笑了一下，然后走自己的路。他为什么笑呢？是不是因为他遇到了虽然完全不熟悉，但每一个人对它仍旧保持着某种敏感的东西呢，还是因为他像其他许多官员那样地想："嗐，这些法国人！有什么话可说呢！他们要是打定主意干点什么，那就真有点那个……"但也很可能，他连这些也没有想——原是没有法子钻到一个人脑子里去，知道他所想的一切的啊。

最后他到了副股长住的地方。副股长住得很阔绰：楼梯上亮着灯，他的住宅在二层楼上。走进前厅，亚卡基·亚卡基耶维奇看见地上放着许多双套鞋。在这些东西中间，在屋子中央，放着一个茶炊，咻咻发响，冒出一团团的热气。墙上挂的尽是些外套啦，斗篷啦，其中几件甚至是有着海狸领子或者天鹅绒翻领的。隔壁传出喧哗声和谈话声，当房门打开，侍仆端着放有空杯、牛油缸和盛面包干的筐子的托盘走出来的时候，声音就忽然变得清楚响亮起来。显然，官员们早已到齐，喝过了第一杯茶。亚卡基·亚卡基耶维奇自己动手把外套挂好，走进屋子，于是蜡烛、官员、烟斗、牌桌，同时出现在他的面前，四方哄然而起的急促的谈话声和移动椅子的声音，震得他的耳朵嗡嗡直响。他很不自在地站在屋子中央，踌躇着，不知道该怎么办才好。可是人家已经看见他了，喊着欢迎他，大家立刻都挤进前厅去，又把他的外套看上一遍。亚卡基·亚卡基耶维奇虽然有点不好意思，可是他是一个老实人，看见大家都夸奖他的外套，也不能不高兴起来。后来，不用说，自然是大家又把他跟外套都撇在一边，照例回到打惠斯特牌的牌桌前面去了。喧哗声、谈话声、一大堆的人，这一切在亚卡基·亚卡基耶维奇看来，都是不可思议的。他简直不知道该干点什么，把手脚跟整个身子往哪儿搁才好；最后，他坐到打牌的人旁边去看打牌，望望这个人的脸，又望望那个人的脸，过了一会儿就打起哈欠来，觉得乏味，尤其是因为早已到他平时上床睡觉的时候了。他想向主人告辞，可是人家不放他走，说是为了祝贺新外套，一定得喝一杯香槟酒。过了一个钟头，晚饭开出来了，有凉拌菜、冷小牛肉、肉馅饼、甜点心和香槟酒。人们逼着亚卡基·亚卡基耶维奇喝了两杯，这之后，他觉得屋子里变得热闹了些，可是仍旧忘不了已经12点钟，早就该回家。为了不使主人挽留他，他悄悄地走出屋子，在前厅里找到了他的外套——他怪心疼地看见外套掉在地上——把它抖了抖，去掉每一根绒毛，披在肩上，然后下楼到街上去。街上到处还亮着灯火。几家小铺子——仆人和各色人等的永久的俱乐部——门还开着，另外几家已经关了门，但门缝里却还漏出一长道光线，说明里面还有人，大概女仆或是男仆还打算讲完他们的传闻和闲谈，害得主人无从探知他们的下落。

亚卡基·亚卡基耶维奇满怀高兴地走着，甚至不知道为了什么，忽然跟在一个女人后面跑了起来，女人像一阵闪电似的走过他的身边，浑身充满着异常的活劲儿。可是，他立刻停下来，又跟先前一样慢慢地往前走去，连自己也纳闷儿为什么会不知不觉地跑了起来。不久之后，几条荒凉的街道展开在他面前，这些街道就连白天也不怎么热闹，更不用说夜晚了。现在它们变得更偏僻，更冷清：街灯越来越稀少——显然公家的灯油发得少了；出现了木房子、围墙；一个人影也没有；只有街上的积雪晶晶发光，已经关上板窗的睡熟了的低矮的茅屋凄凉地投出黑影。他走近一块地方，这儿的街道被一片可怕的沙漠似的无边无际的广场遮断了，广场对过隐隐约约可以望见几幢房屋。

在远处，天知道什么地方，有一个岗亭闪动着一抹微光，这岗亭看来好像站在世界的尽头似的。亚卡基·亚卡基耶维奇的一股子高兴，一到这儿不知怎么就大大地减少了。他怀着一种不由自主的恐惧走到广场上，仿佛他的心早已预感到有什么不祥似的。他往后，又往左右瞧了瞧：周围简直是一片茫茫大海。“不，最好还是别瞧。”他想道，闭着眼睛一直走去，当他睁开眼睛想知道广场是不是快走完的时候，忽然看见在他面前，几乎就在他鼻子跟前，站着几个满脸胡子的家伙，究竟是干什么的，他也摸不清。他两眼发花，心里怦怦直跳。“这不是我的外套吗!”其中一个人抓住他的领子，用打雷似的声音说。亚卡基·亚卡基耶维奇正打算呼救，另外一个家伙把一只有他老人家脑袋那么大的拳头往他下巴颏上一顶，补添上一句：“你敢喊!”亚卡基·亚卡基耶维奇只感觉到有人从他身上把外套剥掉，用膝盖拐了他一下，他就仰面朝天跌倒在雪地上，此外再也不感觉什么了。

过了几分钟，他醒过来，站了起来，可是已经一个人也没有了。他觉得旷野里冷得很，外套也没有了，就喊叫起来，可是声音似乎很不愿意达到广场的尽头。他绝望了，但还是不停地喊叫着，越过广场一直向岗亭奔去，岗亭旁边站着一个岗警，倚着戟，仿佛好奇地在张望着，想知道是个什么家伙叫喊着远远地向他跑过来。亚卡基·亚卡基耶维奇跑到他跟前，上气不接下气地嚷着，说他尽顾睡觉，什么事也不管，也不看见拦路抢劫。岗警回答，他没有看见什么，只看见两个人在广场中间把他喊住了，他还以为是他的朋友哩；他叫他不必谩骂，还是明天找巡长去，巡长会找到抢外套的人的。亚卡基·亚卡基耶维奇狼狈不堪地跑回家里。鬓角和后脑勺上仅有的几根稀疏的头发完全蓬乱了；两肋、胸口、整条裤子都沾满了雪。房东老太婆听见一阵可怕的敲门声，急忙从床上跳起来，只有一只脚趿拉了鞋子就跑出来开门，由于羞怯，一只手在胸口按着衬衣；可是，开了门，看见亚卡基·亚卡基耶维奇这副光景，不禁倒退了几步。他把事情始末讲明之后，她急得直甩手，说应该直接去见警察局长；说是巡长说话不算话。答应了人家的事一回头就不管了，最好直接去见警察局长；说是她还跟他相熟，因为一个芬兰女人安娜，从前在她家里当过女厨子的，现在到警察局长家里当保姆去了；说是当他经过她家门口时，她常常看见他本人；又说他每星期到教堂里去，一边祷告，一边快乐地望着大家；因此，从一切迹象上看起来，应该是一个好人。听完这样的意见，亚卡基·亚卡基耶维奇垂头丧气地回到自己的房间里，至于他这一夜是怎样挨过去的，凡是稍微肯替别人设身处地想一想的人就很容易想象得出。

第二天一大早他就去见警察局长，但人家回复他局长在睡觉，他10点钟去——又说在睡觉，他11点钟去——说是局长已经出门，吃饭的时候再去——可是，接待室里的书记们说什么也不肯放他进去，一定要知道他是为了什么公事，什么要务来的，到底发生了什么事情。最后，亚卡基·亚卡基耶维奇生平第一次想发点脾气了，斩钉截铁地说他要亲自见局长本人，说他们不敢不放他进去，他是为了一件公事从部里来的，他只要告他们一状，他们就会知道他的厉害。书记们对这些话一点也不敢反驳，其中一个人就去请警察局长出来。警察局长听取外套被劫这件事的态度很有点古怪。他不注意事情的要点，反而盘问起亚卡基·亚卡基耶维奇来：他为什么这么晚才回家，是不是到什么不规矩的地方去了？问得亚卡基·亚卡基耶维奇羞愧无比，也没有弄清楚外套一案会不会得到适当的处理，就从那儿走了出来。这一整天他都没有去办公（这是他生平唯一的一次）。第二天，他满脸苍白，穿着那件变得更加凄惨的古旧的长衫出现了。外套被劫的故事毕竟感动了许多人，虽然还有些官员即使到了这个节骨眼儿也不肯放过机会嘲笑亚卡基·亚卡基耶维奇。大家立刻决定给他募款，可是只募到了很少一点钱，因为官员们即使没有这件事也已经有很多意外的开支，例如认购部长的肖像，响应科长的建议订购一本什么书，这位科长就是作者的朋友，——所以数目是微乎其微的。

有一个人被怜悯心打动了，决定至少得对亚卡基·亚卡基耶维奇进一番善意的忠告，劝他别去找巡长，因为即使巡长为了博得上司的称赞，可能设法把外套找到，可是他如果提供不出法律上的证据，证明外套是属于他的，那么外套总还是留在警察局里；他最好去见某一位**要人**，只要**要人**跟有关方面公文来往，交涉一下，事情就可以顺利地解决。没有办法，亚卡基·亚卡基耶维奇就决定上**要人**那儿去了。**要人**究竟担任什么职位，直到现在还尚待查考。得交代一下，这位**要人**是最近才成为**要人**的，在这之前，却是一个不重要的人。然而，即使是他现在的地位，跟其他更加重要的人比较起来，也算不得重要。可是总有这么一些人，别人看来是不重要的人，在他们看来就已经是重要的了。然而，他却竭力用别的许多方法来加强他的重要性，例如：当他来办公的时候，规定下级官员们得站在楼梯口上迎接他；不准任何人直接见他，一切都得经过极严格的手续：十四品文官报告十二品文官，十二品文官报告九品文官，逐级报告上去，必须这样，事情才能到达他面前。在神圣的俄罗斯，一切都这样传染上了模仿的习惯，每个人都喜欢装模作样，扮作上司的样子。甚至据说有一个九品文官，当派他到一个小小的办事处当主任的时候，他立刻给自己隔开一个单间，管它叫“主任室”，在门口派了一些穿红领子绣花边的制服的戏院查票员似的人，他们握着房门的把手，给每一个来访的人开门，虽然在这间“主任室”里只能勉强放下一张普通的写字桌。要人的态度和气派是显赫而威严的，但却是过分张扬的。他的制度的主要基础就是严厉。“严厉，严厉，第三个还是严厉。”他常常这样说，并且说到最后一句话时，总要意味深长地望一下听他说话的对方的脸。虽然这样做是没有任何理由的，因为组成办事处整个行政机构的十来个官员，即使没有这一着他也害怕得要命。老远望见他就已经放下了手里的公事，毕恭毕敬地站着，伺候上司从房里走过。他平时跟下属谈话是声色俱厉的，几乎总不外乎三句话：“您怎么敢？您知道您在跟谁说话吗？您知道谁站在您的面前吗？”然而他内心却是一个善良的人，待同事很好，肯帮忙；可是将军头衔完全把他弄糊涂了。得了将军头衔之后，他就神魂颠倒起来，迷失了道路，不知道该怎么办才好。

他要是跟职位平等的人在一起，倒还像个人，还像是一个很正派的、在许多方面甚至并不愚蠢的人；可是，只要遇见一个品位只比他低一级的人，那简直就糟透啦：他就默默无言了。他的处境格外惹得人怜悯，因为连他自己也感觉到可以把时间消磨得有意味得多。从他一双眼睛里有时也可以看到想跟别人和睦相处，参加一场有趣的谈话的强烈的愿望，可是一个念头阻止了他：这不是做得太过分了吗？不是太随便了吗？这么一来，不会降低了自己的身份吗？这样考虑的结果，他就偶尔只发出几个单音节的字，永远保持着始终不变的沉默，于是给自己赢得了“最枯燥的人”的外号。我们的亚卡基·亚卡基耶维奇便是来见这样一个**要人**，并且是在最不利的时候，对于自己很不适合而对于**要人**却很适合的时候来见他。**要人**正在办公室里，兴高采烈地跟一个最近才到的老朋友，一个多年不见的儿时的伙伴谈话。这时有人进来报告，说有个巴施马奇金要见他。他轻率地问了声：“是个什么样的人？”回复道：“一个官员。”“啊！叫他等一等，现在没有工夫。”这儿得交代一下，**要人**扯了个天大的谎：他是有工夫的，他跟朋友早已什么都谈到了，已经在谈话中间夹杂着长久的沉默，只是轻轻地彼此拍拍大腿，说道：“是吧，伊凡·亚勃拉莫维奇!”“是呀，斯捷潘·瓦尔拉莫维奇!”可是尽管如此，他却还是让那官员等着，以便向他的朋友，一个赋闲已久、久居在乡间的人证明，官员们得在他的前厅等上多少时候。

最后，话谈够了，尤其是沉默得厌烦了，坐在设有能折叠的靠背的十分舒适的安乐椅里吸完一支雪茄，这才好像忽然记起来似的，对一个拿着报告文件站在门口的秘书说：“噢，仿佛还有个官员在那儿等着，告诉他可以进来了。”他一看见亚卡基·亚卡基耶维奇谦卑的样子和他那身旧制服，就突然对他说："您有什么事？"声音轻率而强硬，那是他还没有得到现在的地位和将军头衔的一星期之前，特地在自己房间里独自对着镜子预先学会的。亚卡基·亚卡基耶维奇早已不寒而栗，有点张皇失措起来，费了很大的力气转动着他那不灵活的舌头，并且比平时加上了更多的小品词"那个"，解释道：有一件崭新的外套，现在被人用非常残酷的手段抢去了，他来求见他，是希望他草拟个公文，想法子那个，跟警察总监或者别的什么人交涉一下，好把外套找回来。不知道为什么，将军觉得这种做法太放肆了。

"您怎么了，先生，"他继续用轻率的口吻说，"您不懂得规矩吗？您找上什么地方来了？您不知道办事的手续吗？办这种事，您得先向办事处递个呈文；呈文送到股长那里，再到科长那里，然后再转给秘书，秘书才把它交给我……"

"可是，大人，"亚卡基·亚卡基耶维奇竭力鼓起他仅有的一点勇气，同时觉得已经浑身汗湿了，"我敢来麻烦您大人，因为秘书们那个……都是些不可靠的人。"

"什么，什么，什么？"**要人**说，"您哪儿来的这么大的胆子？哪儿来的这些想法？这些年轻人对长官和上司真是狂妄到了极点！"

要人似乎没有注意到亚卡基·亚卡基耶维奇已经50开外了。所以，如果他能称为年轻人，那除非是相对的，就是和70岁的人比较来说。

"您知道这是跟谁在说话？您明白谁站在您的面前？您明白不明白，明白不明白？我问您。"

说到这儿，他一跺脚，把嗓门提得这么高，即使不是亚卡基·亚卡基耶维奇也会害怕的。亚卡基·亚卡基耶维奇就这样晕了过去，浑身发抖，摇摇晃晃，再也站立不稳，要不是看门的赶紧过来扶住他，他准会摔倒在地上；他几乎一动不动地被抬了出去。要人很满意效果甚至还超出意料，一想到他的话居然能使人失掉知觉，就更加陶醉起来，他斜眼望了望他的朋友，想知道他对这件事的反应，竟不无高兴地看到他也很不自在，甚至也开始感到了恐惧。

怎样从楼梯上下来，怎样走到街上，亚卡基·亚卡基耶维奇一点也不记得了。他的手脚都麻木了。他这一辈子还从来没有这样厉害地被一位将军申斥过，并且还是一个陌生的将军。他张大嘴，辨不清人行道的高低，在遍街呼啸着的暴风雪中走去；风，按照彼得堡的惯例，从所有的胡同，四面八方向他吹来。转瞬间就吹得他扁桃体发起炎来，等到他勉强走回家里，已经一句话也说不出了；喉咙全肿了，倒在床上。一顿好骂有时竟是这样厉害啊！第二天他发了高烧。由于彼得堡气候的慷慨的帮助，病情进展得比预期的更快，当医生赶到的时候，摸了摸脉门，除了开一张敷药的方子以外，一点办法也没有了，连这也只是为了让病人不至于受不到医术的恩惠罢了；然而立刻又宣布，顶多再过一天半，非完蛋不可。然后他对房东太太说："老太太，您不必白操心了，现在就给他预备一口松木棺材吧，因为橡木的他买不起。"

亚卡基·亚卡基耶维奇有没有听见这些在他是致命的话，如果听见了，这些话有没有对他产生惊心动魄的影响，他有没有惋惜他的薄命的一生——这都无从知道，因为他一直在说胡话和发热。一幅更比一幅奇怪的景象不断地浮现在他的眼前：他忽而看见彼得罗维奇，向彼得罗维奇定做了一件置有捉贼的机关的外套，他老觉得贼就躲在他床底下，并且时时刻刻叫房东太太把贼从他的被窝里拖出来；忽而问人家为什么把旧长衫挂在他面前，说他原是有一件新外套的；忽而觉得他站在将军的面前，一边谨听严厉的训斥，一边诺诺连声地说：我错了，大人；最后，忽而撒野骂起街来，用了一些最难听的字眼，使房东老太婆甚至画了十字，她有生以来从来没有听见他说过这样的话，尤其这些字眼是直接紧跟在“大人”这个字后面的。再往后，他完全胡言乱语起来，叫人一点也听不明白了；只知道这些杂乱无章的胡话和思想，翻来覆去总离不了那件外套。最后，可怜的亚卡基·亚卡基耶维奇咽了气。无论是他的房间或者他的物件，都没有封存起来，因为一来没有继承人，二来剩下的遗产很少，不过是：一束鹅毛笔，一帖公家的白纸，三双袜子，两三颗裤子上脱落下来的纽扣和那件读者已经熟知的长衫。谁得了这一切东西，只有天知道。

老实说，连讲这个故事的人对这也不感觉兴趣。人们把亚卡基·亚卡基耶维奇抬了出去，埋掉了。于是彼得堡就没有了亚卡基·亚卡基耶维奇，仿佛彼得堡从来就不曾有过他这个人似的。一个谁都不保护、不被任何人所宝贵、任何人都不觉得有趣，甚至连不放过把普通的苍蝇用钉子穿起来放在显微镜下面仔细察看的自然观察家都不屑加以一顾的生物，消失了，隐没了；这个生物顺从地忍受公务员们的嘲笑，没有做过任何非凡的事业就进了坟墓，然而无论如何，在他生命快结束之前，一个光辉的访客曾经借外套的形式闪现了一下，刹那间使他可怜的生命活跃起来，后来灾祸还是降临到他头上，正像降临到帝王和世间的统治者头上一样……他死后过了几天，部里派了一个看门的到他家里来，带着叫他立刻去办公的命令：说是长官要他去；可是，看门的不得不一无所得地回去，报告他不能再来了，对于质问“为什么？”是这样答复的：“就因为他已经死了，大前天把他埋掉的。”这样，部里的人才知道了亚卡基·亚卡基耶维奇的死讯，第二天在他的座位上已经坐着一个新的官员，个子高得多，写的字母已经不是直体，却偏得多，歪斜得多。

可是谁会想到亚卡基·亚卡基耶维奇的故事到这儿还没有完结，他注定死后还得轰动几天，好像补偿他默默无闻的一生似的。可是事情就这么发生了，于是我们可怜的故事就意外地得到了一个荒诞无稽的结局。忽然谣言传遍了彼得堡，说是在卡林金桥畔和附近一带地方，一到晚上，就有一个官员模样的死人出现，在寻找一件被劫的外套，并且以外套失窃为借口，不问官职和身份，从一切人的肩上剥掉各种外套，不管是猫皮的、海狸皮的，还是棉絮的、貉皮的、狐皮的、熊皮的，总而言之，剥掉凡是人们想得出用来遮盖自己的皮肉的各式各样的毛革和柔皮。部里的一个官员亲眼看见过那个死人，立刻就认出他是亚卡基·亚卡基耶维奇；可是，这把他吓坏了，他拼命地往前跑，因此没来得及瞧仔细，只看见那个人远远地用手指威胁他。状子雪片似的从四面八方递上去，说是由于夜晚外套的被剥，尽是九品文官倒也罢了，连一些七品文官的脊梁和肩膀，也都不免有受凉的危险。

警察局下了命令，不管死活，无论如何得把死人逮捕归案，严加惩罚，以诫其余，并且差一点连这也几乎办到了。是这样的：某一区的岗警在基留希金胡同，在出事的当场，当死人正待从一个从前吹笛子的退职乐师身上剥掉一件粗毛布外套的时候，已经完全把死人的领子抓住了。他一把抓住死人的领子，大声喊来另外两个同伴，拜托他们抓住他，他自己不过花掉片刻的工夫伸手到靴筒里，打算从那儿摸出桦皮鼻烟匣来，使一生中冻坏过六次的鼻子暂时清醒一下；可是，鼻烟一定是连死人都受不住的一种。岗警用手指塞住右鼻孔，左鼻孔还没有来得及吸完半手掌鼻烟，死人就一喷嚏打得这么凶，溅了他们三人满眼都是脏水。当他们举起拳头擦眼的时候，死人连影儿也没有了，甚至他们都不知道刚才死人是不是真的被他们抓在手里。从此以后，岗警们对死人很是害怕，甚至连活人也怕捉了，只是站得老远地喊："喂，快走你的路吧!"于是死官员甚至在卡林金桥的那一边也出现了，给胆小的人带来不少的惊慌。可是，我们完全把某一位**要人**忘怀了，他才可以说真正是这本来完全真实的故事获得荒诞无稽的趋势的原因。首先得说句公道话，自从被痛骂了一顿的可怜的亚卡基·亚卡基耶维奇走后不久，这位**要人**感到了一种类乎怜悯的东西。他不是绝对没有同情心的，他的心也会发生许多善良的冲动，虽然官级常常阻碍它们表露出来。来客刚走出他的办公室，他甚至思念起可怜的亚卡基·亚卡基耶维奇来了。从此以后，受不住职务上的斥责的脸色苍白的亚卡基·亚卡基耶维奇就差不多每天都浮现在他的眼前。一想到这个人，就使他陷于极度的不安。

过了一星期，他甚至决定派一个官员去探听一下他的情况，能不能真的对他有所帮助；当他得到报告说，亚卡基·亚卡基耶维奇患热病暴死了的时候，他甚至吃了一惊，受着良心的责备，整天心绪不宁。他想散散心，忘掉不愉快的印象，这天晚上就到一个朋友家里去，这朋友家里聚着一大群正派的人，尤其称心的是，几乎大家都是一样的官级，因此他可以完全不受任何拘束。这对他的精神状态产生了惊人的作用。他松动起来，眉飞色舞地聊着天，态度和蔼可亲，总之，这一晚过得非常愉快。晚饭时，他喝了两杯香槟酒——大家知道，这是一种不坏的助兴的东西。香槟酒使他涌上来一股子豪兴，想做各种奇特的事情，那就是：他决定还不回家，却去找一位熟识的太太卡罗林娜·伊凡诺芙娜，这位太太似乎是德国血统，他跟她交情很深。得交代一下，**要人**已经不年轻了，是个好丈夫，可尊敬的一家之主。他有两个儿子，其中一个已经在衙门里当差，还有一个讨人喜欢的16岁的女儿，生有一个微微弯曲但很好看的鼻子，他们每天走来吻他的手，说道：bonjour，papa.[①]他的老婆，一个还很有风韵、甚至一点也不难看的女人，先把自己的手给他吻，然后翻过手来，再吻他的手。可是，**要人**虽然满足于家庭的温暖，却认为在城里别处另外交个女朋友倒也无伤大雅。这女朋友一点也不比他的老婆好看些，年轻些；可是，这样的难题世间是常有的，评判这一类难题可不是我们的事。这样，**要人**走下楼梯，坐上雪橇，对车夫说："到卡罗林娜·伊凡诺芙娜家里去。"而他自己，雍容华贵地裹着一件暖和的外套，落进了一种被俄国人认为无可再好的愉快心境，就是说，自己一点事也不想，可是思想却自会钻到脑子里，一个更比一个愉快，甚至不用你费劲地去追逐，搜寻。他感到心满意足，轻快地想起刚才经历的这一晚上所有快乐的事情，所有惹得一小堆人哄堂大笑的机智的警句；有许多话，他甚至低声地重复了一遍，觉得依旧像刚才一样可笑，所以无怪乎他要打心坎里笑出来。

然而，不时有一阵一阵的暴风来打扰他，这风，天知道

① 法语：日安，爸爸。——译者注

是打哪儿来，也不明白由于什么原因，突然就刮起来，刀子似的割他的脸，成块的雪往他身上撒，把外套的领子吹得风帆似的鼓起来，或是蓦地来了一股子非常的力量，吹得领子蒙住他的头，这样就使他老是忙着要把头钻出来。**要人**忽然觉得有人紧紧地把他的领子抓住了。他转过脸来，看见一个身材不高、穿着破旧的文官制服的人，并且不无恐惧地认出这人就是亚卡基·亚卡基耶维奇。官员的脸色苍白如雪，完全像个死人。可是，当**要人**看见死人咧开嘴，阴森森地向他嘘出坟墓似的气息，说出下面几句话的时候，他的恐惧就更无法控制了："啊！这下子可找到你了！我总算那个，把你的领子抓住了！我正需要你的外套呢！你没有给我的外套想办法，并且还骂了我——现在把你的给我!"可怜的**要人**差点没有吓死过去。不管在办事处，一般的在下属面前，他的脾气有多么大，也不管每个人一见到他堂堂的仪表和魁梧的身躯，就要说："吓，多神气!"可是他在这时候，像许多有英武外表的人一样，害怕到了这步田地，竟并非毫无根据地担心自己要发病了。他甚至赶快从肩上把外套脱下来，用不自然的嗓音对车夫喊道："赶快回家!"车夫听见平时只在紧急关头才喊出的声音，还伴随着一种更加有效得多的动作，就把脑袋缩在肩膀中间以防不测，鞭子一挥，箭似的飞去了。

大约六七分钟，**要人**已经回到自己的家门口。他面无人色，饱受惊吓，没有了外套，卡罗林娜·伊凡诺芙娜那儿也没有去成，却回到了家里，好容易摸到自己的卧室，嘀嘀咕咕地熬过了这一夜，所以第二天早晨喝茶的时候，女儿径直对他说："爸爸，你今天脸色难看极了。"可是，爸爸一声不响，他发生了些什么事，到哪儿去过，打算上哪儿，他对谁都一字不提。这件事情给了他一个强烈的印象。他甚至不大对下属们说："您怎么敢？您知道谁站在您的面前吗？"即使说了，也总在先听明白了事情的原委以后。可是，尤其值得注意的是，死官员从此完全绝迹了：显然，将军的外套披在他的肩上是完全合适的；至少，再也没听说有从谁身上剥掉外套的事情发生。然而，许多好事而喜欢多操心的人们还是怎么也不肯安静下来，说在城市的僻远地区，死官员还是照旧出现。的确，一个柯洛姆纳区的岗警亲眼看见过幽灵从一幢屋子后面走出来；可是，他生来有点虚弱，有一回，一只普通的长成了的小猪从一家私宅里奔出来，把他撞了个狗吃屎，惹得站在周围的车夫们放声大笑，为了这场侮辱，他还逼他们每人出一文钱买过鼻烟闻哩，——他是这样虚弱，所以不敢把幽灵拦住，却在黑暗里一直跟他往前走，直到最后，幽灵忽然回头一看，停下来问道："你要干什么？"并且举起了在活人中间也从来没有见过的大拳头。岗警说了声"没有什么。"立刻就往回走。然而，幽灵的身材可变得高得多，长着一把大胡子，仿佛举步往奥布霍夫桥那边走去，完全被夜的黑暗吞没了。

（满涛译）

《死魂灵》

梗概

故事发生在抗击拿破仑的卫国战争结束后不久。帕维尔·伊万诺维奇·乞乞科夫乘坐马车前往N省城，这位绅士外貌不俊美但也不难看，不老也不太年轻，不胖也不瘦。他在省城一家旅店住下，向跑堂的提出一连串问题，打探城里的各种事情和人物。次日一整天他都在拜访城里的各色人等，包括省长、副省长、检察长、民政厅长、警察局长等等，对自己的来历却遮遮掩掩。在省长家的晚会上，他结识了地主马尼罗夫和索巴凯维奇；在警察局长家里认识了诺兹德廖夫。人们都很喜欢这位“让人觉得很愉快的”绅士。乞乞科夫的名片上写着：“五等文官帕维尔·伊凡诺维奇·乞乞科夫，地主，私事旅行。”原来，他来此地是为了进行一桩投机买卖，即向地主们贱价收买已经死去、但尚未在名册上注销的农奴，他再把这些农奴抵押出去，骗取押金后便可逃往国外，过安乐的日子。

乞乞科夫画像

乞乞科夫第一个拜访的地主叫马尼罗夫。他的房子建筑在山上，带有英国式花园，花园中还有一个挂着“幽思殿”牌匾的亭子。马尼罗夫年纪不大，一双眼睛“像糖一样甜，笑起来变成一道线”。无论见到谁，他都要喊道：“一个多么可爱而出色的人啊!”但片刻之后，他便会心灰意懒，什么话也不说；再过一会，更会觉得无聊得要命。马尼罗夫夫妇的生活甜腻得要命，结婚八年多了，他一直管妻子叫“小心肝儿”，他俩坚持一起分吃苹果片、糖果或胡桃。乞乞科夫拜访他时，关于谁先进门的事推让了半天，谁也不肯让步。最后，只好两人侧着身子，一同跨进门槛。马尼罗夫对省里的官员们称赞不已，认为每个人都“非常可敬”“非常可爱”。当乞乞科夫向他提出购买死魂灵的请求时，他起初感到惊讶，但之后便答应把这些他毫无用处的“死魂灵”奉送给乞乞科夫，乞乞科夫感动得流下眼泪，然后心满意足地告辞。

乞乞科夫的马车在路上碰到雷雨，在天黑后来到女地主科罗勃奇卡的村庄。她是一位寡妇，她的农奴只有七八十个，她勤俭持家，在庭院养鸡鸭，亲自操持家务。乞乞科夫在她家过了一宿，第二天起来后与女主人做生意，要她把死去的18个农奴让给他，女地主想要抬价，乞乞科夫便拿魔鬼来吓唬她，科罗勃奇卡害怕了，只好以15卢布一位的价格把死魂灵卖给乞乞科夫。

在乡间的一家小饭馆里，乞乞科夫遇见地主诺兹德廖夫，这个放浪不羁、蛮横无耻的地主整天赌博酗酒，打架生事。此时他刚从省城赌输了钱回来，他邀请乞乞科夫到他的庄园去做客。诺兹德廖夫的家里乱七八糟，房间里除猎枪和烟斗外几乎什么也没有。他带乞乞科夫参观他的产业，向乞乞科夫炫耀他的马房、狗圈、鱼池和田地。饭后，乞乞科夫提出要购买诺兹德廖夫的死魂灵，诺兹德廖夫追问原由，乞乞科夫的谎言瞒不过诺兹德廖夫。诺兹德廖夫提议下棋决定输赢，他押上死魂灵，乞乞科夫押上100卢布。诺兹德廖夫下棋作弊，与乞乞科夫发生争吵，诺兹德廖夫喊来仆人要揍乞乞科夫，正在此时法院送来一张传票，有个地主控告诺兹德廖夫在一次醉酒时打了他，乞乞科夫抓住这一机会跳上马车逃走。

乞乞科夫拜访的第四个地主是索巴凯维奇，这是个行动笨拙、样子像熊的地主，连他身上的便服也是熊皮色，他的房子和家里的家具也都笨重结实，他家的栅栏、马厩、农奴小屋也都造得非常坚牢。索巴凯维奇阴沉寡言，能吃能喝，他看不起任何人，认为省城的官员都是强盗、骗子和混蛋。他一眼就看出乞乞科夫是个骗子，在向乞乞科夫出售死魂灵时他开价100卢布一个，并极力称赞这些死去的农奴都是能干的人，一番讨价还价之后，乞乞科夫只好以两个半卢布一个的价钱成交。

普柳什金是乞乞科夫最后拜访的地主，他的田庄既萧条又颓败，可他却是个富有的地主，拥有上千农奴。他极端吝啬，过着乞丐一样的生活，衣衫褴褛，粗茶淡饭，在路上看到一块旧鞋底、一片破布或一个铁钉都要拾回家。他把粮草堆在房间里，任由它们腐烂，变成真正的肥料。他不与任何人来往，因为担心由此造成物质消耗，他甚至把子女看成自己财产的危险敌人，对农奴更是残酷压迫，竭力勒索，他庄园里的农奴纷纷死去。乞乞科夫提出要购买他的死魂灵时，他很高兴，把乞乞科夫当作“救星”，因为他的农奴死得太多，每年还得向政府交纳大笔税款，乞乞科夫因此顺利地在他那里买到200个死魂灵。

乞乞科夫回到省城的旅馆，心情十分愉快，他写好呈文准备到民事厅去办手续。乞乞科夫购买农奴的事在省城传为佳话，人们把他当成百万富翁，名门闺秀也对他趋之若鹜，可在一次晚会上，诺兹德廖夫却当众揭穿了他。省城官员们聚集在警察局长家里，猜测乞乞科夫是什么人，邮政局长认为他是戈贝金，警察局长说他是化了装的拿破仑。他们去问诺兹德廖夫，后者添油加醋一番，使得检察长惊恐万状，中风死去。

乞乞科夫在省城待不下去，第二天一早急忙上路，却赶上检察长的葬礼。之后，乞乞科夫乘坐马车奔驰在俄罗斯的原野上。在马车里，他回想起自己的生活经历。他出身于破落贵族家庭，受父亲教诲，他很小的时候就会赚钱，他两面三刀，老练圆滑，无论在学校还是在衙门都如鱼得水。后来他由于贪污被撤职，由于走私惹上官司，这时他看到一个准备迁居到墨西哥的地主把死魂灵拿去抵押，骗取大笔钱财，于是想起做这笔“生意”。乞乞科夫的马车在道上飞跑，车后腾起一阵烟尘。

死魂灵（节选）

乞乞科夫靠着皮枕头，不时被马车轻轻地抛起，他只是笑一笑，因为他喜欢急速奔驰。又有哪一个俄国人不喜欢急速奔驰呢？他的灵魂渴望旋转，渴望玩耍，还会不时说上一句："去他的吧!"这样的灵魂怎么能不喜欢狂奔呢？怎么能不喜欢呢，当那灵魂中响起了某种喜悦而又神奇的声音？仿佛，一种神秘的力量让你乘上了它的翅膀，于是，你自己便飞了起来，一切也都飞了起来：路标在飞，迎面而来的、坐在篷车驾位上的商人们在飞，两侧松柏幽暗、斧声阵阵、群鸦聒噪的森林在飞，整条大路也在飞向那不知隐藏在何处的终点，在这急速的闪现中，来不及辨别那些一逝而去的物体，这让人感到有些恐怖，——静止不动的，似乎只有头顶上的天空，还有薄薄的乌云，还有那透过乌云的一弯细月。哦，三套车！飞鸟般的三套车啊，是谁把你发明了出来？要知道，你只会产生于一个勇敢的民族，产生于一片不爱嬉闹、却平缓地覆盖了半个地球的土地，你试着去数数路标吧，一定会数得你眼花缭乱。似乎，这也不是什么高明的运输工具，不是用铁螺丝拧起来的，而是由一位手脚利索的雅罗斯拉夫尔庄稼人用斧头和凿子很快地做出来的。车夫穿的也不是德国靴子，他一脸大胡子，戴着一副连指手套，屁股下坐的东西鬼才知道是什么；可他身子一欠，打一个响鞭，再亮开歌喉，——马儿便旋风般地跑了起来，车轮上的辐条旋转为一个平滑的圆盘，道路猛地一抖，一位站着的行人惊恐地喊了一声，——转眼之间，它已经飞走了，飞走了，飞走了！……转眼之间，就只能看到，有什么东西在远处扬起尘土，刺破空气。

罗斯啊，你不就像这勇敢的、不可超越的三套车一样在飞奔吗？道路在你的脚下扬起烟尘，一座座桥梁隆隆作响，一切都落在了身后，落在了身后。被神的奇迹所震惊的旁观者停下了脚步：这是一道自天而降的闪电吗？这令人恐惧的运动意味着什么？在这些世所未见的马儿身上蕴涵着怎样一样神秘的力量啊？哦，马儿，马儿，这是一些怎样的马儿呀！你们的鬃毛里莫非藏有旋风？你们的每块肌肉里莫非都藏有一只灵敏的耳朵？听到上方传来的熟悉的歌声，你们便齐心协力，立即绷紧钢铁般的胸膛，四蹄几乎不着地，迅速变成一道道伸展开来的、飞行在空中的横线，于是，这充满神性的三套车便飞奔起来！……罗斯，你究竟在奔向何方？请你回答。她没有回答。车上的铃铛发出美妙的声响；被风撕成碎片的空气轰鸣着，在阻挡去路；大地上的一切都在身边飞驰而过，其他的民族和国家斜着身体躲向一旁，在纷纷给她让道。

（刘文飞译）

屠格涅夫

屠格涅夫

屠格涅夫（1818—1883）与托尔斯泰和陀思妥耶夫斯基常被并称为俄国最伟大的三位小说家，他前后写下六部长篇小说，每一部小说都是俄国社会特定阶段的一部编年史，他的创作从而也就构成一部真正的19世纪俄国生活的“百科全书”。

屠格涅夫出生在一个富裕的大贵族家庭，从小接受良好的教育，14岁时就已经熟练掌握了法、德、英三种外语，这使得他有可能较早地受到西欧文化的影响。在柏林大学的留学经历，使他像那个时代大多数留学德国的俄国知识分子一样，成了黑格尔哲学，乃至德国文化的崇拜者。无论是屠格涅夫于1833年最初考入的莫斯科大学，还是他一年后转入的彼得堡大学，在当时都是具有理想精神的俄国知识青年聚集的地方，屠格涅夫在那里受到时代氛围的影响，在1838年留学柏林大学之后，他更是接近了以斯坦凯维奇为核心的小圈子，与格拉诺夫斯基、巴枯宁等成为挚友。1841年回国后不久，屠格涅夫开始文学创作，受到别林斯基高度赞赏，不久成为《现代人》杂志的同仁之一。1843年11月，具有西班牙血统的法国歌唱家波琳娜·维阿尔多来彼得堡演出，屠格涅夫被她迷住，从1845年起开始追随她到欧洲游历，1847年后更是常年住在德、法等国，屠格涅夫可能是他那个时代出国次数最多、在西欧生活时间最长的俄罗斯作家之一。在将故乡与侨居之地做比较的时候，屠格涅夫虽然往往对俄罗斯怀有更深的眷恋，而对西欧抱有某种怀疑甚至厌恶，但他却无疑是他那个时代对西欧和西方文化最为了解的俄国知识分子之一。对俄国现实，尤其是农奴制度的不满，是屠格涅夫一生始终不变的社会立场，他甚至因此而疏远了十分爱他、却对农奴十分专横狠毒的农奴主母亲。往来俄国与西欧之间，他不断地将两种社会现实做比较，他甚至在回忆录中写道，他当初之所以出国，是因为“不能同我憎恨的对象并存，呼吸着同一种空气……我必须离开我的敌人，以便从我所处的远方更有力地向它进攻”，他还说，“假若我留在俄国，我就肯定写不出《猎人笔记》”。

从早年的长诗《帕拉莎》到晚年的散文诗，屠格涅夫的创作生涯持续了数十年，他留下的《猎人笔记》、《罗亭》、《贵族之家》、《前夜》、《父与子》、《烟》和《处女地》等小说名篇，构成了一部19世纪40至80年代俄国社会生活的艺术画卷。令人惊讶的是，屠格涅夫的每一部小说一经发表几乎都引起了程度不同的争论，甚至会导致完全不同的解读。

《猎人笔记》是屠格涅夫的第一部名作，很少有人注意到，这部字里行间都渗透着地道俄罗斯精神的小说，其篇章却大多是在国外写成的。作品发表之后受到广泛欢迎，但西方派和斯拉夫派给予肯定的角度却不尽相同，在均对小说的反农奴制的人道立场表示赞同的前提下，别林斯基等更看重这些系列特写对俄国现实的抨击力量，而斯拉夫派则在屠格涅夫关于俄国大自然和普通民众的如诗如画的描写中发现了与他们对罗斯的赞美相吻合的语调，因而常常将屠格涅夫的《猎人笔记》与谢·阿克萨科夫的《带枪猎人的笔记》相提并论。

1858年，屠格涅夫的《阿霞》发表之后，车尔尼雪夫斯基撰写了一篇题为《俄国人赴约会》的评论文章，认为屠格涅夫小说中的主人公所表现出来的萎靡不振、犹疑不决的气质，已表明自由派知识分子在俄国社会生活中正在失去进步意义，这篇文章不仅受到安年科夫等人的激烈反驳，也引起了屠格涅夫对车尔尼雪夫斯基等人的不满。

《前夜》发表之后，杜勃罗留波夫写了一篇评论，题目叫作《真正的白天何时到来》，认为屠格涅夫小说的意义就在于呼唤一个新时代的到来，杜勃罗留波夫对《前夜》的这一“革命性”解读让屠格涅夫很难接受，他因此与《现代人》阵营彻底决裂。关于《父与子》的争论，更是西方派阵营正式分化为自由派和民主派的一个标志，车尔尼雪夫斯基后来之所以写作《怎么办》，在一定程度上就是要与《父与子》进行论战，构成对比。小说《父与子》的出版所引起的激烈争论，也可以被视为屠格涅夫自己的政治立场和艺术态度之间的冲突。屠格涅夫构思《父与子》的初衷原本是为了弥合两代人之间的隔阂，没想到，这部作品却激起了最为激烈的讨论，甚至在各个方面都不叫好，用屠格涅夫自己的话来说就是：“有些人指责我侮辱了年轻一代，骂我落后、反动，他们关照我说要带着‘轻蔑的笑声烧掉你的相片’；相反的，另一些人却愤怒地责备我曲意奉承这年轻一代。”赫尔岑写作了题为《父辈成了祖辈》一文，对《父与子》及其作者进行了嘲讽和抨击。针对相关的指责，屠格涅夫很不以为然，他在《关于〈父与子〉》中的一条脚注中对某些庸俗的评论发了这样一通“牢骚”：“人们举出许多论据来证明我‘对青年有仇恨’，一位批评家还援引了我让巴扎罗夫在打牌时输给亚历克赛神甫这件事情，作为论据之一。他说：‘作者简直不知道怎么样辱没和贬低他才好！他连玩牌都不会！’毫无疑问，如果我让巴扎罗夫打赢了，那位批评家一定又要洋洋得意地叫道：‘事情不是很明显吗？作者想暗示我们：巴扎罗夫是个赌棍！’”由屠格涅夫在《父与子》中提出的“虚无主义者”这一概念引起了尤其激烈的讨论，并使斯拉夫派和西方派的对峙在一定程度上转化成了“自由派”和所谓“虚无主义者”的对立。

在《父与子》之后，屠格涅夫的《烟》和《处女地》等作品一次又一次地引起广泛的社会讨论，在不同的思想阵营获得了截然不同的评价。屠格涅夫作品的这些遭遇，恰好说明它们真实地再现了当时俄国社会的真实和社会中的矛盾，构成了那个时代思想生活的艺术记录，一位屠格涅夫研究者关于《父与子》所说的一段话，似乎也可以被用来说明屠格涅夫曾引起争论的其他所有作品：“围绕小说进行的激烈争论，最初使作者感到沮丧。他似乎觉得这意味着作品的完全失败。实际上正好相反，这些争论在很大程度上就是这部小说里展开的那些争论在现实生活中的继续；激烈的争论说明作品写得生动，动人心弦，没有一个读者对作品能无动于衷。这是巨大的成功，尽管这个成就来之不易，

屠格涅夫画像

而且往往使作者不十分愉快。”

总之，屠格涅夫的每一部作品都是对俄国当时的社会生活和思想斗争的观照，因而也就难免都会涉及对不同的价值取向和社会发展道路的探究和思索，屠格涅夫的每一部小说都暗含着争论，是真正的思想小说，他是在不懈地通过自己的小说，以艺术的方式介入他那个时代的思想斗争。

译本推荐：

《屠格涅夫中短篇小说选》，巴金译，人民文学出版社，1959年。

《屠格涅夫全集》（12卷），刘硕良、王亚民主编，河北教育出版社，1994年。

《猎人笔记》，力冈译，浙江文艺出版社，2010年。

猎人笔记（节选）

树林和草原

《猎人笔记》插图

……于是他渐渐地巴不得转回去：
回到村子上，到幽静的花园里，
那儿一株株椴树高大又阴凉，
铃兰花散发着阵阵清香，

一丛丛爆竹柳排成行，
从岸边倒垂到水面上，
肥壮的地里生长着肥壮的橡树，
还有大麻和荨麻的气味儿……
回去，回去，到那辽阔的田野上，
那儿土地黑油油像丝绒一样，
那儿黑麦一望无际，
缓缓起伏，似轻柔的波浪。
从一朵朵透明的白云里
倾泻下重重的金黄色阳光；
那是好地方……

——摘自待焚的诗篇

我这些散记也许已经使读者感到厌倦了；赶快请读者放心，保证只限于已发表的一些片段，到此为止；但是在和读者告别的时候，不能不说几句关于打猎的话。

荷枪带狗去打猎，本身就是一件绝妙的事；就算您生来就不喜欢打猎，但您总是喜欢大自然的；因此，您不能不羡慕我们这些打猎的……那您就听我说说吧。

比如，您可知道，在春天里，黎明前乘车出猎何等惬意？您走到台阶上……黑灰色的天上有些地方还闪烁着星星；湿润的轻风有时会像细微的波浪一般飘过来；可以听见低沉而隐约的夜的絮语声；一棵棵笼罩在阴影中的树发出轻轻的响声。车毯铺好了，装茶炊的小箱子也放到了脚下。两匹拉套的马蜷缩着，打着响鼻，雄赳赳地倒换着四条腿；一对刚刚睡醒的白鹅静悄悄、慢腾腾地穿过大路。篱笆那边，花园里，更夫安静地在打鼾；每一个声音似乎都停在一动不动的空气中，停住不动。您坐上马车；几匹马一齐举步，马车隆隆响起来……您的马车走动了——马车过了教堂，下了坡，往右转弯——从堤上穿过……池塘上刚刚开始起雾。您觉得有点儿冷，就用大衣领子把脸遮住；渐渐打起瞌睡。马蹄踩到水洼里，发出很响的啪唧声；车夫吹起口哨。但这时您的马车已经走出四五俄里……天边渐渐红了；寒鸦渐渐醒来，很不灵活地在桦树林里来来回回地飞着；麻雀在黑糊糊的麦秸垛旁边叽叽喳喳叫着。空中越来越亮，道路更清楚了，天色越来越明净，云彩越来越白，田野越来越绿了。许多农舍里点起松明，松明发出红红的火光，可以听到大门里面那带有睡意的人语声。这时候朝霞燃烧起来；瞧吧，一条条金黄色光带伸向天空，山谷里升起一团团雾气；云雀嘹亮地歌唱着，黎明前的风吹动了——于是红红的太阳冉冉升起来。阳光像急流一般涌来；您的心像鸟儿一般跳跃起来。清新，悦目，可爱！四周都可以看得很远。瞧，那片树林过去是一个村子；再远些是另一个村子，那村子里有一座白色教堂，那山坡上有一片不大的桦树林；再过去是一片沼地，那就是您要去的地方……快点儿，马呀，快点儿！大步往前跑吧！……只有三俄里，不会再多了。太阳很快升起来；天上一点儿云彩也没有了……天气将是极好的。一群牲口出了村子，迎着您走来。您爬上山坡……又是一片什么样的景象！一条河蜿蜒伸展有十来俄里，透过朝雾可以隐隐看到蓝蓝的河水；河那边是一片片翠绿的草地；草地过去是一道道慢坡的山冈；远处有凤头麦鸡咯咯叫着在沼地上空盘旋；透过散布在空气中的带水分的阳光，远方的景物清清楚楚地显露出来……不像夏天那样。胸膛呼吸得多么舒畅，四肢动作多么带劲儿，一个人沉浸在春天清新的气息中，浑身多么矫健！……

啊，夏天的七月的早晨！除了打猎的人，谁又能体会到黎明时漫步在灌木丛中有多么愉快？您的足迹在露珠晶莹、发了白的草地上留下的是绿色的印子。您用手拨开湿漉漉的灌木丛，夜里蕴积的暖气会向您直扑过来；整个空气中充满野蒿清新的苦味儿、荞麦和三叶草的甜味儿；远处是一片橡树林，在阳光下亮闪闪的，红红的；这时还是凉爽的，但是已经感觉出渐渐要热起来了。闻着太多的香气，头脑晕晕乎乎的。灌木丛没有尽头……只是远处有黄黄的、已经成熟的黑麦，几块像长带似的红红的荞麦地。瞧，一辆大车轧轧响起来；一个汉子缓步走来，不等太阳升上来，就把马拴到树荫下……您同他打过招呼，就走开去……您后面响起镰刀叮当声。太阳越升越高。草地很快就干了。天已经热起来。过了一个钟头，又一个钟头……天边渐渐暗起来；一动不动的空气热烘烘的。

“大哥，这儿什么地方可以弄点儿水喝？”您问割草的人。

“那边山沟里有一口水井。”

您穿过缠着蔓草的密密丛丛的榛树棵子，走到沟底。果然，就在断崖下面有一股泉水；橡树棵子把它那掌形枝叶贪婪地伸展到水面上；老大的银色水泡不断地颤动着从水底往上冒，水底长满细小的、柔软的青苔。您一下子趴到地上，喝足了水，但是懒得再动了。您在凉荫里，呼吸着芬芳的湿气；您太舒服了，可是您对面的灌木丛在阳光下热得烫人，而且好像发了黄。不过，这是什么？风突然吹来，急急地吹过；四周的空气颤动起来；这不是雷声吗？您从山沟里走出来……天边那铅一般的一片是什么？是暑气越来越浓了？还是乌云涌上来？……哦，您瞧，一道微弱的闪电划过……啊，原来是大雷雨要来了！周围依然是明亮的阳光：还是可以打猎的。可是乌云涌上来了：那乌云前面的边儿像衣袖一般渐渐伸展开来，像穹隆似的压了过来。青草，灌木丛，周围的一切，一下子就变暗了……快跑！那边好像有一座干草棚……快跑！您跑到了，进去了……雨多么大呀！闪电多么亮呀！有的地方雨水透过草棚的顶滴到芳香的干草上……可是，您瞧，太阳又出来了。大雷雨过去了；您走了出来。我的天呀，周围多么鲜亮，空气多么清新、湿润，草莓和蘑菇的香味多么浓呀！……

哦，您瞧，黄昏来临了。晚霞像火一样燃烧起来，映红了半边天。太阳就要落山了。近处的空气不知为什么格外清澈，像玻璃一样；远处弥漫着柔和的、看来似乎很温暖的雾气；红红的落日余晖和露水一起落到不久前还洒满淡金色阳光的林中空地上；一株株大树、一丛丛树棵子、一个个干草垛投射出长长的阴影……太阳落山了；一颗星在落日的火海里燃烧起来，不停地颤抖着……瞧，那火海渐渐白了；天空渐渐蓝了；一个个阴影渐渐隐去，暮霭渐渐在空中弥漫开来。该回家了，回到您过夜的村子里的小屋里去了。您背起枪，不顾疲劳，快步往回走……这时夜色渐渐浓了；20步之外已经什么也看不见了；狗在黑暗中隐隐发白。瞧，在一丛丛黑黑的灌木上方，天边模模糊糊地亮了……这是什么？是失火吗？……

不，这是月亮要升上来了。下面，往右边看，村子里的灯火已经亮了……这不是，您过夜的小屋终于到了。您从小小的窗户里可以看到铺了白桌布的桌子、点着的蜡烛、饭菜……

要么您吩咐套上竞走马车，到树林里去打松鸡。乘车走在狭窄的路上，看着两边像墙一般的高高的黑麦，那是很愉快的。麦穗轻轻地打着您的脸，矢车菊不时挂住您的腿，鹌鹑在周围叫着，马懒洋洋地小步跑着。树林到了。又阴凉又宁静。一株株挺拔的白杨树高高地在您头顶上絮絮低语着；白桦树那长长的、耷拉下来的树枝轻轻晃动着；一株强壮的橡树站在美丽的椴树旁边，像一名卫士。您的马车在绿草如茵、阴影斑驳的小路上走着；老大的黄苍蝇一动不动地停在金黄色的空气中，又突然飞了开去；小虫儿成群成群地飞舞盘旋着，在阴影里亮闪闪的，在阳光中黑糊糊的；鸟儿安静地歌唱着。知更鸟亮开金嗓子，那声音带有天真而絮叨的欢乐意味儿，和铃兰的香气十分协调。再往前，再往前，往树林深处去……树林一下子没有声音了……心中顿时感到说不出的宁静；而且周围的一切都带有睡意，静悄悄的。可是，瞧，一阵风吹来了，树梢哗哗响起来，好像下落的波浪。有些地方，穿过褐色落叶，长出高高的青草；一个个蘑菇各自戴着自己的帽子站着。一只雪兔突然跳出来，狗高声叫着急忙追上去……

就是这片树林，在深秋，山鹬飞来的时候，有多么美好呀！山鹬不待在树林深处，找山鹬必须贴着林边走。没有风，也没有太阳，没有亮光，没有阴影，没有动作，没有声音；柔和的空气中弥漫着秋天的气息，像葡萄酒气味；远处黄黄的田野上笼罩着薄雾。透过光秃秃的褐色枝丛，可以看到宁静而发白的、一动不动的天空；椴树上有些地方还挂着最后几片金色的叶子。脚下潮湿的土地带有弹性；高高的干枯的野草一动也不动；长长的蛛丝在苍白的草上亮闪闪的。胸膛平静地呼吸着，心中却涌起一股奇怪的惆怅感。您贴着林边走着，注视着狗，这时却有许多可爱的形象，许多可爱的脸，有死去的，也有活着的，来到您的脑际，早已沉睡的印象突然苏醒过来；想象力像鸟儿一般展翅飞翔起来，一切都清楚地出现在眼前，并且活动起来。心有时突然颤抖起来，跳动起来，一心想往前奔，有时会沉入往事中，一个劲儿地沉。整个一生就会像画卷似的轻快地展开来；一个人会看透自己过去的一切，看透自己的全部感情，全部本领和自己的整个心灵。周围什么也不干扰他——不论太阳，不论风，不论响声……

而在清晨严寒、白天有点儿冷的晴朗的秋日里，白桦树像神话中的树一般，金光闪闪，在淡蓝色的天空中炫耀着优美的身姿。这时候低低的太阳已经没有暖意，然而却比夏天的太阳更加明亮。小片的白杨树林是透亮的，似乎觉得落光了树叶是轻松愉快的。洼地里还有白白的霜，轻风徐徐吹动，驱赶着打了皱的落叶，——这时候河里欢快地翻腾着青青的波浪，有节奏地冲击着悠闲的鸭子和鹅；远处的水磨轧轧响着，那水磨被柳树遮住一半；一群鸽子在水磨上空迅速地盘旋着，在明亮的空气中闪耀着斑斓的色彩……

夏天有雾的日子也是很好的，虽然打猎的人并不喜欢这样的日子。在这样的日子无法打猎：有时鸟儿就从您的脚下飞起来，一转眼就消失在白茫茫的、动也不动的雾中。然而周围多么宁静，真是静极了！什么都醒来了，什么都静默无声。您从树旁走过，树动也不动，一副悠闲自在的神气。透过均匀地散布在空中的薄雾，您看到前面有黑郁郁的、长长的一大片。您以为那是远处的树林；等您渐渐走近了，树林却变成长在田塍上的高高的一排野蒿。在您的头顶上，您的周围——到处都是雾……可是，瞧，风轻轻吹动了——一小块淡蓝色的天透过越来越稀、似乎在冒烟的雾气模模糊糊显露出来，金黄的阳光一下子闯进来，像长长的流水似的倾泻下来，照射着田野，钻进树林，——可是一会儿一切又被罩住了。这种搏斗要持续很久。但是当光明终于胜利，已经晒热的最后一股股雾气时而摇摇滚滚，像桌布似的铺开，时而缭绕上升，渐渐消失在蓝蓝的、散发着柔和的光辉的高空中的时候，这一天会渐渐变得多么壮丽，多么晴朗呀……

比如，您要到远离庄园的田野上，到草原上去。您坐马车在乡村土路上走了十来俄里，终于上了大道。您的马车和无数大车交错，经过一家家客店，客店大门敞开着，有水井，檐下有咝咝响的茶炊，过了一个村庄，又是一个村庄，穿过一望无际的原野，擦过一片片碧绿的大麻地，您的马车要走很久很久。喜鹊从一棵柳树飞到另一棵柳树上；娘儿们手里拿着长长的草耙，在田野上慢慢走着；行路人穿着破旧的土布褂子，背着行囊，迈着疲惫的步子艰难地行进着；地主家的沉甸甸的轿式马车，套着六匹高大而疲劳不堪的马，迎面飞奔过来。从车窗里露出车垫的角儿，而在车后脚镫上，一名穿外套的仆人侧身坐在一个口袋上，手抓着绳子，泥巴一直溅到眉毛。您来到小小的县城，一座座歪歪斜斜的木屋，看不见头尾的栅栏，没有人的石头店房，深沟上的古桥……再往前走，再往前走！……来到了草原地带。您站在坡上望去——好一派风光！一座座圆圆的、低低的丘冈，一直到顶都翻耕和播种了的，像一道道巨浪在翻腾；一条条灌木丛生的冲沟蜿蜒在一座座丘冈之间；一片片小小的树枝，像一个个椭圆形小岛；村庄与村庄有一条条小路相连；有白白的礼拜堂；柳丛掩映中有一条亮闪闪的小河，有四个地方筑有堤坝；远处田野上有一群大鸨一个挨一个站着；一座古老的地主家的房子，连同棚舍、果园和打谷场，紧靠着一口不大的池塘。不过，您的马车还要往前走，往前走。丘冈越来越小，几乎看不到有什么树了。终于到了，瞧，那不是——无边无际、望也望不尽的大草原！

在冬日里，就踩着高高的雪堆追逐兔子，呼吸寒冷刺骨的空气，柔软的雪那耀眼而细碎的光芒使您不由地眯起眼睛，欣赏着红红的树林之上那天空的碧色！……到了早春的日子，这时候周围一切都亮闪闪，冰雪开始消融了，透过融雪的浓重的水气，可以闻到温暖的土地气息。在雪融尽了的地方，在斜射的阳光下，云雀悠然自得地歌唱着，流水欢乐地喧闹着、咆哮着，从这条山沟涌向另一条山沟……

不过，该结束了。正好我说到春天：春天里容易别离，春天里，就是幸福的人也很想到远方去……再见吧，我的读者；祝您永远称心如意。

（力冈译）

涅克拉索夫

涅克拉索夫

涅克拉索夫（1821—1877）是19世纪俄国诗歌中可以与普希金、莱蒙托夫和丘特切夫比肩的又一位大诗人，他的诗歌自始至终都是以俄国生活，尤其是俄国农民的生活为主要描写对象，其中还充满着浓重的民间色彩和俄罗斯韵味，是俄国被压迫民众的诗歌代言人。涅克拉索夫在19世纪俄国批判现实主义文学中的地位还在于他是别林斯基的继承人，在别林斯基之后成了俄国自然派的主要首领，从1847年开始，他又一直是作为俄国现实主义文学主要阵地的《现代人》杂志的主持人。

1843年，涅克拉索夫与别林斯基在彼得堡相遇，当时，没能考入彼得堡大学的涅克拉索夫由于执意留在该校语文系旁听而得罪父亲，失去家庭的一切支持，在彼得堡漂泊，而被莫斯科大学开除的别林斯基经过几年的努力，已经成为彼得堡一位很有影响的批评家，别林斯基一眼就相中了涅克拉索夫的诗，在读了涅克拉索夫的《路上》（1845）一诗之后，兴高采烈的别林斯基曾当面对涅克拉索夫说："您知道吗？您是一位诗人，一位真正的诗人!"别林斯基在与涅克拉索夫及其诗歌相遇时，已经完成了对俄国自然派文学的理论构建，他在散文中发现了果戈理及其《死魂灵》，但在诗歌中却一直没有发现可以与果戈理并列的对象，他曾想把“来自民间”的诗人柯尔卓夫树为偶像，但柯尔卓夫在1842年就去世了，留下的作品也不多。涅克拉索夫的出现使别林斯基看到了俄国诗歌中现实主义的希望，他敏锐地看出，涅克拉索夫的诗歌“充满思想”，“这不仅仅是写给少女和月亮的小诗：这些诗歌中还有许多智慧的、实际的和现实的东西”。别林斯基最看重的，就是涅克拉索夫诗歌对现实生活的深刻反映，对被压迫的俄国农民阶级的深厚情感。涅克拉索夫自己则将与别林斯基的交往当作自己命运的转折，他从此进入以别林斯基为核心的自然派，并迅速为该派作出了贡献，40年代中期自然派的两部最重要的作品集《彼得堡风俗》和《彼得堡文集》，都是由涅克拉索夫编辑的。别林斯基在世的时候，涅克拉索夫是其最亲密的追随者之一，别林斯基去世之后，涅克拉索夫又是其文学遗产最忠实的继承者和捍卫者之一。

在《诗人与公民》一诗中，涅克拉索夫继雷列耶夫之后，再次道出了“你可以不做一名诗人，但你必须成为一位公民”的警句。在长诗《严寒，通红的鼻子》中，诗人表达了他对俄国农民，尤其是俄国乡村妇女艰难生活的深切同情，长诗的前一部分写农民普罗克的去世，后一部分写普罗克的寡妇达丽娅在寒冬去砍柴，最后冻死在森林里。诗人在描写达丽娅不幸命运的同时，也写出了她在生活和劳动中体现出的美德和美丽，诗人因而被人们称为“妇女命运的歌手”。

涅克拉索夫最重要的作品，要数长诗《谁在俄罗斯能过好日子》。长诗用问句为题，与赫尔岑的《谁之罪》和车尔尼雪夫斯基的《怎么办》相呼应，共同构成19世纪俄罗斯文学中所谓“问题文学”的传统。长诗以七个农民离开家乡，前去寻求自由和真理，寻找“不挨鞭子省，不受压榨乡，不饿肚子村”，然而，他们四处碰到的都是严酷的现实，到处目睹的都是不公正的现象，这样的情节线索是不难让人对长诗题目本身提出的问题作出回答的。和《严寒，通红的鼻子》一样，涅克拉索夫在描写农民的痛苦和绝望的同时，却时刻不忘展现他们身上所蕴涵的勤劳本质、自由精神和生活理想，这样一来，长诗所提出的“问题”，同时又成了向俄罗斯人民发出的一声充满希望和憧憬的深情呼唤。

译本推荐：

《涅克拉索夫诗选》，魏荒弩译，上海译文出版社，1980年。

《谁在俄罗斯能过好日子》，飞白译，上海译文出版社，1979年。

诗人与公民（节选）

一个不太漂亮的结论。
是你的结论？是你的话语？
你本可有更正确的判断：
你可以不做一名诗人，
但你必须成为一位公民。
而公民又是什么人？
祖国当之无愧的儿子。
唉！我们多得是
商人和军校学生，
市民、官吏和贵族，
甚至多得是诗人，
但我们需要，需要公民！
公民在哪里？难道谁不是议员，
谁不是作家，不是英雄，
谁不是贵族，不是地主，
谁就是祖国的公民？
你在哪里？回答呀！没人应声。
甚至连他强大的思想
也不吻合诗人的心灵！
如果他就在我们中间，
他会流出怎样的泪水！！……
他注定一生沉重，

但他不祈求更好的命运：
他愿意用自己的身体
承受祖国的一切创伤。
……
暴雨轰鸣，在将
自由之船推向深渊，
诗人诅咒着，勉强呻吟，
而公民却沉默不语，
将自己的头颅伸向枷锁。
究竟何时？……我不说。
虽然很少，但命运让我们
看见了当之无愧的公民……
你是否知道他们的命运？……
跪下！……懒汉！多么可笑，
你的幻想和轻浮的抱怨！
你的比喻也没有意义。
这才是公正的真理之言：
滔滔不绝的诗人有福了，
沉默不语的公民却可怜！

大门前的沉思

一座大门。每逢佳节，
患上奴颜婢膝的疾病，

整座城市都心怀恐惧，
涌向一扇扇神秘的大门；
写下自己的姓氏和职务，
来客便各自回家，
他们如此地心满意足，
仿佛这就是他们的使命！
平日里，这奢华的大门
却围着一些穷苦人：
幻想家，求职的人，
年迈的老人，还有寡母。
信使们带着文书，
每天早晨进进出出。
一些人出门时哼着小曲，
另一些请愿者却在哭泣。
有一次我看见几名农夫，
几名俄国农夫来到这里，
他们冲教堂祷告，远远地，
将亚麻色的脑袋垂向前胸；
门卫现身。“放我们进去吧。”
他们面带希望和痛苦。
门卫看看来人：相貌难看！
黝黑的脸庞和双手，
肩上披着破衣衫，
驼背上各背一个行囊，
胸前挂着十字架，
穿草鞋的脚上满是血痕

（看来他们走了很多路，
来自偏远的外省）。
有人冲门卫喊：“赶开！
主人不喜欢这些叫花子!”
大门砰地关上。这些朝圣者
站了一会，解开钱袋，
门卫不收薄礼，也不让进，
他们一直被太阳暴晒，
在离开时念叨：“上帝审判他!”
他们绝望地摊开双手，
直到走出我的视线，
他们始终光着脑袋……

而奢华府邸的主人，
还在梦中沉睡……
你认为令人羡慕的生活，
即醉心于无耻的献媚，
即追逐女性、吃喝和游戏，
你醒来吧！还有一种快感：
唤他们回来！你能救他们！
但幸运儿从不行善……

天上的雷霆你不害怕，
地上的雷霆你握在手上，
这些无名无姓的人啊，
心里满是无尽的忧伤。

这哀号的悲伤与你何干，
这贫穷的人民与你何干？
生活飞驰像永恒的节日，
不让你有片刻的清醒。
这有何用？你将人民的幸福
称作小作家们的消遣；
没有它你也能光荣地活着，
并且光荣地死去！
宁静的阿卡迪亚乐土上，
暮年的岁月在消逝。
在西西里迷人的天空下，
在芬芳的树荫里，
你看着紫色的太阳
缓缓沉入蓝色的大海，
给海面镀上道道金光，
温柔地唱起催眠的歌曲，
那是地中海的波浪，
你睡了，像个孩子，
周围是你亲爱的家人
（在焦急等待你的死亡）；
你的遗骸被运回这里，
为的是举行葬礼，
你入土了……英雄，
你被祖国悄悄地咒骂，
你却赢得了响亮的赞誉！……

不过，为了这些小人物，
我们干吗来惊扰此等贵人？
我们是否该向他们发出怨恨？
更安全……也更开心，
在其他地方找点慰藉……
农夫受点罪，这不是灾难：
引导我们的天意早已
明示……农夫也早已习惯！
城门外，在寒酸的小酒馆，
穷人们总共只花一卢布，
他们走了，沿途乞讨，
一路呻吟……祖国啊！
请为我指出这样的地方，
这样的地方我从未看见，
俄国农夫，你的播种者和保护者，
在那里不再发出呻吟。
他呻吟在田野和道路，
他呻吟在要塞和牢房，
戴着镣铐在矿井服苦役；
他呻吟在库房和草垛，
在草原上过夜的大车旁；
他呻吟在他可怜的农舍，
感觉不到神圣的阳光；
他呻吟在每一座偏僻小镇，
在法院和官邸的台阶上。
面对伏尔加：是谁的呻吟

在伟大的俄罗斯河上回响?
这呻吟在我们这里叫作歌声,
这是纤夫们在拉纤!……
伏尔加啊!伏尔加!……
你泛滥的春水漫过原野,
也不如我们的大地
浸透着人民的巨大忧伤,——
有人民的地方就有呻吟……
唉,可怜的人!你无尽的呻吟
究竟有什么意义?
你会醒来吗,充满力量,
还是服从命运的法律?
你已经尽你所能,
唱出这呻吟一般的歌,
然后便在精神上永远沉睡?……

(刘文飞译)

陀思妥耶夫斯基

陀思妥耶夫斯基

陀思妥耶夫斯基（1821—1881）的父亲是莫斯科玛丽娅穷人医院的医生，未来的作家就出生在这家医院的厢房里。这家医院所在的区域是莫斯科的穷人聚居地，陀思妥耶夫斯基的家也很简陋，他和他的哥哥就住在他家过道上隔出的一间小屋里，两只大木箱就是他们的床铺。陀思妥耶夫斯基在这里生活了15年，然后前往彼得堡，在军事工程学校就读，毕业后在军方的绘图部门工作，一直怀有文学梦的陀思妥耶夫斯基很快就辞去工作，1844年起即专心于文学写作事业。

1845年，陀思妥耶夫斯基写出他的第一部小说《穷人》，这部书信体小说讲的是上了年纪的小公务员杰武什金与穷孤女多勃罗西奥洛娃之间的爱情故事，他俩相依为命，一起为生存而艰苦奋斗，最后却又为生计所迫而不得不分手。作者对彼得堡穷人生活的描写是真实而又饱含人道主义激情的，对“小人物”命运的同情无疑是对普希金、果戈理传统的继承，因此，这部小说得到了别林斯基、涅克拉索夫等人的极高评价，被列为自然派的新杰作。但就是在这部处女作中，陀思妥耶夫斯基已经体现出他作为一位大作家所具有的独特之处，即由于主人公复杂甚至变态的心理、相互之间的不理解以及与环境的冲突等而导致的分裂性格。也就是说，陀思妥耶夫斯基对“彼得堡风俗”的揭示不仅在于抨击社会的不公，而且还在于破解“人的谜语”。他曾说：“人是一个谜。应当去解开这个谜，即便一辈子都在破解这个谜，你也不要说这是在浪费时间；我就在破解这个谜，因为我想成为一个人。”

《穷人》之后，陀思妥耶夫斯基又陆续发表了大量中短篇小说，其中最重要的也许要数《双重人格》。《双重人格》的主人公仍旧是个小公务员，这个名叫戈里亚德金的人终日幻想升官，能娶上司的女儿为妻，却一直不敢行动，可这些幻想却造就出一个与他一模一样的人，这个“同貌人”敢作敢为，实现了戈里亚德金的所有幻想，并把戈里亚德金逐出生活。在这里，人性的矛盾、人格的分裂被陀思妥耶夫斯基以一种最为形象的方式展示出来。

1849年，由于参加激进组织彼得拉舍夫斯基小组并在小组的集会上朗诵别林斯基的《致果戈理的信》，陀思妥耶夫斯基被逮捕，并被判处死刑。1849年12月22日，陀思妥耶夫斯基和其他死刑犯一同被押到谢苗诺夫校场，绑在行刑柱上，被蒙上眼睛，就在士兵们端起步枪开始瞄准的时候，突然传来沙皇的命令，这些死刑犯被改判流放。几天之后，陀思妥耶夫斯基被押往西伯利亚，在鄂木斯克服了四年苦役，之后又在军中服役，十年后才获准回到彼得堡，重新开始文学创作。陀思妥耶夫斯基回到彼得堡后发表的第一部作品，就是《被侮辱与被损害的》。小说中“被侮辱与被损害的人”，就是小业主史密斯和小地主伊赫缅涅夫两家人，他们受到贵族瓦尔科夫斯基公爵的侮辱与损害，陷入家破人亡的境地。陀思妥耶夫斯基通过对他们不幸命运的描写，不仅再度弘扬了其创作中的人道主义主题，也借此返回了他离开达十年之久的俄国文坛。

谢苗诺夫校场行刑场面

进一步巩固陀思妥耶夫斯基文学地位的，是他在19世纪60年代相继发表的两部作品《死屋手记》和《地下室手记》。《死屋手记》是陀思妥耶夫斯基在鄂木斯克要塞中亲身经历的写照，作品由回忆录、随笔、日记等组合而成，没有连贯的情节，将作品联结为一个整体的是第一人称主人公的心理感受。在俄国沙皇的专制统治下，关押犯人的要塞变成了真正的人间地狱，作者将自己那些恐怖的记忆通过《死屋手记》再现给读者，小说对当时社会乃至制度的抗议和抨击力度无疑是巨大的。不过,《死屋手记》并不仅仅是一种“暴露文学”，目睹“死屋”之黑暗的作者，在《死屋手记》中表达出了若干更为深刻的感悟和思考：首先，是对犯罪原因的深究，作者发现，大多数犯人之所以犯罪并非出于个人原因，而是不公平的社会使然，相比较而言，完善一个社会要比惩罚一个人更有意义。其次，是对犯人中间“不平等”现象的发现，同为阶下囚，阶层和阶级之间的敌意乃至仇恨依然如故，由此不难看出，由不公平所导致的俄国社会分化已经到了多么严重的地步。最后，作者惊讶而又欣喜地看到，俄国人固有的善良、忍耐、恭顺等美德依然存在于许多来自民间的普通囚犯身上，较之于来自贵族阶层的流放犯，这些具有深刻宗教感的囚徒身上依然存在着一些闪光之处。陀思妥耶夫斯基的最后一点“发现”，与他在流放期间苦读《福音书》、世界观发生改变无疑有关，这一点也是他后来走向“土壤论”的重要原因之一。正是这些与“死屋”场景和见闻相结合的发现和思考，赋予了《死屋手记》以哲理的深度和批判的力度。赫尔岑在谈到这部作品时写道：“这个时代为我们留下了一部可怕的作品，它就像一首惊心动魄的歌，它将永远站立在尼古拉黑暗王国的出口处，就像地狱入口处但丁的诗句那样引人注目，这便是陀思妥耶夫斯基的《死屋手记》，一部可怕的作品，作者本人也许都没有想到，他在用戴着镣铐的手为自己的难友们画像的时候，居然用西伯利亚一座监狱的日常生活为素材，描绘出了一幅米开朗基罗式的壁画。”

《地下室手记》是陀思妥耶夫斯基最重要的作品之一，在其创作中具有某种转折意义，从这部小说起，作家更注重小说的社会哲理内涵，其主人公的心理也得到了越来越深刻的再现。小说主人公是彼得堡一位八等文官，在获得一笔遗产后隐居“地下室”，与世隔绝，与此同时，他却在不断地进行着紧张的内心自省，坎坷的生活经历和屈辱的社会地位让他的心中集聚起太多的怨恨，但软弱的性格又使他找不到发泄的方式，在剧烈的思想活动中，他把自己塑造成了一个自我中心主义者。以往的批评常常从社会“进步”的角度来解读《地下室手记》及其主人公，因而认为这部小说是消极的，是对以车尔尼雪夫斯基为代表的民主派阵营的诽谤，但是如今，人们已经越来越多地意识到，所谓的“地下室”处境现代人或多或少都会遭遇到，由环境的压力而导致的深刻内省和性格异化，我们后来在卡夫卡的《变形记》等作品中又反复目睹，因此，陀思妥耶夫斯基这部小说及其主人公，也被视为世界范围内现代派文学的一个先声。

《罪与罚》是一部给陀思妥耶夫斯基带来世界性声誉的长篇小说。小说把追踪杀人犯的情节悬念和人物紧张的心理活动、对特定时代的社会性评判和作者世界观的直接阐述有机地结合在一起，在陀思妥耶夫斯基的创作中具有承上启下的重要意义。贫穷的大学生拉斯柯尔尼科夫为了让自己以及自己远在外省的母亲和妹妹摆脱生活困境，同时也是为了检验自己能否成为那种拯救人类的“非同寻常的人”，决定杀死放高利贷的房东老太婆，好用她的钱来使妹妹摆脱不幸的婚姻，向马尔梅拉多夫一家提供帮助，以免马尔梅拉多夫的女儿索尼娅再去做妓女，同时也能让自己继续学业。但是，在他用斧头劈死老太婆以及偶然来到现场、完全无辜的丽莎维塔（房东的妹妹）之后，“惩罚”却首先从他内心开始了，他陷入无尽的恐惧和疯狂之中，一直处于心理崩溃的边缘，他的牺牲品的血液开始在他的体内“吼叫”。他无法面对外界，无法面对来彼得堡探望他的母亲和妹妹，只有与索尼娅还能勉强交流，因为他认为索尼娅和他一样也是“凶手”，因为她“杀害了”她自己（指她牺牲自己去做妓女）。得知拉斯柯尔尼科夫的“罪行”之后，索尼娅建议拉斯柯尔尼科夫去自首，接受公开审判。拉斯柯尔尼科夫被判流放，经过长期的思考，在爱上索尼娅之后，他终于意识到了其哲学的荒谬，决定皈依上帝，通过对良心的洗涤去换取新的生活。

俄罗斯国家图书馆前的陀思妥耶夫斯基雕像

在我国和俄罗斯以往关于陀思妥耶夫斯基小说的批评中，《群魔》得到的评价似乎最低，被认为“是一部充满阴暗仇恨和造谣诬蔑的作品”。如今，它却被公正地视为陀思妥耶夫斯基最重要的作品之一，在陀思妥耶夫斯基的小说中，《群魔》无疑是作者的社会、政治观念体现得最为直接、最为鲜明的一部。陀思妥耶夫斯基在1870年10月9日给迈科夫的信中这样谈到这部小说的主题："亲爱的朋友，您要注意到：谁丧失了自己的人民和自己的民族性，谁就将丧失代代相袭的信仰，丧失上帝。如果您想知道的话，那么，这便是我的小说的主题。这部小说题为《群魔》，它所要描写的，就是这些魔鬼步入猪群的过程。"19世纪60年代是陀思妥耶夫斯基世界观最终形成的时期，在这一时期，他接受斯拉夫主义，并在其基础上创建了他的"土壤论"，他宣扬知识分子应在宗教伦理的基础上与人民（即"土壤"）接近，他认为，自彼得一世改革以来，俄国社会结构中"西欧化"、"文明化"了的阶层渐渐脱离人民，社会的上下层之间出现一道巨大的鸿沟，而脱离了人民及其风俗传统、脱离了自己民族性的人，就将成为无根之木，无源之水。俄国知识阶层的使命之一就是去弥合这道鸿沟，在正教的基础上谋求民族各阶层的统一，以展示出俄罗斯民族的独特性，让俄国在自己独特的发展道路上大步向前。到了写作《群魔》时的19世纪70年代初，陀思妥耶夫斯基的"土壤论"立场更趋坚定，对于在各个方面都与"土壤派"格格不入的"虚无派"，他自然想来一番还击和清算，他不满足于在政论文和书信中的直接指责和抨击，还试图以一部大型文学作品来集中地体现自己的社会、政治主张，《群魔》就是在这样的背景下构思出来的。

《群魔》分为三部，其情节在俄国腹地的一座省城（据俄国学者考证就是陀思妥耶夫斯基19世纪60年代曾经居住过的特维尔城）展开。第一部以贵族夫人瓦尔瓦拉·彼得罗夫娜的家庭为中心，叙述了家庭教师斯捷潘·特罗菲莫维奇·维尔霍文斯基生平中的"若干细节"：他与女主人长达20余年奇怪、复杂的柏拉图式关系，他在女主人的压力下打算向女主人的养女达丽娅求婚，他的学生斯塔夫罗金和他的儿子彼得·维尔霍文斯基几乎同时从国外归来。第二部以斯塔夫罗金的活动和新任省长夫人的游乐会为中心。斯塔夫罗金唆使苦役犯费季卡去杀害自己在迷狂状态中娶来的“妻子”玛利亚，彼得·维尔霍文斯基命令秘密小组的成员杀死沙托夫，以便用他的血来强化自己的权威，巩固“五人小组”。第三部是多个线索的结束和各个人物的结局。期待已久的游乐会变成了一场闹剧：斯捷潘·特罗菲莫维奇“从狂热的梦境中逃出来，逃出来寻找俄罗斯”，最后死在一间农舍里，守在他身边的不仅有匆匆赶来的瓦尔瓦拉·彼得罗夫娜，还有他偶然路遇的卖《福音书》的女人，后者应他的要求在他临终时读了一段《福音书》中的文字；彼得纠集“五人小组”杀害了沙托夫，并把他的尸体绑上石头扔进池塘，他自己则逃到了国外。小说的最后一章题为《结局》，其中写道：沙托夫的妻子和新生儿都死去了；杀害沙托夫的人员除彼得·维尔霍文斯基之外全都被捕；斯塔夫罗金在给达丽娅的信中总结了自我，并表白自己对达丽娅的爱，然后在自己家里上吊自尽。

不难发现，《群魔》主要是由三个情节线索合成：斯捷潘·特罗菲莫维奇的“生活细节”；彼得·维尔霍文斯基的“地下活动”；斯塔夫罗金的心路历程。彼得·维尔霍文斯基是斯捷潘·特罗菲莫维奇的儿子，斯塔夫罗金是斯捷潘·特罗菲莫维奇的学生，陀思妥耶夫斯基显然意在用这样的结构向人们喻示：这是另一个版本的《父与子》。早就有研究者发现，陀思妥耶夫斯基的《群魔》有意地“借鉴”了屠格涅夫的《父与子》的结构模式，意在反其道而行之，更加突出地彰显《父与子》所宣扬的思想之荒谬。这种手法有些近似如今所说的“戏仿”。不过，陀思妥耶夫斯基主要的用意恐怕还并不仅仅在于对屠格涅夫的戏仿，而更在于对他所处时代的基本判断。在他看来，俄国19世纪60年代出现的思想混乱和社会动荡，其根源就在于40年代以来那些亲近西方、漠视俄国的自由主义和虚无主义，是斯捷潘·特罗菲莫维奇那一代夸夸其谈、脱离土壤的“父辈”繁衍出了彼得和斯塔夫罗金这样的后代。

《卡拉马佐夫兄弟》是陀思妥耶夫斯基的压卷之作，总结之作，也是俄罗斯文学史中最为深刻、伟大的作品之一。小说以卡拉马佐夫这一“偶合家庭”中两代四口的生活为描写对象，突出了不同生活态度和世界观之间的激烈碰撞。小说以紧张的“弑父”情节为线索，将老卡拉马佐夫以及德米特里、伊万和阿廖沙的命运压缩在一周的时间里进行叙述，然而，小说的实际对象却是“思想”和“思想着的人”，作者在其中压缩进了他毕生的哲学、宗教和社会思考。

陀思妥耶夫斯基1881年因为肺炎去世，但这位19世纪的俄罗斯作家却在20世纪得到了世界范围内的推崇，甚至被视为整个现代主义文学的鼻祖。他对存在之矛盾性和荒诞性的洞察，他对人复杂的内心世界的探索和解剖，他作品中渗透着的深刻的宗教文化精神，都使他成了世界文学中一个常说常新的话题。在所谓“陀学”中，有两个观点影响最为深远：一是梅列日科夫斯基的“灵魂作家”说，他在《列夫·托尔斯泰和陀思妥耶夫斯基》一书中将两位大文豪进行对比，认为前者是关注“肉体”的作家，而后者则是窥探“灵魂”的作家；一是巴赫金的“复调理论”，巴赫金在《陀思妥耶夫斯基诗学问题》一书中提出，陀思妥耶夫斯基的小说结构十分独特，其中充满着作者与其主人公之间、主人公与主人公之间复杂的对话和争论，表现为一种由各种不同声音、意识和形象构成的综合体，巴赫金从音乐学中借用来“复调”一词，将陀思妥耶夫斯基这一在世界小说发展史中别具一格的形式称为“复调小说”。

译本推荐：

《陀思妥耶夫斯基中短篇小说选》，人民文学出版社，多人译，1997年。

《卡拉马佐夫兄弟》，徐振亚、冯增义译，浙江文艺出版社，1996年。

《陀思妥耶夫斯基全集》（22卷），陈燊、白春仁、刘文飞主编，河北教育出版社，2010年。

地下室手记（节选）

第一章 地下室①

一

我是个病人……我是个凶狠的人。我是个不讨人喜欢的人。我想，我的肝脏很痛。但是，我丝毫不懂得我的病情，我确实不知道我有病。我不去治病，也从未去治过病，虽说我是尊重医学和医生的。再说，我还极其迷信，当然，我还没有迷信到不尊重医学的地步。（我受过足够的教育，能让我不迷信，可我还是迷信。）不，我是因赌气而不愿去治病的。你们也许不愿意了解这一点。我却是明白的。自然，我无法向你们解释清楚，我这是在和谁赌气；我也一清二楚，我不去医生们那里决不会使得他们“难堪”；我比谁都清楚，我这样做，只会害自己，而不会殃及他人。但是，如果说我没有去治病，这毕竟是在赌气。肝脏在痛，那么，就让它痛得更厉害些吧！

我早就这样生活，已有20来年了。如今我40岁。我从前

① 《手记》的作者和《手记》本身，自然都是杜撰出来的。然而，若是考虑到我们的社会赖以形成的那些环境，像《手记》作者这样的人，不仅可能而且甚至一定会存在于我们的社会。我欲以一种较平常更为醒目的方式将不久前的一个人物带至公众面前。这是尚且活着的一代人的一个代表。在这个题为“地下室”的片段里，这个人物将介绍他自己和他的观点，似乎还想对他出现和一定会出现在我们之中的原因进行解释。在随后一个片段中，就将是这个人物关于他的某些生活事件的真正的“手记”了。——费奥多尔·陀思妥耶夫斯基

任过公职，如今却不再任职。我曾是个凶狠的小官吏。我曾粗暴无礼，并因此感到愉快。要知道，我是不收受贿赂的，也许单凭这一点，我就该奖励自己。（一句蹩脚的俏皮话，可我却不打算将它抹去。我把这句话写了出来，认为它一定会是非常好笑的；而此刻，我自己也已看出来了，我不过是在卑鄙地炫耀自己，——可我偏不将它抹去！）每当有人走近我的办公桌请我开证明时，我就会对他们龇牙咧嘴，而当发现有人因此感到难受时，我便会获得一阵难以抑制的快感。我几乎每次都能获得这样的快感。大部分来人都是胆怯的：明摆着的吗，他们都是来求人的。但是，在那些自命不凡的家伙中，有一位军官特别使我讨厌。他无论如何也不愿屈服，还极其凶恶地把军刀弄得铿锵作响。就为了这把军刀，我和他斗了一年半。最终，我赢了。他不再弄出铿锵之声了。不过，这些事情都发生在我的青年时代。但是，先生们，你们知道我的恶毒之处主要是什么吗？一切都在于，最为可恶的一点就在于，我经常地、甚至是在最为愤怒的时刻也会可耻地意识到，我不仅不恶毒，甚至还是一个凶不起来的人，我不过是在吓唬吓唬麻雀并以此自慰罢了。我满口白沫，但只要给我一个什么洋娃娃，或是给我一杯糖水，我也许就会安静下来。我甚至会心软下来，虽说此后，我也许会对自己龇牙咧嘴，还会羞愧得好几个月都睡不着觉。这就是我的脾气。

我说我曾是个凶狠的小官吏，我这是在说谎。我因赌气而说谎。我只是在和那些请求者、和那位军官闹着玩，事实上我一直无法凶狠起来。我时刻意识到，自己身上有许多与凶狠截然对立的成分。我能感到，这些对立的成分正在我的体内蠢动。我知道，这些成分终生在我的体内蠢动，企图冲出我的身体，可是我不放它们出去，不放它们，故意不放它们出去。它们那么可耻地折磨我，弄得我浑身痉挛，它们简直让我厌恶，厌恶透顶！先生们，你们是否觉得，我马上就会在你们的面前忏悔什么、就会求你们原谅什么了？……我相信你们觉得是这样的……但请你们相信，即便你们觉得是这样，我反正无所谓……

我不仅不能成为一个凶狠的人，甚至也不能成为任何一种人：无论是凶狠的人还是善良的人，无论是无赖坏蛋还是正人君子，无论是英雄还是昆虫。如今，我在自己的角落里过日子，我用来自我解嘲的是这样一个恶毒的、毫无用处的安慰：一个聪明人是无法真的成为一种什么样的人，而能成为一种什么样的人的只有傻瓜。是啊，19世纪的聪明人大多数应该是、而且就道德意义而言也必须是个无个性的人；而有个性的人、活动家，——则大多是才智有限的人。这是我40年来的信念。我如今40岁，要知道，40岁，这就是整整一辈子啊，要知道，这就是垂暮之年了。过了40岁，再活下去，就是不体面、庸俗和不道德的了！请你们老老实实回答：有谁活过了40岁？我来告诉你们，只有傻瓜和恶棍才会活过40岁。我就要这样说，冲着所有的老头儿、冲着所有这些可敬的老头儿，所有这些银发苍苍、散发着香味的老头儿这样说！我要冲着整个世界这样说！我有权这样说，因为我将活到60岁。我要活到70岁！我要一直活到80岁！……等一等！让我喘口气……

先生们，也许，你们以为我是想逗你们发笑吧？你们又错了。我绝对不像你们认为或者你们可能认为的那样，是一个非常开心的人。但是，如果你们已经被这些废话所激怒（而我已经感觉到你们被激怒了），想要问我到底是个什么样的人，那么，我就会回答你们：我是个八等文官。我曾供职，为的是有碗饭吃（仅仅为了这一目的），去年，当我的一位远房亲戚立下遗嘱留给我六千卢布时，我便立即退职，在自己的角落里定居了。我以前也住在这个角落，但如今是在这儿定居。我的房间又破又脏，位于城市的边缘。我的女仆是个乡下女人，年纪很大，又蠢又凶，身上还总有一股难闻的气味。有人对我说，彼得堡的气候对我越来越有害了，还说我手头钱少，在彼得堡生活费用太昂贵了。这一切我都清楚，胜似那些经验丰富、聪明绝顶的点头示意、出谋划策的人。但是我要留在彼得堡，我不会离开彼得堡！我之所以不会离开……唉，反正我离不离开，完全无所谓。

然而，一位正派人谈什么事最最愉快呢？

答案是：谈自己的时候。

好吧，我也来谈谈自己。

二

先生们，无论你们是否愿意听，我现在都要对你们讲一讲，我为何甚至成不了一只昆虫。我要郑重地告诉你们，我曾有许多次想要成为一只昆虫。然而，甚至连这件事也未能做到。先生们，我向你们起誓，过多的意识就是一种病，一种真正的、十足的病。对于人的日常生活来说，具有普通人的意识就已足够足够了，也就是说，只需要具有我们这个倒霉的19世纪中一个文明人意识的二分之一、四分之一就足够了，而且，这位文明人还极其不幸地居住在彼得堡这整个地球上最最远离实际、最有预谋的城市里。（城市通常分为有预谋的和没有预谋的两种。）比如，有了那些所谓直来直去的人们和活动家们赖以生活的意识，就完全足够了。我敢打赌说，你们一定以为，我写下这一切是出于炫耀，意在讽刺活动家们，而且，是出于卑劣的炫耀，我像我那位军官把军刀弄得铿锵作响一样。但是，先生们，有谁会炫耀自己的病态、并借此而耍威风呢？

不过，我又怎么啦？大家都在这么做嘛，大家都在炫耀自己的病态，而我也许比大家做得更厉害。我们不要争论；我的反驳是荒谬的。但是，我仍然坚信，不仅过多的意识是病，甚至任何的意识都是病，我坚信这一点。对此我们暂且不谈。请你们给我解释一下这样一个问题：为什么会有这种情形，就在我最能意识到我们常说的“一切美与崇高”的所有微妙之处时，是的，恰好在这样的时刻，像是故意似的，我偏偏意识不到，反而做出了那样一些不光彩的事情，那样一些……好吧，一句话，就是那样一些也许人人都在做的事情，可轮到我做这些事的时候，像是故意似的，却偏偏是在我最清楚地意识到完全不该去做的时候，这是为什么呢？我越是意识到善和所有这一切“美与崇高”，便越深地陷入我的泥潭，越是难以自拔。但是，主要的问题却在于，在我的身上，这一切似乎并不是偶然发生的，而倒像是理应如此的。似乎这便是我最正常的状态，而决不是疾病，不是过失，因此，我最终便丧失了与这一过失作斗争的欲望。其结果，我几乎相信（也许真的相信）这也许就是我的正常状态。而在开头，在起初，我曾在这样的斗争中经受过多少痛苦啊！我不相信，别人也遇到过这种情况，因此，我终生将这一点蕴藏在内心，当作一个秘密。我曾感到羞愧（也许，甚至现在也仍感羞愧）：我羞愧到了这样的程度，以至于能感受到某种隐秘的、反常的、有点下流的快感；这快感就是，在某个最令人厌恶的彼得堡之夜回到自己的角落，往往强烈地意识到今天又做了件卑鄙的事情；而做过的事情又无论如何也难以挽回，这时，心里便会暗自因这一点而对自己咬牙切齿，责骂自己，折磨自己，直到那痛苦最终转变成某种可耻的、该诅咒的乐趣，最后，它竟变成了显然的、真正的快感！是的，变成了快感，变成了快感！我坚信这一点。我之所以说出来，是因为我想确切地知道：别人是否也有这样的快感呢？我来给你们解释：这里的快感，恰恰来自对自己的屈辱之过于鲜明的意识；这恰恰是由于，你自己已经感觉到你已撞在南墙上了；这很糟糕，但除此之外别无他法；你已别无出路，你永远也变不成另外一种人；而且，即使还有时间和信念可以变成别的什么，你自己也许不想再变了；即使想变，也什么都做不成，因为事实上，也许本来没什么可变的。归根结底，主要的一点就是，发生这一切都是由于过分强烈的意识之正常的和基本的规律，由于直接源自这些规律的一种惯性，因此，这里不仅没什么可变的，而且简直就毫无办法。强烈意识的结果，比如说就会是这样的：是的，一个恶棍，当他自己感觉到他真的是一个恶棍的时候，对他来说便似乎成了一种安慰。但是，够了……唉，胡说八道了一大通，又能解释清楚什么问题呢？……怎么解释这一快感呢？我还是要解释清楚！我要刨根问底！正是为此我才拿起笔来的……

比如说，我是非常自尊的。我生性多疑，气量很小，像驼子或矮人那样。但事实上，我也常有这样的时刻，如果有人给了我一记耳光，我也许竟会因此而感到高兴。我是认真说的：也许我能由此获得某种快感，自然，这是一种绝望的快感，但是就在这绝望之中，常常会有最强烈的快感，尤其是在你非常强烈地意识到自己的处境毫无出路的时候。挨了这记耳光，你立即就会受到一种意识的压迫，像是被碾成了一团油膏。主要的是，无论怎样琢磨，结果是我在所有方面都成了第一个罪人，最最难堪的是，我是无辜的罪人，可以说是由于自然的规律而成了罪人。我之所以有罪，首先是因为我比周围所有的人都聪明。（我常常认为自己比周围所有的人都聪明，有的时候，你们信吗，我甚至会因此而感到惭愧。至少，我一生都侧目旁视，从来不敢正眼看人。）我之所以有罪，最后还因为，即使说我心胸豁达，那么也只是由于意识到了这豁达大度的无用，我承受了更多的痛苦。要知道，我也许因自己的豁达而无法做出任何事情：我不能宽恕，因为那欺负我的人也许是遵循自然规律来揍我的，而自然规律是不能宽恕的；我不能忘记，因为，即使是自然规律，也终究是令人屈辱的。最后，即使我想变得心胸十分狭隘，反而想去报复欺负我的人，那我也无法以任何方式对任何人进行报复，因为即便能够去做，我也许也难以下定决心去做什么。干吗下不了决心呢？关于这一点，我想特别说上两句。

三

比如说，那些能够替自己复仇的人和那些一般说来能够捍卫自己的人，情况又是怎样的呢？我们假设，一旦他们被报复的感情所控制，那么，这时在他们的整个身心中，除了这一感情之外便别无他物了。这样的先生会像一头发疯的公牛一样，低下犄角，向目标直冲过去，除非有堵墙挡住他。（顺便说一句，在一堵墙的面前，这样的先生们，也就是那些直来直去的人和活动家们，是会心悦诚服的。对于他们来说，墙可不是一种借口，比如说，可不像对于我们这些耽于思考，因而无所作为的人那样；墙可不是走回头路的托词，我们的兄弟通常自己也不相信这种托词，但总是会因有这一托词而感到非常高兴。不，他们会诚心诚意地服输的。对于他们来说，墙具有某种慰藉作用，是道德所允许的，是某种终极的、也许甚至神秘的东西……不过，关于墙我们下文再谈。）好吧，我且将这样一种直来直去的人当作实在的、正常的人，大自然这位温情的母亲亲切地将他生在大地，就是想看到这样的他。对于这样的人，我羡慕至极。他是愚蠢的，在这一点上我不与你们争论，但也许一个正常的人就应该是愚蠢的，你们知道为什么吗？也许，这甚至是非常美妙的。我尤其坚信这种可以说值得怀疑的事，因为比如，若拿一个正常人的对立面，亦即一个有强烈意识的人来说，当然这人不是出自大自然怀抱而是来自蒸馏瓶（这已近乎神秘主义了，先生们，但是对此我也怀疑），那么，这个来自蒸馏瓶的人时而也是会在其对立面的面前服输的，他会带着他那全部的强烈意识，心甘情愿地承认自己是一只耗子，而非一个人。即使它具有强烈的意识，可毕竟还是一只耗子，而对立面却是人，因此……如此等等。但主要的一点，是他自己，要知道，是他自己承认他是一只耗子的，并没有任何人要求他这样做；而这可是重要的一点。现在，让我们来看一看这只耗子的作为吧。比如说，我们假设，它也遭受了屈辱（它几乎总是遭受屈辱的），它也想报复。它心头积聚起的仇恨，也许比L'homme de la nature et de la vérité[1]身上的还要多。他欲对欺负他的人以恶还恶，这一恶劣、卑鄙的愿望在他的心中燃烧，也许比L'homme de la nature et de la vérité心中燃烧得还要炽烈，因为，L'homme de la nature et de la vérité生来愚蠢，以为自己的报复纯粹是正义的行为；而耗子由于强烈意识的结果，在这里却否定正义。最后到了行动的时候，到了复仇的时候。不幸的耗子，除了它初始弄出的污秽之外，又在其周围弄出表现为问题和怀疑形式的其他许多污秽；从一个问题又引发出许多没有解决的问题，在它的周围会不由自主地聚集起某种祸水，某种难闻的垃圾。在这些祸水和垃圾里面全是这耗子的疑虑和激动不安，最后还有那些直来直去的活动家们吐向它的吐沫，那些活动家们庄严地站在四周，装成法官和独裁者的样子，亮开嗓门，冲着它哈哈大笑。当然，对于这一切，耗子只能挥挥爪子，面带连它自己也不相信的、假装蔑视的微笑，羞愧地逃进自己的洞穴。在那里，在自己又脏又臭的地下室里，我们这只蒙受屈辱、挨了打、受到嘲笑的耗子，立即沉浸在冷酷、恶毒，而主要是无休无止的仇恨之中。他将一连40年记住自己的屈辱，连那些最细小、最耻辱的细节也牢记不忘，而且，每次他还要自己添加一些更为耻辱的细节，用自己的想象来恶毒地嘲弄、刺激自己。它将为自己的想象而感到羞愧，但是，它仍然记着一切，清点一切，为自己杜撰出一些子虚乌有的事，并借口说这些事是可能发生的，因而它什么都不原谅。看来，它就要开始报复了，不过却是断断续续地、零敲碎打地、偷偷摸摸地、躲躲闪闪地进行，它既不相信其复仇行动的正义，也不相信其复

① 法文："自然的和真实的人。"这是卢梭最早提出的概念。——译者注

仇行动的成功，它事先就知道，由于所有那些报复的尝试，它自己将比那受报复的人还要痛苦百倍，而那个被报复的人则可能一点也不恼怒。在濒死的时候，它仍然记得所有这一切，以及在这段时间里变本加厉的感受……但是，也正是在这冷漠的、可憎的半绝望和半信仰之中，在这由于痛苦而将自己活活埋进地下室达40年之久的自觉的行为中，在这竭力编造却仍然有些可疑的绝境之中，在这刻骨铭心、未能满足的愿望的鸩毒里，在已作出永恒决定、旋即又反悔的所有这些摇摆不定的冷热病中，——正是在这里，蕴含着我所说的那种奇特快感的琼浆。这一快感非常微妙，有时很难为意识所捕捉，以至于目光稍显短浅的人，甚或那些神经坚强的人，都毫不理解。“也许，”你们会咧嘴大笑着补充道，“从来没有挨过耳光的人，也理解不了。”你们这是在有礼貌地向我暗示，我一生中或许也挨过耳光，因此我说起来像是很内行。我敢打赌，你们肯定是这样想的。但是，别担心，先生们，我没有挨过耳光，虽说我对此是无所谓的，随你们怎么想好了。我一生中也很少扇别人耳光，为此我或许还有些遗憾呢。但是够了。关于你们极感兴趣的这个话题，我一个字也不再多说了。

我现在要平心静气地继续谈论那些神经坚强、不理解快感之微妙的人们。比如说，在有些情况下，这些先生虽然也会像公牛般亮开嗓门吼叫，虽然，这样做或许可以给他们带来最崇高的荣誉，但是，正如我已经说过的那样，一旦面临不可能性，他们还是会立即妥协。不可能性，是指一堵石墙吗？是什么石墙呢？当然，是自然规律，是自然科学的结论，是数学。比如说，要是有人向你证明，你是由猴子变来的，那你也别皱眉头，全盘接受好了。再有人向你证明说，事实上，你自己身上的一滴油脂会比十万个你这样的人还要珍贵，那些所谓的美德、义务及其他一些谬论和偏见，最终都将迎刃而解了。对此，你也全盘接受好了，没什么可说的，因为二乘二等于四，这是数学。你们试着来反驳吧。

“得了吧，”有人会向你们喊道，“这是无法反驳的，因为二乘二就等于四！大自然不会征询你们的意见；大自然可不管你们的愿望，也不管你们是否喜欢其规律。你们却不得不接受大自然的本来面貌，因此，也得接受它的一切结论。墙就是墙……等等，等等。”上帝啊，当我由于某种原因而不喜欢这些规律和二乘二等于四的时候，这些自然规律和算术又于我何干呢？当然，如果我真的无力，我是不会用脑袋去撞开石墙的，但我也不会仅仅因为我面临石墙、自己却没有足够的力气就善罢甘休。

这样的一堵石墙仿佛真的是一种安慰，真的能令人心平气和，仅仅因为它就是二乘二等于四。哦，这可真是荒谬透顶啊！最好呢，是能理解这一切，意识到这一切，意识到所有不可能和所有石墙；如果你们讨厌妥协，那就不要和任何一种不可能、任何一堵石墙妥协；要通过最必然的逻辑组合，引出关于一个永恒主题的最令人恶心的结论：那就是甚至连那堵石墙的存在也仿佛是你自己的罪过，虽说你显然完全无罪，于是，你默默无语，无力地咬牙切齿，懒洋洋地、消极地发呆，幻想着要出口恶气，结果却没有可发泄的对象；找不到对象，也许永远也找不到，可这里是偷梁换柱，是颠倒是非，是招摇撞骗，这简直是浑水一潭，——不知是何物，不知是何人，但是，尽管混沌不清，黑白颠倒，你们仍然会感到痛苦，你们越是茫然无知，也就越是痛苦。

四

“哈哈哈！”这么说，您从牙疼里也能找到快感啦！”你们会笑着喊道。

“那又怎样？牙疼中也有快感的，”我将回答说，“我的牙疼了整整一个月；我知道，这里有快感。在这种时候，当然，人们不是在默默地发狠，而是在呻吟；但是，这不是痛痛快快的呻吟，而是满怀恶意的呻吟，问题的全部就在于这恶意之中。正是在这呻吟中，表达出受难者的快感；如果他没有从牙疼中获得快感，他也许是不会呻吟的。”这是一个很好的例子，先生们，我要对此加以发挥。这些呻吟首先表明：对于我们的意识而言，你们的疼痛是不体面的，无目的的；这又表明：大自然有其全部规律性，对于这规律性，你们当然要啐上几口，但你们毕竟会因这一规律而吃苦头，而大自然却不会。这还表明：你们意识到，你们没有找到敌人，而疼痛却是实在的；你们也意识到，无论你们有多少位瓦根海姆①，你们仍完全是你们牙齿的奴隶；只要有人愿意，你们的牙就不会再疼了，要是他不愿意，你们的牙就还得疼上三个月；最后，如果你们老是不赞同而仍要反抗的话，那么，你们用来自我安慰的方式，就只有抽自己一顿或是用拳头更猛地砸你们的那堵墙，此外就别无他法了。这不，由于这些血腥的屈辱，由于这些不知来自何人的嘲弄，终于出现了快感，有时，这种快感竟

① 据说在19世纪60年代中期的彼得堡有8位姓瓦根海姆的牙医。——译者注

然近乎性高潮。我请求你们，先生们，什么时候来听一听19世纪一位有教养的人因为牙疼受罪而发出的呻吟，这已是他犯病的第二天或第三天，他已经不再像头一天那样呻吟了，也就是说，他之呻吟已不仅仅因为牙疼；他已不再像一个粗鲁的农夫那样呻吟了，他的呻吟倒像一个受进步和欧洲文明感染的人，像一个如今常说的那种“脱离了土壤和人民本原”的人。他的呻吟变得有些可恶、卑鄙而又狠毒，白天黑夜连续不绝。他自己也知道，这些呻吟不会给他带来任何好处；他比所有人都更清楚地知道，他不过是在枉然地折磨或刺激自己和别人；他知道，甚至连他拼命地对之呻吟的人以及他的整个家庭，都已经在厌恶地听他呻吟，他们一点儿也不相信他，他们心里都明白，他本可以换一种方式，呻吟得简单一些，不带花腔，不怪里怪气，他们认为，他是在故意地、恶毒地捣乱。瞧，在所有这些意识和耻辱中，正包含着快感。“据说，我打扰了你们，我伤了你们的心，我不让全家人睡觉。那么，就请你们别睡了，就请你们每一分钟都感觉到我的牙在疼吧。对于你们来说，我如今已不是我从前曾想充当的英雄，而只是一个卑鄙的人，一个chenapan[①]。就这么着吧！我很高兴你们看透了我。听着我那些下流的呻吟，你们觉得恶心？那就恶心去吧，我这就给你们哼出一段更恶心的花腔来……”现在你们明白了吗，先生们？不，看来，要理解这一快感的全部微妙，还必须大大提高智力和领悟力！你们在笑？我很高兴。先生们，我的玩笑自然不佳，有好有坏，乱糟糟的，自相矛盾。但要知道，这是因为我不尊重自己。难道一个有意识的人能对自

① 法文：坏蛋，无赖，恶棍。——译者注

已有或多或少的尊重吗？

（刘文飞译）

《地下室手记》插图

《罪与罚》

梗概

《罪与罚》插图

故事发生在19世纪60年代彼得堡的一个贫民区。一个夏夜，失学的大学生罗季昂·拉斯柯尔尼科夫离开自己租住的阁楼，他穷困潦倒，去见放高利贷的老太婆阿廖娜·伊万诺夫娜，想把怀表抵押给她。他想杀死这个吝啬而又富有的老太婆，这念头在他心里已经盘旋了一个月。回来的路上，他在一家小酒馆里与退职小官吏马尔梅拉多夫相识，马尔梅拉多夫告诉拉斯柯尔尼科夫，贫穷和疾病，再加上他的酗酒，使他的女儿落入了红尘。

第二天早晨，拉斯柯尔尼科夫接到母亲从外省寄来的信，母亲在信中说，拉斯柯尔尼科夫的妹妹杜尼娅为了给哥哥筹学费去地主斯维德里盖洛夫家当家庭教师，但受到斯维德里盖洛夫侮辱，于是她们决定来彼得堡，杜尼娅决定嫁给精明的律师卢仁，以便帮助哥哥继续完成学业。卢仁之所以愿娶杜尼娅，并非出于爱情，而是为了利用杜尼娅的贫困来牢牢地控制她。拉斯柯尔尼科夫读了信后泪流满面，联想到索尼娅和杜尼娅为亲人们作出的牺牲，拉斯柯尔尼科夫更坚定了杀死放高利贷老太婆的决心，因为杀死这样一个“恶毒的虱子”，便可以拯救成百上千的青年男女。但是，对血腥和暴力的恐惧还是让他举棋不定，杀人的念头像噩梦一般始终缠绕着他。最终，他还是迈出了这可怕的一步，用斧头劈死老太婆，还把偶然走进凶杀现场的老太婆的妹妹丽莎维塔也杀了。

他在家里昏睡了很久，醒来后脑袋里片刻也不得安宁，纷乱的思想令他处于半疯狂状态。他突然接到警方的传票，认为事情败露，惊慌失措，打算招认，结果却只是因为欠缴房租被女房东告到了警局，但他反常的表现和前言不搭后语的回答也引起了警方的怀疑。

拉斯柯尔尼科夫在城里四处转悠，随手藏匿他抢来的财宝。他与同学拉祖米欣见面，声称他已无需再赚小钱。他回到房里，一连数天发着高烧，处于半昏迷状态，整日说着胡话。醒来后的拉斯柯尔尼科夫发现，他周围的世界在凶杀前后变得完全不一样了，他开始猜疑一切，也感觉一切都在猜疑他。他听说一位年轻农民作为这次凶杀的嫌疑犯已经被捕。

卢仁来探望拉斯柯尔尼科夫，拉斯柯尔尼科夫憎恨卢仁，两人的谈话演变成争吵，最后不欢而散。盛怒之下的拉斯柯尔尼科夫还赶走了在场的同学拉祖米欣和医生佐西莫夫。一人独处，他反倒安静下来，他出门闲逛，体验着自己与整个世界之间的隔膜。他在报纸上读到自己犯下的这桩谋杀案的新闻，便装的警员扎米托夫过来与他一起读报，紧张而又亢奋的拉斯柯尔尼科夫滔滔不绝，弄得这位密探满腹狐疑。

经过漫长激烈的心理斗争，拉斯柯尔尼科夫决定去警局自首，在路上却遇见被马车撞伤的马尔梅拉多夫，他送马尔梅拉多夫回家，目睹老人的死去。在他离去时，索尼娅让妹妹来问清了拉斯柯尔尼科夫的姓名和住址。回到家里，他发现母亲和妹妹正在等他，见到她们，拉斯柯尔尼科夫心慌意乱，他不想与她们住在一起，便委托拉祖米欣照料她们，拉祖米欣欣然应允，他对杜尼娅一见钟情。与此同时，卢仁却对杜尼娅下达最后通牒，要她在卢仁和她哥哥两人之间作出选择。

拉斯柯尔尼科夫的病好了。在关于杜尼娅嫁人的问题上，全家人展开一场激烈的辩论。就在这时，一个胆怯的姑娘推开了门，这就是索尼娅，她来感谢拉斯柯尔尼科夫，并邀请他去参加父亲的追悼仪式，拉斯柯尔尼科夫答应了。

借口要弄清自己当初抵押给遇害老太婆的东西之下落，拉斯柯尔尼科夫想去警局探探风声，便去见拉祖米欣的熟人、负责此案的警员波尔菲里·彼得罗维奇。波尔菲里提及拉斯柯尔尼科夫不久前发表在报纸上的一篇文章，拉斯柯尔尼科夫在这篇题为《论犯罪》的文章中将人分为“普通的人”和“特殊的人”，“普通的人”即“低级人”，他们应该俯首帖耳；而“特殊的人”则是“高级人”，有权利逾越法律，甚至犯罪而不受惩罚。通过一番交谈，波尔菲里几乎可以认定拉斯柯尔尼科夫就是凶手，但苦于尚无证据，他放走拉斯柯尔尼科夫，寄希望于他本人的良心发现。果然，拉斯柯尔尼科夫由此开始了痛苦复杂的心理搏斗。

斯维德里盖洛夫追随杜尼娅来到彼得堡，似乎对自己妻子的死负有责任的他，认为拉斯柯尔尼科夫和他是一路人。卢仁来到杜尼娅母女处，受到冷落后决定对拉斯柯尔尼科夫进行报复。

拉斯柯尔尼科夫来见索尼娅，一番交谈之后，索尼娅给拉斯柯尔尼科夫读起《福音书》。深受折磨的拉斯柯尔尼科夫再次去见波尔菲里，两人之间的漫长交谈与其说是一段刑事审讯，莫如说是一场深刻的心理、哲理较量，就在拉斯柯尔尼科夫实在抵挡不住、打算招供的时候，先前被捕的那位嫌疑犯却主动“供认”了他杀死老太婆的“罪行”。

在马尔梅拉多夫的追悼仪式上，卢仁指控索尼娅偷了他的钱，他想借此败坏索尼娅的名声，以达到报复拉斯柯尔尼科夫的目的，幸而一位证人揭发，说看到卢仁事先偷偷把钱塞进索尼娅的口袋。

在索尼娅的住处，拉斯柯尔尼科夫终于向她坦白了自己杀死两位老太婆的罪行，索尼娅劝拉斯柯尔尼科夫去自首，然后通过服刑来赎罪。拉斯柯尔尼科夫还不愿完全放弃自己的“理论”。他在酒馆里与斯维德里盖洛夫交谈，他原本视后者为其“理论”的又一实例，可最终却发现后者是一个道德上的“低级人”。斯维德里盖洛夫杀害妻子的罪行曝光，眼见对杜尼娅的追求也不会有任何结果，他开枪自杀。

拉斯柯尔尼科夫最终决定去警局自首，他受到审判，被流放西伯利亚。母亲因过度悲伤而去世，杜尼娅嫁给拉祖米欣。索尼娅在拉斯柯尔尼科夫的流放地附近住下，常去探望他。流放犯们敌视拉斯柯尔尼科夫这个“杀人犯”，但他们对索尼娅却充满好感。在监狱医院里，拉斯柯尔尼科夫在梦中得到神的启示，终于意识到：自私和傲慢只会带来纷争和毁灭，而恭顺和忍耐却能让人接近善和爱。这时，索尼娅来到他的床前，他的枕头下枕着一部《圣经》，他的手被索尼娅握着，他感觉到了复活的欣喜和激动。

小说的结尾一段是这样的：“不过历史现在已经揭开了新的一页，这是人逐渐新生的历史；是人逐渐脱胎换骨，逐渐从一个世界转入另一个世界，逐渐了解前所未闻的崭新现实的历史。这能够成为一篇新小说的题材，而我们现在的小说就此结束了。”

罪与罚（节选）

拉斯柯尔尼科夫扮演了索尼娅抗诉卢仁的一个积极而勇敢的辩护者，尽管他内心在忍受自己的恐惧和痛苦。不过经历了早上的一番磨难后，他的确很高兴有机会来改变一下自己那已不堪忍受的心境，更不用说他所以要为索尼娅辩护，还包含许多个人的真挚的情感。此外，他即将与索尼娅见面，而这不时让他极其惊恐不安，因为他必须告诉她，是谁杀了丽莎维塔；他预感到这将是可怕的折磨，不由得挥手驱赶这种折磨。因此，当他从卡捷琳娜·伊凡诺芙娜那儿出来时想道："好吧，索菲娅·谢苗诺芙娜，现在您可说什么？"显然他那时还沉浸在某种表面的激昂之中：他精神振奋，挺身而出，因刚刚击败卢仁而扬扬自得。但说也奇怪，当他走到卡佩瑙莫夫家门口时，突如其来地感到浑身发软，不胜恐惧。他若有所思地停在门口，心里冒出一个奇怪的问题："有必要告诉她谁杀了丽莎维塔吗？"这个问题着实很怪，因为同时他又突然意识到，他不仅不能不说，而且甚至还不能拖延时间，哪怕是拖延一会儿。他还不知道为什么是不可能的；他只不过是感觉到了这一点。面对这件必须去做的事自己显得怯懦无力，他痛苦地意识到了自己这种无力，因此几乎喘不过气来。为了不再胡思乱想，为了不再忍受痛苦的煎熬，他迅速地推开房门，在门口望了望索尼娅。她正坐着，胳膊肘支撑在小桌上，两手掩着脸，不过，她一看见拉斯柯尔尼科夫，便迅速站起身来，向他迎了上来，似乎在等候着他。

“假如没有您，我会怎么样呢?”当她与他一起走到屋子中央时，她急切地说道。显而易见，她想尽快对他说的正是这句话。为此她才等着他来。

拉斯柯尔尼科夫走到桌前，在她刚才坐的那把椅子上坐下来。就像昨天那样，她站在他的眼前，有两步远的距离。

“会怎么样呢，索尼娅?”他说道，突然觉得自己的声音在发颤，“要知道，所有这一切能够发生，完全是因为‘社会地位及其相关的习惯’。您刚才明白了这一点吗?”

她的脸上露出痛苦的神情。

“只是您别像昨天那样同我说话!”她打断了他的话，“请别再说这个啦。我已经够受折磨的了……”

她赶紧微微一笑，唯恐这么责怪会引起他的不快。

“我一时糊涂，离开了那儿。那里现在怎么样啦？我本想回去，但总感觉您……您会来的。”

他告诉她，阿玛丽娅·伊凡诺芙娜要把他们赶出公寓，卡捷琳娜·伊凡诺芙娜不知跑到什么地方去“寻找公道”了。

“哎呀，我的天哪!”索尼娅叫道，“那我们快走……”

她一把抓起自己的大披肩。

“又是这样!”拉斯柯尔尼科夫生气地叫道，“您只想着他们！跟我一起待一会儿嘛。”

“那……卡捷琳娜·伊凡诺芙娜呢?”

“卡捷琳娜·伊凡诺芙娜当然离不开您，她既然从家里跑出来了，她自己会上门找您的，”他不满地补充道，“就是她找不到您，您也还是罪魁祸首哇……”

索尼娅痛苦地犹豫着，只好在椅子上坐了下来。拉斯柯尔尼科夫一声不吭，两眼望着地板，心里在琢磨着什么。

“我们假定卢仁现在已经不想指控您了，”他看也没看索尼娅一眼，便开始说道，“但如果他想指控您，或者这是他计谋的一部分，要没有我和列别贾特尼科夫碰巧在场，他就会把您送进监狱的！是吧?”

“对的，”她声音微弱地说，“对的!”她惶惶不安地重复了一遍。

“要知道，我当时的确可能不在那儿，列别贾特尼科夫更是偶然碰上的。”

索尼娅一声不吭。

“要是进了监狱，那时该怎么办哪！您记得我昨天说的吗?”

她还是一声不吭。他等了片刻。

“我还以为您又会叫起来：‘唉，别说啦，请打住吧。’”拉斯柯尔尼科夫笑了起来，不过像是强打精神，“怎么，又不吭声了?”稍后他又问道，“我们总得谈点什么呀？我就很想知道，您现在会怎么解决列别贾特尼科夫说的那种‘问题’（他好像有点儿语无伦次了）。说真的，我不是在开玩笑。索尼娅，假如您事先知道卢仁的一切阴谋诡计，也知道（准是那样）由于这些阴谋诡计卡捷琳娜·伊凡诺芙娜要被毁掉，孩子们也要被毁掉，还会搭上您（因为您不把自己当回事，那就只能搭上）。波列奇卡也无法逃脱，因为她只有这条路可走。这样一来，要是现在突然得由您来决定一切：让谁活在世上，是让卢仁活着胡作非为，还是让卡捷琳娜·伊凡诺芙娜去死？那您会做出怎样的决定：他们两人之中叫谁去死？我在问您。”

索尼娅不安地望着他，因为在这含糊其辞又若有所指的语言中，她听出了某些特别的含意。

“我料到您会问这样的问题，”她边说边用打探的目光盯着他。

“好吧，就算这样，不过您会怎么决定呢？”

“您为什么要问这不会有的事？”索尼娅厌恶地问道。

“那么说，最好让卢仁活着胡作非为？您连这个都下不了决心？”

“我怎么能知道天意呢……可您为什么要问这不能问的事？干吗提这种无聊的问题？一切由我来决定，这怎么可能呢？谁派我来裁决谁该活，谁该死呢？”

“那么说——有了天意，你就束手无策啦。”拉斯柯尔尼科夫郁郁不欢地抱怨道。

“您最好直截了当地说出想说的话！”索尼娅痛苦地叫嚷起来，“您又是话里有话……难道您来这儿只是为了折磨我！”

她再也忍受不住了，突然悲楚地放声痛哭起来。他神色忧郁地望着她，这样过了五分钟。

“要知道你是对的，索尼娅，”他终于轻轻地说道，突然间，他像变了个人，那佯装蛮横的和强作挑衅性的语调消失不见了，甚至连声音也突如其来变得微弱了。“昨天我亲口告诉过你，我来这里不会是求你谅解的，可我几乎第一句话就是为求你宽恕……我谈卢仁和天意是为了自己……我是请你谅解，索尼娅……”

他想开颜一笑，然而他那惨然的笑意却流露出无可奈何和欲言又止。他低下头，用手蒙住了脸。

突然，他感到心里对索尼娅闪过一种意外而奇怪的强烈愤恨。这似乎令他十分吃惊和恐惧，他猛地抬起头，目不转睛地盯着她看。然而他遇上的是投向他的不安而痛楚关切的目光，里面充满了爱意，他的愤恨如幻影般消失了。原来那并不是愤恨，他把一种情感错觉为另一种了。这些意味着，那一时刻已经到来。

他的手又一次蒙住脸，深深低下头去。忽然间他脸色变白，从椅子上噌地站起，瞧了索尼娅一眼什么也没说，便机械地坐到了床边。

他觉得此时非常像过去那一时刻：他已把斧头从套中取出，正站在老太婆身后，感到“再也不能错失良机了”。

“您怎么啦?”索尼娅胆战心惊地问道。

他什么话也说不出来。他预想中完全、完全不是这样子来宣布此事，他自己也弄不清楚现在他是怎么啦。她悄悄走到他身旁，挨着他坐下等待着，同时又目不转睛地望着他。她的心怦怦跳着，又像要停顿下来。他再也忍受不住，那张死人般惨白的脸转向她，双唇无可奈何地撇着，竭力想说出点什么。索尼娅的内心充满了恐惧。

“您怎么啦?”她重复道，稍稍地离开他一点儿。

“没什么，索尼娅。别怕……没什么不得了的！真的，仔细想一想，也没有什么，”他嘟哝着，像个连自己是谁都记不得的人在发谵语。“我干吗要来这儿折磨你呢?”他望着她，突然补充说，“真的，为什么？我总在问自己这个问题，索尼娅……”

或许，一刻钟之前他是在不断地问自己，可现在他心力交瘁地说了出来；此刻他已不甚清醒，浑身不停地哆嗦。

“哎呀，看您难受的样子!”她仔细地打量着他，痛苦地说道。

“没什么了不得！……你听着，索尼娅（他不知怎的突然微微一笑，笑得惨然无力，持续了大约两秒钟），你可记得我昨天想对你说什么吗?”

索尼娅神色不安地等待着。

“我走时说也许我与你是永别了，但如果我今天来，我要告诉你……谁杀死了丽莎维塔。”

她浑身忽地一阵颤抖。

“我就是来告诉你的。”

“昨天您确实这么说过……”她吃力地低语道，“您怎么会知道?”她好像一下子恍然大悟，急匆匆问道。

索尼娅变得喘息艰难，脸色更加苍白。

“我知道。”

她沉默了片刻。

“是不是查出了他?”她胆怯地问道。

“没有，没有查到。”

“那您怎么会知道这件事呢?”她又沉默了片刻，用勉强听得见的声音问道。

他朝她转过脸，目不转睛地盯着她看。

“你猜猜看。”他说道，脸上重又出现先前那种勉强的扭曲的笑容。

她全身好像一阵痉挛。

“您……吓唬我……您干吗要……吓唬我?”她像个孩子似的笑着说。

“既然我知道，可见我同他是好朋友……”拉斯柯尔尼科夫接着往下说，两眼仍逼视她的脸，似乎无力把目光移开。“他并不想杀……这个丽莎维塔……他是无意中杀了……

她……他想在那个老太婆……独自一人时杀了她……他就去了……可这时丽莎维塔走进来……他……就连她也杀了。”

又过了可怕的一分钟。两人依然面面相觑。

“你就猜不到吗?”他突然问道，觉得自己好像从钟楼上跳了下来。

“猜不到。”索尼娅的声音隐约可辨。

“那就好好瞧瞧吧。”

他话音刚落，一种曾经有过的熟悉感觉袭来，他的心脏几乎停止了跳动：他望着她的脸，突然仿佛看见了丽莎维塔的面孔。他清晰地记得丽莎维塔脸上的表情，他拿着斧头朝她逼去，而她则向墙壁退去，一只手朝前伸着，脸上露出孩子般的恐惧。孩子突然对什么感到恐惧时，就会惊慌地呆望着令他们感到恐惧的东西，一面向后退，一面向前伸出小手，立刻就会大哭起来。现在索尼娅几乎也正是这样，她无力而又惊慌地盯着他看了一会儿，突然伸出左手，用手指轻轻按住她的胸口，自己缓缓地从床上站起身来，一步一步向后退，可目光却越发呆望着不动。她的恐惧一下子也传给了他，因为他脸上也出现了那样惊恐的神色，他也用同样的目光望着她，甚至也露出同样孩子般的微笑。

“猜到了吧?”末了他喃喃地说。

“天哪!”她的胸腔迸发出可怕的一声尖叫。她软弱无力地倒在了床上，把脸埋在枕头里，但随即又翻身坐起，身子很快挪到他的身边，抓住他的双手，握在自己那纤细的小手中，如同用老虎钳夹住似的。她又开始呆呆地望他的脸，好像目光被粘住了。她想最后再绝望地看他一眼，希望发现并抓住哪怕是最后一线希望。但没有看出任何的希望，完全无可怀疑了，事情就是这样！甚至到后来，当她回想起这一时刻时，她都奇怪莫解：为什么她当时一下子就认为无可怀疑了呢？要知道，她当时还不能说已有类似的预感。可现在他刚把这件事告诉她，她顿时觉得似乎确实有着这种预感。

“够了，索尼娅，得了！别折磨我啦！”他痛苦地哀求道。

他完全没想，完全没想这样子向她坦白，但结果却成了这样。

她好像无力自持，噌地跳起来，绞着双手，走到屋子中央；但很快又转回去，几乎肩并肩地坐到他旁边。突然间，她似乎被扎了一下，浑身一颤，尖叫起来，自己也不知为什么扑通一下跪倒在他面前。

“您，您对自己干了些什么呀！”她绝望地说着，猛地站起来向他扑去，搂住他的脖子，紧紧地拥抱着。

拉斯柯尔尼科夫挣脱出来，带着忧郁的笑意望着她说：

“你多么怪呀，索尼娅。我把这件事告诉了你之后，你倒拥抱我，吻我。你不知道自己在干什么？”

“不，现在世上没人比你更不幸啦！”她发狂似的叫喊着，并没有听到他的话。突然又像癫狂病发作，她放声大哭起来。

一股久违了的感情犹如热浪涌上来，一下子融解了他的心。他没有去抑制这种感情，两颗泪珠夺眶而出，悬挂在睫毛上。

“那你会抛弃我吗，索尼娅？”他问道，几乎是带着希望看着她。

“不，不会，无论什么时候，什么地方！”索尼娅嚷道，

“我跟你走，到天涯海角！啊，天哪！……我多么不幸！……为什么，为什么我早不认识你！为什么你不早来呀？啊，天哪!”

“现在我不是来了吗。”

“现在来了！啊，现在该怎么办哪！……我们在一起，我们在一起!”她似乎丧失了知觉，反复嘟哝着，又一次拥抱了他。“我和你一起去服苦役!”他仿佛抽搐了一下，嘴角又出现了先前那种愤恨的颇似傲慢的笑意。

“可我，索尼娅，也许还不想去服苦役呢。”他说道。

索尼娅飞快地瞥了他一眼。

最初她对不幸者满怀着强烈而痛苦的同情，可随后那可怕的杀人念头重又令她震惊。从他变换的语调里，她似乎突然听出了他就是杀人犯。她吃惊地打量着他。对此她还一无所知，不知这么干为了什么，怎样的情形，要达到什么目的。此刻，所有这些问题都一下子涌进她的脑海。于是，她又变得疑心重重：“他，他是个杀人凶手！这怎么可能?”

“这是怎么回事？我在哪儿?”她大惑不解地问道，仿佛还没有清醒过来似的。“像您，像您这样的人……怎么能下决心干这个？……这是怎么回事呀!”

“还不是为了抢劫。别说啦，索尼娅!”他疲惫地，又像是懊丧地回答道。

她一时呆若木鸡，随即突然大叫起来：

“你是被饥饿逼的！你……你想接济你母亲？是吗?”

“不是，索尼娅，不是，”他转过身，垂下了脑袋，嘴里嘟哝着，“我还没有饿到那种地步……我的确也想帮助母亲，但……也不完全是这样……别折磨我啦，索尼娅!”

索尼娅两手一摊。

“难道，难道这都是真的！天哪，这怎么会是真的呢！谁能相信这一切？……您怎么，怎么能把自己仅有的几个钱送人，同时又为了抢劫而去杀人呢！啊！……”她冷不丁地又叫了起来，“您给卡捷琳娜·伊凡诺芙娜的钱……那些钱……天哪，难道那也是……”

“不，索尼娅，”他急忙打断她说，“这可不是那样来的钱，你放心吧！这是我母亲通过一个商人寄给我的，我收到钱时正在生病，当天我就把它送给了……拉祖米欣看见的……他替我收下的……这笔钱是我的，我自己的，确实是我的。”

索尼娅疑惑不解地听着，努力要想清楚。

“至于那里的钱……其实我都不知道那里有没有钱，”他轻轻地补充道，像在沉思。“当时从她脖子上取下一只钱袋，麂皮的……塞得满满的，鼓鼓囊囊的钱袋……可我没打开看，大概是来不及了……那些东西呢，什么扣子呀，链子呀，第二天早上我连同钱袋都藏到B-ий大街一个陌生的院子里，埋在一块石头下面……所有的东西现在还在那儿……”

索尼娅聚精会神地听着。

“那怎么是……您怎么说是为了抢劫，可自己却什么也没拿上？”她仿佛抓住一根救命稻草，赶紧追问道。

“我不知道……我还拿不定主意，是不是拿这些钱，”他又像陷入沉思，低声地说，但他猛地清醒过来，脸上飞快地闪过一丝冷笑。“哎呀，我刚才怎么说了这么些浑话，啊？”

索尼娅脑子里闪过一个念头：“莫非他疯了！”但她立刻就放弃了这种想法：不，这是另一码事。这事她是无论如何，无论如何也无法弄明白的。

“你可知道，索尼娅，”他突然激动起来说，“你可知道，我要对你说：假如我只是出于饥饿动手杀人，”他一字一顿地强调说，同时用一种神秘却很真诚的目光望着她。“那我现在……该是幸福的！你得明白这一点！”

“对你来说，对你来说有什么意思呢？”停了片刻，他甚至是绝望地叫了起来，“就算我现在承认自己干了件蠢事，这对你有什么意思呢？这样毫无意义地击败我，就是胜利了对你又有什么用处呢？唉，索尼娅，难道是为了这个我现在到你这儿来吗！”

索尼娅欲言又止。

“昨天我叫你同我一起走，是因为我只有你一个人了。”

“你叫我去哪儿？”索尼娅怯生生地问道。

“不是去偷，也不是去杀人，别担心，不是去干这种事，”他讽刺地冷笑了一声，“我们不是同类人……你要知道，索尼娅，我只是现在，只是刚刚才弄明白，我昨天叫你去哪儿。可昨天我对你说这话的时候，连我自己也不知道要去哪儿。我叫你的目的只有一件事，我来这儿也只是为了一件事：你别抛弃我。你不会抛弃我吧，索尼娅？”

她紧紧地握了握他的手。

“我干吗，干吗告诉她呢？干吗向她坦白实情呢？”片刻之后，他一边绝望地叫道，一边痛苦不堪地望着她。“你在等着我倾诉，索尼娅，你坐着，等待着，我看得出。可我对你说什么呢？要知道，你是无法理解这件事的，只会为我……无限伤心！你瞧，你在流泪了，又在拥抱我，但你为什么拥抱我呢？是因为我自己承受不住，来把痛苦给别人分担，‘你也感到痛苦，我就好受些！’但你能爱这样一个卑鄙的人吗？”

“你不也同样痛苦不堪吗?”索尼娅叫道。

那种感情又一次热浪似的涌上他心头，他的心一时又软了下来。

“索尼娅，我这人心狠，你得知道这一点，这能解释许多事情。我来这儿，正因为我是个狠心人。有的人就不会来。但我是胆小鬼……又是个卑鄙的家伙！不过……算了吧！这都不是我要说的……现在应该说说了，可我却又不知从何谈起……”

他收住话头，默想着。

“唉，我们是不同的人!”他又一次叫道，“我们不是一类人。我干吗，干吗要来这儿！在这一点上我永远不会原谅自己!”

“不，不，你能来，这很好!”索尼娅大声嚷道，“能让我知道，这就好多了！这太好了!”

他痛苦地望着她。

“真不妨就告诉你!”他仿佛拿定了主意说道，“要知道，事情真的是这样！你瞧，我是想成为拿破仑，因此我杀了人……喏，现在明白了吗?”

“不，不会，”索尼娅天真而又胆怯地嘟哝着，“不过……你说，你说吧！我会明白的，我心里全都明白!”她央求他说。

“你会明白？那么好，我们看看吧!”他沉默起来，久久地思索着。

“事情是这样的。有一次我给自己提了个问题：比如说，倘若拿破仑处于我的境遇，他既没有占领土伦，也没有夺取埃及，越过勃朗峰这些伟大的壮举来建立功业，而只有一个可笑的老太婆，十四等文官的遗孀，他还必须把她杀掉，以便从她的箱子里取到钱（为了建立功业，明白吗），没有别的出路，那么他肯这样干吗？他会不会因为这种事太不豪迈，并且……还有罪过，而退缩呢？告诉你，这个‘问题’很久以来一直在折磨我。最终我领悟到（不知怎的突然开窍了），他不但不会退缩不干，而且甚至根本想都不想这事是否豪迈……他甚至都不理解什么叫作退缩不干。这时，我觉得羞愧难言。只要他没有其他的路可走，他就会毫不犹豫，不让她叫喊一声就把她掐死了！……于是，我也……效仿这位权威……毫不犹豫地……杀了她……事情就是这样！你是不是觉得可笑？是的，索尼娅，可笑就在于与实际情形一模一样……”

索尼娅丝毫不觉得有什么可笑。

“您最好直截了当地告诉我……不要打比方。”她越发胆怯，用微弱的声音请求说。

他向她转过身去，忧郁地望着她，握住了她的手。

“你又说对了，索尼娅。这其实都是胡扯，几乎全是废话！你瞧！你也知道，我母亲几乎一贫如洗。我妹妹受过教育，这也是偶然的机会，她注定只能当家庭教师。她们的所有希望都寄托在我一个人身上。我进了大学，但无力供养自己上大学，不得不暂时辍学。即便能这样维持下去，过上10年、12年（如果情况有所好转）我也只有望当上年俸1000卢布的一名教师或者一个小官吏（他好像背书似的说着）……可那个时候，我母亲早因操劳和忧虑而心力交瘁，我仍然无法让她安心；妹妹呢……唉，我妹妹的情况可能会更糟！……再说，谁愿意一辈子一无所有，甘守清贫呢？谁愿意忘掉母亲，眼看着自己妹妹遭人凌辱。为了什么呢？为了在埋葬她们以后再去养活妻小，然后同样一文不名地把他们抛在世上？于是……于是我决定攫取老太婆的钱财，作为自己头几年的生活费，不用母亲操心，保障自己在大学里的学习费用，以及毕业后开创自己事业的经费并且是大展宏图，以便开创一番崭新的事业，走上全新的独立之路……嗯……嗯，就是这么回事……自然，我就杀了那个老太婆。这是我干的坏事……行了，够了！"

他有气无力地把话说完，垂下了头。

"哎呀，不会是这样，不会是这样，"索尼娅痛苦地叫道，"难道能这么干吗……不，不能这样，决不能这样！"

"你自己看出了事情不会是这样！……我讲的可是心里话，是实话！"

"这算什么实话呀！啊，天哪！"

"要知道，我不过杀死了一只虱子，索尼娅，一只无用的、讨厌的、有害的虱子。"

"人能是虱子？"

"我也知道，人不是虱子，"他用古怪的眼神望着她，回答道，"其实，我在瞎说，索尼娅，"他补充道，"我很久以来就在瞎说……事情根本不是这样的；你说得完全正确。这里完全是，完全是，完全是别的原因！……我很久没同任何人谈话了，索尼娅……我现在头痛得厉害。"

他那两眼闪着光，像在发昏热。他几乎说起胡话来了，嘴角流露出令人不安的微笑。透过他激动的情绪，已经可以觉察到极度的虚弱。索尼娅心里明白，他在受着痛苦的折磨。她也开始头晕目眩起来。可他的话那么奇怪：有的好像是可以理解的，然而……"然而，怎么会是这样！怎么会是这样！啊，天哪！"她绝望地绞着手。

“不，索尼娅，事情不是那样！”他猛地抬起头来说，思路突然一变，使他大为震惊，也让他精神重又一振。“事情不是那样！最好……这样设想一下（是的，这的确更好些），就当我好面子，爱妒忌，心狠，卑鄙，报复心重，喏……或许还有点儿精神错乱的倾向（让我一下子全说出来吧！以前就有人说我精神错乱，我注意到了）。我刚才对你说过，我无力供养自己上大学。你可知道，我或许也能够上得了？母亲会寄钱来让我交学费，我自己能挣点钱来买靴子、衣服和食品，这是完全可能的！我去教过书，每小时赚半个卢布。拉祖米欣也在工作嘛！可我一发火就不愿干了。我真是发了脾气（这个词很贴切）。那时，我像只蜘蛛似的躲在墙角里。你不是去过我的小屋，看到过……你可知道，索尼娅，矮矮的天花板和窄小的房间会封闭一个人的心灵和智慧的！啊，我是多么憎恨这间小屋！但我仍然不愿离开那儿。我故意待在那里。我整天闭门不出，也不愿工作，甚至也不愿吃饭，只是躺着。纳斯塔霞把饭菜端来，我就吃，不端来就一天不吃；我一赌气故意不开口要！夜里也不点灯，黑灯瞎火地躺着，不愿为买蜡烛去挣钱。应该看书学习，可我把书本给卖了；我的桌子上，笔记本和练习本现在已盖上了一指厚的灰尘。我最喜欢躺着想事。没完没了地乱想……做的梦也莫名其妙，形形色色的，用不着说是什么梦了！只是到了那个时候我才开始感到……我，不是这样！我又说错了！你瞧，我一直在扪心自问：为什么我会这样愚蠢；如果别人都很愚蠢，而且我也确切地知道别人都很愚蠢，那我为什么不愿变得聪明些呢？后来我才明白，索尼娅，要是等到大家都变得聪明起来，那要等的时间就太长了……后来我又明白了，这种事是永远也不会发生的，人是无法改变的，谁也无法改变他们，也不值得去耗费精力！对，就是这样！这就是他们的法则……法则，索尼娅！就是这样！我现在明白，索尼娅，谁强大，谁智谋和精神超人，谁就是人们的主宰！谁胆大敢干，谁就真理在握！谁能藐视一切，谁就是人们的立法者！谁最敢干，谁就最正确！自古以来一直如此，将来也总是这样！只有瞎子才看不清这一点！”

拉斯柯尔尼科夫说这番话时，虽说眼睛望着索尼娅，却并不关心她是否能听懂了。他完全陷入狂热，处在某种可怕的兴奋之中。（的确，他很久没有同人交谈了！）索尼娅明白了，这个可怕的念头已经成了他的信仰和法则。

“那时我领悟到，索尼娅，”他继续兴奋地说道，“权力只赋予那些敢于弯身去取的人。这里只要一个条件，唯一的一个：得有胆量！当时我有生以来第一次产生了一个念头，是在我之前谁也没有过的念头！谁也没有！我突然感到豁亮，如同出了太阳：怎么迄今谁也不敢眼见这种种荒谬，一把抓住它的尾巴，把它扔掉，让它见鬼去！我……我就想显示这份胆量，于是杀了人……我只想显示胆量，索尼娅，这就是全部的原因！”

“啊，别说啦，别说啦！”索尼娅两手一摊叫嚷道，“您背离了上帝，因此上帝惩治您，把您交给了魔鬼！……”

“真的，索尼娅，我在黑暗中躺着的时候，总觉得有个魔鬼搅得我六神无主，是这样吗？”

“别说啦！不许嘲笑，这个不信神的人。您一点儿，一点儿也不懂！啊，天哪！他真的什么也不懂。”

“别嚷啦，索尼娅，我根本没有嘲笑，要知道我自己心里也清楚，这是魔鬼怂恿我去干的。别嚷啦，索尼娅，别嚷啦!”他脸色阴沉，语气坚决地重复道，“我全都明白。那时我躺在黑暗中，把这一切都翻来覆去地想过，都对自己说过了……所有的一切我在内心都争辩过，直到最小的细节。所有的一切我都明白，所有的一切！那时我对这絮絮叨叨的苦思冥想讨厌极了！我恨不得忘掉一切，重新开始，索尼娅，我不能再这么冥思苦想了！难道你以为我像个傻瓜似的，不假思索就去干了吗？我去时自认为是个聪明人，可正是这一点毁了我！难道你真以为我连这一点也不明白：如果我追问自己是否有权决定人的生死，那我就会说没有这种权利。或者如果我提出这样的问题：人是不是虱子，那我也会说，对我来说人不是虱子；对根本不思考这个问题，说杀人就去干的人来说，人才是虱子……既然这么多天来我一直在痛苦地思索：拿破仑会不会去干？那么这表明我已清楚地意识到，我不是拿破仑……我忍受了这些痛苦思索的折磨，索尼娅，我希望能彻底地摆脱这种痛苦，因此我就想无须什么理由便杀人，索尼娅，为我自己去杀人，为了我一个人！这一点我甚至不想欺骗自己！我杀人不是为了接济母亲，那是胡说！我杀人也不是为了攫取钱财和权力，不是为了当人类的救星，那也是胡说！我说杀就杀了；我杀人是为了自己，为了我个人；不论事后我是成为什么人的救星，还是一生都得像蜘蛛一样张网捕捉生物，并吸干它们的养料，反正当时我要去干！……我杀人之后，索尼娅，最需要的不是金钱；主要的不是金钱，而是别的东西……这一点现在我很清楚……你要明白：因为我是出于这种想法，我是不会再去杀人了。当时我需要弄清楚另外一点，促使我干出此事的别的原因：当时我要知道，尽快地知道，我同大家一样是只虱子呢，还是个人？我敢不敢越轨？我敢不敢俯身去拾取？我只是怯懦的生灵，还是有权去……”

“有权去杀人？您有权去杀人?”索尼娅吃惊地双手举了起来。

“哎呀，索尼娅!”他气恼地叫道，原想反驳却不屑地沉默了。“别打断我，索尼娅！我只想给你证明一点：当时是魔鬼怂恿我干的，事后他才向我说明我没有权利去那儿，因为我同其他人一样也是只虱子！他把我嘲笑了一通，于是我现在就到你这儿来了！招待客人吧！假如我不是只虱子，我会到你这儿来吗？听着：当我去老太婆那儿的时候，我只不过是去试试……你要清楚这一点!”

“可您杀了人！可您杀了人!”

“知道我是怎样杀的吗？难道会这样去杀人吗？难道有人会像我当时那样去杀人吗？有时间我会给您讲一讲我是怎么去的……难道我是杀死了小老太婆吗？我是杀了自己，而不是小老太婆！我就这样一下子杀死了我自己，永远杀死了我自己！……而那个小老太婆是魔鬼杀的，不是我杀的……行啦，行啦，索尼娅，行啦！别管我!”他在极度痛苦中猛然喊道，“别管我!”

他把胳膊肘支在膝盖上，两手钳子似的夹着脑袋。

“看把人折磨的!”索尼娅发出一声难受的吼叫。

“现在可怎么办，你说呀!”他猛地抬起头，望着她问道，脸色因绝望而显得特别难看。

“怎么办!”她倏地从座位上站起叫道，噙满泪水的眼睛突然灼灼放光。“站起来（她抓住他的肩头，他站起身来，不胜惊讶地望着她）！现在就走，马上就走，去站到十字路口，先跪下吻一吻被你玷污了的大地，然后向四周整个的世界大声说：‘我杀了人!’到那时上帝会再次给你生命。你去吗？去吗?”她向他问道，浑身像打摆子似的哆嗦不停，同时抓着他的双手，紧紧捏在自己手里，用炽热的目光直盯着他。

他大感惊奇，对她突如其来的兴奋甚至吃惊不小。

“你这是指去服苦役，不是吗，索尼娅？是得去投案自首，是吗?”他神情忧郁地问。

“去受苦受难，用这个赎罪，应该这样做。”

“不，我不去自首，索尼娅。”

“那以后你怎么活下去，怎么活下去呀？你的生活靠什么支撑呢?”索尼娅嚷道，“难道现在这样子能行吗？你怎么跟你母亲说呢？（啊，她们可怎么办哪？）不用说是我了！你连母亲和妹妹都抛弃了。要知道，你已经抛弃了，抛弃了。啊，天哪!”她嚷道，“要知道，这些他自己心里也明白呀！孤单一人怎么活下去呢！你现在可难办了呀!”

“别像小孩子似的，索尼娅，”他轻声地说，“我对他们有什么罪？我干吗要去投案？我对他们说什么呀？所有这一切只不过是幻觉……他们自己害了千千万万的人，还以为自己做了善事。他们都是骗子和坏蛋，索尼娅！……我不去。我去说什么呢？说我杀了人却没敢拿钱，把钱藏到石头底下了?”他面带讥讽的冷笑补充道，“要知道，他们会嘲笑我：傻瓜才不拿呢，真是胆小鬼，傻瓜！他们丝毫也不会理解，索尼娅，他们也不配理解。我为什么要去呢？我不去。别天真了，索尼娅……”

“你会痛不欲生的，你会痛不欲生的。”她一遍又一遍地说着，并向他伸出手去，绝望地哀求着。

“或许我骂自己说过了头，”他仿佛陷入沉思，忧郁地说，“说不定我还是个人，而不是虱子，过早地自责了……我还要抗争。”

他的嘴角露出傲慢的冷笑。

“就忍受这么大的痛苦！而且是一辈子，一生一世！……”

“我会习惯的……”他愁苦地说，若有所思。“听着，”停了片刻他又开口说道，“哭得够多了，该谈谈正事：我来这儿是为了告诉你，他们现在正在找我，要抓我……”

“哎呀！”索尼娅吓得惊叫起来。

“你叫什么呀！你不是希望我去服苦役吗，现在怎么又害怕啦？只不过我是不会向他们投降的。我还要与他们进行抗争，他们不会怎么样。没有确凿的证据。昨天我的处境非常危险，我还以为自己完蛋了呢；今天的情况有了好转。他们掌握的所有证据都是模棱两可的，也就是说我可以把他们的指控变成有利于我的证据，你明白吗？我能改变的，因为我现在已经学会了……但他们多半会把我关进牢房。要不是一个偶然的事件，今天他们大概已经把我关起来了，或许他们今天还会这样做……但这算不了什么，索尼娅：我坐上几天牢，然后他们就会把我释放的……因为他们不会有任何一个确凿的证据，我发誓。光凭他们掌握的那些东西是无法给人定罪的。好吧，行啦……我只不过想让你知道……我将想方设法不让我母亲和妹妹知道真相，不让她们担惊受怕……其实，我妹妹现在大概有了依靠……因而我母亲也就有了依靠……喏，没有别的了。不过，你得小心。我要坐了牢，你会来监狱看我吗？”

“噢，我会来的！我会来的！”

他俩并排坐着，愁苦绝望，如同暴风雨过后被孤零零抛在无人的荒岸上。他望着索尼娅，感到她眼里充满了怜爱，但奇怪的是他突然因有人这样爱他而感到沉重和痛苦。是的，这是一种奇特而可怕的感觉！当他来找索尼娅时，他觉得自己的希望和出路全在她身上；他以为能消除部分的痛苦。可现在，当她向他敞开了心扉时，他突然觉得并意识到，他比先前更加不幸了。

“索尼娅，”他说，“你最好不要来看我，如果我被关进牢房。”

索尼娅没有回答，她在哭泣。几分钟过去了。

“你有没有戴着十字架?”她出乎意料地问道，好像突然想到什么似的。

起初他没有明白过来。

“没有，真的没有？把这个，柏木的拿去吧。我还有一个，铜的，是丽莎维塔的。我同丽莎维塔交换了十字架，她把自己的十字架送给了我，而我把自己带圣像的送给了她。我以后就戴丽莎维塔的，这个给你。拿去吧……这是我的！这是我的！”她哀求道，“我们要一起受苦，也就一起背十字架！……”

“给我吧!”拉斯柯尔尼科夫说道。他不想伤她的心，然而，他又立刻缩回了已伸出去拿十字架的手。

“不是现在，索尼娅。最好以后给我。”为了安慰她，他添上了一句。

“行，行，最好以后，最好以后，”她激动地接着说，“等你一去受苦，马上就戴上。你到我这儿来，我给你戴上，然后我们一起祷告，一起走。”

就在这时，有人在门上敲了三下。

“索菲娅·谢苗诺芙娜，可以进来吗?”传来了一个非常熟悉的、彬彬有礼的声音。

索尼娅慌张地跑去开门。列别贾特尼科夫先生把淡黄色的头探进了屋子。

（力冈、袁亚楠译）

车尔尼雪夫斯基

车尔尼雪夫斯基

车尔尼雪夫斯基（1828—1889）不仅是一位杰出的批评家，也是一位伟大的思想家。他是萨拉托夫一个神甫的儿子，可后来却成长为一位充满无神论精神和社会革新理想的社会主义者；他以深刻的美学思想和敏锐的批评意识见长，但他同时也进行积极的文学创作，写下了《怎么办》、《序幕》等小说名作，是俄国小说史上的一位重要作家。

1853年，车尔尼雪夫斯基应涅克拉索夫之邀来到彼得堡，主持《现代人》杂志批评栏，他用自己积极的文学批评活动填补了别林斯基留下的空白，成为50至60年代俄国现实主义文学的理论导师。1862年，已经被社会目为革命领袖的车尔尼雪夫斯基被沙皇当局逮捕，在彼得保罗要塞，意志顽强、毅力超人的他继续写作，用四个月的时间创作出长篇小说《怎么办》。两年之后，他被流放至西伯利亚，在苦役中度过20余年。在结束流放回到故乡萨拉托夫后不久，身体遭到严重伤害的车尔尼雪夫斯基就去世了。在得知车尔尼雪夫斯基的不幸遭遇后，马克思曾痛心地说道：“车尔尼雪夫斯基政治生命的终结，不仅是俄国学术界的损失，而且也是整个欧洲学术界的损失。”

《艺术与现实的美学关系》是车尔尼雪夫斯基的学位论文，车尔尼雪夫斯基从美与现实的关系入手，把美从黑格尔的唯心主义束缚中解放出来，认为美就在于客观现实，“美就是生活”。这篇论文在莫斯科大学的答辩会吸引来大量听众，场面蔚为壮观。在自己最重要的批评文章《俄罗斯文学的果戈理时期概观》中，车尔尼雪夫斯基将果戈理与普希金并列，称后者为“俄国诗歌之父”，称前者为“俄国散文之父”，把自然派兴起以来的俄罗斯文学定义为“果戈理时期”，并将以果戈理为代表的这一文学流派称为“俄罗斯文学可以自豪的唯一流派”。1856年，在论及托尔斯泰的早期作品时，车尔尼雪夫斯基独具慧眼地看出了托尔斯泰创作的两个特点：“心灵的辩证法”和“真诚、纯洁的道德情感”。作为托尔斯泰艺术天赋的第一个发现者，车尔尼雪夫斯基的这一论断一直为后世的托尔斯泰读者和研究者们所津津乐道。

车尔尼雪夫斯基的《怎么办》有一个副标题：“新人的故事”，这篇意欲与屠格涅夫的《父与子》进行思想论战的小说，也的确是以“新人”为描写对象的。韦拉挣脱传统家庭，与医生洛普霍夫结合，洛普霍夫发现妻子更爱自己的好友基尔萨诺夫，便以假装自杀的方式主动“让贤”，数年后他自美国归来，与波洛佐娃结婚，两对夫妻都生活幸福，并进行着社会主义的社会改革试验和宣传。他们之“新”，在于他们都是平民知识分子，都热情勤劳，大公无私，与俄罗斯文学中传统的“多余人”形象乃至“虚无主义者”形象构成了鲜明的对比。小说中还有这样几个常被人提起的“热点”：1. 革命家拉赫梅托夫的形象，这个人物过着清教徒式的生活，为了未来的事业，他甚至赤身躺在钉床上以磨炼自己的革命意志，这个被视为俄罗斯文学中第一个职业革命家形象的人物，在小说发表之后曾赢得众多模仿者；2. 韦拉的四个梦，作者通过韦拉先后做的四个梦宣传了自己的社会主义思想：第一个梦是韦拉对自由和独立的向往，以及个人的解放和阶级的解放之间的关系；第二个梦是对剥削阶级腐朽性以及社会革新之必要性的论证；第三个梦写韦拉的爱情观；第四个梦通过妇女社会地位的变化来展望社会主义的美好远景。这些梦，尤其是第四个梦，充满理想的激情和浪漫的幻想，被视为所谓“乌托邦文学”的经典样板。3. 新人们奉行的“合理的利己主义”（又译“理性的个人主义”），这种理论认为革命者和任何人一样也是利己的，但这种利己却是精神层面上的，即把对社会的奉献和为他人的牺牲当成自己内在的精神需求和道德上的满足。

译本推荐：

《车尔尼雪夫斯基选集》，周扬等译，生活·读书·新知三联书店，1958年。

《怎么办》，蒋路译，人民文学出版社，1990年。

《怎么办》

梗概

俄文版《怎么办》封面

韦拉·帕夫洛夫娜出身于一个小市民家庭，母亲玛丽娅·阿历克谢夫娜是个势利虚荣的女人。韦拉12岁进入一所寄宿学校，16岁便留校任教，她相貌出众，母亲把她当作摇钱树，想让她尽快嫁给一个有钱人。身为军官的房东的儿子看上韦拉，这使韦拉的母亲很高兴，可韦拉讨厌这个鲁钝无耻的贵族青年，尽量躲避他，母亲因此动气，韦拉在家中的处境十分艰难。

家里为韦拉的弟弟费佳找了一位家庭教师，他是医学院的大学生，名叫洛普霍夫。洛普霍夫生于市民家庭，生活拮据，15岁起便一边读书一边当家教。他对韦拉颇有好感，只是觉得她有些冷漠；而韦拉也觉得洛普霍夫什么都好，只是过于严肃。两位年轻人逐渐接近，一起谈论书籍、电影和新思潮。洛普霍夫和好朋友基尔萨诺夫住在一起，洛普霍夫专心于研究科学，希望将来当一名教授。韦拉生日那天，洛普霍夫和韦拉跳舞，两人谈得很投机。韦拉要求洛普霍夫帮她摆脱家庭，过一种自食其力的生活，洛普霍夫答应帮她找个家庭教师的工作。这天晚上韦拉做了第一个梦。她梦见自己在一个潮湿阴暗的地下室里，害了瘫痪症，一位名叫“爱人类”的女子跑来对她说：我是你未婚夫的未婚妻，你现在得救了，但是还有很多像你一样的人尚未获救，你愿意释放她们，医好她们吗？韦拉答应了。韦拉替地下室里那群被铐着的女子打开锁链，治好一群瘫痪的女孩，她们一起冲出地下室，在原野上跳起欢乐的舞蹈。

韦拉和洛普霍夫相爱并私自结婚，婚后一同以教书维持生活，他们按婚前设想的新的生活方式生活，两人各居一室，每天必须穿戴整齐后才能走进对方的房间，如果一方违反约定，另一方便会提出警告。他们不像夫妇，更像是兄妹，他们认为这样才能避免彼此厌烦。

韦拉想开办一家缝纫工厂，女工们和她不是雇佣关系，而是工厂的共同拥有者。晚上她做了第二个梦：梦中她把人分为两类，一类过着寄生生活，她们由于缺少劳动正在堕落和腐烂；另一类人则以牺牲别人来养活自己，甚至把自己的子女也当作摇钱树，她的母亲就属于这类人。韦拉感到只有劳动的人才是真实的人。在缝纫工厂里，韦拉和女工们一同劳动，平均分红，连自由时间都一起度过，比如聊天、晚会和郊游。

洛普霍夫的好友基尔萨诺夫是地方法院书记员的儿子，他从12岁起便帮助父亲誊写公文，后一面求学一面教书，他和洛普霍夫一样没有任何社会关系和背景，“仅凭自己的胸膛闯出一条路来”。他聪明勇敢，既感情细腻又行事果敢。洛普霍夫有事走不开时，他就陪韦拉去听歌剧，可是不久他就不再造访洛普霍夫夫妇，因为他发觉自己爱上了韦拉。直到洛普霍夫得了肺炎，作为医生的基尔萨诺夫前去给好友看病，他对韦拉的感情又复活了，韦拉也发觉自己爱上了基尔萨诺夫。韦拉此时做了第三个梦：在梦中，韦拉在一位神秘女人的帮助下读到自己的日记，她在日记中写道，她对自己的丈夫只有感激，而缺乏温情，她觉得丈夫对她也缺少同样的温情。梦醒后韦拉感到害怕，她对丈夫变得亲热起来，搬进丈夫的房间与他同住，还把自己的梦告诉了洛普霍夫。洛普霍夫对她说："你从前满足于那种爱，现在却需要另一种爱了。"基尔萨诺夫竭力控制自己的感情，有意与韦拉工厂的女工克留科娃同居。

三位聪明体面的"新人"陷入无法解脱的"三角恋情"，面临着一个"怎么办"的问题。洛普霍夫想起韦拉的梦，感到自己将要失去她的爱，但他尊重韦拉的自由，要她在自己和基尔萨诺夫之间选择一个。为了不给韦拉带来痛苦，洛普霍夫假称要去老家看望父母，离开了韦拉。不久传来洛普霍夫自杀的消息，韦拉很伤心，不愿再和基尔萨诺夫结合，甚至想丢开缝纫工厂。就在此时，大学生拉赫梅托夫来看韦拉。他是个革命者，出身大贵族家庭，后在彼得堡认识基尔萨诺夫，在他那里阅读许多进步书籍，开始了新生活。他变成一个"特别的人"，过起严于律己的俭朴生活，他甚至躺在钉床上睡觉，以磨炼自己的意志。他在伏尔加河上当船夫，为的是接近人民。他为了事业拒绝了爱情，他漫游欧洲各地，拜访过费尔巴哈，接受了空想社会主义思想的影响。拉赫梅托夫给韦拉带来洛普霍夫的信，信中说明了洛普霍夫自动离家的原因和他对婚姻自由的看法。不久，韦拉接到一封寄自柏林的信，署名为

"一个退学的医学院学生"。信是洛普霍夫写的，他在信中说明他自杀是假，他那样做是为了让韦拉能顺利地与基尔萨诺夫成婚，并说他在国外已找到工作，是拉赫梅托夫委托他做的。与此同时，基尔萨诺夫也收到洛普霍夫的来信，劝他和韦拉结合。这封信让韦拉如释重负，不久她便与基尔萨诺夫成婚。

韦拉婚后很幸福，她开始筹办第二家缝纫工厂，还随基尔萨诺夫到医院去学医，想成为一名女医生。她认为妇女若无法完全独立，就不会有完全的幸福。一年后，韦拉生下儿子米佳，他们夫妇都认为：爱情的意义就在于帮助对方提高，同时也提高自己。这时，韦拉做了她的第四个梦：大自然流淌着芬芳，原野上盛开着鲜花，人们胸中洋溢着爱和温情，积极而又乐观。数千年来人类历史中的妇女生活状况，像电影一样呈现在韦拉的面前，无论是女奴还是王公贵族争夺的贵妇，其实都一直是没有获得平等地位的。最后，韦拉看到一位相貌很像自己的女神，这位曾在她的第一个梦中现身的女神对韦拉解释，什么才是妇女的平等和幸福。她还向韦拉展示了未来社会的场景：新俄罗斯人生活在钢铁、水晶和铝建成的楼房里，他们清晨工作，傍晚娱乐，其乐融融，无忧无虑。女神还告诉韦拉，这样的未来需要人们通过自己的辛勤劳动去赢得。

一年后，韦拉的第二家缝纫工厂走上正轨，在他们夫妇身边聚集起许多年轻人，他们正派勤劳，乐观正直。工厂里有一个新女工叫波洛佐娃，她爱上一个贵族青年，但遭到父亲反对，为此病倒，基尔萨诺夫给她看病时了解到她的心事，答应帮助她，当他发现她爱的人是一位浅薄之徒后便建议波洛佐娃另寻佳人，波洛佐娃接受基尔萨诺夫的劝告，决定做一个自食其力的人。洛普霍夫在国外生活了一段时期，他在美国参加过为争取黑人解放而进行的斗争，后来化名查尔斯·比蒙特回国，爱上波洛佐娃，最后与她结婚。洛普霍夫夫妇和基尔萨诺夫夫妇最后搬到一起居住，共同接待客人，“新人”的圈子在不断地扩大。而拉赫梅托夫因革命活动被关进监狱，出狱后与一位一直爱他的年轻寡妇结婚，两人一同走上宣传革命的道路。

怎么办（节选）

韦拉的第四个梦

韦拉·帕夫洛夫娜又做了一个梦，它似乎是这样的：

一个熟悉的声音传来，哦，这声音如今多么的熟悉！它从远方传来，越来越近——

自然多么明媚，
在我身边闪耀！
太阳多么辉煌，
牧场在欢笑！①

韦拉·帕夫洛夫娜看到的场景是真的，全是真的……

田地闪耀着金色的光芒；原野上布满鲜花，成千上万朵花儿在原野四周的灌木丛中开放，灌木丛后耸立的森林郁郁葱葱，窃窃私语，也同样开满缤纷的花朵；芬芳从田地飘来，从牧场飘来，从灌木丛飘来，从开满森林的花朵飘来；鸟儿在枝头飞来飞去，成千上万的歌喉与芳香一同从枝头飘来；在田地后面，在牧场后面，在灌木丛和森林的后面，依旧可见闪耀着金光的田地，开满鲜花的牧场，开满鲜花的灌木丛，直到遥远的群山，群山被森林覆盖，被阳光照耀，山顶上方错落有致地悬浮着白色的、银色的、金色的、紫色的、透明的云朵，云朵

① 这是歌德的《五月之歌》中的诗句。——译者注

变幻多端，使得天边的明媚蓝天显得更加突出；太阳升起来了，大自然欢呼雀跃，同时也引得人们欢呼雀跃，它把光明和温暖、芬芳和歌唱、爱情和幸福注入人们的胸膛，人们的胸膛同时也流淌出了欢乐和幸福的歌儿，爱和善的歌儿——“哦大地！哦幸福！哦爱情！哦，金色美丽的爱情，像早晨的云朵飘浮山顶。”①

……

“在我的女皇妹妹的身上有着最崇高的生活幸福，”姐姐说，“可是你看，在这里有着各种各样的幸福，谁需要什么样的幸福就能获得什么样的幸福。在这里，所有人都如愿地过着美好的生活，在这里，所有的人和每一个人都有着充分的自由，随心所欲的自由。

“我们先前指给你看的东西，不会很快地完全发展成为你今日的所见。你预感到的一切要经过几代人才能充分实现。不，不需要几代人：我的工作如今进展迅速，一年比一年更快，不过你毕竟无法步入我妹妹的完满王国；至少，你见识了它，你了解了未来。未来是光明的，未来是美丽的。你要去告诉所有的人：未来就是这样的，未来是光明而又美丽的。你们要去爱未来，奔向未来，为未来而工作，尽量接近它，竭尽所能地让未来转变成为现实：你们越是善于将未来变成现实，你们的生活就越是光明而又美丽，充满欢乐和享受。奔向未来吧，为它而工作，接近它，竭尽全力地将它转变成为现实。”

（刘文飞译）

① 引自歌德的《五月之歌》。——译者注

托尔斯泰

列夫·托尔斯泰

列夫·托尔斯泰（1828—1910）出生的庄园“雅斯纳亚·波里亚纳”，其俄文名称的直译即为“明亮的林中空地”。就是在这片洒满阳光的幽静森林中，托尔斯泰度过了他一生中的60年时光。

雅斯纳亚·波里亚纳对于托尔斯泰来说，就代表着俄罗斯的大自然，因为地处俄国腹地的这座庄园有着茂密的橡树林和白桦林，有着蜿蜒流淌、水波不兴的溪流，有着微微倾斜的、平坦得像毯子一样的牧场，从每一个角度看去，都可以看到一片典型的俄罗斯景致，都可以看到一幅列维坦的风景画。对于托尔斯泰来说，雅斯纳亚·波里亚纳还是俄国历史的微缩，这座庄园是由托尔斯泰母亲的祖先创建的，关于祖先们的神奇传说和故事似乎就散落在庄园的各个角落里，等待托尔斯泰捡拾，它们也分别以不同的面目步入了托尔斯泰的作品，比如，《战争与和平》中的老公爵鲍尔康斯基的形象，其原型就是托尔斯泰的外祖父沃尔康斯基。自然和历史的交融，家族和民族的相系，使得雅斯纳亚·波里亚纳庄园不啻是托尔斯泰心目中俄罗斯的化身。

托尔斯泰的童年是不幸的，他很早就成了孤儿，他还不到两岁母亲就病逝了，在他九岁的时候，父亲又突然不明不白地死在图拉的大街上，他是在缺少父母之爱的家庭环境中长大成人的，对于母亲只有朦胧记忆的托尔斯泰，晚年却在日记中一次又一次地写到母亲。他曾这样写道：“今天早晨走进花园，我像往常一样又回忆起了母亲，我对她的印象非常模糊，但她却一直是我的一个神圣的理想。”因此，我们可以想象，留有双亲生活遗迹的雅斯纳亚·波里亚纳对于早早成了孤儿的托尔斯泰来说，在一定程度上或许就扮演着父母的角色。然而，托尔斯泰的童年又是幸福的，他没有感受到一般孤儿那样的孤独和凄惨，这是因为，他的一个姑妈像母亲一样照看着他们五个孩子，而且，在家里年纪最小的托尔斯泰还得到了哥哥姐姐的关爱，他们年龄相差不大，成天在一起玩耍，十分和睦，他的大哥尼古拉对托尔斯泰更是关爱有加，在晚年写的一部回忆录中，托尔斯泰曾回忆，他们兄弟四人经常在一起玩“蚂蚁兄弟”的游戏，大家躲到桌椅底下或密林之中，紧紧地相互依偎，感受着兄弟间的温暖、亲情和集体的力量。因此，我们又可以说，雅斯纳亚·波里亚纳是托尔斯泰的摇篮，是他无忧、幸福的成长乐园。托尔斯泰13岁的时候与哥哥姐姐们一起被姑妈领到喀山去上学，1847年，阔别故园六年之久的托尔斯泰自喀山大学退学，返回雅斯纳亚·波里亚纳，并正式继承这份遗产，成为庄园的主人。此后，除了跟随哥哥征战高加索等地，作为文坛新秀在彼得堡的逗留以及随后的游历欧洲，为使子女接受教育而迁居莫斯科的十几年，托尔斯泰一直生活在雅斯纳亚·波里亚纳。

在庄园一个僻静的角落，有一个覆盖着青草的土冢，这就是托尔斯泰的长眠之处。墓上没有墓碑，没有十字架，四周是几株高大的树木，旁边有一个深深的沟壑。这个地方是托尔斯泰兄弟年少时常来玩耍的地方，他们相信有一支能给人带来永恒幸福的“绿棍”，并相信那根魔棍就埋藏在这里。无论对于托尔斯泰还是对于后人而言，雅斯纳亚·波里亚纳都不仅仅是一座庄园，它象征着俄罗斯，象征着托尔斯泰、乃至整个人类的生存环境，托尔斯泰与雅斯纳亚·波里亚纳的关系，因此对于我们就有了更为深刻的启示意义：对于这座优美、宁静、温馨的故园，托尔斯泰无疑是充满感情的，他生于斯，长于斯，写作于斯，思考于斯，最后又长眠于斯，从摇篮到坟墓，他在这里走完了自己完整的一生；但是，这里又是他的彷徨之地，罪恶之地，这给予他一切的地方，却同时在因给予他的一切而让他痛苦，并最终成为他决然挣脱的牢笼。摇篮，童年的乐园，父母的替身，世袭领地，宗法制王国，猎场，社会改革的试验田，教育实践的场所，俄国自然和历史的化身，作家的避难所，文学的福地，灵感的源泉，思想的温床，精神的监狱，目睹许多亲人离去的感伤之处，夫妻的角力场，托尔斯泰主义的思想中心，最终的长眠之地……也许，这些各不相同甚至相互矛盾的定义结合在一起，才能最准确地说明雅斯纳亚·波里亚纳在托尔斯泰的生活和创作中所起的作用。有人将托尔斯泰与雅斯纳亚·波里亚纳的关系定义为一种“复杂的罗曼史”，将庄园称为托尔斯泰的“第二自我”。托尔斯泰本人在晚年的日记中写道：“要是没有我的雅斯纳亚·波里亚纳，我就很难意识到俄罗斯，很难意识到自己对她的态度。”

1852年，托尔斯泰的自传性中篇小说《童年》在彼得堡的《现代人》杂志上刊出，他从此扬名俄国，此后，他又相继发表了《少年》、《青年》、《一个地主的早晨》、《哥萨克》和《塞瓦斯托波尔故事》等作品。如果将托尔斯泰的早期创作看成一个整体，那么就可以发现它有三个基本的主题，即贵族阶级的生活、战争的场面和对资本主义文明的批判。属于第一类主题的有自传三部曲《童年》、《少年》和《青年》，三部曲的主人公尼科林卡出身贵族家庭，这个孩子从小就善于思考，对身边的人和事、景和物非常关注，三部曲实际上也就成了一个贵族少年心路历程的真实记录。《一个地主的早晨》记录了青年地主聂赫留朵夫在自己的庄园里所进行的不成功的改革尝试，这也是托尔斯泰自己的真实经历。第二类主题是战争，无论是在高加索地区与山民作战，还是在克里米亚抗击外国军队，那些亲历战场的体验都在托尔斯泰的小说中得到再现，其代表作就是《塞瓦斯托波尔故事》。第三类主题是对资本主义文明的批判，属于这一题材的有两部作品，即《卢塞恩》（又译《琉森》）和《哥萨克》。托尔斯泰退伍之后曾去欧洲各国游历，在瑞士城市卢塞恩街头目睹的一个场景，使他对西欧的“文明”深感失望。《哥萨克》则通过自然纯朴的哥萨克阶层与虚伪腐朽的贵族阶层这两者的对比，体现了后者生活的不健康。通过以上的分析我们不难看出，托尔斯泰早期涉猎的创作题材是很多面的，这也说明，作家正处在一个紧张的探索时期和试笔阶段。值得注意的是，这三大主题后来都得到进一步挖掘，托尔斯泰的早期创作在各个方面都为他后来的创作，尤其是《战争与和平》的创作奠定了一个坚实的基础。

《战争与和平》，仅从小说的题名来看这就是一部史诗。自人类出现以来，战争与和平便成了社会生活中最重要的主题，如同生与死、爱与恨之于个人生活一样。托尔斯泰的小说广泛地描绘了自1805年至十二月党人起义前夕俄国社会生活的画面。这里的“战争”，是指1805至1812年间俄国与法国之间断断续续的战争，直到库图佐夫率兵彻底击退拿破仑；这里的“和平”，是指这段时间里俄国社会各阶层的生活，从贵族阶级的舞会、出猎，到普通士兵的战斗生活和农民的日常劳动。托尔斯泰出身贵族家庭，青年时代又长期生活在上流社会的社交界中，他写起这一阶层的生活、刻画起这一阶层人士的心理来，可谓得心应手；他刻意接近下层人民，主动地去体验平民的生活方式，使他又具有了一般贵族所没有的对人民生活的熟悉和理解。托尔斯泰长期在军中服役，并担任过下级军官，这使他能生动地写出战场上的细节，使他能比别人对战争及其意义和性质有更深的理解。可以说，无论是对“战争”还是“和平”，托尔斯泰在写作这部巨著之前便已具有深厚的积累和深刻的体验。

《战争与和平》以库拉金、罗斯托夫、鲍尔康斯基、别祖霍夫四大贵族家庭的生活为情节主线，恢弘地反映了19世纪初期的俄国社会生活。作者将战争与和平的两种生活、两条线索交叉描写，让他的五百余位人物来回穿梭其间，构成一部百科全书式的壮阔史诗。作者歌颂了俄国人民抗击拿破仑入侵的人民战争的正义和胜利，并将俄国社会各阶层的代表人物置于战争的特殊时代，通过其言行和心理，塑造出众多栩栩如生的人物形象。小说中出现最多的是四大家族以及与四大家族有各种联系的贵族人物，他们被作者大致划分为两类：一类为趋附宫廷、投机钻营的库拉金家族，他们漠视祖国的文化，在国难当头时仍沉湎于寻欢作乐的生活；一类是另外三大家族，尤其是其中的优秀代表安德烈和彼埃尔，是接近人民、在危急关头为国分忧的人物，他们甚至能挺身而出，为祖国献出一切。在赞美这一类型的贵族精华的同时，作者也描写了普通人民中的杰出代表，这些普通的官兵在战争中体现出的朴实勇敢、高尚忠诚的品质，与那些身处高位却卑鄙渺小的贵族统治者构成了一个鲜明的对比。

《战争与和平》对战争的大场面描写是无与伦比的，作家在短短的一两个章节中，就能将数万人拼搏的战场描写得有声有色。作家又能在几段看似简单的叙述性文字中，准确地交代出一个个关键的政治事件和历史转折过程。与此同时，托尔斯泰也能深入多个人物的内心，让客观的历史画面描写与微观的人物心理历程相互媲美。托尔斯泰笔下的人物，性格发展合情合理，通过彼埃尔、安德烈等人深刻的内心反省过程，我们似乎能看到托尔斯泰苦苦追求自我灵魂净化的轨迹。与对道德情感的描写相关的，还有托尔斯泰的道德学说，即所谓的“托尔斯泰主义”。托尔斯泰主义在托尔斯泰晚年最终形成，但其中的一些主要内容，如博爱、不以暴力抗恶等，在《战争与和平》中已有了鲜明的体现，如作者通过卡拉塔耶夫的形象就宣传了他的勿以暴力抗恶思想。列宁曾评价说托尔斯泰及其创作是俄国革命的“一面镜子”，而我们也可以说，《战争与和平》在某种意义上正是托尔斯泰本人追求道德完善之心路的一面镜子。

完成了《战争与和平》之后，托尔斯泰经过反复思考，几易构思，创作出另一部享誉世界的长篇小说，这就是于1877年问世的《安娜·卡列尼娜》。小说的主人公安娜不满足无爱的家庭生活，爱上了贵族青年渥伦斯基，后者却因不敢承担爱的责任而抛弃安娜，绝望的安娜最后卧轨自杀，这是小说中的爱情、家庭线索；与这一线索构成呼应的是列文和基蒂幸福的家庭生活，其中着重叙述了列文的“改革”以及他对社会、政治、宗教、哲学等问题的思考，通过列文这一颇具自传色彩的人物形象，小说的社会、哲理色彩得到了强化。

将《战争与和平》与《安娜·卡列尼娜》这两部小说做一个比较，是很有意思的。首先，它们都是作家反复构思、艰苦创作的产物。托尔斯泰开始构思《战争与和平》的时间，恰好在1861年俄国农奴制改革前后，俄国现实生活的动荡迫使作家把眼光转向祖国的历史，去寻找变革社会的良方，最初进入他的视野的是十二月党人的贵族革命，他打算写一部小说，描写这些勇敢的贵族革命家，小说写出三章后却写不下去了，他转而写起比十二月党人更早的卫国战争。从1863年开始到1869年，托尔斯泰花费六年时间写出这部四大卷的小说，光手稿就达五千多页，作品的时间跨度长达15年，人物将近600个，是一部真正意义上的史诗。《安娜·卡列尼娜》的构思也同样充满反复，在《战争与和平》之后，托尔斯泰原想写一部描写彼得大帝改革的长篇小说，但后来，当代生活似乎更吸引托尔斯泰，于是他便放弃了关于彼得大帝的写作计划，从1873年开始创作《安娜·卡列尼娜》，写了四年。起初，据托尔斯泰自己说，他是描写“一个不忠实的妻子以及由此而引发的全部悲剧”，也就是说，他的着重点是放在“不忠实的妻子”上的，具有传统家庭观念的托尔斯泰，在开始创作的时候对主人公安娜是抱有敌意的，但是，当他将安娜的悲剧和整个社会现实联系在一起之后，他对虚伪社会的谴责就远远超出对安娜的谴责，艺术的逻辑使托尔斯泰在创作过程中给予安娜越来越多的同情。从《战争与和平》和《安娜·卡列尼娜》这两部小说的创作历史来看，它们都凝聚着作家思索的心血，同时也是作家持续不断的思想探索的产物。

其次，这两部小说的写作时间相差近十年，篇幅上也相差很大，所以常常有人认为，从《战争与和平》到《安娜·卡列尼娜》，托尔斯泰的小说创作发生一个巨大的变化，从历史转向家庭，从史诗转向爱情小说。这样的观点是过于看重两部小说的外在形式，其实，在《战争与和平》中同样有“家庭”的内容，即对四大家族的描写，也就是《战争与和平》中“和平”的内容，而在《安娜·卡列尼娜》中，通过安娜的爱情悲剧和列文的思想探索这两条线索体现出来的19世纪60至70年代俄国广阔的生活画面和深重的社会问题，同样构成了小说的史诗性质。陀思妥耶夫斯基在他的《作家日记》中就曾认为，《安娜·卡列尼娜》不是家庭小说，而是一部真正的社会小说。

最后，说到两部小说的不同，这主要体现在作品的基调和氛围上。《战争与和平》充满着蓬勃的激情、明朗的色彩和乐观的基调，而这样的情绪基因在《安娜·卡列尼娜》中却荡然无存，小说中几乎没有一个完全幸福的人。小说的开头写道：“幸福的家庭都是相似的，不幸的家庭却各有各的不幸。”小说显然不是以描写“幸福的家庭”为己任的，因为小说中的人物都“各有各的不幸”，一种浓重的悲剧氛围笼罩着整部小说。这种悲剧氛围当然首先来自小说女主人公的悲剧命运，但更深地追究，它无疑也来自托尔斯泰本人当时的思想危机。

托尔斯泰的思想、道德探索在他的最后一部长篇小说《复活》中得到了更为深刻的体现。1881年，托尔斯泰决定举家迁居莫斯科，他当时主要出于两个考虑：一是为了给孩子们提供更好的教育条件，二是为了迁就出生在莫斯科的妻子索菲娅。托尔斯泰在莫斯科的生活用一个词就可以概括，这就是简朴。移居莫斯科时的托尔斯泰已经完成了世界观的转变，他决定放弃奢侈的贵族生活。他在繁华的莫斯科营造了一个都市里的村庄，保持着清教徒式的生活方式。他不抽烟，不喝酒，不吃肉，甚至连牛奶都不喝，他经常穿着粗布衣衫，还自己动手缝衣服，做靴子。就是在莫斯科，托尔斯泰写出了《复活》。从1889年到1899年，托尔斯泰共花费十年时间才完成他的这部巨著，而在此之前，《战争与和平》只写了六年，《安娜·卡列尼娜》只写了四年，可篇幅比前两部小说都要小的《复活》所用的时间却等于前两部小说所用时间的总和，由此不难揣摩出作家写作过程的艰辛，以及作家对这部小说的精心打磨。

小说题为《复活》，其主要的内容也就是玛丝洛娃和聂赫留朵夫这两个主人公精神上的“复活”过程。玛丝洛娃被聂赫留朵夫引诱并抛弃之后，便不再相信社会的正义和公平，不再相信善，在妓院里熬了七年之后，她更是万念俱灰，她抽烟喝酒，为了金钱可以出卖一切，灵魂空虚，没有追求，在精神和道德上都非常堕落。是聂赫留朵夫后来的三次探监，才使她的心灵受到冲击，逐渐开始觉醒，直到被流放西伯利亚，在与政治犯的交往中她才在精神上赢得真正的“复活”，她为无辜的犯人求情，竭尽全力地帮助别人，她最后选择嫁给革命者西蒙松，一方面是因为她虽然恢复了对聂赫留朵夫的旧情，却不愿意拖累他；另一方面也是因为，她在革命家的身上看到了一种无私、崇高的品质，因此决定做一个像他们一样的人。到这里，玛丝洛娃不仅恢复了她纯洁的道德感，同时还获得一种崭新的献身精神。另一个“复活”的灵魂就是聂赫留朵夫。托尔斯泰写道，在聂赫留朵夫身上一直存在两个人，一个是精神的人，一个是动物的人。聂赫留朵夫一直过着养尊处优的贵族生活，他引诱玛丝洛娃，导致玛丝洛娃后来的不幸和堕落，可他自己却浑然不知，直到他以陪审员的身份坐在法庭上审判玛丝洛娃，一个有罪的人在审判一个无辜受害的人，他的灵魂因此受到强烈的震撼。不过，与玛丝洛娃相比，聂赫留朵夫的精神“复活”过程要更为艰难一些，因为，他要完成“灵魂的扫除”，首先就得对他身在其中的社会秩序做出否定，就得背叛自己的阶级和阶级利益，最后他自愿陪同玛丝洛娃去西伯利亚，似乎是一个象征，表示聂赫留朵夫已经完成了“道德上的自我完善”。小说的情节主要是以倒叙和插叙的方式进行的，作家试图以此将主要的笔墨集中在两位主人公的精神觉醒过程上，着重写他们的“复活”。

《复活》这个题目可能还具有另外两层含义：一是暗含着对社会之“复活”的希望，“复活”是以死亡为前提的，托尔斯泰在《复活》中描写的社会已是一个僵死的社会，托尔斯泰巧妙地通过聂赫留朵夫为救玛丝洛娃而上下奔走的过程，将包括贵族阶层、司法机构和教会在内的整个国家结构全都展现出来，让人们感觉到，这个社会除了在彻底地死去之后再重新“复活”，似乎没有其他的出路。此外，我们可以在《复活》的题目中感觉到的似乎还有托尔斯泰本人的精神复活过程，聂赫留朵夫的心路历程在一定程度上也可以被看成是托尔斯泰自己痛苦的思索过程。在聂赫留朵夫身上我们可以看到托尔斯泰本人的一些品质和追求，如丰富的内心世界，对自己和他人高度的道德要求，渴望四处播撒自己的爱和善，寻找与民众结合的道路等等。聂赫留朵夫赢得了精神上的“复活”，但是小说中写道，“至于他一生中这个新阶段会怎样结束，那却是将来的事情了”。也就是说，连托尔斯泰自己也不清楚，在精神的“复活”之后，接下来将走向何方。通过《复活》的写作，托尔斯泰完成了一次思想上的飞跃，他在这前后创立“托尔斯泰主义”，主张“道德的自我完善”，主张“勿以暴力抗恶”，他的思想在这一时期获得广泛的传播，也赢得了众多的追随者。但是，托尔斯泰并没有因此而获得内心的宁静。1901年，托尔斯泰离开莫斯科，返回了雅斯纳亚·波里亚纳庄园。

青年、中年和老年的托尔斯泰

回到雅斯纳亚·波里亚纳之后，托尔斯泰却感觉不到从前的恬静和安宁了。将近十年之后的1910年10月28日（新历11月10日）深夜三点，托尔斯泰叫醒自己的医生马科维茨基，和他一起在黑暗中走出庄园，彻底告别自己生活了几十年的家园。托尔斯泰先是奔他在沙莫尔津修道院当修女的姐姐而去的，想在那家修道院附近的奥普塔男修道院隐居下来，但这个计划泄露之后，托尔斯泰只好再次坐上火车。疲惫不堪的托尔斯泰在火车上受凉，染上肺炎，被迫在途中一个叫阿斯塔波沃的小站上下车，躺在站长的小木屋里，几天之后的11月7日（新历11月20日），托尔斯泰在这个铁路小站上去世。

托尔斯泰的出走和去世在当时的俄国引起轩然大波，人们议论纷纷，但大都将原因归结为“家庭悲剧”，将矛头指向“不理解”丈夫的索菲娅。在1881年托尔斯泰经受了思想上的危机之后，他与妻子索菲娅的确长期不和，甚至争吵不断，但公平地说，托尔斯泰的痛苦恐怕有着更深刻的原因，而并不仅仅是家庭的悲剧。他的痛苦是一个深刻的道德家的痛苦：一方面，他意识到了剥削制度的罪恶，主张放弃一切财产，另一方面，他却仍然难以摆脱自己是剥削阶级之一员的身份和处境；一方面，他呼吁过一种清心寡欲的教徒式生活，另一方面，他又一直生活在一个看似美满、幸福的大家庭里。自己的理想境界和自己的生活现实之间巨大的差异，造成了托尔斯泰精神上的痛苦。人们喜欢抱怨索菲娅不理解托尔斯泰，其实，无论当时还是现在，能够真正理解托尔斯泰的又有几个人呢？在托尔斯泰和妻子的相互关系中，人们很难断定谁是谁非，这是天才和常人之间的隔膜以及由此而来的悲剧。

关于托尔斯泰的出走有人不解，有人惋惜，但俄罗斯作家库普林在托尔斯泰逝世时所说的话也许更有道理："托尔斯泰就像一只即将死去的野兽，他知道如何死得安详，死得优美，于是他默默地离开兽群，在森林中找一个偏僻的地方，静静地死去了。"另一位作家梅列日科夫斯基则认为，对托尔斯泰的出走应该保持沉默，将其当成一个神话来谈论是不体面的，是一种亵渎，甚至是一种残忍，"他留给索菲娅·安德列耶夫娜的请求，同时也是留给我们大家的：别去寻找，别去抓捕，让他安静"。然而，梅列日科夫斯基也承认，像托尔斯泰出走这样的事情，在俄国又决不仅仅是托尔斯泰一家的"私事"，而是时代和社会的一件大事，因为托尔斯泰的家不仅仅是雅斯纳亚·波里亚纳，而是整个俄国。

托尔斯泰创作所具有的伟大意义已经为世界所公认，每一部文学史在谈到托尔斯泰和他的小说时都不会吝惜一连串的最高级形容词。托尔斯泰的创作被视为自普希金、果戈理开始的19世纪俄国批判现实主义的高峰，而19世纪的俄国批判现实主义文学又被视为继古希腊罗马神话和莎士比亚戏剧之后的人类文学史中的第三高峰，托尔斯泰，就是世界文学高峰之上的高峰。从托尔斯泰开始创作以来，就有无数的作家和批评家对他作过评价，其中有两个人的评价是很有特色的：冈察洛夫在读了《战争与和平》之后情不自禁地说道："这是一个真正的文学雄狮。"冈察洛夫在这里用了一个双关语，托尔斯泰的名字"列夫"在俄语中的意思就是"狮子"。曾在美国的大学里讲授俄罗斯文学课程的纳博科夫，一次在课堂上讲到托尔斯泰时，突然拉上教室的窗帘，还关掉所有的电灯，然后他站到电灯开关旁，打开左侧的一盏灯，对他的美国学生说道："在俄罗斯文学的苍穹上，这就是普希金。"接着他又打开中间那盏灯，说："这就是果戈理。"然后他再打开右侧那盏灯，说："这就是契诃夫。"最后，他大步冲到窗前，一把扯开窗帘，指着直射进窗内的一束束灿烂阳光，大声地对学生们喊道："而这，就是托尔斯泰!"

托尔斯泰墓地

译本推荐：

《战争与和平》，刘辽逸译，人民文学出版社，1990年。

《安娜·卡列尼娜》，力冈译，浙江文艺出版社，2010年。

《复活》，王景生译，北京燕山出版社，2001年。

《战争与和平》

梗概

小说的情节开始于1805年夏。在宫廷女官舍列尔家的晚会上人们谈起拿破仑，一位富裕高官的私生子彼埃尔·别祖霍夫，以及安德烈·鲍尔康斯基公爵却为拿破仑辩护。安德烈公爵打算参军，以建立拿破仑那样的功勋。彼埃尔无所事事，整日寻欢作乐，终因胡作非为被逐出都城。

在莫斯科的罗斯托夫伯爵家里，正在举行妻子和女儿的命名日宴会，天真纯洁的娜塔莎出场了，“她正处在说少女还不是少女、说孩子已不是孩子的美好年华”，“觉得一切都很好笑”。娜塔莎认为自己“爱上了”鲍里斯，两人偷偷在花园里接吻，鲍里斯答应四年后再来向娜塔莎求婚。彼埃尔来到罗斯托夫家，第一次在舞会上亮相的娜塔莎主动邀请彼埃尔跳舞，“娜塔莎幸福极了：她已经和大人，和从国外回来的大人跳舞了”，“她坐在大家都能看得见的地方，像大人似的和彼埃尔谈话”。

别祖霍夫老伯爵即将死去，为争夺遗产而展开的明争暗斗愈演愈烈。彼埃尔被带到老伯爵床边，他“小心翼翼地伸出脖子，吻了吻伯爵那只骨骼宽大的手，然后坐到床边的椅子上，又采取了那种埃及雕像的单纯、对称的姿势，看着伯爵”，伯爵最终咽气，彼埃尔继承遗产，成为小别祖霍夫伯爵。

《战争与和平》插图

在老鲍尔康斯基公爵的秃山庄园里，人们在等待安德烈公爵的归来。老公爵性格固执，把庄园管理得井井有条。安德烈把娇小的妻子丽莎托付给父亲，自己走向了战场。

1805年10月，俄国军队开进奥地利，与奥地利和普鲁士一起抗击拿破仑的军队。总司令库图佐夫的司令部就设在布劳瑙，安德烈公爵做了库图佐夫的副官。为了保存实力，等待援军，库图佐夫率领俄军向多瑙河下流撤退。巴格拉季昂奉命率领一支四千人的队伍急行军，为了抢在法军之前占据有利位置，以免库图佐夫的三万俄军落入拿破仑十万大军的包围。缪拉率领的法军向俄军发起进攻，由连长图申指挥的几门大炮孤军奋战，在战斗中发挥了重要作用。

在奥斯特里茨战役前夜的军事会议上，库图佐夫似乎心不在焉。期待着明日的战争，安德烈激动万分："死亡，负伤，失去家庭，我全都无所畏惧。"第二天一早，拿破仑下达进攻命令，这一天是他的登基纪念日，他对胜利充满信心，库图佐夫则愁眉不展。发现俄军开始退却，库图佐夫命人前去阻止，安德烈公爵扛起军旗向前冲去，但很快便被子弹击中。他躺在战场上，仰望着高远的天空，内心突然发生了急剧的变化："与这高远的天空相比我们是多么的渺小……我为什么先前没有看到这高远的天空呢？我此刻终于看到它了，我是多么幸福啊。是的！除了这高远的天空，一切都是空的，一切都是欺骗。除了它之外，一切都不存在，一切都不存在。"就连他的偶像拿破仑也让他感觉渺小了。巡视战场的拿破仑来到安德烈身边，感叹道："这就是光荣的死亡。"发现安德烈没死，拿破仑命人将他抬去救治。安德烈由于身负重伤，被留给当地百姓照看。

尼古拉·罗斯托夫自前线返回莫斯科休假，战友杰尼索夫与他同行。尼古拉被大家视为英雄，他与多洛霍夫混在一起，吃喝玩乐。多洛霍夫向罗斯托夫家的养女索尼娅求婚遭拒，因为索尼娅暗暗地爱着尼古拉。多洛霍夫为了报复尼古拉，有意设赌局赢了尼古拉一大笔钱。罗斯托夫家和睦快乐，娜塔莎善唱歌爱跳舞，输了钱的尼古拉垂头丧气地回到家里，在听了娜塔莎的歌声后却缓过神来，觉得“那一切都是欺骗，只有这一切才是真的”，他向父亲坦白输钱的事情，然后重新返回前线。与他同来的杰尼索夫爱上娜塔莎，但他的求婚遭到娜塔莎拒绝。

瓦西里·库拉金公爵带着儿子阿纳托利来到秃山庄园，想让儿子娶鲍尔康斯基公爵的女儿玛丽娅为妻，鲍尔康斯基公爵一向看不起势利的库拉金家族，玛丽娅也最终看透阿纳托利的虚伪本性，拒绝了他的追求。鲍尔康斯基公爵在奥斯特里茨战役后接到库图佐夫的来信，说安德烈公爵在战场上“英雄般地倒下了，对得起父亲和祖国”。不久，安德烈公爵的妻子丽莎临产，就在她生产的那天夜晚，安德烈公爵回到家里，丽莎因难产死去，这让安德烈深感内疚。

彼埃尔娶库拉金的女儿海伦为妻，海伦容颜美妙，内心却很庸俗，爱慕虚荣，她与多洛霍夫的私情以及与此相关的种种流言蜚语很快传到彼埃尔耳中。在为巴格拉季昂将军庆功而在莫斯科英国俱乐部举行的午宴上，彼埃尔与多洛霍夫因琐事引发争吵，彼埃尔提出决斗，从未开过枪的彼埃尔在决斗中打伤对手，然后把家产扔给海伦，独自前往彼得堡，在彼得堡加入共济会。彼埃尔怀着造福众人、尤其是造福农民的愿望来到基辅省，在自家的庄园进行改革，却以失败告终。在从南方返回的途中，彼埃尔去拜访自己的朋友安德烈。安德烈在经历战场上的顿悟、目睹妻子的死亡之后已万念俱灰，心思全都放在照看幼小的儿子上。满怀激情的彼埃尔与怀疑一切的安德烈形成强烈对比，两人在渡船上的一席对话触动安德烈，使他的内心产生了某种变化。

尼古拉·罗斯托夫返回部队。他的好友杰尼索夫为养活自己的士兵擅自截留自己军队的粮草，因此被降为列兵，还可能受到军事法庭的审判，他在战斗中负伤，住进野战医院，尼古拉前去探望，看到普通伤员的痛苦状，看到了战争的残酷。他在这里见到了失去一只胳膊的图申，经图申劝说，杰尼索夫把一封请愿书交给尼古拉，希望能呈送给皇上。尼古拉带着请愿书去蒂尔西特，法俄两国皇帝将于6月12日在此地会面，尼古拉成了两位皇帝会见的少数几个目击者之一。见两位皇帝惺惺相惜，见法俄两军的高级参谋人员彼此谈笑风生，尼古拉心生疑虑，不知战场上的士兵们为何要相互残杀。尼古拉通过一位将军把呈文面交亚历山大皇帝，可皇帝却说："我无能为力，将军，因为法律比我更强大。"

安德烈公爵在自己的庄园实施改革，他解放了三百农奴，使农民的孩子接受教育，他做成了彼埃尔未能做成的事情。1809年春，安德烈因为农庄的事情前往罗斯托夫家，夜间，他听到娜塔莎和索尼娅的对话，娜塔莎赞叹夜色的美丽，渴望飞向天空。安德烈听后深受感动，内心里复又涌动起热情和希望。他在来娜塔莎家的路上曾看到一棵丑陋、枯萎的老橡树，觉得那橡树就像是自己，早已见惯了人世的一切，内心早已冷漠。返回途中，当安德烈再次路过那片树林，却发现那棵老橡树突然抽出一片片鲜嫩的新叶，于是，"一阵没有来由的欢乐和复兴的春天感觉袭上了他的心头"，"他突然一下子回忆起了他生活中所有那些难忘的时刻。奥斯特利茨及其高远的天空，妻子死去时那责备的脸庞，渡船上的彼埃尔，因夜色之美而激动的少女，还有这个夜晚，月亮，——他突然想起了这一切”，他意识到：“不，生命在31岁上还没有结束。”他前往彼得堡，重新担任皇帝的御前侍卫，与国务大臣斯佩兰斯基接近，担任了法律起草委员会中一个小组的主席。

彼埃尔此时也住在彼得堡，他对共济会已开始感到失望，他与妻子在表面上重归于好，社交界均视他为一个善良的傻瓜，却不知他的内心正在进行着某种痛苦而又深刻的精神探索。罗斯托夫一家也住到彼得堡，已经成为御前侍卫的鲍里斯为娜塔莎的美貌所倾倒，可是娜塔莎却对鲍里斯毫无感觉，鲍里斯见状便不再拜访罗斯托夫家。

1810年元旦的前夜，一位宫中高官家举办舞会，皇帝和各国外交官都将出席。娜塔莎精心打扮，这是她第一次参加大型舞会。在彼埃尔的建议下，安德烈公爵前去邀请娜塔莎跳舞。当他搂住娜塔莎那纤细灵活的腰，目睹她翩翩的舞姿，“她的微笑和她的魅力就像美酒一样冲上他的头脑”。第二天，安德烈应邀去罗斯托夫家做客。当娜塔莎应安德烈公爵的邀请唱起歌来的时候，安德烈公爵停止说话，“他觉得有眼泪涌了上来，喉咙哽住了，这是他先前从未有过的事情，一种崭新的幸福感在他心中油然而生”。安德烈公爵向娜塔莎求婚，得到应允，但对这门亲事并不看好的老鲍尔康斯基公爵要求儿子把婚期推后一年，安德烈答应了，随后出国，答应娜塔莎一年后回来娶她。

尼古拉·罗斯托夫回家休假，操持起他并不擅长的田庄事务。秋天，全家人出去狩猎，其乐融融。娜塔莎思念着安德烈，不断接到他寄自国外的来信，她读了信后既感到幸福也觉得恼火，因为爱情竟然简化成了例行公事式的书信往来。罗斯托夫家的经济状况令人担忧，父母把希望寄托在尼古拉身上，希望他能找一个富裕人家的姑娘为妻，可尼古拉却爱着索尼娅，在遭到父母反对后他返回部队，老公爵一家则回到莫斯科。

在剧院里，海伦的哥哥阿纳托利·库拉金看上了娜塔莎。第二天，海伦来邀请娜塔莎前去做客，娜塔莎与阿纳托利跳舞，海伦把娜塔莎带进一个房间，然后走开，阿纳托利走进来向娜塔莎表达感情，并吻了她。娜塔莎心烦意乱，不知自己究竟爱着谁，是安德烈还是阿纳托利。第二天，阿纳托利给娜塔莎送来一封信，早已偷偷结婚的他决定拐走娜塔莎。索尼娅偶然得到消息，家人阻止了娜塔莎的私奔。又羞又怒的娜塔莎决定解除她与安德烈的婚约。彼埃尔找到阿纳托利，给他一笔钱，让他远离娜塔莎。安德烈公爵回国，听到娜塔莎的决定后给她写了一封信，要彼埃尔转交。彼埃尔去见娜塔莎，对娜塔莎一直怀有最温柔情感的彼埃尔看到痛苦万分的娜塔莎，心如刀绞，他对娜塔莎说："如果我不是我，而是世界上最漂亮、最聪明、最好的男人，如果我是自由的，我马上就会跪下来向您求婚。"

战争在1812年6月爆发，拿破仑亲率大军前进，亚历山大皇帝派出信使，要求拿破仑退兵，遭到拒绝。

安德烈公爵四处寻找阿纳托利，要与他决斗，后加入库图佐夫的军队，开往土耳其。1812年战争爆发后，安德烈请求前往西部前线，库图佐夫为安德烈写了一封给俄军总司令巴克莱的推荐信。安德烈发现俄军总部派系林立，一片混乱。安德烈得到皇帝的召见，在皇帝身边，大臣和将军们各持己见，莫衷一是。安德烈请求皇帝准许他到前线部队去服役，皇帝准许，安德烈"从此失去了在宫廷供职的机会"。尼古拉·罗斯托夫因为俘获一名法国龙骑兵而获圣乔治十字勋章。

病得很重的娜塔莎逐渐康复，但直到一次礼拜之后，她才真正获得一种重生的感觉，觉得自己可以继续生活下去了。皇帝来到莫斯科，罗斯托夫家的小儿子别佳前去观看，差点被挤死，但他接到了皇帝撒下的一块饼干，他的激情被点燃，决定第二天就去参军。

老鲍尔康斯基公爵的身体每况愈下，安德烈公爵从前线来信，要求父亲尽早搬到莫斯科去。老公爵不愿离开，他组织人马保卫家园，玛丽娅也一直守在父亲身边。老公爵死了，玛丽娅孤身一人处理家事，尼古拉·罗斯托夫恰好率军退到这里，帮助她安排好一切。

库图佐夫被任命为总司令，他把安德烈召到身边，要安德烈留在参谋部工作，安德烈婉言谢绝，库图佐夫说："上帝保佑你，走你自己的路吧，我知道，你的路是一条光明的路。"杰尼索夫前来建议库图佐夫开展游击战，库图佐夫不置可否，但安德烈明白库图佐夫听进了这个意见。

彼埃尔在博罗金诺会战前来到前线，遇见安德烈，安德烈告诉他：决定战争胜负的并非参谋部，而是普通士兵。安德烈还与他谈起库图佐夫接替巴克莱的原因：当俄国身体健康的时候，任何一个外人都可以为她服务，当个好大臣，可是当她处在危险中的时候，就需要一位自己人，一位亲人了。彼埃尔突然置身于激烈的战场，还差点掐死一个法国兵；安德烈在战斗中再度负伤，被抬到包扎所，他在那里看到阿纳托利·库拉金被截去一条腿。安德烈公爵从阿纳托利想到自己的童年，想到自己对娜塔莎的眷恋和柔情，他再也忍不住了，留下了温情的泪水，"他哭人们，哭自己，哭他们的错误和自己的错误"，他意识到："同情，对所有人的爱，包括对我们仇人的爱，这才是上帝的旨意。"

俄军在博罗金诺战役中死伤过半，可他们依然坚守阵地。俄军取得胜利，这种胜利并非指攻占了敌方阵地，而是一种精神上的胜利，一种在精神上使敌方感到软弱无力的胜利。拿破仑率领的大军在博罗金诺第一次遇到了在精神上胜过自己的敌人，他们开始面临崩溃。

博罗金诺会战后，俄军退向莫斯科。库图佐夫深知莫斯科不可能守住，在莫斯科郊外一间农舍里召开的军事会议上他主张放弃莫斯科，下令撤退。法军抵近莫斯科，拿破仑站在俯首山上等待接受俄国人的投降，可是传令兵前来报告，莫斯科已是一座空城。

罗斯托夫一家忙乱数日，把打算带走的东西都装上马车，可在出发之前，他们为了运送伤兵却丢下一切家当。在这些伤兵中间，就有安德烈公爵。彼埃尔并未离开莫斯科，他冥冥之中似乎觉得自己得到一项使命，即刺杀拿破仑。可是在大街上，他却鬼使神差地救了法军上尉郎巴的命，与郎巴的一番交谈，使他刺杀拿破仑的决心有所减弱，他也向郎巴说明了自己的身份，也诉说了他对娜塔莎的爱情。等他们走出房间，只见莫斯科全城都燃起熊熊大火。彼埃尔袭击一位抢劫市民的法国士兵，被抓了起来。

撤退途中的罗斯托夫一家远远望见莫斯科的大火，全都哭了，只有娜塔莎陷在沉思之中，因为她已经知道安德烈就在他家的车队里。终于，娜塔莎来到安德烈面前，快速而轻盈地跪了下来，从昏迷中苏醒过来的安德烈向这白色的天使伸出手来。娜塔莎请求安德烈的原谅，安德烈说："我比从前更爱您了。”从这天起，在整个旅途中，无论休息还是过夜，娜塔莎都寸步不离地守在安德烈的身边。

在博罗金诺战役进行的那天，彼得堡上流社会的社交生活依然在照常进行。莫斯科失守的消息传来，皇帝要库图佐夫说明原因，库图佐夫称他只能在保留城市还是保留军队之间作出选择，皇帝听后眼含泪水，表示他决不签订任何和约。

被捕的彼埃尔在牢房里遇见普拉东·卡拉塔耶夫，卡拉塔耶夫对彼埃尔说：“我们总是逞能，但命运是无法抗拒的。幸福就像网里的水，当你拉网时感觉是满满的，可当你把它拖上岸时，却什么也没有了。”长久的交谈给彼埃尔留下这样的印象，似乎卡拉塔耶夫就是俄罗斯人淳朴、善良和博爱精神的化身。

安德烈公爵不仅知道自己会死去，而且觉得自己正在死亡。玛丽娅公爵小姐赶来，与娜塔莎一同照顾安德烈。安德烈公爵始终在思考生与死的问题，他终于意识到：“死亡就是觉醒。”他感到，先前束缚他的力量在渐渐松脱，他的身体轻轻地飘了起来。他死了，大家都哭了，娜塔莎和玛丽娅公爵小姐也哭了，但她们哭的并不仅仅是自己的悲伤，当她们意识到简单而又严肃的死亡所具有的神秘时，她们在因心灵充满的那种虔诚的感伤情绪而感动。

法军开始撤退，俄军开始追击法军，俄国游击队也在不断袭扰敌军，拿破仑的残兵败将在俄国的大地上仓皇逃窜，人数在不断减少。别佳参加达维多夫领导的游击队，在一次为营救被法军押解的俄国俘虏而进行的战斗中别佳中弹身亡，而在那些获救的俄国俘虏中就有彼埃尔。彼埃尔病倒了，可是他的内心却是一片明净和畅快。他得到妻子海伦死去的消息。他来到莫斯科，在玛丽娅公爵小姐处见到娜塔莎。娜塔莎在安德烈死后一直闭门不出，直到别佳牺牲的消息传来后，她才走出自我，陪伴在母亲身旁。

1813年，娜塔莎嫁给彼埃尔。七年过去了，老罗斯托夫伯爵去世了，尼古拉复员回到庄园，后来终于娶玛丽娅公爵小姐为妻，他们迁居秃山庄园。1820年12月，娜塔莎一家来这里做客。彼埃尔、尼古拉和杰尼索夫在书房里交谈，已加入一个秘密团体的彼埃尔主张改革政府，尼古拉则表示反对。安德烈的儿子小尼古拉听着他们的谈话，夜间，小尼古拉做了一个梦，梦见他随彼埃尔叔叔率领一支大军，他还梦见了自己的父亲。他醒来后想到："我父亲是个多么了不起的人啊！是的，我要做那些连他也会感到满意的事情……"

小说《尾声》的第二部，是作者关于战争与和平、关于历史规律性的哲理思考。

战争与和平（节选）

1. 娜塔莎的出场（第一卷第一部第八节）：

这个小姑娘黑眼睛，大嘴巴，不漂亮，但很活泼，因为跑得太快，她的披肩滑脱了，露出孩子的小肩膀，她乌黑的鬈发向后挽着，细细的胳膊裸露着，腿上是一条镶着花边的裤子，两只小脚穿着一双没有系带的浅口皮鞋，她正处在说少女还不是少女、说孩子已不是孩子的美好年华。她从父亲的怀抱里挣脱出来，跑到母亲面前，不理会母亲严厉的数落，把脸藏到母亲的花边披肩里，笑了起来。她一边笑，一边慢悠悠地从裙子下面拿出了一个布娃娃。

“看见了吗！……布娃娃……米米……您瞧。”

娜塔莎再也说不下去了，她觉得一切都很好笑。她倒在母亲的怀里，大笑起来，笑得那么响亮，所有的客人，甚至连那个古板的女客，全都不由自主地笑了起来。

2. 安德烈负伤（第一卷第三部第十六节）：

“怎么了？我倒下了？我的腿不听使唤了。”他想着，仰面倒在地上。他睁开眼睛，想看看那些法国人和我们炮兵们的搏斗结果如何，他想知道那个红头发的炮兵有没有被打死，大炮被敌人拉走了还是保全了下来。但是他什么都没看见。他的眼前什么也没有，只有一片天空，——这高远的天空并不明朗，却依然无限高远，上面静静地飘浮着灰色的云朵。“它多么安静、肃穆、庄严啊，完全不像我的奔跑，”安德烈公爵想，“不像我们这样奔跑，叫喊，搏斗，完全不像那个法国人和我们的炮兵那样带着仇恨和惊恐的脸色在相互争夺一根擦膛杆，云朵在这高远的天空飘浮着，完全不像我们这样的啊。我为什么先前没有看到这高远的天空呢？我此刻终于看到它了，我是多么幸福啊。是的！除了这高远的天空，一切都是空的，一切都是欺骗。除了它之外，一切都不存在，一切都不存在。甚至连天空也不存在，除了寂静和肃穆，一切都不存在。感谢上帝！……”

3. 安德里和彼埃尔在渡船上的交谈（第二卷第一部第十二节）：

“您说您在人间看不见善和真的王国。我也看不见。如果把我们的生命看成是一切的终结，就不可能看见它。在人间，就在这片土地上（彼埃尔用手指着原野），没有真理，只有谎言和罪恶。但是在世界，在整个世界，还是存在着一个真理的王国，我们现在是土地的孩子，但是永恒地看，我们却是整个世界的孩子。我就是这个巨大、和谐整体的一部分，我的内心难道感觉不到这一点吗？神，或是最高的力量，随您怎么称呼，就体现在无数的生物之中，而我在其中构成了从低级生物向高级生物递进的环节和阶梯，这我难道还感觉不到吗？既然我看到了，清楚地看到了这个从植物到人的阶梯，那么我为什么还要去设想我所看不清其末端的这个阶梯是延伸到植物中去的呢？我为什么还要设想这个阶梯要在我这里断裂，而不是更高更远地通向高级生物呢？我觉得，我不仅像世界上的万物一样不能消失，而且我在过去和将来都将永远存在。我觉得，除了我之外，在我的头顶上方还存在着神灵，在这个世界中还存在着真理。”

“是啊，这是赫德尔的学说，”安德烈公爵说道，“可是，亲爱的，令我信服的不是这些学说，而是生活和死亡。令我信服的是，你看到一个珍贵的生命，他与你休戚相关，你对他犯有罪过，你正打算赎罪（安德烈公爵的嗓音颤抖了，转过身去），可是突然，这个生命却经受痛苦，不再存在了……为什么？这不可能是没有答案的！我相信有答案……这才是过去和现在让我信服的东西。”安德烈公爵说。

“是啊，是啊，”彼埃尔说，“这和我说的是一回事呀!”

“不。我只是说，让我确信未来生活的并不是一些大道理，而是这样的感觉，当你在生活中与一个人手挽着手前进，可是突然，这个人消失在那边，你一个人留在这深渊旁，看着这深渊。于是我就看了一眼……”

“这有什么！您知道什么是‘那边’，什么是‘某人’吗？那边就是未来的生活，某人就是上帝。”

安德烈公爵没有回答。车和马早已上岸，太阳已经在地平线上隐没了一半，暮霜像星星一样凝结在渡口旁的草地上，而彼埃尔和安德烈仍站在渡船上交谈，这让仆人、车夫和船夫都感到很奇怪。

4. 安德烈在与娜塔莎见面前后两次看到同一棵老橡树（第二卷第三部第一、三节）：

路边立着一棵橡树。看来，它要比那些组成树林的桦树年长十倍，要比每一棵白桦树都粗十倍，高两倍。这是一棵巨大的、两抱粗的橡树，有些树枝显然早先被折断过，树皮上也有累累的伤痕。它那粗大笨拙、满是疙瘩的手臂和手指参差不齐地伸展着，它就像一个衰老的、生气的、蔑视一切的怪物，站在那些微笑的白桦树间。只有它不想屈服于春天的魅力，既不愿看到春天，也不愿看到阳光。

“春天。还有爱情，还有幸福!”这棵橡树似乎在说，“这一成不变的愚蠢、无聊的欺骗，怎么就不让你们感到厌倦呢！永远是老一套，全都是欺骗！没有春天，没有太阳，没有幸福。你们看，那些被压死的雪松站在那里，永远是孤零零的，我难看地伸着这些伤了皮、断了骨的指头，无论是从背部还是从侧面长出来的指头，全都这副模样。自打它们长出来，我就这样站在这里，我不相信你们的那些希望和欺骗。”

在穿过林子的时候，安德烈公爵好几次回头看了看这棵橡树，似乎对它有所期待。橡树的脚下长出了绿草，开出了鲜花，可老橡树却还是那样，皱着眉头，丑陋而又固执，一动也不动地站在野花和绿草之间。

“是啊，它是对的，这棵橡树一千倍地正确，”安德烈公爵想，“就让其他人，那些年轻人，再一次地陷入这种欺骗吧，而我们是理解生活的，我们的生活已经结束了!”与这棵橡树相关，安德烈公爵的心中产生出一系列无望却愉快的忧思。在这趟旅程中，他仿佛重新思考了自己的全部生活，并得出与先前一样的那个宽慰的、无望的结论：他已经没有必要再开始什么了，他应该就这样过完自己的一生，不做坏事，无动于衷，没有任何愿望。

……

“是啊，那棵和我观点吻合的橡树就在这片林子里，”安德烈公爵想，“可是它在哪里呢?”安德烈公爵看着路的左侧，寻找那棵橡树，却一直没认出来。老橡树完全变了样，它展开一片新鲜、浓密的绿荫，庄重地站在那里，在夕阳的余晖中轻轻地摆动身躯。那些多结的指头，累累的伤痕，以及陈旧的痛苦和疑虑，——全都不见了。透过那百余年的坚硬树皮，长出了一片片鲜嫩的新叶，简直令人难以置信，一棵老树竟然能发出这样的绿叶来。“是的，这就是那棵橡树，”安德烈公爵想，于是，一阵没有来由的欢乐和复兴的春天感觉袭上了他的心头。他突然一下子回忆起了他生活中所有那些难忘的时刻。奥斯特利茨及其高远的天空，妻子死去时那责备的脸庞，渡船上的彼埃尔，因夜色之美而激动的少女，还有这个夜晚，月亮，——他突然想起了这一切。

“不，生命在31岁上还没有结束，”安德烈公爵突然斩钉截铁地说道，“我内心的东西光有我一个人知道还不够，应该让所有的人都知道：彼埃尔也好，这个想要飞向空中的少女也好，应该让所有的人都理解我，要让我的生活并不仅仅是为我一个人而过的，要让他们的生活改变方式，别像这个少女一样与我的生活毫不相干，要让我的生活体现在所有人的身上，要让所有人都与我一起生活!”

5. 娜塔莎的歌声（第二卷第四部第十节）：

她说她不想唱歌，可她在这之前之后很久都没有像今天晚上唱得这样好。老伯爵正和米坚卡在书房里谈话，一听到娜塔莎的歌声，他就像一个盼着下课后出去玩耍的小学生那样，前言不搭后语地对管家交代了几句，就默不作声了，米坚卡也在默默地听着，他面带微笑，站在伯爵的前面。尼古拉目不转睛地看着妹妹，和她同时吸气换气。索尼娅一边听着一边在想，她和她这位朋友之间的差距多么大啊，她无论如何也不具备一丁点儿她表妹这样的魅力。老伯爵夫人坐在那里，面带幸福而又忧郁的微笑，眼睛里含着泪水，不时摇一摇脑袋。她在想着娜塔莎，想着自己的青春时光，想着娜塔莎和安德烈公爵的婚事中那种有些不自然的、可怕的东西。

6. 娜塔莎和安德烈的重逢（第三卷第三部第三十二节）：

一阵轻风吹来，一个白色的斯芬克斯在门前出现了。这个斯芬克斯有一张苍白的脸和明亮的眼睛，那正是他现在所想起的娜塔莎的脸和娜塔莎的眼睛。

……

当他恢复知觉时，娜塔莎，就是那个活生生的娜塔莎，那个他在这个世界上最爱的人，那个他现在想用一种新的、圣洁的感情去爱的娜塔莎，正跪在他的面前。他知道，这是真实的，他并没吃惊，只是暗自高兴。娜塔莎一动不动地跪着，她抑制着自己的哭泣，恐惧地望着他。她的脸苍白而凝固，只有下巴在哆嗦。

安德烈公爵轻轻叹了口气，微笑着伸出了一只手。

“是您?”他说道，“多么幸福啊!”

跪着的娜塔莎迅速但小心地移到他身边，小心地抓起他的手，俯下身去，轻轻地吻着他的手。

“请您原谅!”她轻声地说道，抬起头来看着他，“请您原谅我!”

“我爱您……”

“请您原谅……”

“原谅什么?”安德烈问。

“原谅我……做的事情。”娜塔莎用勉强能听见的声音断断续续地说道，同时更频繁地轻轻吻着安德烈的手。

“我比从前更爱您了。”安德烈公爵托起她的脸，以便看到她的眼睛。

这双满含幸福热泪的眼，胆怯、同情、喜悦而充满爱意地看着他。娜塔莎这张瘦削、苍白的脸和翘起的嘴唇，不仅显得不好看，甚至有些可怕。但安德烈公爵并没有去看这张脸，他看到的是那对泪汪汪的漂亮眼睛。

（刘文飞译）

《安娜·卡列尼娜》

梗概

在莫斯科的奥布隆斯基家里，“一切都乱了套”，奥布隆斯基公爵正在等待自彼得堡前来的妹妹安娜。奥布隆斯基公爵已有五个孩子，仍和家庭女教师私通，因此和妻子多丽闹翻，等待安娜前来调解。

奥布隆斯基对家庭和事业都不太上心，但也一直过得顺风顺水。缠身的债务和家庭的纠纷并未过分地损害他的情绪，他前往餐馆与从乡下来的朋友康斯坦丁·列文一起吃饭。列文爱上奥布隆斯基的小姨子基蒂，试图向她求婚，可是又觉得基蒂可能看不上他这个没什么才华又相貌平平的乡下地主。奥布隆斯基告诉列文，列文有一位潜在的情场对手，他就是渥伦斯基。基蒂对列文的爱心知肚明，也觉得和他在一起时轻松愉快，可是渥伦斯基对她似乎更有诱惑，尽管和渥伦斯基在一起时她总是感到不自在。她并不十分信任渥伦斯基，但她不愿放弃关于未来的幸福幻想，还是拒绝了列文的求婚。

前来车站迎接母亲的渥伦斯基碰见刚刚下车的安娜，被她出众的相貌和优雅的气质所征服。车站里发生一幕惨剧，一位车站的看守被火车轧死，安娜认为这是一个不祥之兆。

安娜成功地说服多丽原谅了丈夫，奥布隆斯基家里又恢复了脆弱的平静，安娜随兄嫂一起参加舞会。安娜在舞会上的举止风度让基蒂羡慕不已，基蒂觉得安娜的每个动作里都充满了柔情和诗意，“她那穿着简朴的黑衣裳的姿态是迷人的，她那戴着手镯的圆圆的手臂是迷人的，她那生气勃勃的，美丽的脸蛋也是迷人的”。基蒂原本对这次舞会充满期待，以为渥伦斯基会在舞会上向她求婚，可是她却痛苦地看到，渥伦斯基正向安娜大献殷勤，两人相谈甚欢，基蒂陷入绝望。

安娜返回彼得堡，渥伦斯基紧随其后也来到这里，开始热烈地、公然地追求安娜，参加一切能见到安娜的舞会和宴会。面对这样一位充满活力、风度翩翩的美男子，安娜起先一度试图压抑自己的感情，但不久就有所心动。平淡无奇的家庭生活早已让安娜感到失望，丈夫卡列宁比她大很多，她从未感觉到自己对丈夫的爱，也同样没有感觉到丈夫对自己的爱。安娜深爱着八岁的儿子谢廖沙，可这毕竟难以消解她的爱情饥渴。安娜和渥伦斯基的关系在上流社会激起流言蜚语，这让身居高位的卡列宁深感不满，他试图阻止这场不体面的罗曼史，但他从家庭、道德、社会、甚至“神的意志”等角度对安娜所进行的规劝，反而使安娜看到了丈夫的家庭观和爱情观之虚伪。在莫斯科车站初次相见的一年之后，安娜终于成为渥伦斯基的情人。

在一场上流人士全都出席的赛马会上，骠骑兵军官渥伦斯基不慎从马上摔了下来，安娜情不自禁地惊叫起来，卡列宁认为安娜有失检点，带她提前退场。安娜向丈夫坦白了自己的感情，卡列宁把安娜一人丢在别墅里，一人返回彼得堡，要安娜等待他的决定。卡列宁想过与渥伦斯基进行决斗，也想过与安娜离婚，但前者会危及他的生命，后者会伤害他的名誉和仕途，于是他对安娜通报了他的最后决定，即维系表面的夫妻关系，否则就不让安娜再见到儿子。

这段恋情也让渥伦斯基深感苦恼，他并不情愿为爱情而失去功名，如果与安娜结合，他就得退伍返乡，再说，渥伦斯基在内心深处也是一个自私的人。安娜怀上渥伦斯基的孩子，在分娩时由于产褥热差点死去，有人拍电报给卡列宁，卡列宁匆匆赶回。安娜在昏迷中呼唤卡列宁的名字，求丈夫原谅她，卡列宁深受感动，原谅了她和渥伦斯基。安娜在昏迷中拒绝了渥伦斯基，再加之卡列宁令人意外的宽恕，这让渥伦斯基感到羞耻和自卑，他举起手枪自杀，但最终活了下来。但是，卡列宁的宽容以及他对安娜女儿的关照反而让安娜更加难以忍受，她和渥伦斯基这对死而复生的有情人重新走到一起，安娜和渥伦斯基带着女儿一起出国。

列文在自己的庄园里实施改革，但没有得到农民们的理解和响应，不过农民们都很尊重他，喜爱他，他也能在劳动和大自然中获得满足和幸福。在奥布隆斯基家的宴会上，列文见到基蒂，他的求婚终于获得应允，两人结婚后回到列文的庄园。

渥伦斯基和安娜在意大利旅行，安娜感到十分幸福，尽管偶尔也会思念儿子，感觉对不起丈夫。渥伦斯基的确很爱安娜，但也因为放弃了事业而心有不甘，他试图学习绘画，但很快又放弃了。三个月后两人返回彼得堡，安娜立即感觉到了整个社交界的强烈敌意，熟人们均躲着她。归国后她没有回家，而是住在旅馆里。在儿子谢廖沙生日那天她偷偷跑去看他，天真无邪的谢廖沙不放妈妈走，他含着泪说：“再没有比你更好的人了。”安娜意识到，无法与儿子在一起就不会有真正的幸福。她因此指责渥伦斯基，渥伦斯基为了安慰她，便带她去了乡下。

列文和基蒂的家庭生活一开始也是艰难的，日子在希望与失望、争吵与和解中流淌。列文觉得，家庭生活就像是水中的一只小船，看它在河上漂流觉得很轻松，可操控起来却不容易。得到哥哥病危的消息，列文赶往省城，基蒂不顾列文的反对坚持陪同他前往。在目睹死亡的时刻，基蒂的善良和忠诚终于让列文意识到家庭之爱的力量，就在哥哥去世的那一天，他得知基蒂怀孕的消息。

多丽到乡下做客，顺路看望住在渥伦斯基家庄园的安娜，安娜的外貌变化让她深感震惊。安娜带女儿，读书，筹建乡村医院，但她最看重的还是渥伦斯基对她的态度，她对渥伦斯基感兴趣的一切东西都抱有醋意。秋天，他俩前往莫斯科，等待卡列宁作出离婚决定，可是卡列宁却在一位懂巫术的公爵夫人的影响下决定不与安娜离婚。这使安娜和渥伦斯基的关系变得更加紧张，他俩相互指责，激烈争吵。渥伦斯基对安娜越来越冷淡，常把安娜一个人扔在家里。一次大吵之后，渥伦斯基愤然离家，去探望他的母亲。安娜跟着他追到火车站，突然想到他们第一次见面时看到的车祸场面。她明白自己是一个被侮辱、被抛弃的人，决心“不让你折磨我”，于是便扑向一列疾驶而过的火车。

卡列宁参加了安娜的葬礼，并领走安娜的女儿。渥伦斯基受到良心的谴责，志愿参军去塞尔维亚和土耳其作战。

列文依然在进行深刻紧张的精神生活，在哥哥死亡和儿子降生之后，他始终在思考生与死的问题和生活的意义问题，他甚至不敢把枪带在身边，害怕他的思考结果会让他选择自杀。终于，他找到了自己的答案，即爱、善和信仰就是生活的意义。小说以列文的这样一段自白作为结束："我照样还会跟车夫伊万发脾气，照样还会和人争论，照样还会不合时宜地发表自己的意见；在我心灵最神圣的地方和其他的人们，甚至和我的妻子之间仍然会有隔阂；为了我自己的恐惧我还会责备她，并且还会因此感到后悔；我的理智仍然不可能理解我为什么祈祷，但是我照样还会祈祷；但是现在我的生活，我的整个生活，不管什么事情临到我的身上，随时随刻，不但再也不会像从前那样没有意义，而且具有一种不可争辩的善的意义，而我是有权力把这种意义贯注到我的生活中去的!"

《复活》

梗概

《复活》插图

卡秋莎·玛丝洛娃是一位流浪的茨冈人和一位农妇的非婚生女儿，她三岁时母亲就去世了，女地主将她收养，卡秋莎从此过起“半养女、半婢女”的生活。她做些家务活，有时也读书给女主人听。在她16岁的时候，女地主的侄儿、年轻的贵族大学生聂赫留朵夫来庄园过暑假，卡秋莎爱上这位青年，但并未对任何人袒露。几年后，前去服兵役的聂赫留朵夫路过姑母家，在这里住了四天，在离开的前夜他诱惑了卡秋莎，临别时塞给她100卢布。

一次，听说聂赫留朵夫要经过庄园附近的车站，卡秋莎赶到车站去见他，她顶风冒雨，艰难地走到月台，却见火车很快就要开动，她看到聂赫留朵夫坐在头等车厢里，饮酒作乐，谈笑风生。她沿着月台跟着火车跑，摔倒在地。浑身湿透的卡秋莎筋疲力尽地回到家里，脑子里盘旋着这样的场景：他坐在丝绒布的椅子上，在灯光明亮的车厢里说啊，喝啊，找乐子；我却在露天下，风吹雨打，站在黑地里哭。

五个月后，卡秋莎发现自己怀孕，她将此事告诉女地主，却被赶出庄园，住到一位替人接生的寡妇家里。她去别人家当女仆，常常遭到男主人的调戏和侮辱。她在生孩子时感染病菌，孩子死了，她最后被迫在基达叶娃妓院做了妓女。

十年后，卡秋莎受一起命案牵连被送上法庭。一个西伯利亚商人到妓院寻欢作乐，茶房和使女想谋财害命，便把一包毒药交给卡秋莎，要她放到商人茶杯里，他们骗她说这是安眠药。当时卡秋莎正想摆脱这位商人，便照样做了，商人被毒死，她被抓起来，茶房和使女贿赂律师，把罪责全都栽在卡秋莎身上。

法院开庭审判卡秋莎·玛丝洛娃的案件，聂赫留朵夫公爵作为贵族代表参加陪审。他正在回味昨夜在大贵族科尔查金家做客的场景，大家普遍认为，那家的玛丽娅小姐将成为聂赫留朵夫的未婚妻。突然，那名女被告乌黑的双眼让他想起了什么：是卡秋莎，这不可能！聂赫留朵夫在陪审员席上认出了卡秋莎，他十分震惊，勾引玛丝洛娃的经过在他脑海中复现，他也隐约生出了内疚和忏悔之情。审判继续进行，法院要给玛丝洛娃定罪。副检察官从犯罪遗传学的角度推断玛丝洛娃有罪，认为卑贱的人必然会犯罪，作为妓女的玛丝洛娃是“最低级退化的榜样”，犯罪是毫无疑义的。陪审员们给玛丝洛娃写定罪意见，他们都认为玛丝洛娃“并无抢劫、偷盗之意图”，却忘了写明“并无谋杀之意图”。庭长看出这一疏漏，但因急着去幽会，便匆忙结案，判玛丝洛娃在西伯利亚服四年苦役。

从法庭回来后，尤其是从玛丽娅小姐家回来后，聂赫留朵夫感到十分羞愧，在卡秋莎那双黑色眼睛的注视下，他觉得自己的生活已无法再照原样继续下去，自己与玛丽娅小姐近在眼前的婚事已变得无比遥远。他的内心开始复活，他认为法庭判决不公，去找律师准备申诉，他还向检察官承认自己曾勾引玛丝洛娃，要求去探监，甚至准备以与玛丝洛娃结婚来弥补自己的过错。他拒绝再当陪审员，因为在法庭和审判中看不到公正。

聂赫留朵夫去狱中探视卡秋莎，请求她宽恕他，却并未得到她的热情回应。他恐惧地看到，出现在他眼前的并非从前那位纯洁的卡秋莎，而只是妓女玛丝洛娃。在又一次探监时，聂赫留朵夫遇见喝醉的卡秋莎，他声称要遵循上帝的意愿与她结婚，可卡秋莎却冲着他愤怒地喊道："您当时就应该想到上帝。……我是苦役犯，您是老爷，公爵，我这里没您什么事。您想要结婚，这永远不可能。我马上就上吊。你在这一生里拿我玩乐还不算，又要拿我去那个世界拯救你自己！我讨厌你，讨厌你这副眼镜，你这张肮脏的胖脸！滚开！"

聂赫留朵夫依然在为营救卡秋莎而四处奔波，在奔走的过程中他逐渐意识到了社会的不平等和司法制度的不公正，他甚至因此而同情起监狱里的其他囚犯。聂赫留朵夫回到自己的庄园，他原想在自己的庄园实施改革，彻底改革地主和农民之间的不平等关系，但因要筹措随玛丝洛娃前往流放地的钱款，他只好向农民出租土地，但租金十分便宜。聂赫留朵夫来到彼得堡，通过曾任国务大臣的姨夫介绍去拜访几位有权势的人，试图让枢密院重新审理玛丝洛娃的案件，但彼得堡的大小官僚麻木不仁，对社会公正毫无兴致，玛丝洛娃的上诉状最终被驳回，她将被流放西伯利亚。

聂赫留朵夫的所作所为终于感动玛丝洛娃，她再度爱上聂赫留朵夫，开始依照他希望的那样“改造”自己，她戒了烟酒，不再卖弄风情，但不愿接受聂赫留朵夫为她作出的牺牲。

苦役犯们被押往西伯利亚，在这炎热的七月，许多犯人中暑倒下。聂赫留朵夫一路为犯人说情，在他的努力下，玛丝洛娃被调到待遇较好的政治犯队列，她在这里感觉到了安宁，不再会受到男人们的纠缠。玛丝洛娃感到这些政治犯都是好人，她更中意其中一个名叫弗拉基米尔·西蒙松的政治犯。西蒙松当过乡村教师，是民粹派，他谦虚腼腆却又坚韧顽强，他因公开抨击政府而遭流放。玛丝洛娃很快就感觉到西蒙松对自己有意，她似乎要在聂赫留朵夫和西蒙松之间作出抉择。她觉得，聂赫留朵夫是出于慷慨，又由于过去发生的事情才向她求婚；可西蒙松却在她现在的境遇里爱她，是出于爱情而爱她，于是，她接受了西蒙松的爱。

玛丝洛娃和西蒙松走了，聂赫留朵夫留在一家小旅馆里，他在房间里久久徘徊。卡秋莎不需要他，拒绝了他，这自然令他感到羞耻和痛苦，但在为卡秋莎的案件奔波期间所看到的一切，所目睹的社会之恶，才更让他痛苦，唤起他良心上的不安和精神上的复活，在呼吁他采取行动。他坐到沙发上，捧起一本《福音书》，终于在其中找到了生活的准则，感受到了内心的宁静，从这个夜晚开始，聂赫留朵夫的新生活开始了。

复活（节选）

第四十三节

玛丝洛娃转身看了一眼，抬起头，挺直胸脯，带着聂赫留朵夫所熟悉的那种顺从的神情，走到铁丝网跟前，挤进两个女犯中间，用惊讶而疑问的目光盯着聂赫留朵夫，没有认出他来。

不过，她从他身上的衣服看出他是个有钱的人，微微笑了笑。

“您找我?”她说，那张长着斜视的眼睛的笑脸凑到铁丝网上。

“我想见见……”聂赫留朵夫不知道该说“您”还是“你”，最终决定说“您”。他说话的声音并不比平常高。“我想见见您……我……”

“你别跟我耍嘴皮子。”穿破烂衣服的人在他旁边喊道。“拿了还是没拿?”

“跟你说，人都快死了，还想怎么样?”另一边有人喊道。

玛丝洛娃听不清聂赫留朵夫在说什么，可是他说话时脸上的表情，突然让她想起了他。但她不相信自己的感觉。不过，她脸上的笑容一下消失了，眉头也痛苦地皱起来。

“您说什么，我听不见。”她喊道，眼睛眯缝着，眉头皱得更紧了。

“我来……”

“是的，我在做应当做的事，我在认罪。”聂赫留朵夫想。他一想到这里，泪水便涌上眼睛，流进喉咙，他用手指抓住铁丝网，说不出话，竭力忍住不哭出声来。

“我说：你为什么去管闲事……”这边有人喊道。

“我对天发誓，我一点儿都不知道。”一个女犯在那边喊道。

玛丝洛娃看到他激动时的样子，认出他来了。

“您好像是……我不大敢认。”她喊道，眼睛不看他，那张一下涨红的脸变得越发阴沉起来。

“我是来求你原谅的。”他大声喊叫，仿佛背书一样没有任何语调。

这句话一喊出口，他感到害羞，四下望了望。但他马上想到，如果他感到害羞，那再好不过，因为他理应有这样的羞耻之心。于是，他接着大声说：

“请原谅我，我非常对不起……”他又一次喊道。

她一动不动地站着，那双斜视的眼睛紧紧盯着他。

他说不下去了，离开铁丝网，竭力控制住撞击着他的胸膛的哭声。

那位派人把聂赫留朵夫领到女监来的副监狱长，显然对他产生了兴趣，也来到女监，看见聂赫留朵夫不在铁丝网前面，问他为什么不跟他要见的女犯谈话。聂赫留朵夫擤了擤鼻涕，振作了一下精神，尽力显出平静的样子，回答说：

“隔着铁丝网没法说话，什么也听不见。”

监狱长略作思考。

“那好办，可以把她暂时带到这儿来。”

“玛丽娅·卡尔洛娃！”他对女看守说，“把玛丝洛娃带出来。”

一分钟过后，玛丝洛娃从侧门走出来。她迈着轻盈的步子，一直走到聂赫留朵夫跟前站住，皱着眉头看了他一眼。漆黑的头发依然如前天那样，卷成圈圈，从头巾里显露出来，带着病态的、苍白发肿的脸，可爱而又十分平静；那双乌黑发亮、有些斜视的眼睛，在浮肿的眼皮下显得格外有神。

“可以在这儿说话。”监狱长说完，走开了。

聂赫留朵夫向靠墙放着的一条长凳走去。

玛丝洛娃疑惑地望了副监狱长一眼，然后像是惊讶似的耸耸肩膀，跟着聂赫留朵夫走到长凳那儿，在他旁边坐下，理好裙子。

“我知道，您很难原谅我，”聂赫留朵夫开口说，但又停了停，觉得眼泪妨碍说话，“不过，过去的事既然已经不可挽回，我现在会尽我的力量做一切能做的事。您说吧……”

“您这是怎么找到我的?”她不回答他的话，径直问道，同时那双斜视的眼睛似看非看地瞧着他。

“我的上帝呀！帮帮我吧。教教我应当怎么做才好!”聂赫留朵夫看着她那张现在变得难看的脸，暗自说道。

“前天您受审的时候，”他说，“我是陪审员。您没认出我来?”

“没有，没认出来。我没工夫认。再说，我也没看。”她说。

“不是有个孩子吗?”他问，感到自己的脸一下红了。

“谢天谢地，当时就死了。”她简短而愤恨地回答，把目光从他脸上移开。

“怎么回事，因为什么?”

“我自己也病了，差点没死掉。”她说，没有抬起眼睛。

“姑姑她们怎么就放您走了呢？”

“谁家还留一个怀私生子的女佣呀？刚发现，就把我赶出来了。说它干吗，——什么都不记得，全忘了。那事早完了。”

“不，没完。我不能丢下不管。哪怕是现在，我也要赎我的罪。”

“有什么好赎的，以前的事那是以前的事，再说都过去了。”她说完之后，他怎么也没料到，她突然看了他一眼，并且令人生厌而又充满诱惑和哀怨地笑了笑。

玛丝洛娃怎么也没有想到会看见他，尤其是在这个时候和这种地方，因此在最初的那一刻，他的出现使她震惊，并使她回想起她从来不曾想过的往事。她在最初的那一刻模模糊糊地想起爱她并为她所爱的那个可爱的青年给她打开的新鲜而美好的感情和思想的世界，随后又想起他那不可理解的残忍，以及跟在那奇妙的幸福之后而来的种种屈辱和苦难。她心里感到很难过。可是，由于她搞不清楚这是怎么回事，于是她现在的做法又和从前一样：把这些回忆从头脑里赶走，竭力用放荡的生活的迷雾把它们遮盖住；她现在正是这么做的。在最初的那一刻，她把眼下坐在她面前的这个人同她一度曾经爱过的那个青年联系起来，可是后来她觉得这样太令人伤心，她不再把他和那个青年联系在一起。现在这位衣着整洁、保养得很好、胡子上洒过香水的先生，对她来说不是她爱过的那个聂赫留朵夫，而是这样一些男人中的一个，那些男人当他们需要的时候，玩弄像她这样的女人，而像她这样的女人也总是尽量利用他们为自己获得好处。所以她才向他诱惑地一笑。她沉默片刻，心里盘算着利用他得到些什么东西。

“那事早过去了。”她说，“这不，现在判我去服苦役呢。”

她说完这句话，嘴唇哆嗦起来。

“我知道，我相信您没有罪。”聂赫留朵夫说。

“当然没罪。我可不是小偷，也不是强盗。我们这儿的人都说，一切全靠律师，”她继续说，“大家说，得上诉。只是听说要花很多钱……”

“对，一定上诉，”聂赫留朵夫说，“我已经找过律师。”

“别舍不得花钱，找个好律师。”她说。

“我会全力去办的。”

接着是一阵沉默。

她又一次像刚才那样笑了笑。

“我想跟您要……一点儿钱，要是您愿意的话。不多，十卢布，多了不要。”她突然说。

“行，行。”聂赫留朵夫尴尬地说，伸手掏钱包。

她飞快地看一眼在房间里来回走动的监狱长。

“别当他的面，等他走开再给，要不他会拿走的。”

等监狱长一转过身去，聂赫留朵夫掏出钱包，但还没来得及把十卢布的钞票交给她，监狱长又转过来脸对着他们。他把钞票攥在手里。

“这女人真跟死人差不多了。”他心里想，望着那张曾经十分可爱，如今已遭玷污的浮肿的脸，以及那双正盯着他攥钱的手和监狱长的闪现出轻佻神情的斜视的黑眼睛。他心里一下犹豫起来。

昨天夜里诱惑他的那个魔鬼又在他的心里说话了，又像往常一样竭尽全力不让他考虑该做什么，而只让他考虑这么做会有什么后果，怎么做才会有益无害。

“‘你做什么对这个女人都是白费力气，’那个声音说，‘只会给自己找麻烦，断送你的声誉，妨碍你成为对别人有益的人。是不是把身上的钱全给她，就便分手，从此一刀两断？’”他想。

这时，他感到自己的心灵里面，眼下正酝酿着一场极为重大的变化，他的内心仿佛在一架摇摆不定的天平上活动，只要稍加一点力气，便向这边或那边偏斜。于是他用了一点力气，向昨天他在自己的心灵里感觉到的上帝求援，上帝立即在他心里应声回答。他决定现在把所有的话都对她讲出来。

“卡秋莎！我来求你原谅，可你还没有告诉我，你是不是原谅了我，还是以后什么时候能原谅我。”他说，忽然改称起“你”来。

她没有听他说话，而是一会儿看看他的手，一会儿看看监狱长。等到监狱长转过身去，她赶紧伸出手，抓住钞票，塞在腰带底下。

“您说的话真奇怪。”她说。他似乎觉得她在鄙视地冷笑。

聂赫留朵夫感到她身上存在着一种毫不掩饰的敌视他的心理，这种心理使她得以维护她目前的状态，并阻碍他深入了解她的内心。

然而，奇怪的是，这不仅没有使他退缩，反而变成一种新的特殊动力，驱使他更进一步去接近她。他感到他应当唤醒她的灵魂，又感到这是非常难办的；不过，正因为这事难办，才引起了他的责任感。他现在对她的这种感情，不掺杂任何私心，这是他以前不论对她，还是对别的什么人，从来没有过的：他不希望从她身上捞取一点好处，只希望她不再像现在这个样子，希望她能醒悟，恢复她原来的样子。

“卡秋莎，你为什么说这种话？我可是了解你的，记得你在帕诺沃的时候……”

“提那些旧事干吗。”她冷淡地说。

“我回忆这些事，是想改正过错，赎我的罪，卡秋莎。”他说。本来想告诉她要和她结婚的事，可是他遇见她的目光，从中读出某种可怕的、粗野的、冷漠的东西，便住口说不下去了。

这时候，探视的人们开始往外走。监狱长走到聂赫留朵夫跟前说，探监的时间结束了。玛丝洛娃站起来，顺从地等着放她回牢房。

“再见，我有许多话要对您说，可是，您看，现在没法说。”聂赫留朵夫说完，伸出手。“我还会来的。”

“好像话都说完了……”她伸出手，但是没有握。

“不，我尽力找个可以说话的地方再和您见面，到时候我有非常重要的话要对您说。”聂赫留朵夫说。

“好吧，您来吧。”她说，笑了笑，那是一种想博得男人欢心的微笑。

“您对我来说，比妹妹还亲。”聂赫留朵夫说。

“真奇怪。”她又说，摇着头走进铁丝网的另一边。

（王景生译）

契 诃 夫

契诃夫

契诃夫（1860—1904）比托尔斯泰年少30多岁，其发表作品的时间也比托尔斯泰晚了近30年，但是他却比托尔斯泰少活了四年，他最旺盛的创作时期恰逢托尔斯泰影响正盛的时候，不难想象，一个与托尔斯泰同时代的作家是多么的艰难。然而，契诃夫却在托尔斯泰这棵文学大树的浓荫之下开辟出了自己的一方天地，与托尔斯泰并肩构成了19世纪俄国批判现实主义文学最后的高峰。

契诃夫出生在俄国南方一个商人家庭，父亲破产之后带着全家迁居莫斯科，独自留在故乡的契诃夫，不仅靠当家庭教师来继续自己的学业，还不时接济远在莫斯科的家人。1879年，他考入莫斯科大学医学系，毕业后开始行医，虽然他很快就成为一位职业作家，但他一生都没有完全放弃行医，一有机会就免费为人们看病。1880年，还是一名大学一年级学生的契诃夫就开始以“安东沙·契洪特”的笔名在一些讽刺杂志上发表幽默小品文，若干年后，契诃夫迅速成长为一名优秀的短篇小说家，先后出版了《杂色故事》、《在昏暗中》等短篇集，赢得很大声誉。这一时期创作的《变色龙》、《万卡》

等，更成了流传至今的短篇小说名篇。《变色龙》写街头的警官奥丘梅洛夫在处理一出狗咬人的纠纷时，根据对狗主人身份的不同判断而作出了截然不同的表现，其虚伪和卑劣的性格暴露无遗。《万卡》的主人公是一个九岁的童工，他在城里忍受不了雇主的欺压，写信向爷爷诉苦，却只知道在信封上写下“乡下爷爷收”这几个字，就把信投进了信箱。1890年，契诃夫前往萨哈林岛旅行，在广泛接触当地的苦役犯后，他的思想发生变化，其小说的现实性也相对地有所加强。萨哈林之行后写作的中篇《草原》在如画的风景描写中渗入对俄国农民命运的深切同情；《第六病室》通过对一间精神病房中种种弊端的揭露，更为直接地抨击了专制制度；《套中人》塑造了别里科夫这个由时代和社会造就的畸形儿。契诃夫的短篇小说情节紧凑，文字干净，形象极具典型性，作者的情感也非常内敛，达到了很高的艺术境界。契诃夫说过一句名言：“简洁，就是天才的姐妹。”他在自己的创作中不折不扣地实践了这一原则。留下了大量短篇小说杰作的契诃夫，不仅被视为俄罗斯文学中最为杰出的短篇小说作家，也与果戈理、莫泊桑和爱伦·坡并列，被视为世界文学中最伟大的短篇小说大师之一。

托尔斯泰曾将契诃夫与普希金并列，认为他像普希金一样，以其简洁的、富有表现力的叙述方式在俄罗斯文学中“把形式向前推进了一步”。而作为一位剧作家的契诃夫，对于俄国戏剧文学的贡献也同样巨大，甚至更大，契诃夫的戏剧不仅直接导致了19世纪末俄国戏剧的转型，也对整个20世纪世界戏剧的走向产生了深远的影响。

契诃夫中学时期就写有一部剧作，这部名为《没有父亲的人》的戏被后来的导演们称为《普拉东诺夫》（普拉东诺夫是剧中主人公的名字），但契诃夫重拾戏剧创作还是在他已经成为著名小说家之后，他最初的几个小喜剧，如《熊》和《求婚》等获得成功，演出时剧场内笑声不断。但是，他之后创作的“新型”戏剧《海鸥》于1896年在彼得堡首演时却失败了，两年之后，聂米罗维奇-丹钦科说服斯坦尼斯拉夫斯基在莫斯科艺术剧院重排此戏，演出大获成功，从此，一个飞翔在浪花之上的海鸥就成了莫斯科艺术剧院的标志。契诃夫之后陆续写出的名剧还有《伊万诺夫》、《万尼亚舅舅》、《三姐妹》和《樱桃园》等。《樱桃园》是契诃夫的最后一部剧作，从前，人们对《樱桃园》的解释，就像对大多数俄国经典作家和经典作品的解释一样，或多或少带有一些意识形态色彩，于是，《樱桃园》的意义主要就在于对新兴的资产阶级的批判，而契诃夫的伟大主要就在于他表达了对新生活的向往。这样的阐释在我国也一直很有市场，比如，所谓“契诃夫在两个世纪之交喊出了‘新生活万岁’的时代最强音”的说法就曾广泛流传，甚至被写进各种中文工具书，可是人们不曾想到，“新生活万岁!”其实是一句误译的台词，正确的译法应该是“你好，新生活!”或“欢迎你，新生活!”《樱桃园》或许并不是对旧生活的声讨和对新生活的礼赞，契诃夫的用意更像是在给出一种复杂的生活处境。

契诃夫自称，他的戏剧中“既没有恶棍，也没有天使……我不谴责任何人，也不为任何人辩护”。剧作家所表现出的客观、冷静的态度，舞台上表面冲突的淡化，置于人物丰富、复杂的内心世界和内在情感之上的戏剧焦点，淡淡的抒情和深刻的感伤相互融合，并不十分艰难的生活却给主人公们带来莫名的哀愁和持续的内省，这一切营造出了一个全新的戏剧

莫斯科艺术剧院院徽

氛围。人们常说契诃夫的戏是“情绪剧”，丹钦科说契诃夫的戏是“一道潜流”，也就是说，契诃夫的戏剧写的是一种隐在的情绪或状态，与之相适应的，就是契诃夫戏剧所折射出来的主观态度。有人说，作为一名医生的契诃夫终生都在为人们看病，而作为一位作家的契诃夫却没有开出任何一份处方。在当下，契诃夫的平和与“中立”，契诃夫的冷静和宽容，较之于那些“灵魂工程师”和“生活教科书”，似乎使我们感到更为亲近和亲切。更为重要的是，契诃夫在他的戏剧中先知式地描绘出了当代人的生活窘境，点到了当代人的生存痛处。在契诃夫的戏剧世界中，生活是美好的，充满了鸟语花香，“整个俄罗斯都是一座大花园”，幸福是可以预期的，甚至是伸手可触的，但是笼罩在人们周身的却总是那种莫名的忧伤和刻骨的惆怅，而对生活的朦胧憧憬和深刻眷念，却又是可以一直持续到生命的终结的，就像剧中那个被庄园生活异化了的、其一生在人们看来似乎毫无意义的老仆人费尔斯在临终时所说的那样："我的生活结束了，可是我觉得像是还没有生活过……"这就是契诃夫给出的现代人类的基本生活模式，就某种意义而言，这是一个比哈姆雷特的"生存还是毁灭"还要令人困惑的难题。

译本推荐：

《契诃夫小说选》，汝龙译，人民文学出版社，1953年。

《契诃夫小说全集》（27卷），汝龙译，上海译文出版社，1982年。

《百年契诃夫》（4卷），童道明编，中国文联出版社，2003年。

变色龙

《变色龙》插图

警官奥丘梅洛夫穿着新的军大衣，手里拿着个小包，穿过市集的广场。他身后跟着个警察，生着棕红色头发，端着一个粗箩，上面盛着没收来的醋栗，装得满满的。四下里一片寂静……广场上连人影也没有。小铺和酒店敞开大门，无精打采地面对着上帝创造的这个世界，像是一张张饥饿的嘴巴。店门附近连一个乞丐都没有。

“你竟敢咬人，该死的东西!”奥丘梅洛夫忽然听见说话声。“伙计们，别放走它！如今咬人可不行！抓住它！哎哟……哎哟!”

狗的尖叫声响起来。奥丘梅洛夫往那边一看，瞧见商人皮丘京的木柴场里窜出来一条狗，用三条腿走路，不住地回头看。在它身后，有一个人追出来，穿着浆硬的花布衬衫和敞开怀的坎肩。他紧追那条狗，身子往前一探，扑倒在地，抓住那条狗的后腿。紧跟着又传来狗叫声和人喊声：“别放走它!”带着睡意的脸纷纷从小铺里探出来，不久木柴场门口就聚上一群人，像是从地底下钻出来的一样。

“仿佛出乱子了，长官！……”警察说。

奥丘梅洛夫把身子微微往左边一转，迈步往人群那边走过去。在木柴场门口，他看见上述那个敞开坎肩的人站在那儿，举起右手，伸出一根血淋淋的手指头给那群人看。他那张半醉的脸上露出这样的神情：“我要揭你的皮，坏蛋!”而且那根手指头本身就像是一面胜利的旗帜。奥丘梅洛夫认出这个人就是首饰匠赫留金。闹出这场乱子的祸首是一条白毛小猎狗，尖尖的脸，背上有一块黄斑，这时候坐在人群中央的地上，前腿劈开，浑身发抖。它那含泪的眼睛里流露出苦恼和恐惧。

“这儿出了什么事?”奥丘梅洛夫挤到人群中去，问道，“你在这儿干什么？你干吗竖起手指头？……是谁在嚷?”

“我本来走我的路，长官，没招谁没惹谁……”赫留金凑着空拳头咳嗽，开口说。“我正跟米特里·米特里奇谈木柴的事，忽然间，这个坏东西无缘无故把我的手指头咬一口……请您原谅我，我是个干活的人……我的活儿细致。这得赔我一笔钱才成，因为我也许一个星期都不能动这根手指头了……法律上，长官，也没有这么一条，说是人受了畜生的害就该忍着……要是人人都遭狗咬，那还不如别在这个世界上活着的好……”

“嗯！……好……”奥丘梅洛夫严厉地说，咳嗽着，动了动眉毛。“好……这是谁家的狗？这种事我不能放过不管。我要拿点颜色出来叫那些放出狗来闯祸的人看看！现在也该管管不愿意遵守法令的老爷们了！等到罚了款，他，这个混蛋，才会明白把狗和别的畜生放出来有什么下场！我要给他点厉害瞧瞧……叶尔德林，”警官对警察说，“你去调查清楚这是谁家的狗，打个报告上来！这条狗得打死才成。不许拖延！这多半是条疯狗……我问你们：这是谁家的狗？”

“这条狗像是日加洛夫将军家的！”人群里有个人说。

“日加洛夫将军家的？嗯！……你，叶尔德林，把我身上的大衣脱下来……天好热！大概快要下雨了……只是有一件事我不懂：它怎么会咬你的？”奥丘梅洛夫对赫留金说。“难道它够得到你的手指头？它身子矮小，可是你，要知道，长得这么高大！你这个手指头多半是让小钉子扎破了，后来却异想天开，要人家赔你钱了。你这种人啊……谁都知道是个什么路数！我可知道你们这些魔鬼！”

“他，长官，把他的雪茄烟戳到它脸上去，拿它开心。它呢，不肯做傻瓜，就咬了他一口……他是个无聊的人，长官！”

“你胡说，独眼龙！你眼睛看不见，为什么胡说？长官是明白人，看得出来谁胡说，谁像当着上帝的面一样凭良心说话……我要胡说，就让调解法官[1]审判我好了。他的法律上写得明白……如今大家都平等了……不瞒您说……我弟弟就在当宪兵………”

“少说废话!”

“不，这条狗不是将军家的……”警察深思地说，“将军家里没有这样的狗。他家里的狗大半是大猎狗……”

“你拿得准吗?”

“拿得准，长官……”

“我自己也知道。将军家里的狗都名贵，都是良种，这条狗呢，鬼才知道是什么东西！毛色不好，模样也不中看……完全是下贱货……他老人家会养这样的狗？！你的脑筋上哪儿去了？要是这样的狗在彼得堡或者莫斯科让人碰上，你们知道会怎样？那儿才不管什么法律不法律，一转眼的工夫就叫它断了气！你，赫留金，受了苦，这件事不能放过不管……得教训他们一下！是时候了……”

“不过也可能是将军家的狗……”警察把他的想法说出来。“它脸上又没写着……前几天我在他家院子里就见到过这样一条狗。”

“没错儿，是将军家的!”人群里有人说。

“嗯！……你，叶尔德林老弟，给我穿上大衣吧……好像起风了……怪冷的……你带着这条狗到将军家里去一趟，在那儿问一下……你就说这条狗是我找着的，派你送去的……你说以后不要把它放到街上来。也许它是名贵的狗，要是每个猪

① 帝俄时代的保安的法官，只审理小案子。——译者注

猡都拿雪茄烟戳到它脸上去，要不了多久就能把它作践死。狗是娇嫩的动物嘛……你，蠢货，把手放下来！用不着把你那根蠢手指头摆出来！这都怪你自己不好！……”

“将军家的厨师来了，我们来问问他吧……喂，普罗霍尔！你过来，亲爱的！你看看这条狗……是你们家的吗?”

“瞎猜！我们那儿从来也没有过这样的狗!”

“那就用不着费很多工夫去问了，”奥丘梅洛夫说。“这是条野狗！用不着多说了……既然他说是野狗，那就是野狗……弄死它算了。”

“这条狗不是我们家的，”普罗霍尔继续说，“可这是将军哥哥的狗，他前几天到我们这儿来了。我们的将军不喜欢这种狗。他老人家的哥哥却喜欢……”

“莫非他老人家的哥哥来了？弗拉基米尔·伊凡内奇来了?”奥丘梅洛夫问，他整个脸上洋溢着动情的笑容。“可了不得，主啊！我还不知道呢！他要来住一阵吧?”

“住一阵……”

“可了不得，主啊！……他是惦记弟弟了……可我还不知道呢！那么这是他老人家的狗？很高兴……你把它带去吧……这条小狗怪不错的……挺伶俐……它把这家伙的手指头咬一口！哈哈哈哈！……咦，你干吗发抖？呜呜……呜呜……它生气了，小坏包……好一条小狗……”

普罗霍尔把狗叫过来，带着它离开了木柴场……那群人就对着赫留金哈哈大笑。

“我早晚要收拾你!”奥丘梅洛夫对他威胁说，然后把身上的大衣裹一裹紧，穿过市集的广场，径自走了。

苦 恼

我向谁去诉说我的悲伤？……

暮色昏暗。大片的湿雪绕着刚点亮的街灯懒洋洋地飘飞，落在房顶、马背、肩膀、帽子上，积成又软又薄的一层。车夫约纳·波塔波夫周身雪白，像是一个幽灵。他在赶车座位上坐着，一动也不动，身子往前伛着，伛到了活人的身子所能伛到的最大限度。即使有一个大雪堆倒在他的身上仿佛他也会觉得不必把身上的雪抖掉似的……他那匹小马也是一身白，也是一动都不动。它那呆呆不动的姿态、它那瘦骨棱棱的身架、它那棍子般直挺挺的腿，使它活像那种花一个戈比就能买到的马形蜜糖饼干。它多半在想心思。不论是谁，只要被人从犁头上硬拉开，从熟悉的灰色景致里硬拉开，硬给丢到这儿来，丢到这个充满古怪的亮光、不停的喧嚣、熙攘的行人的旋涡当中来，那他就不会不想心事……

约纳和他的瘦马已经有很久停在那个地方没动了。他们还在午饭以前就从大车店里出来，至今还没拉到一趟生意。可是现在傍晚的暗影已经笼罩全城。街灯的黯淡的光已经变得明亮生动，街上也变得热闹起来了。

“赶车的，到维堡区[1]去！”约纳听见了喊声。“赶车的！”

约纳猛地哆嗦一下，从粘着雪花的睫毛里望出去，看见一个军人，穿一件带风帽的军大衣。

① 地名，在彼得堡。——译者注

“到维堡区去!”军人又喊了一遍，“你睡着了还是怎么的？到维堡区去!”

为了表示同意，约纳就抖动一下缰绳，于是从马背上和他肩膀上就有大片的雪撒下来……那个军人坐上了雪橇。车夫吧嗒着嘴唇叫马往前走，然后像天鹅似的伸长了脖子，微微欠起身子，与其说是由于必要，不如说是出于习惯地挥动一下鞭子。那匹瘦马也伸长脖子，弯起它那像棍子一样的腿，迟疑地离开原地走动起来了……

“你往哪儿闯，鬼东西!”约纳立刻听见那一团团川流不息的黑影当中发出了喊叫声。“鬼把你支使到哪儿去啊？靠右走!”

“你连赶车都不会！靠右走!”军人生气地说。

一个赶轿式马车的车夫破口大骂。一个行人恶狠狠地瞪他一眼，抖掉自己衣袖上的雪，行人刚刚穿过马路，肩膀撞在那匹瘦马的脸上。约纳在赶车座位上局促不安，像是坐在针尖上似的，往两旁撑开胳膊肘，不住转动眼珠，就跟有鬼附了体一样，仿佛他不明白自己是在什么地方，也不知道为什么在那儿似的。

“这些家伙真是混蛋!”那个军人打趣地说，“他们简直是故意来撞你，或者故意要扑到马蹄底下去。他们这是互相串通好的。”

约纳回过头去瞧着乘客，努动他的嘴唇……他分明想要说话，然而从他的喉咙里却没有吐出一个字来，只发出咝咝的声音。

“什么？”军人问。

约纳撇着嘴苦笑一下，嗓子眼用一下劲，这才沙哑地说出口：

“老爷，那个，我的儿子……这个星期死了。”

“哦！……他是害什么病死的？”

约纳掉转整个身子朝着乘客说：

“谁知道呢！多半是得了热病吧……他在医院里躺了三天就死了……这是上帝的旨意哟。”

“你拐弯啊，魔鬼！”黑地里发出了喊叫声。“你瞎了眼还是怎么的，老狗！用眼睛瞧着！”

“赶你的车吧，赶你的车吧……”乘客说，“照这样走下去，明天也到不了。快点走！”

车夫就又伸长脖子，微微欠起身子，用一种稳重的优雅姿势挥动他的鞭子。后来他有好几次回过头去看他的乘客，可是乘客闭上眼睛，分明不愿意再听了。他把乘客拉到维堡区以后，就把雪橇赶到一家饭馆旁边停下来，坐在赶车座位上伛下腰，又不动了……湿雪又把他和他的瘦马涂得满身是白。一个钟头过去，又一个钟头过去了……

人行道上有三个年轻人路过，把套靴踩得很响，互相诟骂，其中两个人又高又瘦，第三个却矮而驼背。

“赶车的，到警察桥去！”那个驼子用破锣般的声音说。“一共三个人……20戈比！”

约纳抖动缰绳，吧嗒嘴唇。20戈比的价钱是不公道的，然而他顾不上讲价了……一个卢布也罢，五戈比也罢，如今在他都是一样，只要有乘客就行……那几个青年人就互相推搡着，嘴里骂声不绝，走到雪橇跟前，三个人一齐抢到座位上去。这就有一个问题需要解决，该哪两个坐着，哪一个站着呢？经过长久的吵骂、变卦、责难以后，他们总算做出了决定：应该让驼子站着，因为他最矮。

“好，走吧!”驼子站在那儿，用破锣般的嗓音说，对着约纳的后脑壳喷气。“快点跑！嘿，老兄，瞧瞧你的这顶帽子！全彼得堡也找不出比这更糟的了……”

“嘻嘻……嘻嘻……”约纳笑着说，“凑合着戴吧……”

“喂，你少废话，赶车！莫非你要照这样走一路？是吗？要给你一个脖儿拐吗？……”

“我的脑袋痛得要炸开了……”一个高个子说，“昨天在杜克马索夫家里，我跟瓦西卡一块儿喝了四瓶白兰地。”

“我不明白，你何必胡说呢?”另一个高个子愤愤地说，“他胡说八道，就跟畜生似的。”

“要是我说了假话，就叫上帝惩罚我！我说的是实情……”

“要说这是实情，那么，虱子能咳嗽也是实情了。”

“嘻嘻!”约纳笑道，“这些老爷真快活!”

“呸，见你的鬼！……”驼子愤慨地说，“你到底赶不赶车，老不死的？难道就这样赶车？你抽它一鞭子！唷，魔鬼！唷！使劲抽它!”

约纳感到他背后驼子的扭动的身子和颤动的声音。他听见那些骂他的话，看到这几个人，孤单的感觉就逐渐从他的胸中消散了。驼子骂个不停，诌出一长串稀奇古怪的骂人话，直骂得透不过气来，连连咳嗽。那两个高个子讲起一个叫娜杰日达·彼得罗夫娜的女人。约纳不住地回过头去看他们。正好他们的谈话短暂地停顿一下，他就再次回过头去，嘟嘟哝哝说：“我的……那个……我的儿子这个星期死了!”

“大家都要死的……”驼子咳了一阵，擦擦嘴唇，叹口气说，“得了，你赶车吧，你赶车吧！诸位先生，照这样的走法我再也受不住了！他什么时候才会把我们拉到呢?”

“那你就稍微鼓励他一下……给他一个脖儿拐!”

“老不死的，你听见没有？真的，我要揍你的脖子了！……跟你们这班人讲客气，那还不如索性走路的好！……你听见没有，老龙[1]？莫非你根本就不把我们的话放在心上?”

约纳与其说是感到，不如说是听到他的后脑勺上啪的一响。

“嘻嘻……”他笑道，“这些快活的老爷……愿上帝保佑你们!”

“赶车的，你有老婆吗?”高个子问。

“我？嘻嘻……这些快活的老爷！我的老婆现在成了烂泥地啰……哈哈哈！……在坟墓里！……现在我的儿子也死了，可我还活着……这真是怪事，死神认错门了……它原本应该来找我，却去找了我的儿子……”

约纳回转身，想讲一讲他儿子是怎样死的，可是这时候驼子轻松地呼出一口气，声明说，谢天谢地，他们终于到了。约纳收下20戈比以后，久久地看着那几个游荡的人的背影，后来他们走进一个黑暗的大门口，不见了。他又孤身一人，寂静又向他侵袭过来……他的苦恼刚淡忘了不久，如今重又出现，更有力地撕扯他的胸膛。约纳的眼睛不安而痛苦地打量街道两旁川流不息的人群；在这成千上万的人当中有没有一

① 原文是“高雷内奇龙”，俄国神话中的一条怪龙。在此用作骂人的话。——译者注

个人愿意听他倾诉衷曲呢？然而人群奔走不停，谁都没有注意到他，更没有注意到他的苦恼……那种苦恼是广大无垠的。如果约纳的胸膛裂开，那种苦恼滚滚地涌出来，那它仿佛就会淹没全世界，可是话虽如此，它却是人们看不见的。这种苦恼竟包藏在这么一个渺小的躯壳里，就连白天打着火把也看不见……

约纳瞧见一个扫院子的仆人拿着一个小蒲包，就决定跟他攀谈一下。

"老哥，现在几点钟了？"他问。

"九点多钟……你停在这儿干什么？把你的雪橇赶开!"

约纳把雪橇赶到几步以外去，伛下腰，听凭苦恼来折磨他……他觉得向别人诉说也没有用了……可是五分钟还没过完，他就挺直身子，摇着头，仿佛感到一阵剧烈的疼痛似的；他拉了拉缰绳……他受不住了。

"回大车店去，"他想，"回大车店去!"

那匹瘦马仿佛领会了他的想法，就小跑起来。大约过了一个半钟头，约纳已经在一个肮脏的大火炉旁边坐着了。炉台上，地板上，长凳上，人们鼾声四起。空气又臭又闷。约纳瞧着那些睡熟的人，搔了搔自己的身子，后悔不该这么早就回来……

"连买燕麦[1]的钱都还没挣到呢，"他想，"这就是我会这么苦恼的缘故了。一个人要是会料理自己的事……让自己吃得饱饱的，自己的马也吃得饱饱的，那他就会永远心平气和……"

① 马的饲料。——译者注

墙角上有一个年轻的车夫站起来，带着睡意嗽一嗽喉咙，往水桶那边走去。

“你是想喝水吧?”约纳问。

“是啊，想喝水!”

“那就痛痛快快地喝吧……我呢，老弟，我的儿子死了……你听说了吗？这个星期在医院里死掉的……竟有这样的事!”

约纳想看一下他的话产生了什么影响，可是一点影响也没看见。那个青年人已经盖好被子，连头蒙上，睡着了。老人就叹气，搔他的身子……如同那个青年人渴望喝水一样，他渴望说话。他的儿子去世快满一个星期了，他却至今还没有跟任何人好好地谈一下这件事……应当有条有理，详详细细地讲一讲才是……应当讲一讲他的儿子怎样生病，怎样痛苦，临终说过些什么话，怎样死掉……应当描摹一下怎样下葬，后来他怎样到医院里去取死人的衣服。他有个女儿阿尼西娅住在乡下……关于她也得讲一讲……是啊，他现在可以讲的还会少吗？听的人应当惊叫，叹息，掉泪……要是能跟娘们儿谈一谈，那就更好。她们虽然都是蠢货，可是听不上两句就会哭起来。

“去看一看马吧,”约纳想,“要睡觉，有的是时间……不用担心，总能睡够的。”

他穿上衣服，走到马房里，他的马就站在那儿。他想起燕麦、草料、天气……关于他的儿子，他独自一人的时候是不能想的……跟别人谈一谈倒还可以，至于想他，描摹他的模样，那太可怕，他受不了……

“你在吃草吗?”约纳问他的马说，看见了它的发亮的眼睛。“好，吃吧，吃吧……既然买燕麦的钱没有挣到，那咱们就吃草好了……是啊……我已经太老，不能赶车了……该由我的儿子来赶车才对，我不行了……他才是个地道的马车夫……只要他活着就好了……”

约纳沉默了一会儿，继续说：

“就是这样嘛，我的小母马……库兹马·约内奇不在了……他下世了……他无缘无故死了……比方说，你现在有个小驹子，你就是这个小驹子的亲娘……忽然，比方说，这个小驹子下世了……你不是要伤心吗?”

那匹瘦马嚼着草料，听着，向它主人的手上呵气。

约纳讲得入了迷，就把他心里的话统统对它讲了……

套中人

《套中人》插图

误了时辰的猎人们在米罗诺西茨克村边上村长普罗科菲的堆房里住下来过夜了。他们一共只有两个人：兽医伊凡·伊凡内奇和中学教员布尔金。伊凡·伊凡内奇姓一个相当古怪的双姓：契木沙-喜马拉雅斯基，这个姓跟他完全不相称，全省的人就简单地称呼他的本名和父名。他在城郊一个养马场上住着，现在出来打猎是为了透一透新鲜空气。然而中学教员布尔金每年夏天都在П伯爵家里做客，对这个地区早已熟透了。

他们没睡觉。伊凡·伊凡内奇是个高而且瘦的老人，留着很长的唇髭，这时候在门口坐着，脸朝外，吸着烟斗，月光照着他。布尔金在房里干草上躺着，在黑暗里看不见他。

他们讲起各式各样的事。顺便他们还谈到村长的妻子玛芙拉是一个健康而不愚蠢的女人，可是她一辈子从没走出过她家乡的村子，从没见到过城市或者铁路，近十年来一直守着炉灶，只有夜间才到街上走一走。

“这有什么可奇怪的!”布尔金说，“那种性情孤僻、像寄居蟹或者蜗牛那样极力缩进自己的外壳里去的人，在这个世界上是不少的。也许这是隔代遗传的现象，这是退到从前人类的祖先还不是群居的动物而是孤零零地住在各自洞穴里的时代的现象，不过，也许这只不过是人类性格的一种类型吧，谁知道呢？我不是博物学家，探讨这类问题不是我的事。我只想说像玛芙拉这样的人并不是稀有的现象。喏，不必往远处去找，两个月前我们城里就有一个姓别里科夫的人死掉了，他是希腊语教员，我的同事。当然，这个人您听说过。他与众不同的地方在于他不论什么时候出门上街，哪怕天气很好，也总是套着雨靴，带着雨伞，而且一定穿着暖和的棉大衣。他的雨伞总是装在套子里，怀表也总是装在灰色麂皮的套子里，等到他取出小折刀来削铅笔，他那把小折刀也是装在一个小小的套子里的。就连他的脸也好像装在套子里，因为他随时把脸藏在竖起的衣领里。他戴黑眼镜，穿绒衣，耳朵里塞棉花，一坐上出租马车，就吩咐车夫把车篷支起来。一句话，在这个人身上可以观察到一种经常的和难忍难熬的心意，总想给自己包上一层外壳，给自己做一个所谓套子，以便同人世隔绝，不致受到外界影响。现实生活刺激他，惊吓他，促使他经常心神不安。也许为了给自己的胆怯、以及自己对现实的憎恶辩护吧，他老是称赞过去，称赞从来没有过的事物。他所教的古代语言，实际上对他来说也无异于他的套靴和雨伞，使他借以逃避现实生活。

"'啊，希腊语多么响亮，多么美！'他说，露出甜滋滋的表情。仿佛为了证明他的话似的，他眯细眼睛，举起一根手指头，念道：'Anthropos①！'

"别里科夫把他的思想也极力装在套子里。只有政府的告示和报纸的文章，其中写明禁止什么事情，他才觉得清清楚楚。告示上禁止学生傍晚九点钟以后上街，或者某一篇文章要求禁止性爱，他就觉得清楚明确：这是禁止的，那就够了。至于批准和允许的事，他却觉得含有可疑的成分，含有什么模糊而没说透的东西。城里批准成立了戏剧小组，或者阅览室，或者茶馆，他就摇头，轻声说道：

"'当然，行是行的，可就是千万别出什么乱子啊。'

"各种对于规章的破坏、规避、偏离的行为，虽然看来似乎同他毫不相干，却使得他垂头丧气。如果做祈祷的时候有个同事来迟了，或者学生顽皮捣乱的事传到他的耳朵里来，或

① 希腊语：人。——译者注

者有人看见女校的女学监傍晚同一个军官在一起，他就激动得很，老是说千万别出什么乱子啊。在教务会议上他简直压得我们透不过气来，因为他那么慎重，那么多疑，而且发表纯粹套子式的论调，说什么如今男子中学和女子中学里的青年人都品行恶劣，又说什么教室里大乱，‘哎呀，千万别传到上司的耳朵里去！哎呀，千万别出什么乱子啊！’还说什么如果把二年级的彼得罗夫和四年级的叶果罗夫开除，那才好得很。后来怎么样呢？他唉声叹气，满腹牢骚，苍白的小脸上架着一副黑眼镜（您要知道，那张脸很小，跟黄鼠狼一样），把我们都压垮了，我们就让步，扣彼得罗夫和叶果罗夫的品行分数，把他们关进禁闭室里，最后到底把彼得罗夫和叶果罗夫统统开除了事。他有一种奇怪的习惯，常常到我们的住处来访问。他来到一个教员家里，就坐下，一言不发，仿佛在考察什么东西似的。他坐上那么一两个钟头，一句话也没说就走了。他把这叫做‘和同事们保持良好关系’。显而易见，到我们家里来闷坐，在他是不好受的，他所以到我们家里来，也无非是因为他觉得这是他作为同事所应尽的责任而已。我们这些教员都怕他。甚至校长也怕他。您看怪不怪，我们这些教员都是有思想的人，极其正派，受过屠格涅夫和谢德林的教育，然而这个永远穿着套靴和带着雨伞的人，却把整个中学都抓在他的手心里，足足有十五年之久！其实何止是中学？全城都抓在他的手心里！我们这儿的太太们每到星期六不搞家庭演出，因为怕他知道。教士们当着他的面不敢吃荤，不敢打牌。在别里科夫这样的人的影响下，在最近这十年到十五年间，我们全城的人变得什么都怕。他们不敢大声说话，寄信，交朋友，读书，不敢周济穷人，教人识字。……”

伊凡·伊凡内奇想开口说话，咳嗽了一声，可是先点燃烟斗，看了看月亮，然后才从容不迫地说：

“是啊。有思想的人，正派人，既读屠格涅夫，又读谢德林，还读保克耳[1]之类，可是遇事就屈服，容让，……问题就在这儿了。”

“别里科夫跟我同住在一所房子里，”布尔金继续说，“而且同住在一层楼上，房门对房门。我们常常见面。我知道他的家庭生活。他在家里也还是那一套：睡衣啦，睡帽啦，护窗板啦，门闩啦，一整套的清规戒律，还有‘哎呀，千万别出什么乱子啊！’吃素对健康有害，可是又不能吃荤，因为也许人家会说别里科夫到了斋期却不持斋。他就吃用奶油煎出来的鲈鱼，这固然不能说是素食，然而也不能说是荤菜呀。女仆他是不用的，因为担心别人会对他有坏想法。他就雇了厨师阿法纳西，是个六十岁上下的老人，总是喝得醉醺醺的，从前做过勤务兵，好歹会做一点菜。这个阿法纳西经常在门旁站着，把胳膊交叉在胸前，老是深深地叹一口气，嘟哝说：

“‘如今他们这种人多得不行啊！’

“别里科夫的卧室小得像箱子一样，床上挂着帐子。他躺下睡觉，总是连头也蒙上。房间里又热又闷，外面的风推动房门，火炉里嗡嗡的响，厨房里响起叹息声，不祥的叹息声……

“他在被子里心惊肉跳。他生怕会出什么乱子，生怕阿法纳西来杀他，生怕盗贼溜进来，后来通宵做惊慌不安的

① 亨利·托马斯·保克耳（1821—1862），英国历史学家、社会学家、哲学家。——译者注

梦。早晨我们一块儿到中学去，他心情烦闷，面色苍白。看得出来，他所去的人数众多的中学惹得他全身心地害怕和厌恶。对他这个性情孤僻的人来说，跟我一块儿走路，也是一件苦事。

“‘我们的教室里闹得太乱了，’他说，仿佛极力为他的沉重心情寻找解释似的。‘简直不像话。’

“后来这个希腊语教员，这个套中人，您猜怎么着，差点结了婚。”

伊凡·伊凡内奇很快地回过头去往堆房里看一眼，说：

“您开玩笑了!”

“真的，不管多么奇怪，他却差点结了婚。有一个新的史地教员派到我们学校里来了，姓柯瓦连科，叫米哈伊尔·萨维奇，是小俄罗斯人[①]。他不是一个人来的，而是带着姐姐瓦连卡。他年纪轻，高身量，肤色发黑，两只手极大，凭他的脸相可以看出来他的说话声是男低音，果然他的嗓音好比是从大桶里发出来的：嘭，嘭，嘭。……她呢，年纪已经不轻，大约有30岁了，可是身材也高，而且苗条，黑眉毛，红脸膛，一句话，她简直不能说是姑娘，而是蜜饯水果，活泼极了，谈笑风生，老是唱小俄罗斯的抒情歌曲，扬声大笑。她动不动就发出一连串响亮的笑声：哈哈哈！我们初次认识柯瓦连科姐弟，我记得，是在校长家里的命名日宴会上。在那些死板板的、烦闷得要命的、把赴命名日宴会也看作应公差的教师中间，我们突然看见一个新的阿佛洛狄忒[②]从浪花里钻出来了：

① 即乌克兰人，在当时常被称为“小俄罗斯人”。

② 希腊的爱和美的女神，相当于罗马的维纳斯；她在海里诞生。——译者注

她走来走去，双手叉着腰，扬声大笑，引吭高歌，翩翩起舞。……她带着感情歌唱《风在吹》，后来又唱一支抒情歌曲，随后再唱一支，把我们大家都迷住了，甚至别里科夫也包括在内。他挨着她坐下，甜滋滋地微笑着说：

“小俄罗斯的语言那么柔和清脆，使人联想到古希腊语言。”

“这话她听着很受用，就带着感情对他恳切地讲起在加佳奇县里她有个田庄，妈妈住在田庄上，那儿有那么好的梨，那么好的甜瓜，那么好的卡巴克[①]！小俄罗斯人把南瓜叫作卡巴克，而把酒馆叫做希诺克，他们用番茄和茄子烧出来的浓汤‘可好吃了，可好吃了，简直好吃得要命！’

“我们听啊听的，忽然我们大家灵机一动，生出了同一种想法。

“‘要能撮合他们结婚才好。’校长太太轻声对我说。

“不知什么缘故我们大家这才想起来，原来我们的别里科夫还没有成家。这时候我们才暗暗感到奇怪：不知怎的，他生活里的这样一件大事，我们以前竟一直没有理会，完全忽略了。总的来说，他对女人采取什么态度呢？这个要紧的问题他是怎样替他自己解决的？以前这件事根本没有引起过我们的关心，也许我们甚至不承认这样的想法：一个不问什么天气总是穿着套靴而且睡觉总要放下帐子的人，居然能够爱上一个什么人。

“‘他早就过了40岁，而她也30了，……’校长太太解释她的想法说。‘我觉得她肯嫁给他的。’

① 俄语“卡巴克”（кабак），意为酒馆。——译者注

“在我们内地，由于闲得慌，什么不必要的蠢事没有做出来过啊！而这是因为必要的事却根本没有人去做。是啊，比方说，别里科夫这个人既然根本不能设想会结婚，那我们又何必突然给他撮合婚事呢？校长太太啦，主任太太啦，我们中学里所有的太太啦，都活跃起来，甚至变得好看了，倒好像忽然发现了生活目标似的。校长太太在剧院里定下一个包厢，我们一看，原来她的包厢里坐着瓦连卡，手里拿着那么一把扇子，眉开眼笑，幸福得很。别里科夫坐在她的身旁，身材矮小，拱起背脊，仿佛有谁用钳子硬把他从家里夹到这儿来了似的。我在家里办小晚会，太太们就要求我务必要把别里科夫和瓦连卡请去。一句话，机器开动起来了。原来瓦连卡并不反对出嫁。她在弟弟那儿住得不大快活，他们老是成天吵架和相骂。比方有这样一个场面：柯瓦连科在街上走着，这个大汉高身量，结实，穿着绣花的衬衫，帽子里有一绺头发钻出来，耷拉在他的额头上，一只手里拿着一捆书，另一只手里拿着一根有节疤的粗手杖。姐姐跟在他的身后，也拿着书。

“‘这本书你一定没看过，米哈伊尔里克[①]！’她大声争吵道，‘我跟你说，我赌咒，你根本没看过这本书！’

“‘我跟你说，我看过！’柯瓦连科嚷道，把手杖在人行道上顿得咚咚地响。

“‘哎呀，我的上帝，米哈伊尔里克！你发脾气干什么！要知道我们谈的是原则问题。’

“‘我跟你说，我看过嘛！’柯瓦连科嚷得越发响了。

“在家里，要是有外人在座，那就吵得不可开交。这样

① 米哈伊尔的小名。——译者注

的生活大概惹得她厌烦，她巴望有自己的小窝了，再者年纪也应该顾到，这时候已经没有选择对象的余地，好歹嫁出去就行，即使嫁给希腊语教员也将就了。况且话说回来，我们的小姐们大多数都不问嫁给谁，只要能嫁出去就算。不管怎样，瓦连卡开始对我们的别里科夫表示明显的好感了。

“那么别里科夫呢？他也常到柯瓦连科家里去，就跟常到我们家里来一样。他到了他家里，就坐着，一言不发。他沉默着，可是瓦连卡给他唱《风在吹》，或者用她的黑眼睛沉思地瞧着他，或者忽然发出一连串笑声：

“‘哈哈哈！’

“在恋爱方面，特别是在婚姻方面，外人的怂恿总要起很大的作用。所有的人，同事们和太太们，都向别里科夫游说：他应该结婚了，他的生活里没有别的缺陷，只差结婚了。我们大家都向他道喜，带着一本正经的脸色说出各式各样的俗套头，例如婚姻是终身大事，等等，再者瓦连卡长得也不坏，招人喜欢，她是五品文官的女儿，有田庄，主要的是，她是头一个对他亲热恳切的女人。于是他头脑发昏，决定真的要结婚了。”

“喏，到了这一步，就应该把他的套靴和雨伞拿掉了。”伊凡·伊凡内奇说。

“您只要想一想就明白了，这是办不到的。他把瓦连卡的照片放在他的桌子上，他老到我这儿来谈瓦连卡，谈家庭生活，谈婚姻是终身大事，他也常到柯瓦连科家里去，可是他的生活方式丝毫也没改变。甚至刚好相反，结婚的决定对他起了一种像是害病的影响，他瘦了，脸色苍白了，似乎越发深地钻进他的套子里去了。

“‘瓦尔瓦拉[①]·萨维奇娜我是喜欢的，’他对我说，淡淡地苦笑一下，‘我知道人人都非结婚不可，然而……这件事，您要知道，发生得有点突然。……应当好好想一想才是。’

“‘有什么可想的呢？’我对他说。‘您自管结婚好了。’

“‘不成，婚姻是终身大事，应当先估量一下马上要承担的义务和责任，……免得以后会出什么乱子。这件事闹得我六神不安，我现在通宵睡不着觉。老实说，我害怕：她和她弟弟的思想方式有点古怪，他们讲起道理来，您知道，有点古怪，她的性情又很活泼。一旦结了婚，以后说不定就会惹出什么麻烦来。’

“于是他没求婚，老在拖延，招得校长太太和我们学校里所有的太太大为烦恼。他老在估量马上要承担的义务和责任，同时差不多每天都跟瓦连卡一块儿散步，也许认为这是处在他的地位理应做的吧。他常来找我谈家庭生活。要不是忽然出了一个Kolossalischer Skandal[②]，多半他最后会求婚，于是促成一件不必要的和愚蠢的婚事，而在我们这儿，由于烦闷无聊，由于无事可做，像那样的婚事已经有过千百起了。必须说明，瓦连卡的弟弟柯瓦连科从认识别里科夫头一天起就痛恨他，受不了他。

“‘我不明白，’他耸动着肩膀对我们说，‘我不明白你们怎么能跟这个告密的家伙，这个丑八怪相处。哎，诸位先生，你们怎么能在这儿生活呀！你们这儿的空气活活把人闷

① 爱称，即上文的瓦连卡。——译者注

② 德语：大笑话。——译者注

死，恶劣极了。难道你们算是导师，教员？你们是官僚，你们这儿不是科学的殿堂，而是官气十足的衙门，有一股子酸臭气，像在警察亭子里一样。不行，诸位老兄，我跟你们一块儿再生活一阵，就回到我的田庄上去，捉虾，教小俄罗斯的孩子读书了。我要走的，你们在这儿跟那个犹大一块儿鬼混吧，叫他遭了瘟才好。’

“要不然他就哈哈大笑，笑得时而发出男低音，时而发出尖细的嗓音。摊开两只手，问我说：

“‘他为啥跑到我这儿来坐着？他要干啥？一直坐在那儿发呆。’

“他甚至给别里科夫起了个外号叫‘蜘蛛’。当然，关于他的姐姐瓦连卡准备嫁给‘蜘蛛’的事，我们对他绝口不提。有一次校长太太对他暗示说，要是能让他的姐姐嫁给像别里科夫那么一个稳重而且为大家所尊重的人倒很不错，他就皱起眉头，嘟哝说：

“‘这不关我的事。她哪怕嫁给一条毒蛇也由她，我不喜欢干涉别人的事。’

“现在您听着后来发生的事吧。有那么个促狭鬼画了一幅漫画，上面是别里科夫在走路，穿着套靴，卷起裤腿，带着雨伞，臂弯里挽着瓦连卡的胳膊，下面题着‘恋爱中的anthropos’。那神态，您明白，画得妙极了。那画家一定工作了不止一夜，因为男子中学和女子中学的教员、宗教学校的教员、文官，每人都收到一张。连别里科夫也收到了。这张漫画给他留下了极其难堪的印象。

“我们一块儿从房子里走出去，那天恰好是5月1日。星期日，我们大家，教员和学生，商量好在中学校里聚齐，然后一同出发，到城外树林里去郊游。我们一块儿走出去，他脸色发绿，比乌云还要阴沉。

"'有的人多么坏，多么恶毒！'他说，嘴唇发抖。

"我甚至怜惜他了。我们走着，忽然，您猜怎么着，柯瓦连科骑着自行车急驰而来，他身后是瓦连卡，也骑着自行车，红着脸，很劳累，然而兴高采烈，欢欢喜喜。

"'我们，'她叫道，'先走一步！天气真好，真好，简直好得要命！'

"他们两个人不见了。我的别里科夫的脸色从发绿转为发白，愣住了。他站住，瞧着我。……

"'对不起，这是怎么回事？'他问，'要不然，也许是我的眼睛骗了我，难道中学教员以及女人骑自行车还成体统吗？'

"'这有什么不成体统的？'我说，'让他们痛痛快快地去骑吧。'

"'可是这怎么行？'他叫道，对我的镇静感到惊讶。'您在说什么呀？！'

他大为震动，不愿意再往前走，回家去了。

"第二天他一直烦躁地搓着手。打冷颤。从他的脸色看得出来他身体不好。他没到下班的时候就走了，这还是他有生以来第一次。他没吃午饭。将近傍晚，虽然外面已经完全是夏天的天气，他却穿上厚衣服，慢腾腾地往柯瓦连科家里走去。瓦连卡不在家，他只碰见了她的弟弟。

"'坐吧，请，'柯瓦连科冷淡地说，皱起眉头：他脸上带着睡意，饭后刚刚打了一个盹儿，心绪极其不佳。

"别里科夫沉默地坐了十分钟光景，然后开口说：

“‘我来找您，是为了解除我心中的负担。我心里沉重得很，沉重得很。有个不怀好意的家伙把我和另一个同我们俩都很亲密的人画成可笑的样子。……我认为我有责任向您保证我跟这件事没有任何关系。……我没有为这种嘲笑提供任何理由，刚好相反，我的一举一动素来是合乎正人君子的身份的。”

“柯瓦连科坐在那儿生闷气，不说话。别里科夫等了一会儿，继续用悲哀的声调小声说：

“‘另外我还有一件事要跟您谈。我已经工作多年，而您还刚开始工作。我认为我作为年长的同事，有责任忠告您。您骑自行车，而这种娱乐对青年的教育工作者来说是完全不成体统的。’

“‘为什么呢？’柯瓦连科用男低音问。

“‘可是难道这还要解释吗，米哈伊尔·萨维奇？难道这有什么不好理解的？如果教员骑自行车，那么学生还会做出什么好事来？他们只差头朝下，拿大顶走路了！既然政府的告示里没有写着准许做这种事，那就不能做。我昨天吓了一跳！我一看见您的姐姐，我的眼前就一片漆黑。一个女人或者姑娘骑自行车，这太可怕了！’

“‘那么您究竟要怎么样？’

“‘我所要做的只有一件事，那就是忠告您，米哈伊尔·萨维奇。您是年轻人，有远大的前途，一举一动必须非常慎重，非常慎重，可是您那么马马虎虎。啊，多么马马虎虎！您总是穿着绣花的衬衫，常常拿着些书在街上走，现在又骑什么自行车。关于您和您的姐姐骑自行车的事，校长会听说的，然后就会传到督学官的耳朵里去。……这会有什么好下场

吗？’

“‘讲到我和我的姐姐骑自行车，这不关别人的事！’柯瓦连科说，涨得满脸通红。‘谁来管我的家事和私事，我就叫谁滚他的蛋。’

“别里科夫脸色煞白，站起来。

“‘如果您用这种口气跟我讲话，我就不能继续谈下去了，’他说，‘我请求您在我的面前提到上司的时候万万不要说这种话。您对当局应当尊敬才对。’

“‘难道我说了当局什么坏话吗？’柯瓦连科问，气愤地瞧着他，‘劳驾，请您躲开我。我是个正直的人，不愿意跟您这样的先生谈话。我不喜欢告密的人。’

“别里科夫心神不定，忙忙乱乱，开始很快地穿大衣，脸上露出害怕的神情。要知道他还是生平第一次听见这样粗鲁的话。

“‘您要说什么都随您，’他从前堂走到楼梯口上说，‘只是我要预先向您声明一下：说不定已经有人把我们谈的话偷听去了，为了免得我们的谈话被人曲解，免得出什么乱子起见，我得把我们的谈话的内容……大体上报告校长先生。我不能不这样做。’

“柯瓦连科抓住他后面的衣领，猛地一推，别里科夫就一路滚下楼去，他的套靴发出乒乒乓乓的响声。楼梯高而且陡，不过他滚到楼下却安然无恙，站起来，摸了摸鼻子，看他的眼镜碎了没有。可是偏巧他滚下楼的时候，瓦连卡走进来了，还带来两个女人。她们在楼下站着，呆呆地瞧他，而这对别里科夫来说却比什么都可怕。似乎他宁可摔断脖子，摔断两条腿，也比成为笑柄好：要知道这件事马上全城都会知道，还会传到校长和督学官的耳朵里去，‘哎呀，千万别出什么乱子啊！’人家又要画出一张漫画来，到头来教会弄得他奉命辞职了。……

“等到他站起来，瓦连卡才认出是他，瞧着他可笑的脸、揉皱的大衣、套靴，不明白是怎么回事，以为他自己不小心摔下来的，就忍不住扬声大笑，声音响得整个房子都能听见：

“‘哈哈哈！’

这一串嘹亮清脆的哈哈声就此结束了一切，不论是婚事还是别里科夫在人间的生存，全都完了。他再也听不见瓦连卡说了些什么，而且什么也没看见。他走回家里，首先从桌子上撤掉那张照片，然后躺下来，从此再也没有起床。

“过了三天光景，阿法纳西到我家里来，问我要不要派人去请医师，因为据他说，他的主人有点不对头。我就到别里科夫的屋里去。他在帐子里躺着，盖着被子，一句话也不说；不管问他什么话，他光是回答一声是或者不，此外就闷声不响了。他躺在那儿，阿法纳西在他身旁走来走去，脸色阴沉，皱起眉头，深深地叹气，从他那儿散发出来的酒气，就像从酒馆里发出来的一样。

“过了一个月别里科夫死了。我们大家，也就是两个中学和宗教学校的人，都去送他下葬。如今他躺在棺材里，他的神情温和、愉快，甚至高兴，仿佛他在庆幸他终于放进一个套子里，从此再也不必出来了似的。是啊，他实现了他的理想！在他下葬的时候，天气似乎也在对他致敬，阴霾而有雨；我们大家都穿着套靴，打着雨伞。瓦连卡也去送丧，等到棺材放进墓穴里，她就哭了。我发现小俄罗斯女人只会哭或者笑，对她们来说中间的心情是没有的。

“老实说，埋葬别里科夫这样的人，是一件大快人心的事。我们从墓园回去的路上，脸色谦虚，闷闷不乐，谁也不愿意露出高兴的心情，而那种心情却像很早很早以前我们小时候，每逢大人出了家门，我们在花园里跑上一两个钟头，享受充分的自由而经历到的那种心情。啊，自由呀，自由！哪怕有享受自由的一点点影子，哪怕有那么一线希望，就使得人的灵魂生出翅膀来。难道不是这样吗？

“我们从墓园里回来，心绪极好。然而一个星期还没过完，生活就又照先前那样流动，仍然那么严峻，恼人，杂乱无章。这样的生活固然没有经政府的告示禁止，不过也没有得到充分的许可呀。局面并没有变得好一点。真的，别里科夫下葬了，可是另外还有多少这类套中人活着，而且将来还会有多少!”

“问题就在这儿了。”伊凡·伊凡内奇说，点上烟斗。

“将来还会有多少啊!”布尔金重复了一句。

这个中学教员从堆房里走出来。这人身材不高，却结实，头顶完全光秃，他的黑胡子长得几乎齐到腰上。有两条狗跟着他一块儿走出来。

“多好的月色，多好的月色!”他抬头看，说道。

这时候已经是午夜。往右边瞧，可以看清整个村子。一条长街伸展到远处去，有五俄里光景。一切都沉入了安静而深沉的睡乡，一点活动也没有，一点声音也没有，人甚至不相信大自然能这样安静。人在月夜见到广阔的村街，心里就会变得安静。村子在安心休息，包缠着乌黑的夜色，避开了操劳、烦闷、愁苦，显得温和、哀伤、美丽，看上去似乎连天空的繁星也在亲切而动情地瞧着它，似乎人世间已经没有坏人坏事，一切都很好。左边，从村边起，田野铺展开来，人可以看见它一直伸展到远处，伸展到天边，这一大片田野浸沉在月光里，也没有一点动静，没有一点声音。

“问题就在这儿了，”伊凡·伊凡内奇又说一遍，“讲到我们住在空气污浊、极其拥挤的城里，写些不必要的公文，老是玩‘文特’[①]，这岂不也是一种套子？至于我们在懒汉、好打官司的人和愚蠢而闲散的女人当中消磨我们的一生，自己说，也听人家说各式各样的废话，这岂不也是一种套子？喏，要是您乐意听的话，我就来给您讲一个很有教益的故事。”

“不，现在该睡觉了，”布尔金说，“留到明天再讲吧。”

他们就双双走进堆房里，在干草上躺下。这两个人刚盖好被子，要昏昏睡去，忽然听见轻微的脚步声：吧嗒，吧嗒。……有个什么人在离堆房不远的地方走路，走了不多一会儿就停住了，可是过一分钟又来了：吧嗒，吧嗒。……狗汪汪地叫起来。

“这是玛芙拉在走路。”布尔金说。

脚步声渐渐听不见了。

“自己看着别人作假，听着别人说假话，”伊凡·伊凡内奇说，翻一个身，“于是自己由于容忍这种虚伪而被人骂成蠢货；自己受到委屈和侮辱而隐忍不发，不敢公开声明站在正直自由的人一边，反而自己也弄虚作假，还不住微笑，而这样做无非是为了混口饭吃，为了有个温暖的小窝，为了做个不值一

① 一种赌博的纸牌戏。——译者注

钱的小官，不行，再也不能照这样生活下去了!”

“哦，您这是扯到别的题目上去了，伊凡·伊凡内奇,”教师说，“我们睡觉吧！’

大约过了十分钟，布尔金睡着了。可是伊凡·伊凡内奇不住翻身，叹气，后来索性起床，又走出去，在门口坐下，点上了烟斗。

（汝龙译）

高 尔 基

高尔基

在传统的俄苏文学教科书中，马克西姆·高尔基（1868—1936）被誉为“伟大的无产阶级作家”、“革命的海燕”和“社会主义现实主义的奠基人”，是苏联文学的第一人，但在苏联解体之后他却一度受到非议，甚至连其杰出作家的身份都开始受到怀疑。但是，在意识形态的纷争渐渐趋缓的今天，如果说扣在高尔基头上的那些非文学的（或不完全是文学的）高帽子已经不再那么让人津津乐道了，那么，他作为20世纪俄罗斯文学中最伟大作家之一的身份却已经得到广泛认同。

俄罗斯《文学报》报眼上的普希金和高尔基像

高尔基作为作家的一生，是充满传奇色彩的。他出生在俄国伏尔加河畔下诺夫哥罗德城的一个木匠家庭，四岁丧父后就随母亲住在外祖父家里；他11岁就走向“人间”，四处流浪，独自谋生，遍尝了生活的酸甜苦辣；他很早就迷上了读书，又与包括秘密革命小组在内的各种知识分子广泛交往，在被他称之为“我的大学”的社会现实中获取了丰富的生活积累和庞杂的百科知识；从1888年起，20多岁的高尔基两次漫游俄罗斯，历时数年，也是从这个时候开始，他多次被捕，一直是警察的监视对象。后来，在自己著名的自传三部曲《童年》《在人间》和《我的大学》中，高尔基艺术地再现了自己成为作家之前的人生经历。

1892年，只念过两年小学的高尔基发表了他的第一个短篇小说《马卡尔·楚德拉》。接着，他的作品不断出版，短短几年之后，他就推出了厚厚两卷的《随笔与故事集》，迅速成为一位驰名欧洲的自学成材作家；他先后做过几十种工作，到过十几个国家，写有几十部著作；他是预言并歌颂俄国革命的“海燕”和“雄鹰”，但他也喜欢喝酒，喜欢打牌，年轻时还一度自杀；他是苏联文学的创始人，也是世界无产阶级文学的奠基者，但他与革命导师列宁却有过几次激烈的争论，他在十月革命前后写作并发表的系列文章《不合时宜的思想》也曾被视为“不健康”的言论；在20世纪30年代之后，高尔基不仅成了苏联文学的魁首，而且也是全社会的精神领袖，他在当时的苏联社会所拥有的崇高地位，是世界文学史上任何一个作家都不曾有过的：他的雕像遍布苏维埃国家的每个角落，他作品的印数达到了天文数字，人们用他的姓氏来命名学校、机关、街道、公园、工厂、剧院乃至一个城市。高尔基是一个现代文学神话。

高尔基逝世已经半个多世纪了，但在这几十年的时间里，高尔基和他的文化遗产一直在遭遇着戏剧般的命运。早在1936年，他的死就引起了一场风波。有人怀疑他是被外国间谍机构雇佣的医生暗杀的，由此引发的“犹太医生案”株连甚广，使许多医务人员和其他知识界人士遭到迫害和镇压。而在苏联解体之后，又有人断言高尔基死于当时的当权者之手，“斯大林为什么要杀害高尔基”成了一个被认真研究的课题。在20世纪80年代之前苏联的“高尔基学”中，超越阶级的博爱思想和造神论学说，曾被视为高尔基世界观中的“糟粕”，而在解体之后的高尔基研究中，有人却通过对他的《不合时宜的思想》以及一些未曾发表的书信和手稿的解读，描绘出了一个另类的高尔基；在长达几十年的苏联文学史教科书中，高尔基一直被推崇为缔造苏联文学以及社会主义现实主义创作方法的伟大的文学导师，但是在西方，一些俄苏文学研究者甚至不承认高尔基是一位作家，而视他为一个意识形态的宣传家和鼓动家；在苏联解体后的几年间，高尔基开始在他的祖国遭受到很多人的攻击，他的地位和影响也在急剧下降，莫斯科市中心的高尔基大街已经被恢复旧名特维尔大街，作家的故乡下诺夫哥罗德市也废止了自1932年起就开始使用的高尔基市的市名。但与此同时，大批的高尔基崇拜者仍在维护作家的声誉，高尔基的著作继续在书店里出售，高尔基的剧作继续在莫斯科等地的剧院中上演，国外一些学者对他的兴趣似乎也在增大。作为一个小说家和剧作家的高尔基，作为一个学术研究对象的高尔基，似乎在越来越真实、越来越亲切地呈现在我们的面前。

高尔基似乎不喜欢静止不动的生活，他一生都像俄国的朝圣者那样，渴望着陌生的地方，渴望着远方，永远在路上。他自幼生长在一个相对宽松的家庭环境里，是个野孩子，成年后又独自浪迹天涯，几乎走遍了俄罗斯。成名之后，他仍旧马不停蹄，后来干脆侨居国外。返回苏联之后，他仍在继续他旅行家的步伐，两次在全苏漫游，视察工厂和农庄，写下了《苏联游记》等特写集。可以说，漫游是高尔基最典型的生活方式之一。而在高尔基的小说创作、尤其是十月革命前的小说创作中占据突出地位的所谓“流浪汉小说”，与高尔基的这种“漫游”天性或许是不无关系的。

他的第一个短篇《马卡尔·楚德拉》就是一篇流浪汉小说，不过它写的是故事中的流浪汉，而后来的《切尔卡什》、《马尔娃》和《一个人的诞生》中的人物则是现实生活中的流浪汉。流浪汉是高尔基早期创作中的一个中心形象。19世纪末，俄国资本主义的发展加速了社会的分化，激化了阶级和阶层的矛盾；当时所谓的世纪末情绪也从知识、文化界蔓延开去，笼罩着动荡前的社会。在这一社会背景下，人们既彷徨苦闷，同时也在向往追求。高尔基的流浪汉形象，在一定程度上体现了当时人们的这种心态。在《伊则吉尔老婆子》等作品中，高尔基塑造出了丹柯这样的英雄，可他笔下的流浪汉，却几乎都难以被称为大写的人。《马卡尔·楚德拉》中的拉达和洛伊科虽然漂亮勇敢，却非常自私；《切尔卡什》中的同名主人公虽然在面对金钱的时候表现出了较之加弗里拉的高大，可他毕竟是个强盗；《马尔娃》中的瓦西里和雅科夫有淳朴的一面，但都带有浓厚的农民意识。究竟怎样看待高尔基笔下的这些人物，人们长期以来一直存在着分歧。有人认为，高尔基是在美化个人主义的英雄，歌颂无政府主义的生活方式；也有人认为，高尔基的这类人物是现实的反叛者和抗议者，带有革命家和战士的色彩。关于“为什么要写流浪汉”的问题，高尔基自己有过这样的解答：“我对流浪汉的偏爱就是出于我想描写不平常的人，而不想描写干巴巴的小市民型的人的愿望。”现实生活中充斥着的小市民及其卑琐的生活习气，一直是倡导积极的生活方式、憧憬理想的俄罗斯文学所痛贬的对象，从普希金、莱蒙托夫直到陀思妥耶夫斯基和契诃夫，高尔基从前辈那里接过了抨击小市民的接力棒。可是，在抨击了生活中的反面典型之后，他却发现，现实并没有提供出新的正面形象。直到后来，高尔基才在致契诃夫的一封信中谈道：“需要英雄的时代到来了。”而在此之前，高尔基似乎就只能以流浪汉为主人公了。其实，高尔基的这些流浪汉，既可以使我们看到人的尊严和理想在现实重压下的不屈，也使我们感觉到了人的个性和情感在生活中的荒原中所遭遇的打击。这样的形象，反而具有更为丰富的内涵，反而更能引发阅读的魅力。

其实，若对高尔基的小说做一个整体性的考察，就可以看出，流浪汉小说的叙述方式实际上也成了高尔基小说最基本的结构模式之一。或由主人公以第一人称的口吻来叙述自己的身世，或由作者用故事套故事的方法来交代主人公的经历；故事由主人公连贯的见闻和遭遇构成，情节的展开也是从容不迫的，在时间和空间关系上都是循序渐进的。读高尔基的小说，其实就是在听一位见多识广的流浪者不紧不慢地讲故事，但是，他似乎是在用最平常的方式讲述那些不平常的故事，或者说，他是把那些平常的故事给讲得不平常了。

进入20世纪后，高尔基继续创作，在保持其作品鲜明的浪漫主义风格、“流浪汉”的形象和明确的阶级立场等特征的同时，高尔基在其创作中加强了对资本主义社会现实的揭露和批判，加强了对无产阶级未来的充满激情的呼唤。长篇小说《母亲》和散文诗《海燕》可视为他这一时期创作的代表。

《海燕》写于1901年，原是一篇小说中的一部分，后小说被禁，只有这一部分被允许发表。检查官也许没有预料到，这篇看似没有“煽动倾向”的短短的散文诗，发表之后却不胫而走，成了一份革命的号召书。在这篇散文诗中，高尔基用优美的、充满激情的笔调，以象征的手法，描写了海燕在暴风雨来临之前的大海上高傲飞翔的雄姿。海燕的形象，迅速地被理解为无产阶级的化身，在诗篇的结尾处，海燕在无畏地高喊：“让暴风雨来得更猛烈些吧!”这也是整个诗篇的主题。《海燕》所体现出的坚定的、勇敢的斗争精神，鼓舞了当时无数的革命者；而这首诗篇自身所具有的气势和优美，又使它能被后人所广为传诵。

1906年，高尔基受布尔什维克党的派遣前往美国募捐，结果，他未能按时筹集到所需的款项，却以另一种方式对布尔什维克党做出了贡献，即写出了他最具政治倾向和阶级立场的作品《母亲》。这部世界无产阶级文学史上的划时代作品，以俄国无产阶级斗争运动中的真实事件为素材，对19世纪末、20世纪初俄国的工人运动进行了艺术的概括，描绘出一幅壮阔的革命画卷和一大批革命战士的形象。与此同时，这部小说在艺术处理上所作的一些尝试，也为无产阶级艺术提供了宝贵的经验，这部小说所体现出的某些原则，后来被确定为社会主义文学的美学原则，因而，《母亲》又被称为社会主义现实主义的奠基之作。《母亲》以工人革命家巴威尔的成长历程和斗争经历为线索，描写了俄国工人阶级觉醒、反抗的艰难过程，说明了无产阶级必然胜利的道理。同时，对儿子的活动从不解到理解再到亲身投入，母亲尼洛芙娜的精神觉醒历程也是小说的主要线索之一。母亲的形象，不仅在结构上使小说更为丰满，同时也在内容上加深了作品的深度，展示出了无产阶级自身解放运动的广度。

在高尔基的诸多小说中，中篇小说《忏悔》以前并不太被人看重，然而，无论就作者的思想在作品中的渗透程度而言，还是就这部作品在高尔基所有小说中的传承作用来说，写于1908年的《忏悔》都应该被视为高尔基最重要的作品之一。

一般认为，高尔基的小说创作大致有这么几个主题：一是借助神话传说式的手法对充满浪漫主义色彩的个人主义英雄的塑造，这样的英雄是勇敢的，无私的，忠于信念和信仰的，《伊则吉尔老婆子》就是这一主题的代表作；二是如前文所述的用纪实的文字对追求自由和真诚的流浪汉生活的写照；三是对资本主义原始积累时期社会不平的揭露，对底层人民艰难生活的再现，以及对改造生活的可能性的探讨，《二十六个和一个》、《笑话》、《不平常的故事》和《鹰》都属于此类。而这些主题，在《忏悔》中却似乎都有或多或少的体现。

《忏悔》中的主人公马特维，是一个像陀思妥耶夫斯基的《卡拉马佐夫兄弟》中的阿廖沙一样的纯洁少年。他是个弃儿，不知父母是谁，自幼和教堂助祭拉里翁一起长大。他在生活中遇到了一连串“上帝的打击”：先是死了拉里翁；在他结婚之后，妻子因难产死去；后来，他的儿子又因舔了砒霜而亡。马特维开始怀疑生活，怀疑上帝了。可是，他又认为：“看不见上帝，可怎么活呢?”于是，他四处流浪，寻求生活的意义，寻求信仰的对象。人们告诉他，每个人都“各有各的上帝”；人们对他说：“你的上帝就是你心里的幻想。”他自己也感到，有时“面对上帝是不自由的”；他自己也认为，自己是在给朦胧的上帝擦灰，“却把上帝的形象给擦掉了”。他过了长达六年的流浪生活，他为了接近上帝还到多家修道院里去当僧人，干重活儿，但是，修道院里神职人员自私势利、肮脏下流的所作所为，却让他感到极度失望。最后，他遇到了一位香客，在他的指点下来到一家工厂，在几位工人革命者的开导下，他逐渐意识到，“民众就是上帝”，“上帝就在我们心中”。在小说的最后，主人公说道：

我看见了大地，我的母亲，在星群之间，骄傲地用她那大海一样的目光注视着无限深远的天际。我看见了大地，她像一只斟满了鲜红、沸腾的人血酒浆的酒杯，我也看见了她的主宰，那就是无往而不胜的、不朽的民众。

民众用伟大的行动和愿望来振奋人世的生活。我于是祈祷说：

“你是我的上帝，诸神的创造者，天地间所有的神都是你在劳动和永不停息的探寻中用自己精神的美创造出来的！

“除了你以外世界上没有别的神，因为你是唯一的神，显灵吧！

“这就是我的信仰，这就是我的忏悔！”

在俄国1905年革命失败后，由俄国哲学家别尔嘉耶夫、布尔加科夫和梅烈日科夫斯基提出的“寻神论”学说，在俄国知识分子中间得到了广泛的传播。而在这之后，卢那察尔斯基和高尔基等人又在“寻神论”的基础上提出了“造神论”学说，把那些宗教哲学家的集约性概念具体化为劳动大众，试图将科学社会主义与宗教信仰结合起来，创立一种无产阶级的宗教。在当时，无论是“寻神论”还是“造神论”被认为是一种宗教神秘主义，是对无产阶级革命学说的歪曲，高尔基的小说《忏悔》因而也曾受到列宁一派的批评。

如果说，“造神论”学说在政治上是左右不逢源的，那么，它在高尔基的《忏悔》等作品中的渗透，却使我们对高尔基的社会理想有了一个具体的感知。对于小说中的主人公马特维来说，集体主义和社会主义不是一个简单的信仰，而是一种痛苦、虔诚的精神求索的结果。另一方面，对于小说的作者来说，社会主义革命并不完全是社会和经济发展的结果，而更可能是一段心路历程的终点，是信仰的归宿。面对黑暗的现实，人们不能沦落到小市民生活的泥潭中去，而必须去寻找一种更为理想的生活；如果个人无法解决社会问题，那就需要依靠集体的力量，把个人的信仰融汇到集体意志中去，用劳动创造出一个崭新的“第二自然”来。这就是高尔基的社会理想，这就是高尔基深刻的人道主义的来源和内涵，这也就是高尔基整个文学创作的基本主题。

在高尔基晚期的创作中，甚至可以说在他一生的创作中，四卷本的长篇巨著《克里姆·萨姆金的一生》占据着一个最为重要的位置，这部最终未能写完的作品却被批评家们视为高尔基一生创作生涯的总结。这部小说以资产阶级知识分子萨姆金为中心人物，通过他的经历反映了19世纪末至1917年十月革命之间长达40年的俄国社会生活史，既表现了主人公的“资产阶级个人主义者的精神蜕化过程”，又展示了俄国社会中革命运动不断嬗变的历史进程。萨姆金是一个极端的个人主义者，他自幼就自觉与众不同，内心中潜伏着强烈的领袖欲。在历次革命中，他时而表现得随波逐流，时而也接近革命，但由于他缺乏真正的理想追求，固守自我而不去适应历史进程，在关键时刻便落伍了，甚至对革命抱敌视态度。小说表明，资产阶级个人主义是人格退化的原因，革命中资产阶级的表现是虚伪的。这样的主旨也许并不独特、新颖，但作者在这部小说中体现出来的深邃的哲学思辨能力、对历史过程客观的概括能力、高超的巨著构建能力和文字驾驭能力，却向读者表明高尔基是一个真正的文学大师。引人注目的是，高尔基在这部史诗中以一个所谓的“反面人物”做中心主人公，这也是一个创举。高尔基在写作这部小说时说过：“我在写一部‘告别的’东西，一种描写我国40年生活的纪事小说。”在这里，“告别”的含义，也许是说作者在写自己的压卷之作或传世之作，也许是说作者在为一种正在“告别”的东西作传记。成功地为一个逝去的阶级、一种逝去的生活作了文学上的“纪事”，小说《克里姆·萨姆金的一生》借此获得成功，获得了某种史诗意义。

译本推荐：

《高尔基短篇小说选》，瞿秋白等译，人民文学出版社，1980年。

《高尔基文集》（20卷），人民文学出版社，1981—1986年。

《海燕》，巴金等译，刘文飞选编，漓江出版社，2003年。

马卡尔·楚德拉

潮湿的冷风从海上吹来，将波浪拍岸的涛声和岸边灌木的絮语组合而成的深沉的旋律播撒在草原上。一阵阵疾风时而卷来一些枯黄的落叶，将它们吹进篝火堆，扇旺了火苗；环绕着我们的秋夜的黑暗颤动着，恐惧地退避开去，时而暴露了左面那一望无际的草原，时而又暴露了右面那无垠的大海和我正对面的茨冈老人马卡尔·楚德拉的身影。他正在看守他的游牧队的马群，那个游牧队散乱地宿营在离我们五十来步远的地方。

风的寒冷的波浪掀开了他的上衣，暴露了他多毛的胸口并无情地抽打着他，可他并不在意。他以一种优美有力的姿势半卧着，脸对着我，不紧不慢地抽着他那只大大的烟斗，从嘴里和鼻孔里喷出一团团的浓烟，他的目光越过我的脑袋，一动也不动地凝望着草原上那死一般沉寂的黑暗。他不停地与我交谈着，一点也不去抵御寒风那锐利的攻击。

“你就这么流浪吗？这很好！你选择了一种光荣的命运，你这只鹰。就该这样，到处走走，看看，看够了，就躺下去死掉，就这么回事!”

“生活？别人?”带着怀疑的神情听完我对他那句“就该这样”的反驳，他继续说道。“嗨！这与你有什么相干？难道你自己就不是生活？没有你别人也在生活，没有你别人也能活下去。你难道以为真的有人需要你？你不是面包，也不是拐杖，没有人需要你。”

“你是说，要学习，要教别人？但是你能学到使人们幸福的方法吗？不，你学不到。你得先白了头，然后再说去教别人。有什么可教的？每个人都知道他需要什么。聪明一些的人会拿走一切，愚蠢一些的人就一无所获，每个人都会自己学习的……

“你们这些人真是可笑。聚成一堆，相互挤压，可这世界上的地方有多少啊。”他伸手向草原一挥。“他们成天工作。为了什么？为了谁？无人知道。若见到一个人在耕地，你就会想，现在他把自己的气力随汗水一滴滴地耗费在土地上，然后他就会躺进土地，在土地中腐烂。他什么也没有留下，他来不及见到他的土地上的收获，他死的时候和他生的时候一样，一直是个傻瓜。

“怎么，他生下来后就是为了在地上挖来刨去，连自己的坟墓都来不及挖好就去死掉吗？他懂得自由吗？他明白草原的广阔吗？海浪的话语会使他心花怒放吗？他生下来就是一个奴隶，一辈子都是一个奴隶，就这么回事！他能拿他自己做点什么呢？即使他能变得稍稍聪明一些，那也只能去上吊。

“而我，你瞧，在58个年头里看到的东西，如果把它们全写在纸上，像你带的这个口袋，就是有1000个也装不下。喂，你说，什么地方我没去过？你说不出来。你也不知道我到过的那些地方。就该这样生活，走呀，走呀，这就得了。不要老待在一个地方，老在一个地方能有什么？你瞧，白天和黑夜跑个不停，绕着地球互相追逐，你也该像那样躲开关于生活的思考，免得对生活感到厌倦。你只要一思考，就会厌烦生活，事情一直是这样的。我也有过这样的事。嗨！有过的，我的鹰。

“我蹲过监狱，在加里西亚。‘我为何活在这世上？’我烦闷时就这样想，监狱里真烦闷啊，我的鹰，唉，真是烦闷！每当我看到窗外的田野，忧愁就会抓住我的心，像钳子一样抓住、夹紧我的心。谁能说出他为什么活着？谁也说不出，我的鹰！而且也不该对自己提这样的问题。活着，这就得了。到处走走，看看身边的一切，忧愁就再也不会抓住你了。有一次，我差一点用腰带上吊，就这么回事！

“嘿！我曾经与一个人交谈过。那是一个严肃的人，是你们俄罗斯人。他说：‘不能像你自己所想的那样生活，而要遵循上帝的旨意生活。服从上帝吧，他会赐给你向他请求的任何东西。’可是他自己却衣衫褴褛。于是我对他说，就让上帝赐给他一件新衣服吧。他却大发雷霆，用咒骂把我赶走了。可在这之前他还在说，应当宽恕人，应当去爱人。即使我的话得罪了他，他也该宽恕我呀。那也是一位教师！他们教导说要少吃一些，可他们自己一天要吃上十顿饭。”

他向篝火里啐了一口，沉默不语了，又在填装烟斗。风怨诉地、轻轻地吹着，马儿在黑暗中嘶鸣，从游牧队那边飘来一阵温柔甜蜜的抒情小调。唱歌的是马卡尔的女儿，美人侬卡。我熟悉她那厚重的、有胸腔共鸣的嗓音，无论她在唱一支歌还是道一声“你好”，那声音永远是奇异的，不满足的，矜持的。她那黧黑的、无光泽的脸上凝结着一种女王般的高傲，在她那双被某种暗影笼罩着的深褐色的眼睛中，闪烁着一种对自己不可抗拒的美的自信，以及对于除她自己之外的一切东西的藐视。

马卡尔把烟斗递给了我。

“抽吧！姑娘唱得不错吧？是不错！想有一个这样的姑

娘爱上你吗？不想？很好！就要这样，别相信姑娘们，离她们远一点。去吻一吻一个姑娘，当然比抽我这个烟斗更好，更快活，但吻过之后，你心中的自由就死掉了。她会用一种无形的东西把你和她捆在一起，你挣不脱，你会把整个灵魂交给她。这是真的！要小心姑娘们！她们永远在撒谎！一个姑娘会说：我爱你胜过世界上的一切。可一拿别针刺她，她就会扯碎你的心。这我知道！嗨，我知道得太多了！喂，我的鹰，你要我给你讲一段往事吗？你要记住这故事，记住它，你一辈子都将是一只自由的鸟儿。

“从前有个左巴尔，洛依科·左巴尔，是个年轻的茨冈人。在整个匈牙利、捷克和斯拉沃尼亚以及沿海各国，都知道他，真是个勇敢的小伙子！在那些地区的每一个村子里，都有五个十个的村民曾经对上帝起誓要杀死他，可他仍然活得很好，并且，只要是他看上的马，就是有一个团队的人看守，左巴尔照样会骑着这马跑掉！嗨！难道他怕过谁？就是魔鬼带着他的全部人马来捉他，左巴尔即使不捅他一刀，也会痛快地骂他一顿，而且还会照着那些小鬼们的嘴脸一顿狠揍，真会有这事的！

“所有的游牧队都认识他或是听说过他。他只喜欢马，再没别的，就是马也喜欢不长，他骑一骑就卖了它，而钱，谁要谁就拿去。他没有过珍贵的宝物，你需要他的心，他也会自己把它从胸口里取出来交给你，只要那会对你有好处。他就是这样的人，我的鹰！

“我们游牧队当时正在布科维纳一带流浪，这是大约十年前的事。一次，在一个春天的夜晚，我们坐在一起。有我，有同匈牙利的民族英雄科苏特一起打过仗的士兵达尼洛，有老努尔，有其他的人，还有达尼洛的女儿拉达。

“你认识我的侬卡吧？她可是个女皇！但她和拉达是不能相提并论的，我这是在抬举我的侬卡！关于她，这个拉达，简直没法用词语来形容。也许，她的美可以用提琴表现出来，但也要那个懂得提琴像懂得自己灵魂的人才能表现得出来。

“她使多少年轻人的心焦渴难耐啊，噢，有多少啊！在莫拉瓦河，有个富翁，一个留着额发的老头，一看到她就呆住了。他骑在马上，望着她，浑身哆嗦着，像得了热病。他打扮得像过节的魔鬼一样漂亮，短上衣上绣着金线，腰间佩着一把镶满宝石的军刀，只要马蹄一动，那把刀就会闪电似的发亮。他帽子上的蓝色天鹅绒，简直就像是一小片蓝天，真是个了不得的老绅士！他看着看着，便对拉达说：‘喂！来亲我一下，我就给你一袋钱。’可她却往旁边一转身，就这样！‘如果我让你生气，请你原谅，但你不能更温柔地看我一眼吗？’老富翁立即收敛了高傲，把一袋子钱抛到她的脚边，一大袋的钱呀，兄弟！而她却毫不在意地把它踢到泥潭里去了。就这样。

“‘嗨，这姑娘！’他叹了口气，用鞭子抽着马，于是一片尘土像云彩似的升腾起来。

“第二天他又来了。‘谁是她的父亲？’他对着游牧队吼叫。达尼洛走了出来。‘把你的女儿卖给我，你要什么拿什么！’但达尼洛对他说：‘只有老爷们才什么都卖，从他们的猪到自己的良心。我同科苏特一起打过仗，我什么买卖都不做！’那富翁大吼一声要拔出刀来，可我们中的一个人把烧着的火绒放到了马的耳朵里，马就驮着那人跑走了。而我们也拔营离开了。我们走了一天，到第二天，我们一看，他追上来了！‘喂，’他说道，‘无论在上帝面前还是在你们面前，我的良心都是干净的。把那女孩给我做妻子吧，我要和你们平分我的一切，我非常富有！’他非常激动，像风中的茅草一样在马鞍上摇摆着。我们在考虑。

“‘那好，女儿，你说吧！’达尼洛嘟囔了一句。

“‘如果一只雌鹰自愿地跑到乌鸦的窝里去，那她会变成什么东西呢？’拉达问我们。

“达尼洛笑了，我们大家也与他一同笑了。

“‘说得好，女儿！你听见了吧，大人？这事办不成！你还是去找那些小鸽子吧，她们更温顺些。’于是我们又向前走去。

“而那位大人抓起帽子，扔在地上，催马就跑，震得大地也在颤动。拉达就是这样一位姑娘啊，我的鹰！

“对了！有一天夜里，我们坐着，听到有一阵音乐在草原上飘扬。多好的音乐啊！它使血管中的血发烫了，它在招呼人到什么地方去。我们感到，我们大家都因为这音乐而开始希望什么，但若是得到那东西，就没有必要再活下去了。要想活着，除非是做全世界的皇帝，我的鹰！

“黑暗中钻出一匹马，马上骑着一个人。他拉着琴儿走到了我们面前。他在篝火前停了下来，不再拉琴，微笑地看着我们。

“‘喂。左巴尔，是你啊！’达尼洛高兴地对他喊道。这就是他，洛依科·左巴尔！

“他的胡须垂到肩头，和鬈发混在一起，两只眼睛像明亮的星星一样在闪亮，而笑容，上帝啊，就是一个完整的太阳！他连人带马就像是用一块铁铸造出来的。他站着，映着篝火的光亮，全身就像涂着一层血。他在笑着，洁白的牙齿在闪亮！在他还没有和我说话之前，或者在他还没有发觉世上还活着我这个人之前，我就已经像爱自己那样地爱上了他。如果不是这样，那我才该死呢！

“是的，我的鹰，有过这样的人！他朝你的眼睛看上一眼，你的灵魂就会被捉走。但是你并不因此感到羞耻，反而觉得是自己的骄傲。跟这样的人在一起，你也会变好的。这样的人很少啊，我的朋友！但是，少就少吧。世上的好东西若是太多了，人们也就不认为它们好了。就这样！你接着听下去吧。

“拉达说：‘你拉得真好，洛依科！是谁替你做了这把声音优美动听的提琴？’那人笑了：‘是我自己做的！它不是用木头做的，而是用一个我非常喜欢的年轻姑娘的胸口做的，琴弦也是我用她的心捻成的。这琴还不大听话，但我知道怎样握弓！’

“大家都清楚，我们这位兄弟企图立即蒙上姑娘的眼睛，免得那双眼睛烧伤他的心，可他自己的双眼却被忧郁蒙住了。洛依科正是这样。瞧，他没有成功。拉达转过身去，叹了一口气，说道：‘人们还说，左巴尔聪明又灵活，人们是在撒谎啊！’然后她就走开了。

‘嗨，美人，你的牙齿好尖啊！’洛依科挤了挤眼，跳下马来。‘你们好，兄弟们！我就是来见你们的！’

“‘欢迎客人！’达尼洛对他说道。大家亲吻，交谈，然后就躺下睡觉……大家睡得很熟。到了早晨，我们发现，左巴尔的头上包了一块布。怎么回事？他说是在睡觉时被马蹄踢伤了。

“哈哈哈！我们都知道这匹马是谁。大家抿着嘴暗笑，达尼洛也笑了。怎么，难道洛依科配不上拉达吗？不，不是这样！一个姑娘无论多么好，她的灵魂总是渺小狭隘的，你就是把十几斤重的金子挂在她的脖子上，她也不会变得比原来更好一些。唉，得了！

“我们在老地方住了下来。那时，我们的日子过得很不错，左巴尔和我们住在一起。他是一个好伙伴！他像一个老人那样聪明，什么都知道，还懂俄文和匈牙利文。常常是，只要他一开口说话，你就会一直听下去，一辈子都不想睡觉！说到拉琴，如果这世上还有人能拉得像他那样好，那就让雷劈死我！他的弓一碰上琴弦，你的心就会发抖，再拉一下，你的心听着听着就会停止跳动，而他仍然拉着笑着。听他拉琴，你止不住想哭，同时又想笑。就像这时有人在对你痛苦地哼哼，请求帮助，就像在用一把刀子割你的心。这是草原在给天空讲故事，讲一个悲伤的故事。这是一个姑娘在痛哭着送别她的好小伙！好小伙在招呼姑娘到草原上去。突然，嗨！一曲自由活泼的歌儿像雷声一样响起；眼瞧着太阳也随着这歌儿在天上跳起了舞！就是这样的，我的鹰！

“你身体里的每一根血管都听得懂那支歌，你整个的人儿也会成为那支歌的奴隶。如果那时洛依科喊一句：‘伙伴们，拿起刀来！’无论他指向谁，我们都会持刀向那人冲去。他可以让一个人做任何事情，大家也都爱他，非常爱他，只有拉达一人连瞧也不瞧这小伙子一眼；不瞧就罢了，她还要嘲笑他。她深深地刺痛了左巴尔的心，唉，深深地！洛依科咬紧牙齿，揪着胡须，看人的眼睛比深渊还要黑暗，可是，那眼睛里又闪亮着让人的灵魂感到恐怖的东西。夜间，洛依科远远地走到草原的深处。他的提琴在那儿一直哭泣到清晨，那琴在哭泣，在埋葬左巴尔的自由。而我们躺着，听着，心里在想：怎么办呢？我们也知道，如果两块石头彼此相撞，你不能站在它们中间，否则你会被撞残废的。事情就是这样。

“有一回，我们大家坐在一起，谈着事儿。大家觉得很无聊。达尼洛就求洛依科：‘左巴尔，唱支歌吧，让大家高兴高兴！’洛依科向脸朝上望着天空躺在离他不远处的拉达看了一眼，拨响了琴弦。提琴讲起了话；好像它真的曾经是一颗少女的心。洛依科唱道：

嗨嗨！胸膛里燃烧着火焰，
这草原多么的宽广！
我的骏马风儿一般地奔驰，
我的手臂多么刚强！

“拉达转过头来，欠起身子，望着唱歌人的眼睛笑了一下。他像霞光般地羞红了脸。

嗨吆嗨！喂，我的伙伴！
我们骑马向前飞奔？！
草原披着浓浓的黑暗，
但黎明在那儿等待我们！

嗨嗨！我们飞去迎接白天。

纵马腾向高空吧！
只是别让马儿的鬃毛
碰到美人般的月亮！

“唱得多好！如今已经没有人能这样歌唱了！可拉达却懒懒地、慢慢地说道：

“‘你别飞得太高了，洛依科，一失手掉下来，鼻子撞进泥坑，你会弄脏胡子的，小心点儿。’洛依科像野兽似的望了她一眼，但他什么也没说。这小伙子忍住了，又一直唱下去：

嗨吆嗨！白天突然来到，
你和我却还在睡觉。
嗨嗨！你我两个人呀，
羞得无处躲藏！

“‘这才叫歌！’达尼洛说，‘我从来没有听过这样的歌；如果我这是在说谎，就让魔鬼取走我的烟斗！’

“老努尔也满意地摸着胡须，耸着肩膀。我们大家都因为左巴尔那豪迈的歌而心满意足！只有拉达不喜欢。

“‘从前有一只想学鹰叫的蚊子，就是这样嗡嗡乱响的。’她说，像是朝我们泼来了一捧雪。

“‘你大概是想挨鞭子了，拉达？’达尼洛冲到她的面前，而脸黑得像土地一样的左巴尔，把帽子扔在地上，上前说道：

“‘别动手，达尼洛！烈马需要铁嚼子！把你的女儿给

我做妻子吧！’

“‘这话可是你说的！’达尼洛笑了一下。‘只要你能够，你就带走她吧！’

“‘好！’洛依科说。然后他又对拉达说道，‘喂，姑娘，稍稍听听我的话，别太骄傲！你们的姐妹我见过很多，唉，见得多了！但从没有一个姑娘像你这样打动过我的心。唉，拉达，你俘虏了我的灵魂！有什么法子？命中注定的事总要发生，而且……也没有那样一匹能骑着它从自己身边逃走的马！……我要凭着上帝和自己的名誉，当着你父亲和所有这些人的面，娶你为妻。但是，你要小心，别妨碍我的自由，我是一个自由自在的人。我想怎样生活，就将怎样生活！’他紧咬着牙，眼睛闪着光，走到了她跟前。我们看着，他向她递过手去，这时我们就想，拉达要给这匹草原上的野马戴嚼环了！突然，我们看见，他双手一伸，脑勺着地，砰的一声倒下了！

“怎么回事？像是有一颗子弹击中了年轻人的心脏。原来是拉达用皮鞭缠住了他的腿，然后又向后一拉，洛依科因此就倒下了。

“姑娘又躺下了，一动也不动，只是默默地笑着。我们再看看，接下去会怎样。洛依科坐在地上，双手抱着脑袋，好像是害怕他的脑袋会炸裂似的。然后，他悄悄地站起身来，向草原走去，对谁也没看一眼。努尔对我低声说道：‘去看着他！’我就跟着左巴尔走进了黑夜的草原。是这样的，我的鹰！”

马卡尔倒出了烟斗里的灰，又开始重新装烟丝。我更紧地裹了裹外套，躺卧着，看着他那张因光照和疾风而变黑的苍老的脸庞。他严肃地、冷峻地摇了摇脑袋，自言自语了些什么；那花白的胡须在抖动，风在吹拂他的头发。他像是一棵老橡树，虽然被雷电烧焦了，但依然有力结实，仍因自己的力量而骄傲。大海继续在与海岸低声地交谈，风也仍旧在把海的絮语带向草原。侬卡已经不再唱歌。聚集在天上的乌云使这秋夜更加阴暗了。

“洛依科一步步地走着，低着头，两手像鞭子似的垂着。他走到溪边的一个山谷，坐在一块石头上叹气。他叹息得那么伤心，连我的心也在因为可惜而流血，但我还是没有走近他。话语对痛苦有什么用，是不是？！正是这样！他坐了一个小时，又坐了一小时再一小时，一动也不动地——坐着。

“我躺在不远的地方。这是一个明亮的夜。月亮把银色的光洒在整个草原上，可以看得清很远的地方。

“突然，我看见拉达离开宿营地急急地走了过来。

“我高兴起来！我想：‘啊哈，真棒！拉达真是一个大胆的姑娘！’她走到了他跟前，而他却没有听见。她把手放在他的肩膀上；洛依科颤抖了一下，放开手，抬起了头。他跳起身来，马上去拔刀！哎呀，他要杀那姑娘了，这我知道，但当我正想跑到宿营地那边去喊人时，却突然听到：

“‘把刀扔掉！我会打碎你的脑袋！’我一看，拉达手里握着一把手枪，那枪正瞄着左巴尔的脑门。真是一个魔鬼般的姑娘！好吧，我想，现在他们势均力敌了，接下来会怎样呢？

“‘听着！’拉达把手枪别到腰间，对左巴尔说道，‘我不是来杀你的，而是来讲和的，把刀扔掉！’那人扔掉刀子，阴沉地看着她的眼睛。这真是奇怪，兄弟！两个人站在那儿，野兽似地互相对望着，而这两个都是很好的、勇敢的人啊。明亮的月亮和我一起看着他们，就是这样。

“‘喂，听我说，洛依科，我爱你！’拉达说。那人只耸了耸肩膀，像是被人捆住了手脚。

“‘我见过很多小伙子，无论是灵魂还是相貌，你都比他们更勇敢，更好看。他们中的每一个人，只要被我看了一眼，就会剃光自己的胡须。只要我愿意，他们都会跪在我的面前。但这有什么用？他们并不怎么勇敢，我会使他们都变得像女人那样。这世上勇敢的茨冈人已经不多了，不多了。洛依科。我从来没有爱过任何人，洛依科，但是我爱你。可我还爱自由！我爱自由，洛依科，超过爱你。而没有你我就活不下去，就像没有我你也活不下去一样。因此我想让你的灵魂和身体都属于我，你听清了吗？’那人笑了一下。

“‘听清了！听你的话很开心！好吧，接着说下去！’

“‘是还有话要说，洛依科。无论你怎样转悠，我总要征服你，你将成为我的人。所以别白费时间，等着你的是我的亲吻和拥抱……我要深深地吻你，洛依科！在我的亲吻中，你会忘记你勇敢的生活……你那些让年轻茨冈人高兴的充满活力的歌，也不会再在草原上响起了，你将只对我拉达一人唱温柔的情歌……所以别白费时间了，我已经讲了，就是说，你明天就要像年幼者服从年长者那样服从我。你要当着整个游牧队的面跪在我的脚下，吻我的右手，那时我就会做你的妻子。’

“这个魔鬼般的姑娘想得到的就是这个！这种事是非常稀罕的；听老人们说，只是在古代的黑山人中才发生过这种事，而茨冈人从未这样做过！瞧，我的鹰，你还能想出比这更可笑的事吗？就是想上一年，你也想不出的！

“洛依科转向一边，对着大草原猛吼一声，像是被刺中了胸口。拉达颤抖一下，但她掩饰住了自己。

“‘那么，明天见，明天你必须照我吩咐你的那样去做。听见了吗，洛依科？’

“‘听见了！我会做的。’左巴尔呻吟了一声，向她伸过手去。她没有回过头来看他，而他却摇晃着，像棵被风吹断的树，倒在地上。他在痛哭，又在大笑。

“瞧这个该死的拉达把小伙子折磨成了什么样子。我费了好大的劲才使他缓过神来。

“唉！是什么样的魔鬼非要人们去感到痛苦呢？是谁爱听人类的心灵在因为痛苦而破碎时的呻吟呢？你倒是想想看！

“我回到宿营处，对所有的老人说了这事。老人们考虑了一下，决定等一等，看这事如何发展。而事情是这样发展的：晚上，我们围坐在篝火前，这时，洛依科走来了。他有些心神不定，一夜间消瘦了很多，眼睛也陷了下去；他低垂着眼睛，一直没有抬起。他说道：

“‘是这么回事，伙伴们，这一夜我察看了自己的心，发现那儿没有过去那种自由生活的地盘了。只有拉达一个人住在那里，就是这样的！这就是她，美人拉达，在像女皇一样地微笑！她爱她的自由超过爱我，我却爱她超过爱我自己的自由，因此我决定像她吩咐的那样跪倒在她的脚下，让你们大家都看见，她的美貌怎样征服了我，这个在遇到她之前一直像老鹰抓小鸡般地与姑娘们玩耍的勇敢的洛依科·左巴尔。然后，她就将做我的妻子，拥抱我，亲吻我。那样一来，我就不再想为你们唱歌了，连自己的自由我也不再怜惜！是这样的吗，拉达？’他抬起眼睛，阴郁地望着她。她默默地、严厉地点了点头，然后用手指了指自己的脚下。我们看着，什么也不明白。我们甚至想走开，以免看到洛依科·左巴尔拜倒在一个姑娘的脚下，即便是拉达这样的姑娘。我们似乎有些害羞，有些可惜，又有些难过。

“‘快点！’拉达对左巴尔喊道。

“‘嗨，别着急，来得及的，够让你烦的……’他笑了。他笑得像钢铁的声音一样响亮。

“‘事情就是这样的，伙伴们！还有什么事要做？还要试试我们这位拉达的心是不是像她展示给我的那样坚硬。我要来试一试了，原谅我吧，兄弟们！’

“我们还来不及猜想左巴尔想干什么，拉达就已经躺倒在地上。左巴尔的弯刀齐刀柄地插在拉达的胸口上。我们都惊呆了。

“而拉达拔出刀来，把刀扔在一边。她用自己的一绺黑发堵住刀口，微笑着，响亮而又清晰地说道：

“‘再见，洛依科，我早知道你会这样做的！’她眼看就要死了。

“你理解这个姑娘了吧，我的鹰？！就让我永世受诅咒吧，这真是个魔鬼一般的姑娘！

“‘啊！我要跪倒在你的脚下，高傲的女王！’洛依科向整个草原喊道。他扑倒在地上，嘴巴紧抵着死去的拉达的脚，一动也不动。我们摘下帽子，默默地站立着。

“对这样的事你能说些什么呢，我的鹰？是啊！努尔说：‘应该把他捆起来！’但是没有人会动手去捆洛依科·左巴尔的，努尔也知道这一点。他挥了挥手，走到一边。但达尼洛捡起那把被拉达扔在一边的刀子。他久久地看着那刀，花白的胡须在颤抖。在那把刀上，拉达的血还没有凝固。那刀弯弯的，十分锋利。然后，达尼洛就走近左巴尔，把刀插进了他的背部，正好刺中心脏。老战士达尼洛毕竟是拉达的父亲啊！

"'做得对！'洛依科向达尼洛转过身来，清楚地说了一句，于是，他就随拉达而去了。

"我们看着。拉达躺在那儿，握着一绺头发的手捂在胸口上，她的一双睁着的眼睛映着蓝色的天空，而在她的脚旁，躺着勇敢的洛依科·左巴尔。他的鬈发披散着，遮住了他的脸庞。

"我们站着，思考着。老达尼洛的胡须不停地颤抖，他浓密的眉毛皱在一起。他望着天空，默默不语，而满头银发的努尔脸朝下伏在地上痛哭，他的肩膀在因痛哭而抽动。

"这是值得痛哭的啊，我的鹰！

"……你在流浪，但你要走自己的路，别转向。你就一直向前走。也许，你不会白白毁掉自己的。就是这样的，我的鹰!"

马卡尔不再说话了。他把烟斗装进衣袋，裹了裹胸前的衣服。雨在滴落，风更猛烈了，海在低沉愤怒地咆哮。马儿一匹匹地走近即将熄灭的篝火。它们用大大的聪明的眼睛看着我们，一动也不动地站着，在我们四周围成一个密实的圆圈。

"嚯，嚯，哟嚯!"马卡尔向马儿亲热地吆喝着，用手拍了拍他那匹心爱的黑马的脖子，又转过身来对我说，"该睡觉了!"他用上衣裹住脑袋，在地上使劲地伸了伸身子，就睡着了。

我却不想睡。我望着草原上的黑暗，在我眼前的夜空里浮现出了拉达那皇后般美丽高傲的身影。她抓着一绺黑发的手捂在胸前的伤口上，鲜血渗过她黧黑、纤细的指头，一滴滴地溅落在地上，宛若一颗颗火红色的小星星。

而在她的身后，飘浮着勇敢的小伙子洛依科·左巴尔；一缕缕浓密的鬈发遮住他的脸庞，鬈发下流出了像溪水似的、冷冷的、大颗大颗的泪珠……

雨落得更急了，大海在为洛依科·左巴尔和老军人达尼洛的女儿拉达这一对茨冈年轻人咏唱着阴郁、庄严的颂歌。

他俩在夜的黑暗中平稳无声地旋转；但无论如何，美男子洛依科也追赶不上高傲的拉达。

（刘文飞译）

《童年》

梗概

我一生最早的记忆就是父亲的去世以及母亲当时的痛哭。外祖母阿库利娜·伊万诺夫娜·卡什林娜赶来看我们，她“黑乎乎的，软乎乎的”，就像一只母熊。在安葬父亲的那个雨天，我看到父亲的棺材被慢慢放进墓穴，坑底全是水，还有几只青蛙，有两只青蛙已经跳上了棺材盖。人们开始填土，我问外祖母：“那两只青蛙还能爬出来吗？”外祖母说爬不出来了，然后她哭得更厉害了。

《童年》插图

外祖母带着孤儿寡母乘船回到尼日尼诺夫哥罗德城，投奔外祖父。途中，在父亲去世那天早产的弟弟夭折了。一路上，外祖母一直在给我讲童话故事。在尼日尼诺夫哥罗德，我见到外祖父卡什林、两个舅舅和表兄弟们。外祖父一家住在一幢低矮的房子里，房子的一层是染坊。外祖父一家的生活并不和睦，两个舅舅正闹分家，母亲当年违反外祖父的意愿嫁人，因而没有带走嫁妆，两个舅舅怕母亲回家后分走他们的家产，便对我们的到来充满敌意，全家人成天吵闹，两个舅舅常常打得头破血流。

由于偷偷把外祖父的一块白布染成蓝色，我和两位表兄弟遭到外祖父毒打，被打昏过去，当我醒来后却发现外祖父坐在床边，还掏出一块甜饼放在我的枕头上，对我说起他童年时吃过的苦，这使我意识到外祖父并不那么恶毒和可怕，但与他仍难以亲近起来。

我渐渐恢复健康，可这个大家庭却连续发生了许多可怕的事件：大舅米哈伊尔把老婆打死了；外祖母的养子、绰号“茨冈小子”的伊万，在帮舅舅扛十字架去墓地时半途摔倒，被压死；外祖父的染坊被一场大火烧得精光。母亲说是要去什么地方，从此不见踪影，只有外祖母照顾着我。

春天，两个舅舅分了家，外祖父新买了一座房子，我们搬进去。两个舅舅依然惦记我母亲的那份“嫁妆”，不时前来闹事，弄得满城风波。我常与街上的孩子们打架，回家时鼻青脸肿。外祖父把房子卖给酒馆老板，在卡那特街上另购一处住宅。一位名叫“好事情”的房客租住后院的一个房间，他那里有很多书，他整日摆弄各种瓶瓶罐罐，做各种实验，外祖父禁止我去“好事情”那里，称他为“巫师”，我却与他成为好友，从他那里听到许多新奇事情，但院子里的人都不喜欢他，外祖父终于找个借口把他赶走，我们在分别的时候紧紧拥抱，我和我们国家无数杰出人物中第一个人的友谊就这样结束了。“好事情”离去后，我又与邻居贝特连家的三个孩子成为好友。

一天，母亲突然回来，外祖父骂她丢了全家人的脸，我躲在炕炉上偷听他们的谈话。外祖母要外祖父看在基督的面上饶恕母亲，外祖父说：“可是上帝对谁也不饶恕啊。”两位老人相拥而泣，我也忍不住流下泪水，从炕炉上跳下来，向他们扑去。母亲买来识字课本，教我识字，之后又把我送进学校，可是我却对学校的规矩很反感。

我突然发起高烧，身上长出红点，大家说我患了天花，我被抬到顶楼上，手脚都被捆着，不断做噩梦，只有慈祥的外祖母守在我身边，喂我吃东西，给我讲童话和她的生活故事，祖孙俩常常一同流泪。外祖母嗜酒，浑身总是散发着酒味。母亲很少上来看我，她打扮得很漂亮。等我病好之后才发现，母亲的身边多出一个男人，她笑着把那个男人推到我面前，说：“这就是你父亲。”我很不喜欢这个男人和他的母亲，便在他们坐的椅子上涂抹树胶，把他俩给粘住了，为此遭到外祖父惩罚。

这年夏天，我在花园里搭了一个草棚，整日住在里面，这是我一生中最宁静的时光，我也不愿和任何人来往。外祖父和外祖母吵架，把她赶出家门。此时母亲和继父回到这里，我和外祖母便与母亲和继父同住，继父对待母亲十分凶狠。母亲再度怀孕，生下一个孩子，我再次被送进学校。一天傍晚，我从外面回家，见继父正在厨房里毒打跪在地上的母亲，我便拿起一把刀向他刺去，但被母亲挡开，母亲把我摔倒在地，我失去了知觉。等我醒来后，母亲哭着跑过来，搂着我说：“原谅我，孩子，是我的错。天哪，你怎么能动起刀子来了……”我对她说：“我要杀死他，也杀死自己!”

我搬回外祖父那里，他表示不再养我了，外祖母对我说：“我来挣我们俩的面包!”为了帮助外祖母，我上街捡破烂。有一次我看到，外祖母把我捡破烂换来的五戈比放在手掌里，看着它默默地哭，一滴浑浊的泪珠挂在她的鼻尖上。学校的同学看不起我，叫我“捡破烂的”、“要饭的”，说我身上有垃圾味，其实我每天早晨都非常细心地清洗自己，也从不穿捡破烂的衣服去学校。读完三年级，我离开了学校。

八月的一个早晨，久病在床的母亲突然梳妆打扮一番，然后躺到床上，眼睛盯着墙角的圣像看，然后她将目光转向我，动了动嘴唇，仿佛冷笑了一下，接着，她长长的睫毛就合在了一起，她张着嘴，但是已经没了气息，她死了。

安葬了母亲之后，外祖父对我说：“你不是一枚勋章，我的脖子也不是挂你的地方，你到人间混饭吃去吧。”于是，我便走向了人间。

《在人间》

梗概

我到城里的一家鞋店去当学徒，每天早晨要为老板一家人擦好皮鞋，烧好茶炊，准备木柴，然后像雕像一样站在店门前。表兄萨沙也在这家鞋店当学徒，他对我居高临下。一天，厨房里的厨娘突然死了，萨沙很害怕，夜里让我和他睡在一起，他对我讲死人的故事，说死人会从坟墓里爬出来四处游荡。窗外下着雨，雨点打得屋顶噼啪作响，风吹动窗户板，萨沙突然跳起来，两手抓着墙壁喊道："我害怕……上帝啊，饶恕我吧!"我也吓得说不出话来，仿佛看见死去的厨娘正坐在窗台上，低着头，额角贴着窗户玻璃。我俩都吓得大哭起来。萨沙后来给我看了他的一个秘密，他打死一只小鸟，在花园里掏一个洞，为小鸟造了一个坟墓。见我不以为然，萨沙恼羞成怒，把我扑倒在地，被他激怒的我爬起身来，踏平了他的鸟坟墓。我觉得孤独烦闷，因为没有了外祖母，也没有小朋友，决定第二天就离开这里。午饭前烧汤的时候，我因为走神烫伤了自己。我被送进医院。

外祖父在家里迎接我的归来："您好啊，大少爷，退休了吗?”外祖母走过来把我带进屋里，屋里一切照旧，只有母亲常坐的那把椅子凄凉地空着。半夜里，外祖母叫醒我：“好孩子，我们求上帝慈悲，为了你的手早些好，我们去布施吧。”她常常在夜里去布施。我随外祖母走到街上，只见她在这家的窗台上放五戈比，在那家的窗台上放几个面包圈，每放一次，都要在胸前画三次十字。天快亮时我们才回家，我心里充满欣喜。有一位瘸腿的邻居姑娘叫柳德米拉，我常和她躲在洗衣房里看书，也常去帮她做点家务事。我跟一位阔少打赌，在墓地里独自睡了一夜，赢了他一个卢布，这使我成了街上的英雄。

秋天，我被送到外祖母的妹妹家帮工，擦地洗碗，劈柴买菜，整天有做不完的事情，还时常受到斥责和体罚。最令我难受的是女主人对外祖母的态度，这位女主人竟然对她的姐姐趾高气扬，冷嘲热讽，外祖母每次来时都要从后门悄悄地溜进来。我问外祖母干吗要来这里，外祖母搂着我的头说：“阿廖沙，你要是不在这里，我是不会来的。你外公病了，家里没钱，你得在这里忍一忍，直到你能站得住脚。”

我答应忍一忍，可是在第二年开春的时候，我一次偶然来到伏尔加河边，春天的阳光温暖地照耀着大地，伏尔加河波涛汹涌，天地原来如此宽广，我发现自己从前就像一只不见天日的耗子，我决定再也不回主人家了。我在河边的码头上流浪，后在“善良号”轮船上当差，在小卖部里负责洗碗。厨师斯莫勒非常喜欢书，于是让我一有空便读书给他听，他的一只铁皮箱里装满了书籍。他对其他人脾气暴躁，对我却十分和气，他还逼其他人帮我洗碗，这使得餐厅里的其他人对我不满。侍者谢尔格偷盗小卖部的餐具，我受牵连被开除。船到尼日尼诺夫哥罗德，斯莫勒与我告别，说道："小傻瓜，以后要更当心一些了。"他把一个烟荷包塞到我的手心，说："再见吧，读书去吧，这是最好的事情!"

我回到外祖父和外祖母身边，常去捕捉小鸟，由外祖母拿到市场上去卖。为了捕鸟，我常独自一人走到数十里外的森林里，披星戴月，顶风冒雨。冬天，我又被送到外祖母的妹妹家里帮工，我重新进入这个沉闷无聊的家庭，就像一只小鸟被关进了鸟笼。我整日做家务，包括带孩子和洗尿布。院子里住着一位高级裁缝的妻子，她成天在家里看书，我常常向这位好心的太太借书看。因为读书，我受到主人全家的奚落和责备，我就等他们入睡后再看，有时借着月光，有时凑在神龛的长明灯前。我在书中看到了另一种生活，认识了另一个世界，我随着小说中的人物悲欢喜乐，更因身边生活的卑琐而感失望。春天，裁缝太太搬走了，我主人家的楼下搬来一位贵妇人，我在她那里第一次读到普希金诗集。周围的人嫉妒这位贵妇人，编造了关于她的许多闲言碎语，我听了感觉难过，跑去告诉她，这妇人却温柔地拉着我的手说："够了，够了！这些话我都听说了。你越少注意这些污言秽语，对你来说就越好。一个人会生活，人们就仇恨他，嫉妒他；一个人不会生活，人们又会看不起他。你应该读些俄国的书，应该了解俄国的生活。"我在她那里读到了阿克萨科夫的《家庭纪事》，读到了屠格涅夫的《猎人笔记》，还有许多俄国诗人的诗集。这些书像剥皮一样从我身上剥去了那层衰败艰辛的现实印象，我心中生长出一个坚定的信念：我在这大地上不是孤身一人的，我因此绝不会被毁灭！

不久，我又到"彼尔姆号"轮船上去当洗碗工，船上最有趣的人是司炉舒莫夫，他教我赌钱，跟我谈女人。船上的小卖部主任是个女人，对我亲切得令人可疑。秋天，舒莫夫离开轮船。冬天，轮船停航，我到尼日尼诺夫哥罗德的一家圣像铺当学徒，为画匠们烧茶，打扫房间，整理画具。每天晚上，我都读书给画匠们听，他们围坐在我身边，眼里带着沉思的色彩。当我朗读莱蒙托夫的长诗《恶魔》时，他们相互拥抱着，眼含泪水，要我再读一遍。我觉得所有的工匠都是好人，不好的只是他们身边的生活，贫困和寂寞像铅一样压迫着他们，把他们赶进了酒馆和妓院。

由于与圣像铺老板闹翻，我再次回到先前的主人家。租住在院子里的中学生也常借书给我看，每天傍晚，许多人聚集在院门口谈论书籍，谈论文学，这些谈话让我感到亲切有趣，他们年纪比我大，可是我觉得自己比他们更成熟。

我的继父也来到这家，帮主人制图。继父患了肺病，瘦骨嶙峋。他对我很尊重，我也从这位贵族出身的人那里获得很多知识，在与他的交谈中，我时常忘记他是一个行将就木的人，他是一个曾经亲近、也曾经侮辱过我母亲的人。

我受主人委托去他的建筑工地担任监工，冬天活儿少，我就在家里做家务，只有晚间才有时间读书。这家人家有时也让我给他们读报。休息日我常去附近的酒馆，听那里的人们唱歌、聊天，在那里感受到了人们对生活的失望和绝望，目睹了人们的酗酒和斗殴，深感我们全都在过一种卑鄙龌龊的生活。

傍晚从市场回家，我常站在山上的城墙边眺望伏尔加河对岸逐渐西沉的落日。天空中有红色的河在奔流，大地上的河也在奔流，一刹那间，我觉得整个世界就像一艘巨大的囚犯船，被一只无形的拖船缓缓地拖向什么地方。

我遇见雅科夫舅舅，他老态龙钟，靠儿子养活，我在一家酒馆里给他买了点酒。告别舅舅，我走到伏尔加河的斜坡上，躺在落满尘土的草地上，久久地望着对岸。我想给整个大地和自己狠狠地来一个扫堂腿，使一切都像快乐的旋风一样动荡起来，跳起欢快的舞蹈。我想：“我必须改变自己，否则就会毁灭。”这年秋天，我怀着进入大学的愿望前往喀山。

《我的大学》

梗概

我抱着上大学的愿望前往喀山，外祖母送我到码头，哭着说：“咱俩再也见不了面了！”我心里也很难过，站在船尾看着她越来越小的身影，只见她一边画十字，一边用破旧的披巾擦眼睛。

高尔基与托尔斯泰

在喀山，我借住在外祖父家原先的房客尼古拉家里，帮房东做些家务，为了避免在他们家吃饭，我常常躲进他家附近一座废墟的地下室里，这里长满野草，一些无家可归的狗也常钻到这里，有些狗就死在这里。我永远忘不了这个地下室，这就是我的第一所大学。

身无分文，我终于明白我是进不了大学的，于是加入了伏尔加河码头上的装卸工和流浪汉的行列，觉得自己像一块生铁被投入了滚烫的炉火。人们会谈起生活，但谈的大多是生活的困苦和艰难；人们特别爱谈女人，但一谈起女人便会充满怨恨和悲伤。

中学生普列特涅夫建议我住到他那里去，这是一幢贫民窟公寓，住满了学生、妓女和各种落魄的人。我和普列特涅夫共享同一张小床，他白天睡，我夜间睡，因为他夜间要去一家印刷厂做报纸校对员。底层人民的生活场景，在我的面前一幕幕地呈现出来。这里就像一个蚂蚁窝，垃圾遍地，臭气熏天，但是也有演员在朗诵台词，大学生在演奏乐器，裁缝的缝纫机嘎嘎作响，醉酒的妓女大呼小叫。这使我产生出这样的疑问："人们这样生活是为了什么呢？"

一天夜里，普列特涅夫要我送信给一位铜匠，告诉他彼得被捕了。我注意到普列特涅夫的行为有些神秘，似乎是地下组织成员。不久，普列特涅夫介绍我认识一些新朋友，我开始参加他们的聚会。在捷林科夫的小杂货铺里，我看到许多禁书。捷林科夫家常举行集会，来人多为喀山大学、神学院和兽医学院的大学生们，他们高谈阔论，激烈争论，担心俄国和俄国人民的命运。在他们看来，人民是智慧、美德和善良的化身，人民远比他们更高尚，可是在我看来，人民不过就是木匠、装卸工和泥瓦匠等等。他们看我的眼神，就像是想用我这块原材料做成一件不平凡的器具那样。捷林科夫告诉我，他把开杂货铺赚来的钱全都用来帮助这些人，这些相信"人民的幸福高于一切"的人。这一切让我很着迷。

秋天，为了不白吃别人的面包，我自己进了一家面包房当工人。面包房那些工人的最大乐趣就是在每月领了工钱后去逛一次妓院，我也与他们一同前往，工友们觉得和我在一起没意思，妓女们嘲笑我太拘谨。我觉得，这烟花巷也是一所大学，我的伙伴们在这里获得了人间极其恶毒的知识。那些立志为人民的幸福而献身的大学生们，在这里却表现出了他们醉生梦死的一面。

捷林科夫开了一家面包店，我转到他这里干活，主要负责打扫店里的卫生。眼见面包师勾引女人，在面包店里鬼混，我不禁想到："难道我也将重复他这样的生活吗?"

我接到表兄的一封来信，说外祖母在七个星期前去世了，信中还写道："你外公也哭了，他一个人留在墓旁，说他也快要死了……"我没有哭，只记得当时感到浑身一阵冰冷。

我在半夜里被人叫醒去参加一次聚会，会上有人朗诵普列汉诺夫的小册子《我们的意见分歧》，大家纷纷声讨作者，我不明就里，但是感觉很兴奋。

大学生们开始闹学潮，满城骚动。面包房的工人却打算去揍那些大学生，我与他们争执起来，可我痛苦地发现我竟然找不出什么合适的理由来为大学生们辩护。为了排遣苦闷，我开始学习拉小提琴，可是在发现那位小提琴教师居然偷我的钱之后，学琴的事情也就告一段落了。

这年冬天，我决定自杀，我在市场上买到一把旧手枪，枪里装有四颗子弹，我对着自己的胸口开了一枪，但没打中心脏，只打穿了肺叶。康复之后，我去罗马斯开在乡下的一个杂货铺工作。罗马斯告诉我，他们来乡下开店不是为了赚钱，而是为了唤醒人民。我在他那里读到许多进步书籍。许多农民常来杂货铺聊天，罗马斯等人给他们讲外面的世界，讲法国大革命。聚会之后，我回到阁楼上，坐在敞开的窗户旁，瞭望着沉睡的村庄和寂静的原野，我的心往往会被夜的沉静压得收缩起来，可我的思想却在一望无际的天地间翻飞，感觉到自己在这天地之间无比渺小。农民们的生活却没有变化，他们浑浑噩噩，甚至打砸杂货铺，最后，杂货铺被人放火烧毁。我和罗马斯来到一家饭馆，坐下喝茶，罗马斯要我不要丧气，因为让人民走出愚昧的过程是漫长的。

罗马斯走后没几天，我也离开了这座村庄。我沿着深秋的伏尔加河航行，经辛姆比尔斯克到达萨马拉，然后在一艘驳船上当帮工，七天七夜后来到里海岸边的一个渔场，我在一家渔业合作社里找到了新的工作。

法捷耶夫

法捷耶夫

法捷耶夫（1901—1956）生于一位乡村教师家庭，后随继父在俄国远东地区的海参崴长大，曾就读该地的商业学校。十月革命爆发后他加入布尔什维克，参加内战，之后进入莫斯科矿业学院学习，毕业后前往克拉斯诺亚尔斯克和顿河上的罗斯托克做党务工作，同时开始小说创作，20世纪30年代成为无产阶级作家联合会的领导人。在之后20年时间里，他一直是苏联作家协会的主要领导人之一。

法捷耶夫早期的作家声誉主要源自他的长篇小说《毁灭》。作者自己在论及这部小说的主题时说道："第一个、亦即基本的思想是：在内战中进行着人才的精选……人的最巨大的改造正在进行着。"《毁灭》情节发展的时间不长，范围不广，人物不多（不足30个），也很少有对人物外表的细描、身世的详述，但小说在表现人才的"精选"、人的改造这一主题上所下的功力，却使这部看上去简单的作品给我们一种厚实的感觉，作者似乎在用显微镜细致地观察人物内心世界的变化。在《毁灭》的人物中，占首要地位的正面人物是莱奋生。与当时其他小说中的英雄人物不同，莱奋生是一个心理型的人物，小说中的莱奋生，思考的时间多于行动的时间，小说对他心理活动的传导也多于对其外表、身世等的描写。莱奋生这种心理型、思想型的正面主人公，在《毁灭》之前的苏联小说中是不多见的。这个形象与绥拉菲莫维奇的《铁流》中的郭如鹤和富尔曼诺夫的《恰巴耶夫》（又译《夏伯阳》）被并称为早期苏联文学中三个最成功的正面形象，是内战时期现实生活中真实典型的艺术再现。从此之后，这类人物形象便成了苏联文学着力塑造的对象，也是20世纪俄罗斯文学重要的特征之一。

第二次世界大战期间，法捷耶夫作为《真理报》记者曾走上前线，他根据克拉斯诺达尔斯克地区反抗法西斯的青年地下组织的英勇事迹写作的报告文学体长篇小说《青年近卫军》在1944年发表后大受欢迎，并于次年获斯大林文学奖。但是在1947年，这部小说却受到批评，原因是“未能充分反映党对这支青年游击队的领导”，法捷耶夫只好重新改写小说。

法捷耶夫作品不多，除《毁灭》和《青年近卫军》外，他的《最后一个乌兑格人》和《黑色冶金》均未完成。1956年5月13日，由于政治、爱情以及其他不为人知的原因，法捷耶夫在莫斯科开枪自杀。

译本推荐：

《毁灭》，鲁迅译，人民文学出版社，1957年。

《毁灭》，磊然译，人民文学出版社，1978年。

《法捷耶夫文集》，叶水夫译，人民文学出版社，1975年。

《毁灭》

梗概

《毁灭》插图

游击队队长莱奋生命传令兵莫罗兹卡送信去另一支队伍，莫罗兹卡不太情愿，但犹豫了一阵之后还是同意了。莫罗兹卡原是一名矿工，他从前的生活过得懵懵懂懂，连结婚和打仗都没多加考虑。送信途中，他救下被白军打伤的游击队员密契克。

在归途中，莫罗兹卡偷了村主席地里的甜瓜，莱奋生接到检举，缴了莫罗兹卡的枪，要将他赶出队伍。

在野战医院里养伤的密契克暗恋着女护士瓦丽亚，瓦丽亚是莫罗兹卡的妻子，但她也很喜欢“白面书生”密契克。密契克是城里人，读过书，为了追求浪漫的战功来参加游击队，他在队伍中深感失望，其他人也看不上这个书生。来野战医院探亲的莫罗兹卡看出妻子和密契克间的暧昧关系，从不因妻子而吃醋的莫罗兹卡心生怨恨。

队伍里的人全都认为莱奋生是个“特殊的人”，认为他坚定果敢，能观察、判明一切情况，其实莱奋生也始终处在疑虑和动摇之中。在收集并分析了各种情报之后，面对前来侵袭的日本军队，莱奋生决定撤退，以保存部队的战斗力。伤愈的密契克加入了莱奋生的队伍。

缺少弹药和粮草的队伍且战且退，抵达森林中的野战医院时，150人中已失去30人。队伍还得继续撤退，他们无法带走身负重伤的弗洛罗夫，于是决定毒死他，这让密契克大为伤感。

莱奋生派麦杰里察前去侦察，麦杰里察与哥萨克骑兵在村里遭遇，英勇牺牲。莱奋生率领队伍打进村里，击退敌军。莫罗兹卡与瓦丽亚重逢，重归于好。夜间，敌军攻入村子，游击队被迫退入密林。后有追兵，前有沼泽，危急关头，莱奋生高举火把走在队伍前面，指挥大家砍下树枝铺路，终于穿过沼泽地。

在撤退的路上，游击队遭遇伏击，担任前哨的密契克私自逃跑，他也因此自责，甚至想举枪自杀，可他最终感到，在这个世界上他最爱的还是他自己。紧跟在他身后的莫罗兹卡在发现敌人后却不顾自身安危，鸣枪示警，结果被敌人打死。突出重围的莱奋生队伍，最后只剩下19个人。

战斗过后的莱奋生并不伤感，也不悲观，他看到远处的麦场上有很多人，他想他一定可以把那些人变成“自己人”，因此，他暗暗告诫自己：“必须活着，并且尽自己的责任。”

毁灭（节选）

莱奋生不知道，他的这种朦胧状态持续了多久，——他觉得似乎很长，其实它持续了至多不过一分钟。等他清醒过来的时候，他奇怪自己怎么还骑在马上，只是手里的军刀却不见了。在他面前，他那匹马的一只耳朵流着血，黑色马头却一直向前冲去。

这时他才听到枪声，并且明白这是在向他们射击，——因为枪弹不住地在头顶嘘嘘飞过，但是他也明白，枪声是从背后来的，因此最可怕的瞬息已经留在后面了。这一瞬间，又有两个骑者追上了他。他认出了是瓦丽亚和冈恰连柯。爆破手的一边脸上全是血。莱奋生想起了部队，回头看了一看，但是哪里还有什么部队：一路上都是人和马的尸体，库勃拉克带领着几个骑者吃力地紧跟在莱奋生后面，再后一些还有几小批，但是人数很快地减少。有一个骑着一匹瘸马的人远远地落在后面，在振臂高呼。一群戴黄箍军帽的人把他包围起来，用枪托打他，——他晃了一晃，跌下马来。莱奋生皱眉苦脸，转过头来。

这时他跟瓦丽亚和冈恰连柯都到了转弯的地方，枪声也稍稍沉寂，不再有枪弹在耳边飞过。莱奋生机械地勒住了马，慢慢地走。活下来的游击队员都陆续赶上了他。冈恰连柯数了一数，连他自己带莱奋生，是19个人。他们用深藏着恐惧、但是已经露出喜色的眼睛紧紧盯住像一只红毛的丧家犬似的在他们前面飞奔的那条沉默的、窄窄的黄色的空间，久久地、一言不发地从斜坡上冲下去。

马匹渐渐改成快步，现在可以分辨出一个个烧焦的树桩、灌木丛、路标和远处树林后面的晴空。后来马匹便一步一步地走起来。

莱奋生骑着马走在稍前一些，垂着头陷入了沉思。他有时茫然四顾，仿佛想问什么话而又想不起来，便用迷惘的眼神异样地、苦恼地，久久望着所有的人。他忽然猛地勒住了马，扭过脸去。深陷的蓝色大眼睛这才非常明白地望了望大家。18个人像一个人似的停下。霎时间变得肃静无声。

“巴克拉诺夫在哪里?”莱奋生问。

18个人默不作声地望着他，不知如何是好。

“巴克拉诺夫牺牲了。……”冈恰连柯严峻地看了看自己拉着缰绳的、手指骨节粗大的手，终于说。

他旁边弓背骑在马上的瓦丽亚，忽然伏在马脖颈上，歇斯底里地痛哭起来，她的散乱的长辫几乎拖到地面，不住地抖动着。她的马疲倦地动了动耳朵，合拢了下垂的嘴唇。“黄雀”朝瓦丽亚斜睨了一眼，也扭过脸去啜泣起来。

莱奋生的目光还朝人们的头顶上凝视了几秒钟。后来他仿佛全身都泄了气，萎缩了，大伙也突然发觉，他是非常衰老了。但是他已经不以自己的软弱为耻，也不再遮掩它；他低下了头，慢慢地闪着濡湿的长睫毛，眼泪便顺着胡子滚下来。……大伙都不敢瞧他，免得自己也伤心落泪。

莱奋生拨转马头，慢慢地往前走。部队也跟着他起步了。

“别哭啦，哭也没用啊，……”冈恰连柯扶着瓦丽亚的肩膀，要她抬起头来，一面抱歉似的说。

莱奋生心里一迷糊，便重又茫然四顾，等他记起巴克拉诺夫已经死去，又哭了起来。

他们就这样走出了森林——所有的19个人。

森林非常出人意外地豁然开朗起来——前面呈现出大片高高的青天和阳光照耀着的，两面都是一望无际的、收割过的、鲜明的棕黄色的田野。在那边，在有一条河水盈满的蓝色小河穿过的柳丛旁边，是一片打麦场，场上堆着肥大的麦捆和草垛，金黄色的圆顶美丽如画。那边进行着自己的生活——快乐、热闹而忙碌。人们像小小的花甲虫似地乱动，麦束飞扬，机器发出单调清晰的响声，从闪光的糠皮和糠灰的锈色尘云里，迸出兴奋的人声和少女的细珠般清脆的欢笑声。河的对岸，有一排蔚蓝的山脉擎着苍天，又将支脉伸进岸边黄色的卷叶树林；从尖峭的山脊后面，朵朵略带红色的、被海水浸咸的、透明的、泡沫般的白云，涌入山谷，不住地泛泡、翻腾，好像是新挤出来的牛奶。

莱奋生用仍然湿润的眼睛默默地扫视了这片辽阔的天空和给人以面包与憩息的大地，扫视了这些在远处打麦场上的人们，他应该很快地把这些人变成亲近的自己人，就像默默地跟在后面的那18个人一样，因此他不哭了；他必须活着，并且尽自己的责任。

（磊然译）

肖洛霍夫

肖洛霍夫

肖洛霍夫（1905—1984）在20世纪20年代以一组关于顿河哥萨克的短篇小说登上文坛，1926年，这些作品被合为两本短篇小说集《顿河故事》和《浅蓝色的原野》，相继出版。短暂的间隔之后，自1928年起，肖洛霍夫就开始推出史诗巨著《静静的顿河》，这部小说在1940年完整面世，次年获得斯大林奖金，并一直是20世纪俄语文学中最为著名、再版次数最多的长篇小说之一。1932年，正在紧张写作《静静的顿河》的肖洛霍夫却突然中断创作，转而写了一部反映农业集体化运动的长篇小说《被开垦的处女地》，小说的第一部在20世纪30年代发表之后，第二部却直到1959年才面世。

肖洛霍夫的名字是与他的巨著《静静的顿河》紧密地联系在一起的。这部作家花费十余年时间创作出的四部八卷长篇小说，是一部顿河地区哥萨克生活的壮丽画卷。从沙皇统治下的生活和第一次世界大战到十月革命和国内战争，短短的十几年时间里，顿河哥萨克人传统的生活方式受到了极大的冲击。作为一个因勇敢尚武而历来被用作官方机器，而内心又酷爱自由并充满正义感的特殊阶层，哥萨克的命运在历史的动荡中更具戏剧性。小说的主人公格里高利·麦列霍夫是一个中农哥萨克家庭中的小儿子，他热爱自由，忠于爱情，既勇敢又富有正义感。这样一个优秀的哥萨克青年，却犹如一块石子被夹进两种势力的巨大齿轮中，碾出一个悲剧性的人生。他在沙皇的军队中勇敢作战，但不久就感觉到战争的无谓。十月革命后他曾一度加入红军，但当他目睹红军中个别指挥员残酷屠杀俘虏的场面后，又易帜到白军一边；白军的作为同样让他厌恶，他便弃枪回了家。布尔什维克在哥萨克地区实施的过火政策逼出了哥萨克的暴动，格里高利又成为暴动头目之一。之后，他又一次在红军和白军之间游离，从一个营垒转向另一个营垒。直到小说的结尾，身体、精神和感情均已疲惫不堪的格里高利，终于又一次独自返回故乡鞑靼村，他将心爱的武器抛进已开始解冻的顿河，决心以更消极的（或许正是更积极的）态度面对生活，面对顿河哥萨克那不可抗拒的变迁。格里

瑞典国王祝贺肖洛霍夫获诺贝尔奖

高利的命运，是顿河哥萨克人命运的典型体现。与此同时，肖洛霍夫还塑造了众多的哥萨克人形象，广泛地反映了哥萨克人的习俗和气质，描绘了顿河地区如画的风景以及哥萨克人野性而又真挚的爱情。1965年，这部小说的作者荣获诺贝尔文学奖，瑞典皇家科学院的授奖词称："毫无疑问，仅凭《静静的顿河》这部作品，肖洛霍夫获得这一奖赏就当之无愧"，因为"肖洛霍夫在描写俄国人民生活中一个历史阶段的顿河史诗中表现出了艺术的力量和正直"。

《静静的顿河》及其作者得到极高的文学奖赏，但也一直处在激烈的争论之中。早在小说的前两部发表时，关于小说主人公的形象和小说作者的"立场问题"等就曾有过争论，有人认为作者对主人公过于偏爱，对哥萨克走向革命之过程的描写过于客观，甚至说肖洛霍夫的同情心在哥萨克富农一边。关于《静静的顿河》的又一著名争论，就是其作者权问题。肖洛霍夫在推出《静静的顿河》的前三部时还不满30岁，如此辉煌早现的文学天赋让人吃惊，也让人有些迷惑。于是，关于《静静的顿河》的作者权问题便有了种种猜疑，有一种"说法"流传最广，说肖洛霍夫是从一位被打死的白军军官身上搜走了《静静的顿河》的手稿。长期以来，关于这一问题的争论时起时伏，余波不息，形成一个难解的谜。不过，根据绝大多数批评家、文学史家的意见，《静静的顿河》的作者应该是肖洛霍夫。20世纪80年代，挪威斯拉夫学教授克耶特萨及其助手运用计算机对《静静的顿河》和其他相关的作品文本进行长达数年细致的文体对比研究，得出的结论也是对肖洛霍夫有利的。

译本推荐：

《静静的顿河》，金人译，人民文学出版社，1956年。

《静静的顿河》，力冈译，漓江出版社，1986年。

《肖洛霍夫文集》（8卷本），草婴等译，人民文学出版社，2000年。

《静静的顿河》

梗概

麦列霍夫一家生活在俄国顿河畔的约申斯克镇鞑靼村，男主人名叫潘苔莱。大儿子彼得罗已经成婚，儿媳叫妲丽亚。小儿子格里高利爱上邻居家斯捷潘的妻子阿克西尼娅，阿克西尼娅婚前曾遭人奸污，婚后长期受丈夫虐待，但她活力四射，激情荡漾，在斯捷潘服役期间她与格里高利有了私情。格里高利的父亲为了避免丑事外扬，安排了格里高利与村中首富的女儿、性格恬静的姑娘娜塔莉娅结了婚。但格里高利并不爱妻子，他不久便与阿克西尼娅公开同居。格里高利的父亲羞愧难当，痛打儿子，格里高利一怒之下离家出走，和阿克西尼娅一起去邻村富人家帮工，两人还生下一个女儿。

第一次世界大战爆发，格里高利应征入伍。娜塔莉娅见丈夫对自己毫无感情，十分痛苦，想要自尽。格里高利在军中勇敢杀敌，被授予十字勋章，但第一次杀人后的感觉也令他痛苦了很久。不久他因负伤第一次休假，发现阿克西尼娅和地主少爷叶甫盖尼勾搭成奸，他和阿克西尼娅的女儿也已夭折。格里高利怒火中烧，痛打了叶甫盖尼和阿克西尼娅，然后回到家里请求妻子娜塔莉娅的原谅，两人言归于好，一年后，娜塔莉娅生下一对龙凤胎，格里高利重返部队。

在部队中他遇见哥哥彼得罗和情敌斯捷潘，斯捷潘屡次想加害格里高利，可格里高利反而在战斗中救了斯捷潘一命。身在战场的格里高利一方面觉得战争是荒谬而又残酷的，一方面又认为不能玷污哥萨克的英名和荣誉。此时，一些工人和布尔什维克进入军队，他们进行秘密宣传，在为将来的革命而学习"战争的艺术"。格里高利在沙皇军队中被提升为排长。

沙皇政权倒台，临时政府成立，十月革命爆发，苏维埃政权建立，国内战争的硝烟弥漫全俄。格里高利转而成为一名红军军官，任连长，英勇地与白军作战。顿河地区的革命军事委员会主席波特捷尔科夫残忍地对待被俘的哥萨克军官，将他们全部处死，这极大地刺激了格里高利，他于是借口负伤离开队伍，返回故乡。

父亲听说格里高利曾参加红军，把他痛骂一通。1918年春，白军来到鞑靼村，格里高利拒绝村民要他作哥萨克头目的要求，彼得罗担任头目。红军溃败，波特捷尔科夫及其部下被捕，被判死刑，格里高利见到临刑的波特捷尔科夫，说他当初不该那般凶残地对待自己的同胞。

红白双方的力量势均力敌，鞑靼村数易其手，政权的每一次交替都会让百姓付出生命的代价，个人就像是革命和战争风暴中的一枚枯叶，而能征善战的哥萨克更是成了双方争夺或打击的主要对象。在鞑靼村建立红色政权时，担任村苏维埃正副主席的柯特利亚洛夫和柯晒沃依在各家搜粮，到处抓人，格里高利也被列入逮捕名单，他听到风声后连夜逃走。红色恐怖不断四处蔓延，哥萨克人被迫揭竿而起，彼得罗成为起义领袖，后被柯特利亚洛夫和柯晒沃依杀死。格里高利加入叛军，担任团长，彼得罗之死使他变得残酷无情，他率领三千人马，但对“究竟谁是对的”这个问题仍心存疑虑。格里高利升任师长，但白军对他并不信任，因为他有当过红军的“前科”。叛军占领鞑靼村，妲丽亚亲手枪毙了柯特利亚洛夫，为死去的丈夫彼得罗报了仇。柯晒沃依仇恨哥萨克，在逃走前放火烧房，却又向格里高利的妹妹杜尼娅求婚。

1919年10月，红军逐渐赢得优势，并最终打垮了白军。格里高利曾想带阿克西尼娅随白军流亡海外，但未成功，只得返回鞑靼村。这时，麦列霍夫家已面目全非。妲丽亚越来越放荡，甚至试图勾引格里高利，后来淹死在河中；娜塔莉娅成为家中的“外人”，最后死于难产；杜尼娅因为喜欢柯晒沃依而疏远全家；潘苔莱老两口也先后死去。“战争是这一切的根源。”

格里高利回到家乡，见杜尼娅已经与柯晒沃依结婚，柯晒沃依如今是村苏维埃主席，他要格里高利去镇上登记自己的“历史问题”，否则他就亲自押着格里高利去。听到有人来抓他的消息，他随残余叛军头目弗明逃走，同时带上了与他旧情复燃的阿克西尼娅。不久，阿克西尼娅在随格里高利逃跑的路上被流弹打死，格里高利悲痛欲绝，万念俱灰，他一个人在草原上毫无目的地游荡，悲叹自己捉摸不定的命运。他将自己的枪沉入刚刚开始解冻的顿河，独自返回鞑靼村。在门前的台阶上，他看到了儿子米沙特，儿子说：杜尼娅姑姑待他很好，柯晒沃依姑父参军走了，姐姐得病死了。格里高利双手抱起儿子，“这就是他生活中所残留的全部东西了”。

静静的顿河（节选）

半夜里，当月亮升起，他俩离开干沟。两小时后，他俩从山冈下到契尔河边。秧鸡在草场上鸣叫，青蛙在芦苇丛生的小河湾里使劲鼓噪，远处隐约传来大麻鳽的呻吟。

小河边是连片的花园，在雾中现出冷冷的黑影。

格里高利在离小桥不远的地方勒住马。一片死寂笼罩着村庄。格里高利鞋后跟磕了一下马，拐到一旁。他不打算从桥上经过。他不相信这片寂静，他害怕这种寂静。他俩在村边蹚过小河，刚刚拐进一条窄胡同，就见壕沟里冒出一个人来，接着又是三个。

“站住！什么人?”

格里高利被这喊声吓得一抖，就像被打了一拳，他勒住缰绳。缓过神来之后，他大声回应：“自己人!”然后猛地掉转马头，赶紧对阿克西尼娅轻声说道：“掉头！跟着我!”

这四个人是刚刚在此宿营的征粮队派出的岗哨，他们默不作声、不慌不忙地向他俩走来。其中一个停下来抽烟，划着一根火柴。格里高利使劲抽了阿克西尼娅的马一鞭子。那匹马往前一冲，疾驰而去。格里高利贴在马脖子上，紧随其后。寂静令人难耐地持续了数秒钟，然后响起一阵凌乱的枪声，一道道火光划破黑暗。格里高利听见了子弹的呼啸和一声拉长的口令：

“收——收枪！……”

在离小河两百多米远的地方，格里高利赶上那匹飞奔的灰马，与那匹马平齐时，他喊道：

“趴下，克休莎[1]！趴低点儿!”

阿克西尼娅紧抓缰绳，身体后仰着歪向一边。格里高利赶紧扶住她，否则她就会摔下马去。

“你伤着啦？！伤在哪儿？！快说！……”格里高利嘶哑着嗓门问道。

她一声不响，越来越沉地压在他的胳膊上。骑在马上的格里高利搂着她，上气不接下气地小声说着：

“看在上帝的份上!就说一个字儿!你这是怎么啦？！……”

可是，他没能听到一声不响的阿克西尼娅说出一个字儿，发出一声呻吟。

在离村子约两公里远的地方，格里高利猛地策马离开大路，走下陡坡，赶紧抱起阿克西尼娅，小心翼翼地把她放在地上。

他脱下她那件厚厚的短上衣，撕开她胸前薄薄的衬衣，摸到了伤口。子弹击中阿克西尼娅的左肩胛，打碎了骨头，斜着从右边的锁骨下方穿过。格里高利用满是鲜血、哆哆嗦嗦的手从鞍袋里掏出干净的内衣和绷带。他抱起阿克西尼娅，用膝盖支着她的后背，开始包扎伤口，试图止住从锁骨下方直往外冒的鲜血。衬衣布条和绷带转眼就变黑了，被浸透了。血也从阿克西尼娅半闭半张的嘴巴里流出来，她的喉咙里咕噜咕噜直响。格里高利吓傻了，他明白，一切都结束了，他生活中最可怕的事情已经发生了……

沿着陡坡，沿着那条在草丛中踩出的、满是羊粪的小

---

① 克休莎是阿克西尼娅的昵称。——编者注

道，他抱着阿克西尼娅，小心翼翼地下到沟底。她耷拉着的脑袋搭在他的肩膀上。他听到了阿克西尼娅那嘶哑、急促的喘息声，他感觉到了那温暖的血流出她的身体，从她的嘴里流到他的胸口。两匹马也跟着他来到沟底。它们打着响鼻，碰响嚼环，吃起多汁的青草。

黎明前不久，阿克西尼娅死在格里高利的怀抱里。她始终没能恢复意识。他默默地吻着她冰冷的双唇，那嘴唇带有血的咸味，他小心翼翼地把她放在草地上，站起身来。一股莫名的力量突然击中他的胸口，他踉跄一步，仰面倒在地上，但他很快就惊恐地跳了起来。他又再次摔倒，光着的脑袋狠狠地磕在石头上。然后，他跪在地上，从刀鞘里拔出军刀，挖起墓穴。土地潮湿，不难挖。他挖得很急，觉得喉咙憋得很难受，为了缓口气，他一把扯开衬衣。黎明时分的清凉侵袭着他汗湿的胸口，他觉得他的活不那么艰难了。他用双手和军刀往外掏土，一刻不停地挖着，但是到他挖出一个齐腰深的墓坑，还是用了很长一段时间。

在明媚的晨光中，他埋葬了自己的阿克西尼娅。把她放进坟墓，他又将她没有血色的、黝黑的双手交叉放在胸前，再用头巾盖上她的脸，不让泥土落进她那半睁半闭的眼睛，那双眼睛一动也不动地盯着天空，已经开始暗淡了。他与她告别，坚信他俩不会分别得太久……

他用手掌仔细地拍平坟堆上潮湿的黄色黏土，久久地跪在坟墓旁，垂下头，身体微微晃动。

现在他没什么可着急的了。一切都结束了。

在干热风的雾霭中，太阳升到了陡岸的上方。太阳的光芒洒在格里高利没戴帽子的脑袋上，给他浓密的白发镀上一层银光，然后滑过他苍白可怕、一动也不动的脸庞。仿佛从一场噩梦中醒来，他抬起头，看到了头顶上方黑色的天空以及太阳那刺眼的黑色圆盘。

（刘文飞译）

奥斯特洛夫斯基

奥斯特洛夫斯基

尼古拉·奥斯特洛夫斯基（1904—1936）生于俄国沃伦省的一个工人家庭，是家中的第五个孩子，由于家庭贫困，他仅在一所乡村教会学校读到三年级便被迫辍学，之后寄居在当守林人的外公家，替人放马。十岁时，奥斯特洛夫斯基被母亲送进一所乡镇小学，但因为与神学课老师的冲突被学校开除。之后，他干过多种杂工，如车站食堂的烧水工、发电厂的锅炉工、电工学徒等，但他自小具有很强的求知欲，喜欢阅读。十月革命后的1919年，奥斯特洛夫斯基加入共青团，并参加红军上了前线，1920年因重伤复员，在铁路工厂担任助理电气技师，同时在基辅电力学校学习。在基辅附近参加铁路建设时，奥斯特洛夫斯基曾感染伤寒，差点死去，后又患骨结核病。1923年起负责乌克兰边区的共青团领导工作，1924年加入联共（布）党。

1927年，奥斯特洛夫斯基由于病情恶化而全身瘫痪，次年又双目失明，此时他年仅23岁。令常人难以想象的是，在接下来的近十年时间里，在终日卧床不起、与难以忍受的病痛作斗争的同时，在接受一次又一次手术的间歇，他却始终在进行文学创作。为了继续为自己的事业和理想而奋斗，他决定开始以笔代枪。他以自己的生活经历为对象，用三年时间（1932—1934）写成纪实性长篇小说《钢铁是怎样炼成的》。在写作此书期间，奥斯特洛夫斯基和妻子住在莫斯科，为了帮助他写作，有关方面给他配备了秘书和打字员，使他的写作速度大大加快，仅用一年时间便完成此书上卷。1932年4月起，《钢铁是怎样炼成的》开始在《青年近卫军》杂志上连载，1934年出版单行本。小说出版后受到热烈欢迎，作者也被视为集战士、作家和革命者于一身的青年榜样。在当时关于《钢铁是怎样炼成的》如潮的政治解读中，普拉东诺夫的《保尔·柯察金》（1937）一文别有深意，文章的作者写道："我们尚不完全明白我们人类所蕴含的一切，柯察金为我们揭开了我们的力量之秘密。"还有研究者记录下大量实例，说明这部小说及其作者如何让那些置身生活悬崖的人又重新返回了生活。也就是说，《钢铁是怎样炼成的》所体现出的人战胜自我、并最终战胜命运的人生哲学具有某种普遍意义。

1934年，奥斯特洛夫斯基加入苏联作家协会，1935年获列宁勋章。1936年5月，乌克兰地方政府决定将位于索契的一栋别墅赠予奥斯特洛夫斯基，作家之后常住此地，一边接受治疗，一边写作他的第二部小说《暴风雨所诞生的》，但他在这年年底去世（1936年12月），小说最终未能完成。

以《钢铁是怎样炼成的》为代表的奥斯特洛夫斯基的文字，以饱满的政治热情和高昂的理想主义色彩感染过苏联国内外的众多读者，在中国更是影响了一代又一代人，被很多人奉为"生活的教科书"。据统计，在《钢铁是怎样炼成的》发表后的20年间，仅在苏联便有用43种民族语言出版的150种版本；在中国，《钢铁是怎样炼成的》的译本不下十余种，总发行量高达数百万册。

译本推荐：

《钢铁是怎样炼成的》，梅益译，人民文学出版社，1982年。

《钢铁是怎样炼成的》，黄树南译，漓江出版社，2003年。

《钢铁是怎样炼成的》

梗概

保尔·柯察金出身于贫穷的铁路工人家庭，早年丧父，母亲为富人做家佣，将他养大。12岁时，他因把烟灰撒在学校神学课教师瓦西里神甫家的面团上而被学校开除，从此开始自己谋生，在车站的食堂里干杂活，受尽老板娘欺压。不久，哥哥阿尔青为他在发电厂找了一份工作。

“沙皇被推翻了”的消息传来，人们欢呼雀跃。小镇里的富人逃走了，红军战士到来，将枪支分发给镇民。不久，红军逃走，富人们又和德国人一同回来。保尔不明究竟，继续在电厂工作。他结识装配工朱赫来，两人成为好友，朱赫来教保尔格斗，时常给保尔讲革命道理。林务官的女儿冬妮娅活泼可爱，她在湖边遇见钓鱼的保尔，两人互生好感，很快亲近起来。保尔终日盼望见到冬妮娅，他明白他爱上了这位“资产阶级的小姐”。

小镇里，红军游击队和彼得留拉匪帮轮流坐庄，红军游击队时常和这些匪帮进行战斗，乌克兰地区充满激烈而残酷的斗争。彼得留拉匪帮占领小镇，到处抓人，在一个漆黑的夜晚，朱赫来为躲避搜捕藏到保尔家里，朱赫来向保尔宣传革命道理。一天深夜，见朱赫来一直没有回家，保尔出去寻找，在街上遇见被彼得留拉士兵押解着的朱赫来，他勇敢地出手相助。朱赫来成功逃脱，离开小镇，保尔却被抓到城防司令部。彼得留拉匪帮的头目要来镇上检阅部队，监狱里人满为患，保尔因此获释，他不敢回家，四处徘徊，不知不觉中来到冬妮娅家。在冬妮娅家得到休息后，保尔不愿连累冬妮娅，便在第二天早上告别冬妮娅，乘火车前往喀查丁。

《钢铁是怎样炼成的》插图

保尔参加红军，成为一名骑兵战士，他英勇作战，在一次战斗中身负重伤，后又患伤寒病，在治疗伤病时保尔读了小说《牛虻》，牛虻的坚强使他深受感动。保尔在战场上被炸弹震伤，右眼也失明，他只好离开骑兵部队。保尔在后方与冬妮娅重逢，但两人间的“阶级鸿沟”阻碍他们继续走近。在参加城里的共青团大会时，保尔见冬妮娅用轻蔑挑衅的眼光对待他的同志，便与她激烈争吵，两人终于分手。保尔找到担任省“契卡”主席的朱赫来，在他手下工作，“肃反”工作紧张繁重，在战争中失去了健康的保尔时常疼痛难忍，甚至陷入昏迷。

保尔调到铁路总厂担任共青团书记，认识共青团省委委员丽达，对她产生好感，可他又认为在紧张热情的建设事业中不应该谈情说爱，于是便暗暗克制自己的感情。在铁路建筑工地上，保尔与战友们饥寒交迫，艰苦劳动，同时还要拿起武器抗击前来骚扰的敌人。朱赫来有一次目睹这一场景，不禁感叹道：“钢铁就是这样炼成的!”保尔身患伤寒，差点死去。但是保尔挺了过来，他又重新投入新的战斗。他回到工厂，组织生产，与阶级敌人作斗争。革命导师列宁的去世让保尔深感悲伤，同时也坚定了他继续献身事业的信念。

在全俄共青团大会上，保尔与丽达重逢，但丽达已经结婚。保尔的身体状况逐渐恶化，最终瘫痪在床，但是他决心“始终留在队伍中”。他和达雅结婚，搬到海边的一座小城居住，保尔开始写作一部题为《暴风雨所诞生的》小说。

在小说的结尾，保尔接到州委会发来的一份电报：“小说大受赞赏。即将出版。祝贺成功。”奥斯特洛夫斯基这样描写他的主人公此时的心情：“他的心又怦怦地跳起来了。他日夜盼望的梦想已经实现了！铁环已经被砸碎，现在他又拿起新的武器，回到战斗的队伍，开始了新的生活。”

钢铁是怎样炼成的（节选）

奥斯特洛夫斯基墓

但是他一想到，明天他就要离开这里，回到那个大城市去，再度和他的朋友们、同志们，所有那些亲爱的人们在一起，他又高兴了。这大城市以及它的雄伟的力量，搏动的生活，加上那川流不息的人群，电车的轰隆声和汽车的喇叭声，都吸引着他。而最最吸引他的，却是那些巨大的石头厂房，煤烟熏黑的车间、机器，以及滑轮柔和的沙沙声。他的心已经飞到有巨大的飞轮以疯狂的速率旋转的地方，飞到空气中散播着机油气味的地方，飞到他已经搞惯了的工作上去了。可是，当保尔在这儿，在这个僻静的小镇的街上漫步的时候，他却感到失望和怅惘……也难怪这个小镇成了一个对他无缘的，可厌的地方。甚至白天出去散步也成为一种折磨。当保尔从两个坐在台阶上的爱说闲话的女人身边走过的时候，他听到她们急促地议论说：

“喂，亲家母，你瞧打哪儿跑出这么一个可怕的家伙?”

“看样子，一定是个痨病鬼。”

“可是你看他那件阔气的皮上衣，一定是偷来的……”

此外还有许多别的令人气愤的事情。

他的生活的根早已从这里拔掉了，现在大城市已经使他感到更亲切了。同志关系和劳动的坚强有力的纽带，把他和大城市紧紧结合在一起。

保尔不知不觉地走到松林跟前了，他在岔路口站了一会儿。在他的右面是阴森森的老监狱，监狱用高高的尖头木栅栏和松林隔开，监狱后面是医院的白色房子。

瓦莉亚和她的同志们就是在这地方，在这空旷的广场上的绞架下咽了气。他在从前竖绞架的那个地方默默地沉思了一会，随后就走下陡坡，到了埋葬烈士们的公墓那里。

不知道是哪个有心人，用枞树枝编成的花圈把那一列坟墓装饰了起来，给这小小的墓地围上了一圈绿色的栅栏。笔直的松树在陡坡上面高耸。绿茵似的嫩草铺遍了峡谷的斜坡。

这儿是小镇的近郊，又阴郁，又冷清，只有松树林轻轻的低语和从复苏的大地上散发出来的春天新鲜的气味。他的同志们就在这地方英勇地牺牲了，他们为了使那些生于贫贱的，那些一出生就当奴隶的人们能有美好的生活而献出了自己的生命。

保尔缓缓地摘下了帽子。悲愤，极度的悲愤充满了他的心。

人最宝贵的是生命。生命人只有一次。人的一生应当这样度过：当回忆往事的时候，他不会因为虚度年华而悔恨，也不会因为碌碌无为而羞愧；在临死的时候，他能够说："我的整个生命和全部精力，都已经献给了世界上最壮丽的事业——为人类的解放而斗争。"人应当赶紧地、充分地生活，因为意外的疾病或悲惨的事故随时都可以突然结束他的生命。

保尔怀着这样的思想离开了烈士公墓。

（梅益译）

代跋：俄罗斯文学在中国的接受和传播

中国与俄罗斯两国互为对方最大的邻邦，两国之间包括文学在内的文化交往是难免的，而且注定是密切的，然而，在一个多世纪的时间里，两国间的文学交往所呈现出的起伏跌宕，所具有的强烈的戏剧性和浓厚的传奇色彩，却是世界文学关系史中所罕见的，让人喟叹不已，回味无穷。

姗姗来迟的文化相遇

较之于中国与其他邻国如印度、日本等之间的文化交往，中俄间的文化交往姗姗来迟，其中有地理上的原因，两个国家虽然毗邻，但两个国家的文化中心却相距遥远，文化上相对后起的西伯利亚横亘在中俄之间，构成了某种阻碍；另外，两个国家文化类型差异较大，其文化关注的朝向也长期迥然不同。不过，一个民族对于文化交往的渴望往往是难以遏制的。17世纪初期，中国皇帝给当时的俄国沙皇发去一封“国书”，表达了沟通的愿望，遗憾的是，当时的俄国竟无一人识得中文，此信在俄国皇宫中被搁置了一百多年，直到1761年才被译成俄文。此信被破译的时候，当时席卷欧洲的“中国热”也波及到了俄国，1759年，我国的元剧《赵氏孤儿》被译成俄文，刊登在俄国的一份杂志上，若干年后，由列昂季耶夫翻译的《中国寓言》（俄文题目为《中国思想》）在彼得堡出版，这是俄国出版的第一部中国文学作品的单行本。

相比较而言，中国对俄罗斯文学作品的翻译起步较晚，直到19、20世纪之交才开始，据戈宝权先生考证，最早进入中国的俄罗斯文学作品是发表在上海广学会校刊《俄国政俗通考》中的三篇克雷洛夫寓言，时间约在1900年。而上海学者陈建华先生通过考证，将俄罗斯文学进入中国的时间向前推进了近30年，他发现，最早的汉译俄罗斯文学作品应该是由美国传教士丁韪良翻译的《俄人寓言》，该译文载于《中西闻见录》创刊号，发表的时间是1872年8月。也就是说，到今天为止，俄罗斯文学进入中国的历史已经有了近一个半世纪的历史。

第一个单行本的汉译俄罗斯文学作品是普希金的《上尉的女儿》，这部由上海大宣书局于1903年出版的译著还有一个长长的书名：《俄国情史，斯密士玛利传，一名花心蝶梦录》。中国对俄罗斯文学的正式接受是从译介“俄罗斯文学之父”普希金开始的，这不仅是一个惊人的巧合，同时也构成了一个意味深长的开端。

中国对俄罗斯文学作品的译介虽然晚于俄国对中国文学作品的译介，但自清末民初开始，中国对俄罗斯文学的接受却迅速地后来居上，无论是就翻译作品的数量还是就作品的社会影响而言，都是如此。这自然是与当时中国社会从“师古”到“师夷”的文化转型相关，在“西风东渐”的大潮中，俄罗斯文学作品顺流而下，源源不断地淌进中国，在《俄国情史》出版后短短十年的时间里，普希金、托尔斯泰、屠格涅夫、契诃夫、高尔基等人的作品就相继被译成中文，俄罗斯文学的整体风貌已大致呈现在了汉语读者的面前。需要指出的是，这一时期的翻译大多是所谓的“意译”，而且大多是从日文和英文转译的，译文也多为文言文。

偷运给起义奴隶的“军火”

伴随着气势磅礴的“五四”新文化运动，俄罗斯文学以更快的速度和更大的规模在中国传播开来。俄罗斯文学落脚于这一时期的中国，可谓适逢其时，因为它呼应了当时中国的社会和政治需求。“五四”前后的中国社会风雨飘摇，有良知的中国人都在寻求救世的良方，而一贯以变革社会、介入生活为己任的俄罗斯文学，自然更让国人感到亲近。鲁迅说，俄罗斯文学让我们感到亲近，“因为从那里面，看见了被压迫者的善良的灵魂，的酸辛，的挣扎，还和40年代的作品一同烧起希望，和60年代的作品一同感到悲哀”，“我们的读者大众，是一向不用自私和‘势利眼’来看俄罗斯文学的。我们的读者大众，在朦胧中，早知道这伟大肥沃的‘黑土’里，要生长出什么东西来，而这‘黑土’却也确实生长了东西，给我们亲见了：忍受、呻吟、挣扎、反抗、战斗、变革、战斗、建设、战斗、成功”。这也就是说，俄罗斯文学在“五四”之后进入中国，其纯文学的、审美的作用或许是次要的，而它的直面现实的勇气和强大的人道精神则是感动中国读者的首要因素，也正是在这一意义上，鲁迅还曾把俄罗斯文学的译介工作比喻为

“给起义的奴隶偷运军火”。

俄罗斯文学在“五四”之后的中国社会广泛流行，还与这样三个重大的历史事件密切相关：首先是马克思主义的传入中国。当时的苏联作为世界上第一个成功地实践了马克思主义的社会主义国家，自然成了中国共产党人心目中的榜样和圣地，包括文学在内的苏俄的文化和思想，也自然会成为他们的理论源泉。这就是为什么，在中国共产党的第一代活动家中，有许多人都是杰出的俄罗斯文学的译介者，如瞿秋白、李大钊、蒋光慈等，他们的文学活动就是他们政治活动有机组成部分，这在世界文学关系史上可能是不多见的。人们曾认为，法国的启蒙思想、德国的马克思主义和俄国的文学，是“五四”运动的三大思想来源，由此不仅可以感觉到俄罗斯文学在当时中国思想界的重要地位，而且也能让人意识到俄罗斯文学和马克思主义在步入中国时可能存在的某种互动关系。其次是中国新文学的兴起。开始于“五四”前后的中国新文学运动，与俄罗斯文学的传入中国大致同时，包括俄罗斯文学在内的外国文学对中国新文学的影响是巨大的，作为中国现代文学奠基者的鲁迅、郭沫若、巴金、茅盾等人，都是俄苏文学的翻译者和积极推广者，这个史实最好不过地说明了俄罗斯文学在中国新文学形成和发展过程中所曾发挥的巨大作用。最后，就是中国艰苦卓绝的抗日战争。在中国的抗战开始之后不久，苏联也开始了反法西斯的卫国战争，由于当时的日本还与苏联保持着比较正常的关系，俄苏的文学作品在被日军占领的上海等地还可以出版，由中共以“苏商”名义在上海创办的“时代出版社”翻译出版了大量的苏联卫国战争文学。在由该社主办的刊物《苏联文艺》的创刊号上，主编罗果夫这样写道：“在伟大的十月革命之后，俄罗斯文学的声誉在中国特别增长。……在俄罗斯人民反对德国法西斯主义的第二次卫国战争时，中国对于苏联文学的兴趣愈加提高了。”那些再现苏联人民可歌可泣战斗精神的文学作品，如西蒙诺夫的《日日夜夜》、法捷耶夫的《青年近卫军》、格罗斯曼的《人民不死》、戈尔巴托夫的《不屈的人们》和肖洛霍夫的《他们为祖国而战》等，极大地鼓舞了战火中的中国人民，成为了真正意义上的“军火”，同时，这也进一步拉近了苏俄文学与中国社会的关系。

“我们的导师和朋友”

鲁迅曾在《祝中俄文字之交》一文中称“俄罗斯文学是我们的导师和朋友”，但俄罗斯文学真正成为中国人和中国文学的“导师和朋友”，恐怕还是在新中国成立之后，尤其是在中苏蜜月时期的20世纪50年代。在“走俄国人的路”、“苏联的今天就是我们的明天”的社会大背景下，“老大哥”苏联的一切都成了我们的模仿对象，苏联文学也成了最主要的阅读客体。

在那短短十余年的时间里，大量的俄语文学作品被译成中文，陈建华教授在其《20世纪中俄文学关系》（学林出版社，1998年）一书中提供了这样的统计数字：“从1949年10月至1958年12月，中国共译出俄苏文学作品达3526种（不计报刊上所载的作品），印数达8200万册，它们分别约占同时期全部外国文学作品译介种数的三分之二和印数的四分之三。”（第184页）“其总量大大超过前半个世纪译介数的总和”，其作品被翻译成中文的俄苏作家多达上千位！与此同时，成千上万的中国青年刻苦学习俄语，其中许多人都开始阅读原版的俄苏文学名著。众多幸运儿获得前往苏联留学的荣耀机会，其中许多人选择了俄语语言文学作为专业，他们相继学成回国，使得中国俄苏文学的翻译和研究工作逐渐系统化、科学化了。

在20世纪50年代，苏联文学的影响还不仅仅表现为对俄苏文学作品的广泛阅读和研究，其巨大的辐射能力至少还体现在以下几个方面：一，苏联文学在文学体制和创作方法等一系列问题上为中国提供了样板，如建立具有官方色彩的作家协会，将文学纳入国家意识形态领域进行管理和监督，为作家的创作制定一个总的创作方法（中国曾经奉行的“革命的现实主义和革命的浪漫主义”“两结合”的创作方法，与苏联的“社会主义现实主义”在本质上是一致的），让作家在社会上既享有崇高的地位、同时又受到严格的监督等等，可以说，中国文学界的组织管理模式基本上是苏式的。二，苏联文学在整整一代中国人世界观形成过程中发挥了巨大的作用，50年代的中国青年很少有人没有读过《钢铁是怎样炼成的》、《卓娅和舒拉的故事》、《青年近卫军》等“苏维埃经典”，视文学为“生活教科书”、视作家为“灵魂工程师”的苏联文学，与当时弘扬共产主义理想和社会主义精神的中国社会大背景相呼应，极大地影响到了中国青年个性的塑造和精神的成长，那一代人身上后来所谓的“苏联情结”，在很大程度上就来自于俄苏文学的长期熏陶。三，苏联文学在创作上也对中国作家产生了直接影响。当时的中苏作家往来频繁，相互之间很熟悉，在苏联发表的每一部稍稍有些名气的文学作品，几乎都会被迅速地翻译成中文，这使得两国的作家和读者似乎在过着同步的文学生活，再加上，苏联文学所再现的现实又是中国人心目中的理想国，苏联作家的创作方法又被视为毋庸置疑的典范，因而，中国作家在自觉和不自觉之间所受到的苏联同时代作家之影响的程度，也就不难揣摩了。

然而，如果说俄罗斯文学在“五四”时期对中国文学的影响就整体而言是正面的，有益的，那么，它在50年代之影响的结果，则呈现出一种积极因素和消极因素相互混杂的复杂态势。中国在接受俄苏文学时所表现出的政治化和社会化这两大特征，在20世纪50年代得到了最为典型的体现，其结果，一方面，文学作为意识形态，作为教育人民的思想武器，被赋予了崇高的社会地位；另一方面，文学的审美特征和作家的创作自由度相对而言却遭到了削弱。一方面，文学因为官方的倡导而获得了空前的受众以及他们空前的阅读激情，文学得到了真正意义上的普及；另一方面，过于沉重的社会负担也往往会成为文学前行的包袱。

作为反面教材的“黄皮书”

自斯大林逝世后不久就已露端倪的中苏意识形态分歧，终于在20世纪60年代初公开爆发，1961年，赫鲁晓夫撕毁中苏合作协定，撤走在中国工作的苏联专家，两国间的友好关系彻底决裂。与此相应的是，对苏俄文学作品的译介也突然中止，两国的文学交流完全中止，这种状况一直持续了近20年。而在稍后开始的“十年浩劫”时期，不仅俄苏文学，就连整个外国文学，或者说全部的文学，都成了“革命”的对象，都成了被打入冷宫的“禁书”，除了几台样板戏和几部“高大全”

小说，整个民族就再也没有任何文学食粮了。

可是，俄苏文学在中国的传播恰好在这一时期出现了一个颇具戏剧性的场面。从50年代的反右时期开始，在有关方面的授意下，原本对俄苏文学怀有崇敬之情的部分译家和学者，开始绞尽脑汁地在其译介对象中寻找旨在为国内政治斗争服务的“反面教材”，50年代中期出现的苏联“解冻文学”以及其中的“人性”、“阶级调和论”等便成了“批评”对象。更为奇特的是，在1961至1966年期间，由作家出版社和中国戏剧出版社等出版社“内部出版”了一批“供批判用”的外国小说，因其装帧简陋，只用稍厚的黄纸做封面，因而被称为“黄皮书”。苏联文学作品在“黄皮书”中数量最大，先后出版的有特瓦尔多夫斯基的《山外青山天外天》和《焦尔金游地府》、爱伦堡的《解冻》和《人·岁月·生活》、索尔仁尼琴的《伊凡·杰尼索维奇的一天》和《索尔仁尼琴短篇小说集》、阿尔布佐夫的《伊尔库茨克故事》、阿克肖诺夫的《带星星的火车票》、艾特马托夫的《小说集》等。让决定出版这套书的人士意想不到的是，这套“黄皮书”在出版之后却成了非常抢手的畅销读物，在精神食粮空前匮乏的年代，这些苏联小说被悄悄传阅，人们或在灯下偷读，或逐字抄写，俄罗斯文学竟以这样一种非正常的状态保持了其在中国的接受和传播。

回想那个年代，在“凡是敌人拥护的我们就反对”的社会背景下，那些俄苏文学翻译家们在细心地推敲原文，精心地翻译，不时私下获得阅读的欣喜，可是在写作前言后记时，在某些公开的场合，却又不得不板起面孔，煞有介事地宣称：“要感谢日益堕落的苏修文学界，不断为我们的学习提供很有价值的反面参考资料。”而广大读者也同样故作厌恶地接过书来，暗地里却读得爱不释手，此实乃文学接受史上一个别有情趣的场景。

20世纪80年代的“井喷”

用“井喷”来形容20世纪80年代俄罗斯文学在中国的接受和传播，似乎并不过分，十余年间，全国近百家出版社先后出版的俄罗斯文学作品多达近万种！在译作的种类和印数上，可能要高出此前所有同类出版物的总和。仅仅是专门译介俄苏文学的杂志就相继创办四种，即北京师范大学的《苏联文学》、武汉大学等校的《俄苏文学》、北京外国语学院的《当代苏联文学》和山东大学等校的同名杂志《俄苏文学》。这一时期中国的俄苏文学译介工作不仅声势浩大，还逐渐体现出了如下一些特点：

首先，译介的对象较多地集中于苏联当代文学作品，在近万种译作中，当代苏联作家的作品就占六七成，这或许是因为，俄国古典文学作品在此前大多已经被介绍过来，当代苏联文学因其相对的陌生而引起人们更多的好奇；或许是因为，同时代苏联人的生活，同时代苏联作家的创作体验，对于刚刚打开门户的国人而言更具吸引力。其次，对俄罗斯文学的译介开始出现对系统性和学术性的追求，许多大型文集相继出版，如人民文学出版社推出的20卷集《高尔基文集》和17卷集《托尔斯泰文集》，一些俄罗斯作家的作品全集也开始面世，这似乎表明，中国对于俄罗斯文学的译介已开始步入一个总结时期。最后，是在大量翻译的基础上展开的学术研究。这一时期，中国俄罗斯文学翻译、研究事业的奠基者如姜椿芳、曹靖华、戈宝权、叶水夫等学者都还健在，留苏一代学者在被迫中止专业十几年之后重新燃起学术激情，改革开放后走进大学的新一代也相继进入这个研究行列，三代学人济济一堂，共同促成了中国俄罗斯文学翻译和研究事业空前繁荣的局面，全国性的中国苏联文学研究会（现更名为中国俄罗斯文学研究会）建立起来，各种专题的研讨会不断举行，更为重要的是，一大批学术著作纷纷面世。到20世纪80年代为止，俄罗斯文学步入中国虽然已经有了一个多世纪的历史，俄罗斯文学作品的中译本汗牛充栋，但关于俄罗斯文学的研究著作却一直很少，除了从俄文翻译的几部文学史和文学理论著作外，在中国俄罗斯文学研究史上为人称道的，还是郑振铎写于1924年的《俄罗斯文学史略》和蒋光慈、瞿秋白写于1927年的《俄罗斯文学》。这种让后辈学者颇为汗颜的局面在80年代终于被彻底打破，以俄罗斯文学为题的各类专著每年都有数种，甚至数十种出版，在俄罗斯文学的译介中，翻译和研究基本维系了某种平衡。

“完全别样的风景”

在俄罗斯当代作家佩列文的小说《“百事”一代》（1999）中，有这样一段描述苏联解体后俄罗斯人心态的话：“不能说他们背叛了自己先前的观点，不能这样说。先前的观点所朝向（观点总是有所朝向的）的空间，本身就倾塌了，消失了，在智慧的挡风玻璃上没留下任何细小的斑点。四周闪烁的是完全别样的风景。”在苏联解体前后，一种具有后现代特征的文学思潮，也曾被称之为“别样文学”。的确，苏联解体以来的俄罗斯文学，的确与苏联时期的文学有很大的差异，这种差异也在一定程度上影响到了中国的俄罗斯文学译介事业。

总的看来，俄罗斯文学在中国社会的影响力有所下降，俄罗斯文学作品的出版量也减少了，这其中的原因是多方面的：首先，在人们普遍赞同全球化和文化多元的当下，反而出现了英语和美英文化的话语霸权，相比之下，俄罗斯文学和其他非英语文学一样都变成了“小语种文学”，被程度不等地边缘化了；其次，随着苏联的解体，俄罗斯的国力有所下降，国际影响与苏联时期不可同日而语，虽然一个国家的文学水平与国力之间并没有什么直接的联系，但其国际声望的大小无疑还是会影响到其文学和文化的辐射力；最后，我称之为“后苏联文学”的解体之后的俄罗斯文学，自身出现了空前多元的局面，令人有眼花缭乱之感，这使得在对其的整体把握和系统译介上也许会遇到一定的难度。但是，我们同时也要注意到这样三个情况：第一，苏联解体之后的俄罗斯文学中的重要作家及其代表作，一直处在中国翻译者和研究者的视野之中，即便是在出版环境大不如从前的近十几年，每年都仍有数种，甚至数十种俄罗斯当代文学作品面世，索尔仁尼琴、拉斯普京、马卡宁、维克多·叶罗菲耶夫、乌利茨卡娅、佩列文等俄罗斯主流作家的新作都被源源不断地介绍到中国，这使得我们一直保持着对俄罗斯文学连贯的关注。第二，俄罗斯当代文学作品在译作数量上的减少，也许并不意味着俄罗斯文学在中国的接受水平的整体下降。布罗茨基曾在一次访谈中说道，他在年轻时曾花费数年时间“读完了”俄罗斯文学。我们也许可以说，经过几代中国翻译家的辛勤努力，我们已经“译完了”俄罗斯文学，剩下的事情就是去跟踪当代的新人佳作了，相比之下，译介的规模自然无法与此前的兴旺景象相提并论。第三，如果说，我们如今在翻译的规模和译作的社会影响等方面不比从前，那么，俄罗斯文学在当今的中国或许得到了更严肃、更理性的接受，其表现之一，就是研究队伍的壮大和研究水平的整体提升。这一代俄语文学研究者接过前辈的接力棒，同时也正在体现出某些不同于前辈学者的风格，比如：研究中的意识形态色彩有所淡化，研究者头脑中的条条框框和自设的"禁区"比较少了；在研究中自觉或不自觉地与包括俄罗斯学者在内的境外学者拉开了距离，注重发出自己独特的声音；学术成果明显丰硕起来，比较优越的研究环境和出版条件，使这一代学者大多能及时地推出自己的成果。

说到俄罗斯文学在中国的接受和传播，必须注意到这样两个语境：一方面，在俄罗斯本国，文学不仅在各文化艺术门类中独占鳌头，而且在国家生活的方方面面均发挥着举足轻重的作用，俄罗斯文学是俄罗斯国家最亮丽的文化名片，甚至被誉为俄罗斯国家形象和民族性格构建过程中最为重要的"正面因素"；另一方面，在中国几代人心目中存有的"俄罗斯情结"，说到底其实就是对于俄罗斯文学的眷念和偏爱，他们能背普希金的诗歌，喜欢看根据托尔斯泰的小说改编的影视作品，向往陀思妥耶夫斯基笔下的彼得堡，怀念《钢铁是怎样炼成的》中的冬妮娅。我们相信，这两种因素的彼此结合和相互作用，必将保持和促进俄罗斯文学在中国的强大存在和深远影响。

图书在版编目（CIP）数据

俄罗斯文学读本 / 刘文飞　编著. —北京：东方出版社，2014.4
ISBN 978-7-5060-7428-5

Ⅰ. ①俄…　Ⅱ. ①刘…　Ⅲ. ①俄罗斯文学—文学欣赏　Ⅳ. ①I512.06

中国版本图书馆 CIP 数据核字（2014）第 076449 号

俄罗斯文学读本
（ELUOSI WENXUE DUBEN）

编　　著：刘文飞
责任编辑：简以宁　葛灿红
出　　版：东方出版社
发　　行：人民东方出版传媒有限公司
地　　址：北京市东城区朝阳门内大街 166 号
邮政编码：100706
印　　刷：香河利华文化发展有限公司
版　　次：2014 年 6 月第 1 版
印　　次：2019 年 5 月第 3 次印刷
开　　本：640 毫米 × 950 毫米　1/16
印　　张：25.5
字　　数：260 千字
书　　号：ISBN 978-7-5060-7428-5
定　　价：68.00 元
